S.F.
V.

ARNO SCHMIDT

TROMMLER BEIM ZAREN

S. FISCHER

Reprint der von Arno Schmidt autorisierten
Erstausgabe von 1966.

Veröffentlicht im S. Fischer Verlag, Frankfurt am Main,
Rechtsnachfolger des Stahlberg Verlages
und des Goverts Krüger Stahlberg Verlages,
September 1985

Einbandgestaltung: Gerhard M. Hotop
Druck: Gutmann & Co, Heilbronn
Bindung: G. Lachenmaier, Reutlingen
Printed in Germany

ISBN 3-10-070619-6

ARNO SCHMIDT · TROMMLER BEIM ZAREN

AUS DER INSELSTRASSE

TROMMLER BEIM ZAREN

Ich selbst hab' ja nichts erlebt – was mir übrigens gar nichts ausmacht; ich bin nicht Narrs genug, einen Weltreisenden zu beneiden, dazu hab' ich zuviel im Seydlitz gelesen oder im Großen Brehm. Und was heißt schon New York? Großstadt ist Großstadt; ich war oft genug in Hannover; ich kenn's, wenn morgens tausend Henkelmänner mit ihren Kännchen aus dem Hauptbahnhof geschwindschreiten, in Fächerformation, hinein ins Vergoldete Zeitalter. Einer hat'n Gang, als käm'n Dackel hinter ihm her. Backsteinfarbene Geschöpfe mischen sich ein, Schirmpfeile in den blutigen Händen, (oder auch in totschwarzen; gleich werden ihre Schreibmaschinen hell wie Wachtelschlag erklingen. Alle die Weckergeweckten. Schon räuspert sich das Auto neben mir strafend; dabei bin ich doch wirklich, schon rein äußerlich, nicht mehr in dem Alter, daß man mich im Verdacht haben könnte, der Anblick zweier Milchdrüsen vermöchte mich noch zum Trottel zu machen!).

Also das Alles nicht. Aber Abends und Nachts spazieren geh' ich ganz gern – man beachte das dreifach-gaumige ‹g›, mir ist es eben auch unangenehm aufgefallen, (‹warum› will ich aber nicht wissen; ich halte nichts mehr von ‹Psychologischen Befunden›, seitdem ich mich einmal unter der Hand nach der Bedeutung solcher-meiner nächtlichen Gänge erkundigt habe. Ein Gutachten sagte klipp & klar, ich sei hyänenhaft-feige und eine potentielle Verbrechernatur; das sind die Meisten von uns, sicher. Das andere behauptete, ich wäre ein Mutfänomen – ach, Du lieber Gott! Es wurde mir jedenfalls sehr rasch zu viel, auch zu teuer. Ich hab' dann selbst längere Zeit darüber nachgedacht; der eigentliche Grund dürfte sein, daß ich so schlecht sehe, und es mir am Tage zu hell und zu heiß ist.)

Jedenfalls gehe ich immer erst eine rundliche Stunde – ich hätte gebräuchlicher ‹runde› schreiben sollen, ich weiß; aber das hätte sich dann auf ‹Stunde› gereimt, und ich mag Gedichte nicht – da sieht man allerlei, und braucht sich nicht als ‹voyeur› vorzukommen, also ‹schuldig› oder gar ‹sündig› : den Meisten-von-Uns vergeht das Leben damit, die in der Jugend verkehrt eingestellten Maßstäbe mühsam wieder zu adjustieren.

Die Jahreszeit spielt dabei keine Rolle – ich kann durchaus einen winterlichen Neubau würdigen, früh um 5; und die Handwerker tauen die eingefrorene Pumpe des schon fertigen Nachbars mit lodernden Tapetenresten auf. Es darf ein Sommermeteor sein, der gegen Mitternacht seinen Nylonfaden durch die Giraffe zieht, und über der DDR zerspringt; (ich wohn' so dicht am Zonengrenzübergang. Und erkenne also vorsichtshalber die DDR an.) Es darf ein Spätherbstabend sein, wo man stehen bleibt und horcht : was war das Geräusch eben? Eine nahe Grille; oder ein meilenferner Traktor? (Zum Frühling fällt mir im Augenblick nichts ein, und ich bin nicht Pedant genug, mich deswegen irgendwie zu forcieren; der Herbst ist mir jedenfalls die liebste unter den Jahreszeiten.)

Anschließend gehe ich dann grundsätzlich noch in die Fernfahrerkneipe; und das kann eventuell lange dauern; denn da sitzen ja dann lauter Leute, die ‹etwas erlebt› haben, beziehungsweise Alle noch mitten im Erleben drin sind, und zwar heftig.

Allein die ganze Atmosfäre dort : das hochoptische Gemisch aus nacktem Kunstlicht und kurz & klein gehackten Schatten. Die fleckigen Tischplatten (Decken haben davon nur die 2, links vom Eingang, wo die überwachten Vornehmen sitzen, in dünnen Fingerspiralen Eisglaskelche, auf denen Schlipsschleifen aus Zitronenschalen schwimmen : Er mit jener für öffentliche Ämter so unschätzbaren würdevollen Fadheit und leeren Ernsthaftigkeit, (dabei so doof, daß er nicht mal in der Hölle Eiskrem verkaufen könnte, wenn er selbstständig sein müßte!); Sie von der Sorte, die auf Camping-Plätzen gleich Blümchen vors Zelt pflanzt und einen Tannenzapfen daneben legt.)
Die Ernstzunehmenden sind natürlich die Anderen, Männer wie Weiber. Meist breit, mit energisch-fleischverhangenen Gesichtern, die Fahrer; sämtlich fähig, eine abstrakte Kleinplastik notfalls als Büchsenöffner zu verwenden; (ich bin nicht für's Moderne; man hat es vielleicht schon gemerkt). Die Frauen meist ‹Lieschen›, mit leicht gezerrtem Defensor virginitatis, aber handfest : weder ist die Brust, vorn, Tarn & Tara, noch hinten die Porta Nigra.
Die betreffende breitschultrige Fünfzigerin hatte ich übrigens schon öfter hier gesehen; stets leicht be-bowlt, so daß die Stimme ein entzückend hoher heiserer Baß wurde. Eben erklärte sie vermittelst desselben : »Mein Vater war Trommler beim Zaren : bei mir ist Alles Natur!«. (Eine Logik, die mir zwar gewagt, ihrem heutigen Partner jedoch anscheinend legitim vorkam, denn er nickte eifrig. Seinen Beruf erkannte ich, als er dann gleich allein abfuhr : er machte seinen Weekendausflug im Leichenauto. Und ich stellte mir das 1 Minute lang illustriert vor. Bis ich kichern mußte.)
Meine 2 Nachbarn auf der andern Seite bestellten sich erst »'ne Schachtel Zie'retten«, (der Eine noch zusätzlich »Feffer-

minzbruch«); und dann machten sie Folgendes : Jeder tat in sein leeres Glas 2 gehäufte Teelöffel Nescafé, und goß dann frisches CocaCola drüber : das schäumte hoch; dick & gelbbraun; Alles schien sich aufgelöst zu haben; sie schlürften und lächelten technoid. (Das muß ja auch toll aufpulvern! Ma'probier'n.) Mit solchem Trank im Leibe hatten sie dann freilich gut ketzern lästern & erzählen:
von dem Kehlkopfoperierten, dem die Russen die silberne Kanüle aus dem Halse geklaut hatten; (dabei hatte er noch ‹Wilke› geheißen, was ja bekanntlich vom slawischen ‹Wlk›, gleich ‹Wolf›, kommt : es hatte alles nichts genützt!).
»Wat hat sich 'ne Hausanjeschtellte vadient, die 60 Jahre in een- und derselbn Familje jearbeit' hat?« : »'ne Urkunde von'n Landrat?« entschied der Andere pomadig. / Auch wollten sie, relata refero, Deutschland neutralisieren & entwaffnen; und dann noch 'ne solid-lose Konföderation ‹zwischen Bonn und der DDR›; und ihre Begründung war, wie immer bei Fernfahrern, so dumm gar nicht. Sie gingen nämlich von der 5%-Klausel aus, und einem künftigen Weltstaat : in dessen Parlament wäre ‹Bonn› dann nämlich mit nichten vertreten! »Denn fümf Prozent von drei Milljarden, det mußte Dir ma' ausrechnen, det sind hundertfuffzich Milljohn'!«. (Und der Andere nickte, vorgeschobenen Untergelipps, à la ‹Ja bei uns schtimmt e'em ooch nich Alles›.) / »Mensch, Du liest noch Karlmay?! Bei dem kommt doch nich een Auto vor! Da reiten se doch noch uff Ferden rum, wie beim Ollen Fritzen – *det* hat doch keene Zukunft!« / (Und endlich fing er an, von ‹Erlebtem› zu erzählen – darauf hatte ich gewartet; darauf warte ich immer; ich warte ja überhaupt auf nichts anderes. Schon kam ich mir wieder vor, wie bei Homers : los : skin the goat!)
: der Betreffende – (Ich will ihn, geheimnisvoll, ‹Den Be-

treffenden › nennen. Das paßt für Viele : Dürre in Niedersachsen; dafür Überschwemmungen in Salzburg ? : ‹Der Betreffende hat wieder mal falsch disponiert !›) – war ‹im Westen› zu Besuch gewesen, Jubeltrubelheiterkeit; und hatte, da seines Zeichens Omnibusunternehmer, auch hiesige Tankstellen und Autohändler frequentiert. Neidisch die besterhaltenen Gebrauchtwagen gemustert – auf einmal blitzte sein Blauauge : war das nicht dort derselbe Autobus wie ‹seiner› ? Natürlich nur viel fescher, und fast wie neu. – : »Den müßte man haben !«

Handelseinig wurde man relativ rasch; denn der Betreffende war im Nebenberuf auch noch HO-Leiter, und da fällt ja bekanntlich immer Einiges ab. Nur hatte ‹seiner› hinten noch 2 ovale Fenster drinne : ? »Die schneiden wa rein !«

»Fuffzehntausend ? Na ?«. – »Ja. Aber zahlbar erst nach Empfang !« (Und wie das Ding über die diversen Zonengrenzen kriegen; es war ja schließlich ein Objekt, das man sich nicht in den Ärmel schnipsen kann !).

: »Und denn haa'ck'n rüber jebracht !«. (Jetzt lehnte auch die Nachfahrin des Zarentrommlers ihre machtvollen Reize interessiert näher. Also zumindest ein Teil war bestimmt Natur.)

: »Erst ha'm se noch det janze Verdeck innen vabrannt«; nämlich beim Einschneiden der, zur Tarnung unerläßlichen, beiden neuen Rückfenster. Bis aus Lüneburg mußte man einen Sattler ranholen : »und ick schtand wie uff Kohln ! Und et wurde Neune« (und zwar P.M.; das dauert jetzt schon 30 Jahre, und die 24-Stunden-Zählung ist immer noch nicht volkstümlich geworden); »und et wurde Zehne : endlich, um Elwe, konnt'ick los !«

Und war eine finstere Nacht gewesen : der Regen goß in Strömen; von den Wetterfähnlein der Kirchtürme kreischte es herunter, wenn er, seinen Leviathan hinter sich, durch die schlafenden Dörfer spritzte; Paul Revere war ein Waisenknabe; bis Helmstedt.

: »Den een' Zollfritzen kenn'ick; der saacht : ‹Kieck ma det Pärchen; die warten ooch schonn seit drei Taachen, det se Eener mitnimmt. Die sind beschtimmt durchjebrannt, und wolln jetz wieda zu Muttien.› Finster sahn se ja aus.« (Kunststück : 3 Tage warten; wahrscheinlich ungewaschen; ohne Geld; und dann bei dem Wetter. Jedenfalls hatte er sie, der Bus war ja ganz leer, dann um Gottes willen bis auf die Höhe von Lehnin mitgenommen. Begreiflicherweise auch den Rückspiegel so eingestellt, daß er vorsichtshalber die beiden Zerknitterten beobachten konnte. Beschrieb auch deren intimere Evolutionen; wozu unsere ältliche Hörerin, fachfraulich gepreßten Mundes, mehrfach billigend nickte. Einmal allerdings stieß sie verächtlich Nasenluft aus : Anfänger!).

: »Hinta Braunschweig hatt'ick schonn ma'ne Weiße Maus hinter mir jehabt«, (so nennt man in solcher Umgebung, unehrerbietig, einen einzelnen Verkehrspolizisten auf seinem Motorrad); in Westberlin aber war es dann gar ein »Peterwagen« (also ein ganzes Polizeiauto) gewesen, das ihn an den Straßenrand gedrückt, und seine Papiere kontrolliert hatte : die waren auf BRD & Westberlin via Zone ausgestellt gewesen, und ergo unanfechtbar; hier lag ja auch gar nicht die Schwierigkeit; aber

: »nu schteh ick in Berlin-Schalottenburch, und der Betreffende kommt an : mit *sonner* Aktentasche! Alles Fuffzijer und Hunderter.« Da wurde einem, beiden Teilen bekannten und ehrwürdigen, neutralen Dritten die Kaufsumme übergeben; der schrieb im Schweiße seines Angesichtes 15 Postanweisungen à tausend Mark aus, und gab erst mal 7 davon auf bei der Post – in Berlin wundert man sich über gar nichts mehr.

: »Haste de Nummernschilder? !« Nämlich von des Betreffenden »alter ostzonaler Schaukel« : die mußten erst passend gemacht werden; das heißt, die Schraubenlöcher genau aufeinander, sämtliche Muttern geölt. Und dann als erstes wirkliches Risiko

: »durchs Brandenburger Tor : und det *war* vielleicht enge, Mensch, wie bei 'ner Jungfrau : ‹Kieck Du links raus; ich rechts.›« ; so waren sie, die Wände beinahe streifend, durch jenes nicht-marmorne deutsche Wahrzeichen gesteuert; und drüben harrte schon der Volkspolizist.

Nun braucht man im inner-berlinischen Verkehr weiter keine Papiere – aber daß sich Einer zur Besichtigung des Ostsektors ausgerechnet einen leeren Omnibus wählt, befremdete den Blanken, und mit Recht, doch ein wenig. Der Dicke aber, eiserner Stirnen rundherum übervoll, hatte solange auf seine besichtigungslustige Korpulenz, und den 1 Freund, verwiesen, bis der Beamte endlich achselzuckend sagte : »Et kost' ja *Ihr* Benzien.« Und ihn weiterließ.

: »aber nu kam de eijentliche Schwierichkeit«; und das war der Übergang aus Ostberlin in die ‹Zone›, also, disons le mot, die DDR : »Da hatt' ick nu schonn vorher meine Bekannten mobilisiert jehabt : ‹Sucht ma'n janz einsam Grenzüberjang raus›« – er hielt den Zeigefinger effektvoll 3 Zentimeter vor die dicken Cäsarenlippen, und funkelte uns Lauschende majestätisch an (und geschmeichelt auch. Die Gebärden der Erzähler hier sind mannigfaltig.)

: »und zwar in Richtung Ludwigslust. – Ick fah da also immer an'n Kanal lank. Vor uns Keener, hinter uns Keener; et iss ja ooch bloß'n halber Feldwêch.« Steuerbord voraus kam der Kontrollposten in Sicht : eine simple Bretterbude, ganz einfältig. Bis auf 300 Meter fuhren sie ran

: »dann wir runter. Ick saache : ‹De Schilder her : ick vorne,

Du hinten!› Und de Muttern bloß so mit de Finger anjezogen. Rinn in'n Kanal mit de alten Schilder; und immer noch keen Aas in Sicht. Und ick richt' ma uff. Und ick dreh ma um. Und ick saache bloß : ‹Hier haste Dein' Omnibus.› « (Und wir nickten Alle im neidischen Takt : es gibt schon noch Männer!).

: » Der Konnte det jaa nich'jlooben! Det er nu'n neuet Auto hatte.« Hatte nur immer strahlend das neu auf West lackierte Ungetüm betrachtet, der Betreffende. Und dann wieder den mutig-Dicken. Hatte sich selig ans Steuer geschwungen; ihm noch » Hundert Ost : für't Mittachessen!« in die Hand hinuntergedrückt; und war dann abgebrummt.

: » ick seh ma det noch so an, wie er an det Wach-Häuseken da ran jondelt. Da kiekt een-Enzjer raus, mi'm Kopp. Und winkt bloß so mit de Hand« – so schwach und schläfrig winkte die seine nach, wie ich, in a long and misspent life, noch nie zuvor gesehen hatte – » und der winkt wieder – : und da iß er ooch schonn durch. Keene Kontrolle. Nischt. ...«. Und breitete, leicht kopfschüttelnd, die Hände; und ließ sie wieder auf die Tischplatte sinken : geritzt.

Wir waren verpflichtet, wiederum zu nicken. Taten es auch gern. Der Andere bot ihm vor Anerkennung einen Stumpen.

» Det haa'ck übrijens ooch noch nich jewußt, det-det Brand'nburjer Tor nich massiv iß. Ick hab' immer jedacht, wenichstens Jranitt oder so.« Aber der Erzähler schüttelte nur ablehnend den kundigen Kopf : nichts; gar nichts : » Überall blättert de Tünche ab.«

» Bei *mir* ist Alles Natur«, sagte die Walküre, und lehnte sich voller zurück : » Mein Vater war Trommler beim Zaren!«

SCHLÜSSELTAUSCH

Da ist es sehr einsam, hinten an der Saar. Schluchten mit senkrechten Wänden aus triassischem Buntsandstein; haushohe Felskerle sperren den Weg, in rostroter Buschklepperrüstung, den riesigen Wackelstein als Schädel; (‹da kommen Berge, auf denen sollen Leute wohnen mit Ziegenfüßen; und, wenn man hinüber ist, welche, die schlafen sechs Monate lang› – ich habe solche Stellen bei Herodot immer gerne gelesen. (Mein erstes Epos, ‹SATASPES›.))

In das schläfrige Dörfchen, in dem ich damals wohnte, war ich eben von einem Waldgang zurückgekommen; die üblichen unsichtbaren Spinneweben hatten knisternd mein bißchen Stirn überklebt, im Weiterkrümmen durch Gebüsch und Hartwuchs. Oben, zu beiden Seiten der Chaussee, stürmten die Weiden heran, Säbelbüschel über den Wirrköpfen; Wind duckte hierhin und dorthin; das Wetter schien umzuschlagen.

Dann saß ich erschöpft und zufrieden in meiner einen Stube; ziemlich möbelleer, aber ich kann zur Not den Schreibmaschinenkoffer als Kopfkissen nehmen, und mich mit der Stubentür zudecken. Außerdem denkt man besser bei wenig Geräten : mein Ideal wäre ein leeres Zimmer ohne Tür; zwei nackte Fenster, ohne Vorhänge, in deren jedem das magere Kreuz renkt – unschätzbar bei Himmelsorten wie morgens um vier; oder abends, wenn dürre rote Schlangenzungen der Sonne nachzischeln, (schon bogen sich meine Finger dementsprechend).

(Noch dies zur Erklärung : ich lebe von den Revenuen meiner Schreibmaschine. Meist süße Nichtigkeiten : Zeitungsbeiträge; Plaudereien; im Großen Brehm gibt es den Begriff des ‹Menageriebildes› – wo so zehn Tierarten zwanglos in einer paradiesischen Landschaft zusammen stehen – in der Art verfaßte ich also meine Artikelchen, ‹Von den Gelehrten, so böse Weiber gehabet›. Wenn es hoch kam, einmal ein seriöses Nachtprogramm, ‹Fouqué und einige seiner Zeitgenossen›. Kein schöner Beruf!).

Also sitzen, und mit geweiteten Augen die Gedankenbeete überblicken. (Vorn, vor mir, tickte die Taschenuhr; ich bin altmodisch, und schätze die derben Uhrenknollen, in Bergmannskapsel, an stählerner Kette). Die weiße Wand sah mir, wie immer, geruhsam zu; geruhsam zu; – geruhsam. Zu. – – (Der blanke dicke Punkt im Türschloß, das war das Ende des Schlüsselstabes; sehr blank. Störend blank eigentlich; ich beschloß, ihm morgen einen Papierkreis draufzukleben.).

Stille. Fern auf der Feldmark lärmte ein schwächlicher Traktor. Eine Nase hatte man wie ein Schnabeltier. Und die Wand war geduldig wie nur je ein Stein; von und zum Stein. – Aber etwas stimmte hier doch nicht! Ich zog das Gesicht zusammen : ? : Ah! Da!

Ganz leise, nur am veränderten Blinken bemerkbar, drehte sich der blanke dicke Punkt im Türschloß. Drehte : und verschwand!

Nun schaltet es bei mir immer langsam. Ich bin meist bis zur Brust im Gedankendschungel versunken, und muß mich erst herausstemmen, die Handflächen aufgesetzt – : da war der Schlüssel weg!

Ich sprang zur Tür; ich klinkte und riß mich hindurch; den Kopf nach rechts : nichts! Den Kopf nach links? : war da

nicht eben die Haustür ins Schloß gefallen?! Ich tat drei Schritte (ich bin ein Meter fünfundachtzig und hab' lange Beine!) – und sah eben noch etwas Braunes drüben im Obstgarten verschwinden. Eine übermächtige Hand stieß mich ins Kreuz: hinterher!
Jagd auf Braunes: die Äste gaben mir vollen Anteil ihrer Fechterkünste, Quart, Terz, Seitensekunde. Eine fragwürdig gelbe Sonne fleckte überall.
Hetzen auf Ackerwegen. Nach hundert Metern waren wir am Felsrand, und mein Braunes stürzte sich kopfüber in Haselbüsche. Ich kollerte eine Wand hinunter; machte alle Gelenke weich – meingott, die Geschwindigkeit nahm immer noch zu! – wurde durchs Rinnsal gewälzt, an einen Kiefernstamm geklebt; und richtete mich breitarmig auf: es rutschte oberhalb; die Gebüsche schlugen wilder um sich; ich duckte mich, und fing den großen braunen Ball mit dem ganzen Körper auf; dran ein Mädchengesicht mit sandigem Kopf: so hielten wir uns eine zeitlang, und atmeten erst einmal aus.
Sitzen nebeneinander. »Ja, ich hab' ihn.« gestand sie keuchend von meinem Schlüssel. Wind stöhnte überrascht einmal auf; dann wieder vorgewitterhafte Stille: mittelgroß; dünne Beine; abwesendes Gesicht. »Ich sammle nämlich Schlüssel – berühmte Schlüssel. Von Staatsmännern; oder Professoren.« (Wir keuchten dazwischen immer noch einmal auf, ‹todos: juntos› wie die Spanier für ‹Hau Ruck!› sagen). »Oder von Dichtern.«
»Wo wohnen Sie eigentlich?« fiel mir ein; und sie zeigte mit dem Kopf nach dem Häuschen am Hang. Auch ihr Mantel war ebenso abgeschabt wie der meine, und die Schuhe nichtswürdig schiefgetreten. »Glaub ich nicht; erst will ich's sehen!«. Also gingen wir friedlich nebeneinander zu ihrer

Wohnung : eine Stube; weiße Wände; Flüchtling aus Schlesien.
Sie drehte sich verlegen inmitten der armen Möbel; verriegelte auch erst die Tür; dann zog sie einen Schub auf : » Hier. « Und ich sah betroffen auf die mächtigen, teils schon verrosteten Schlüsselbunde; an jedem ein handgeschriebenes Schildchen : ‹ Schlafzimmerschlüssel Greta Garbos ›; ‹ Eisenhower seiner ›; ‹ Schlüssel zum Studio von Prof. Max Bense ›. Sie wog zaghaft den meinen in der hellbraunen Hand; sie frug mit hoher heiserer Hexenstimme : » Darf ich ? «
Rasch draußen; ich fragte heimlich die Bauersfrau: » Wer ist Ihre Mieterin eigentlich ? « . Die derbe Dicke nickte mit dem ganzen rotmarmorierten Fleisch, und lachte : » Die hat alles im Osten verloren, und ist hintersinnig geworden. Ganz alleinstehend; harmlos. Aber auf die Schlüssel muß man sich aufpassen ! « . – Ich ging zögernd wieder hinein; wenn ich für einen Menschentyp anfällig bin, dann sind es die Sammler : Leidenschaft und Rücksichtslosigkeit; Zartheit und Mordgier.
Also trat ich auf die Hellbraune zu : der Kopf paßte an meine Brust. Ein dickes Haarnest, in dem man Diamanten verstecken konnte (und Schlüssel ! Sie war gleich begeistert ob des Einfalls !) Anfang Vierzig : das paßte auch. Wir sahen uns eine zeitlang an.
» Also Sie dürfen meinen Schlüssel behalten – wenn Sie mir Ihren geben ! « . Sie hob das glatte Gesicht : » Och, « sagte sie unschuldig, » das ist bei mir ein ganz simples Kastenschloß – das lohnt gar nicht. « Stille. Ich atmete einmal tief ein, daß meine Schultern empfehlenswert breit wurden (‹ Buschklepper in rostroter Rüstung › hieß es vorhin wohl) : » Trotzdem; ich möchte es gern ! « sagte ich leise.
Sie sah erst den Schlüssel an, dann mich; zu mir empor;

dann wieder den einfachen Schlüssel. Langsam überzog eine zarte Röte ihr Gesicht. »Ach so« sagte sie zögernd. Blicke hin und her. »Ich bin aber doch verrückt« wandte sie schwächlich ein. Ich lehnte kurz mit dem Kopfe ab; versprach auch noch : »Ich besorge viele Schlüssel von Dichtern : ich kenn' alle!«.

Sie senkte ergeben die Stirn gegen mich; ihre Schultern zweifelten noch ein bißchen. Dann bürgerte sie langsam zur Tür; zog ab; kam auf mich zu; bohrte mir verlegen mit dem Schlüssel am Bauch herum; sah hoch und lächelte : erst bedenklich; dann immer strahlender. Ihre Hände begannen an mir zu nesteln : Brust, Schultern, höher, – Hals! Auch ich winkelte die Ellenbogen an, und legte die Hände um ihre dünnen Schulterblätter.

»Ach ja!« sagte sie beruhigt. Zum Schlüsseltausch.

DER TAG DER KAKTUSBLÜTE

Innerhalb einer Woche war der Auswuchs mehr als fingerlang und -dick geworden, vorn verheißungsvoll geschwollen, die weichen schlammgrünen Schuppen dehnten sich prächtig schwanger – : und heute früh hatte sich die Blüte aufgetan, ein Grammophontrichter älteren Stils, und natürlich violett : Melodien meinte man daraus zu hören, Ipecacuanha; ich wehrte entrüstet den Brummer ab, der sich breit, car tel est notre plaisir, hineinspreizen wollte, und nahm unterm Schreibmaschinengeklapper wieder eine Portion des schwach bitteren Rüchleins.
Klingeln : ich erschrak gebührend ob der Uniform; und kam mit hinunter, wo endlich der geheimnisvolle Briefkasten geöffnet werden sollte. Finanzsekretär Meißner vom dritten Stock hatte es nicht länger ertragen, und dem Postamt schriftlich Meldung erstattet: wie sich da in dem zwölften der eingebauten Briefkästen geheimnisvoll die Postwurfsendungen stauten. (Wir waren nur elf Mieter, und der Hauswirt hatte der Symmetrie halber zwei mal sechs, undsoweiter undsoweiter). Es war jedenfalls das Hausgespräch gewesen, noch ehe mein Kaktus anfing zu treiben.
Immerhin waren wir außer dem Beamten jetzt nur fünf Zeugen; denn es war Vormittag, und die meisten auf Arbeit. Also der Alte von tausend Monaten, aus dem das übliche Wortgewölle quoll; der Kleine des Anstreichermeisters, Frau Findeisen, ganz Vierzigerin mit frischerneuertem Bronzehaar; Gudrun Lauenstein (siebzehn Jahre); und ich, moi

même. Ich begrüßte mit dem linken Auge die strahlende Neufrisierte, mit dem rechten blinkte ich Gudrun an (ich bin Junggeselle und darf das!) : die stand finster auf nadelschwarzen Beinen, und tat wie ein Schicksal. Ein rotkäppiges Kind, einen dürren Zweig in der Hand, galoppierte an der offenen Haustür vorbei, zart schreiend, vom Asphalt immer wieder hochgeschnellt, hochgeschnellt, hochgeschnellt.
Der Beamte probierte Schlüssel und Dietriche (‹Und dann von vorn : es geht nicht, es geht nicht›!) : Aahh die buntbedruckte Fülle! (Gudrun schob mir blitzschnell einen Zettel in die Hand : ‹Die Sonne ist weg!›. – Ich verstand gleich : sie hatte beschlossen, Schriftstellerin zu werden, und pflegte mir von Zeit zu Zeit Themen zur Begutachtung vorzulegen. Sie las rasend schnell, alles Gedruckte, und identifizierte sich mit der Heldin; einmal einen Kriminalroman, wo der treulose Gatte sorgfältig gehaßt wurde : noch drei Tage danach war ihr Benehmen mir gegenüber seltsam fläzig, und ihre ohnehin schon bedenkliche Frigidät gletscherhaft. Ich schüttelte auch jetzt abfällig den Mund : zu gewaltsame Erfindung, dies pereat mundus fiat poesia : Nichts!).
Also die Postwurfsendungen : Neueröffnung eines Selbstbedienungsgeschäftes; der vollelektrische Haushalt; kauft Margarine Rama-Hautana : barbarische Namen, ich machte mir keine Hoffnung, sie je im Kopf zu behalten. Ah, hier eine adressierte Drucksache : »Komm, Holofernes!« (der sächsische Malermeister hatte einmal den Kleinen losgeschickt, »Hol' Fernes!«, also ‹Firnis›; und der Unselige hieß seitdem und für alle Zeiten so).
Nach links lugen : einen Busen hatte Frau Findeisen, mindestens Größe Neun! Draußen jaulte der Streifen-(Überfall-??)-wagen der Polizei straßenentlang; wir sahen ihm behaglich nach, und stellten Vermutungen an : Größe Neun?

(Gudrun hatte sorgfältig meinen Tasteblick verfolgt; kritzelte, und stieß mir den Zettel in die Finger : ‹Eine Seuche bricht aus, die alle Menschen über Siebzehn hinrafft!›. Ich konzentrierte mich auf das rechte Auge; ich flüsterfragte kokett: »Mich auch? !«. Sie schrieb, eisig über dürren Beinträgern : »Dich auch!!«).
Unterdes quollen mehr Drucksachen heraus : alte Zeitungen; eine essener Firma bot atomsichere Mäntel an, mit Kapuze 10% mehr; der Haushalt auf Vollgas umgestellt. Da! : ein Brief an die Witwe Margarete Selbner, Herrenweg 3 (und ein halbes Dutzend Fragezeichen darauf; die armen Luder von Briefträgern hatten sich keinen Rat mehr gewußt, und das Ding blindlings in den namenlosen Schlitz gestopft). Aber jetzt wurde es ernst; der Beamte notierte den Fall finster und übereinandergepreßten Mundes. Ich tat auch noch, als machte ich Notizen : ich bin Journalist, hatte ich ihm rasch erklärt. Und er stöhnte durch die Nase : auch das noch!
Ein Lotterielos; der ‹Bund der Deutschen› war aktiv; ich entschied mich heute doch lieber für Gudrun. »Religion besteht mehr in Furcht vor dem Teufel, als in Liebe zu Gott«, wehrte ich Frau Findeisen ab. »Der Kluge hält überlegene Kenntnisse so geheim, wie einen Leistenbruch« pflichtete ich dem sorglichen Beamten bei. Auf der Treppe lehrte ich Gudrun eine unfehlbare Methode, Dichter in ihrer Häuslichkeit kennen zu lernen : als Schornsteinfeger verkleiden; das Gesicht schwärzen; so Öfen und Herde kontrollieren : »Hier müssen Sie noch ein Blech davor legen; dreißig mal fünfundvierzig, neue Bestimmung!«.
Dann, oben bei mir, erklärte ich ihr noch die Kaktusblüte – sie hörte allerdings eine ganz andere Melodie, (ungefähr wie ‹Apoxyomenos›, sehr merkwürdig!) – und ihr Schichtunterricht begann erst 14 Uhr 45.

NACHBARIN, TOD UND SOLIDUS

Blaßgrünes Gesicht, mit schwarzer Mundschleife locker zugebunden – so sah es wenigstens bei Mondlicht aus, morgens um fünf. Ich hatte wieder nicht schlafen können, und war ans Fenster getreten : rechtwinklig dazu, in ihrem Erker, stand die Nachbarin, Kriegerwitwe; wir hatten noch nicht miteinander gesprochen.

(Ingebartels, Ingebartels, Ingebartels, sagte die Uhr hinter mir mehrfach den Namen, und lachte dann flämisch auf : ho ho ho! : also 4 Uhr 45. Ein schwarzes Auto auf schwarzer Straße; seine Vorderpfoten schaufelten unermüdlich. Auch ein unsichtbares Motorrad sprudelte auf, und zog dann die kleiner werdenden Schallperlen hinter sich her).

Ich öffnete mein Fenster; auch ihre Hand begann gemessen vor sich zu nesteln, und wir schoben uns jeder in seine Öffnung : war sie auch herzkrank? (Ich war zwar erst neu eingezogen; aber ich bin dann bei solchen Gelegenheiten sehr direkt – warum auch nicht? Das Leben ist ja so kurz!).

»Wir können beide nicht schlafen.« stellte ich also pyjamaleis fest (und grammatisch-raffiniert: Wir! Beide! : wenn *das* nicht suggestiv wirkt?!). Sie war aber auch stark; sie neigte kurz den Kopf, und beschäftigte sich dann weiter mit dem Mond, der, abgewetzt, über dem alten Friedhof steckte. Leider waren dort im Osten auch einige Morgenwolken, strichdünn (obwohl mir zu undulatorisch; gerade sind reinlicher). »Die Wolke gefällt mir!« entschied sie mit kühnem Unterkiefer.

Darf man bei einer so jungen Bekanntschaft schon widersprechen? Ich beschloß ‹Nein›; und wurde glücklicherweise jeder Antwort überhoben durch den Pfiff der Eisenbahn vom Ostbahnhof her: so heult ein Tiergeist auf seiner Wanderung vom Allein zum Allein! Er stöhnte fleißig und kalt, wie diese Fremdstimmen im Schornstein (man hört das manchmal in unserem Haus: ist dergleichen eigentlich vom Architekten berechnet, oder purer Zufall? Ein kluger Hauswirt könnte inserieren: ‹Besonders romantisches Ofengeheul: 5 Mark Miete mehr!› – aber so klug *ist* gottlob noch kein Hauswirt!). Noch einmal schwebte der Ebenholzdiskus des Pfiffes heran, bald Kante, bald Scheibe (während es unter ihm mit schwarzer gesenkter Stirn durch die Wälder in Richtung Aschaffenburg stürmen mochte. Blind).

»Ich finde den Gedanken an den Tod viel tröstlicher, als den an ein ewiges Leben« sagte ich; und sie nickte, zutiefst überzeugt: wenn man zweimal Krieg mitgemacht hat, plus Flüchtling, plus Inflation – – der lange Mund glitt ihr verächtlich im Gesicht herum: Nee! Ewiges Leben ist nichts für Jahrgang firrzn.

Der Mond?: Der Himmelsstaub um ihn war inzwischen schon leicht rosig geworden; er also farbenlehrengetreu ein fades Weißgrün – ich wandte mich ab, im umgekehrten Uhrzeigersinne linksum, und holte als Beleg die Münze:

»Nein! Ein Goldstück!«: ein Solidus Kaiser Justinians (527–65; der Onkel konnte den eigenen Namen nicht schreiben: er unterzeichnete mit Hilfe einer Schablone, und man mußte ihm *noch* die Hand dabei führen: ‹Obrigkeit›!). Woher ich ihn hatte?: Vom Großvater, zur Konfirmation. Sie lehnte sich mit interessiert geöffneten Augen weiter vor, und unsere Gesichter schwebten hoch über der entleerten Straße (: ‹ Einander ›).

» Mein Großvater war Sammler. Begeistert, leidenschaftlich, ruchlos, wie solche Menschensorte ist. Arzt in Fiume, 1860. Eines windigen und kühlen Abends klopft es an seine Tür : ein breitgewachsener Fremder geht ächzend herein, die Hand auf dem Magen. ‹ Was steht zu Diensten ? › . Und der Ratlose bekennt : er sei nach langer Orientreise glücklich bis Griechenland gekommen; sein Schatz an gesammelten antiken Goldmünzen durch den scharfen Zoll gefährdet : er verschluckte im Hafen von Hagion Oros zwanzig seiner rarsten Stücke. Seitdem sei er drei Tage, auch nachts, ohne Aufenthalt gereist; aber die Schmerzen überwältigten ihn : Hilfe ! ! – Mein Großvater, selbst Numismatiker hohen Grades, betastete fachmännisch-tückisch murmelnd und gierigen Auges den Magen des Geängsteten – noch ein abscheulicher Griff ! – dann unerbittlich : ohne Operation sei der Tod binnen dreier Stunden unvermeidlich ! Der Franzose verdrehte die Augen. Mein Großvater gab das gigantische Abführmittel für eine mitleidige Morphiumspritze aus, und wetzte dekorativ Messer um Messer – zur ‹ Operation › ! Fragte auch beiläufig, ob unter den antiken Münzen solche des byzantinischen Kaiserreiches befindlich ? Der Reisende, entsetzt zwischen todweißen Laken und drohenden Metallzungen ging auf jede Bedingung ein : nach gelungener ‹ Operation › sollte mein Großvater zehn der raren Stücke wählen können. «

Langsames Nachbarinnengelächter, aus abgerundeten Schultern heraus, während sie sich die Situation nach und nach illustrierte. Noch ein Blick zum Mondgroschen : » Ja und ? « .

»Mein Großvater gab dem Fremden noch eine Tasse Opium ein; entleerte ihm während des anschließenden Betäubungsschlafes den Magen-Darmtrakt, und wählte beglückt in dem Gemünz herum – noch war *die* Möglichkeit, dem Reisenden eine Ader zu öffnen, und ihn ‹während der Operation› verscheiden zu lassen : zwanzig seltene Stücke?! Mein Großvater kämpfte lange und schwer; endlich siegte ein unvermuteter Rest Menschlichkeit; er ließ den Fremden erwachen, und teilte den Raub mit ihm. – *Ein* Stück allerdings behielt er sich vorab: eine Münze der Thrakerstadt Bizye, ein Unikum: Artemis in archaisch-steifer Manier, eine Fakkel in der Hand, vor ihr der Hirsch. – Der Fremde, des ewigen Verlustes wohl gewahr, lud ihn bei der Abreise unter Verwünschungen vor das Gericht Gottes – aber daran glauben Sammler nicht. Nutzlos.«

»Und von diesem Großvater haben Sie das Goldstück geerbt?«. Nicht geerbt; zur Konfirmation. »Und die Artemis-Münze?«. Hat niemand wieder gesehen; wahrscheinlich nahm er sie mit ins Grab. Ja. Sammler.

Ja. Wir verglichen den sinkenden Mond noch kurz mit einer Eierschale; einem Baseball aus Ziegenleder; einer Aspirintablette. Wir lehnten von da ab ziemlich regelmäßig in unseren Fenstern; erzählten uns schlaff voneinander; und warteten weiter auf den Tod.

LUSTIG IST DAS ZIGEUNERLEBEN

»Zwischen Geburt und Grab gibt es nur zwei Arten von Glückseligkeit, wozu der Mensch fähig ist : die eines Gewissens, welches kein Ärgernis gibt; und die eines Gewissens, welches kein Ärgernis nimmt!«
Er unterbrach sich, tat einen geschmeidigen Satz in die winzige Manege, und überreichte der Seiltänzerin der Truppe den bereitgehaltenen billigen Blumenstrauß; sein rot und schwarz geflammtes Kleid unterbaute eindrucksvoll das alte kühne Gesicht; er riß ein paar volkstümliche Kalauer, kündete die nächste Nummer an, und trat gelassen wieder zu uns; die schwarzen Augenkerne glitten ihm rastlos im Gesicht herum, und ließen nichts aus : die Ringsumsilhouette der kleinen Stadt, die Klexographien der Bäume, das spießbürgerlich angeregte Publikum. Heute weiß ich, daß er ein Weiser und Misanthrop gewesen sein muß, der ein ruchloses Vergnügen daran fand, uns Kinder zu verwirren. Also erzählte er weiter von seiner Jugend unter Zigeunern:
»Ich blieb bei diesem sehr besonderen und wunderbaren Volk beinahe drei Jahre, und wurde in all ihre Bosheiten eingeweiht. Keine Fesseln konnten sie fest halten; keine Gefängnisse sie einsperren; weder Riegel noch Schlösser sicherten den Schatz des Begüterten vor ihnen. Durch Speisen oder Gerüche waren ihnen die Tiere unterwürfig : das wildeste Pferd mußte vor ihnen stehen; der grimmigste Bullenbeißer durfte sie nicht anbellen; alle Höfe, Gärten und Bleichplätze waren ihnen so offen, wie die freie Straße.

Sie nahmen alle Gestalten und beinahe alle Größen an; sie wurden nach Belieben sichtbar und unsichtbar; für jede Verkleidung hatten sie ein verschiedenes Gesicht, so daß selbst ihre täglichen Gesellschafter sie nicht anders als durch verabredete Worte und Zeichen erkennen konnten. Auf solche Art regierten sie ohne Gewalttätigkeit oder erkennbaren Betrug, ohne Getümmel, Anklage oder Beschuldigung. «

Sein Blick strich einmal geschwind über uns Halbwüchsige hin, die wir gebannt seinen gesetzlosen Worten lauschten : er sprach fließender als unser alter stöckelbeiniger Lehrer.

» Gleichwohl « – er redete gelassen wie das Schicksal persönlich – » wurde zu meiner Zeit Einer ertappt, der eben einen braunroten jungen Hengst stahl. Man legte ihn in Eisen und bewachte ihn scharf. «

(Cornelia, die Tänzerin, hob hier das Bein fast wagerecht, und lenkte unsere Instinkte nicht unbeträchtlich ab; er duldete es einen verständnisvollen Augenblick lang, und fuhr dann zwingend fort) :

» Zuerst versuchten wir die Wache wegzuschrecken. Ein großer zusammengepappter Sarg wurde mit weißem Tuch bedeckt, und von vier feurigen Teufeln auf die Schultern genommen; Fackeln wurden angezündet, und in die rechte Hand genommen. Schallende Trompeten nebst anderen Instrumenten von durchdringendem Klang wurden an Vieler Mund gesetzt, und wir gingen mit unserem teuflischen Zuge los. Einige brüllten wie die Bullen, andere heulten und bellten als Hunde gegen den mitternächtlichen Mond : kurz, wir machten ein solches zusammengesetztes Grauen, daß kein Menschenohr es ertragen konnte. Leider befanden sich unter den Wachposten ein guter Katholik und ein entschlossener Atheist, die unverzüglich auf uns loskrochen : wir

tunkten also unsere Fackeln auf ein gegebenes Wort in den Teich, und sogleich wurde es überall wieder Nacht.«
(Wir stahlen in Gedanken den fetten Braunen des Ackerbürgers Weiner, wurden zwischen schwarzen weichen Wänden eingesperrt, und erwarteten hoffnungsvoll das Urteil : das Unrecht *mußte ja* siegen, wie?!)
»Am Gerichtstage wurde der Dieb ohne weiteres für schuldig befunden; und die Geschworenen standen schon auf, als der Unglückliche noch einmal ums Wort bat. Unschuldig bin ich, wie ein Kind, rief er; und : man führe doch nur einmal das Pferd vor! Der Richter willfahrte, und die Zeugen schwuren noch einmal in Gegenwart des Rosses, daß es eben der dreijährige Hengst sei, der ihnen fehle. Der Dieb bat, das Maul des Tieres von erfahrenen Fachleuten untersuchen zu lassen; sogleich traten drei oder vier bewährte Roßtäuscher herzu – die sofort stutzten, und im Chor ausriefen : aber das Pferd ist mindestens fünfzehn Jahre; es hat gar keine Merkmale mehr im Maul! Noch kläglicher begann der Missetäter wieder : könnten die Herren vielleicht noch nachsehen, ob dies Pferd überhaupt ein Hengst ist? Es wurde unverzüglich ausgerichtet, und die Sachverständigen schrien einstimmig : eine Stute, Herr Richter, eine Stute! Die Geschworenen sahen bestürzt zu Boden; die Zeugen schlichen sich in Scham und Verwirrung hinweg; und der Richter befahl unwillig, daß der Gefangene sogleich entlassen werde, und ihm die fragliche Stute als sein Eigentum mitgegeben werden sollte.«
Er sah uns triumphierend, wir ihn stumpf erwartungsvoll an, bereit an jede Art Zauberei zu glauben. Er fuhr mitleidig fort :
»Das Geheimnis war, daß einige unserer Brüderschaft sich ein anderes Tier fingen; man zog Scheren und andere Werk-

zeuge nebst Gläsern mit färbenden Essenzen hervor; zwanzig Hände fingen gleichzeitig an zu arbeiten – und in weniger denn fünf Minuten würde selbst der Eigentümer sein Pferd nicht mehr wiedererkannt haben. In der Nacht vor der Verurteilung erbrachen wir lautlos den Stall, und führten statt des Hengstes die ihm vollkommen ähnlich gemachte Stute hinein. «

Wir nickten, völlig überzeugt; die Musik tat den abschließenden Bums; wir liefen gebückt durch die holprigen Gäßchen nach Hause, und erbrachen in Gedanken manche Tür.

DIE VORSICHTIGEN

Ans Fenster treten : die Straßen zogen öde hierhin und dorthin. Auf den ausgefrorenen Hof trat ein beschürzter Mensch und schrie » Asche ! Asche ! « .
Ich war eben mit meiner täglichen Arbeit fertig geworden – Gott, was heißt schon Arbeit ? : ich krieg' Schwerbeschädigtenrente, und beschäftige mich halt. Ich lege eine Riesenkartei an, von zwei- bis dreihunderttausend winzigen Zettelchen, die möglichst alle Personen umfassen soll, die jemals in dem alten Herzogtum Verden gelebt haben (ich bin aus der Gegend, aus Rotenburg; und habe – gerade jetzt, nach Süddeutschland verschlagen – besondere Lust dazu) .
Also das Pensum war fertig. Auch hatte ich noch eine halbe Stunde auf der Schlafcouch gelegen : was ich dies dürre indianerrote Gestell hassen gelernt habe ! Ich hatte es damals gekauft, um meinen beiden Räumen ein fashionables Gepräge zu verleihen : der winzige wurde Zwergenküche; der andere sollte eine Art ‹ Studio › vorgaukeln. Was hab' ich schon bereut, daß ich mein altes ehrliches Bett opferte ! Na ja; zu spät. – –
Ein Radfahrer in Pudelmütze, roter, trat geduckt vorbei; zwei Mädchen in schwarzen Taucheranzügen, die Hände in sämtlichen Hosentaschen, schritten schulwärts. Dann fror wieder leer der antarktische Teerstrom.
Ich stellte unerbittlich die gewohnte Überlegung an : was wäre Dir jetzt das Unangenehmste ? ! Und antwortete mir prompt : Anziehen und Spazierengehen. – Also tat ich das;

den dicken Schal um; die Fausthandschuhe an : ich bin vorsichtig.
Früher waren es kleine Bahnhöfe, die mich unwiderstehlich anzogen. Da saß ich vor einem Bier im verstaubten Licht der gelben Wartesäle; das starke Gold und Rot der Salempackungen; erleuchtete Zugfenster perlten in die Nacht; die fetten und dürren Reisenden – schöne Zeit, die Jugendzeit! Heute sind es (in Bahnhöfen zieht es so; ich bin vorsichtig!) Kaufhäuser. Da geht es auch spektralanalytisch bunt zu; Köpfe rollen vorbei; Arme drängeln; Kleiderdickicht, Mantelwälder; Hände kläffen grelle Stoffe; Augen stöbern; Münder stolpern; Bälle kauern sklavenbunt. Gewöhnlich suche ich mir dann Eine aus.
Sie schritt, klein und mager, sehr vorsichtig, durch die heute besonders billigen Kokosmatten; an Teppichrecken vorbei; (wenn Jemand sie gestreift hatte, notierte ich, klopfte sie anschließend auf ihre rechte Manteltasche. Ah, natürlich : sie kaufte einen sehr schmalen Büstenhalter, und zahlte aus dieser rechten Manteltasche : also war das Portemonnaie drin; und sie fühlte alle zehn Sekunden, ob es noch da sei. Sehr gut!).
Also nichts wie unauffällig hinterher! Durch Rindsledernes; Kakaodünen; Stummelaugen und gaffende Zähne, Wortprothesen; Ohren knorpeln rosa; ah, die Rolltreppe! (Ich nahm einen billigen Neudruck des ewigen ‹Struwwelpeter› zur Hand, und beobachtete weiter. (Wer wird indes *mich* beobachten, wehe! – Und dann wieder *den?* : ‹Wir Wachen bewachen die Wache, die die Tochter des Königs bewacht.›)).
Die Rolltreppe, feierlich mit Statuen bestellt, glitt unaufhörlich nach oben (schräg dahinter Gürtelnattern, Sockenberge). Sie wartete unauffällig; zögerte – da : jetzt waren

zehn Stufen vor ihr leer – und sie betrat fest die gerillte Blechstufe. (Meint also, daß eine überbelastete Rolltreppe durchbrechen könne? Und wartet immer erst, bis das Ding fast ohne Belastung läuft : sehr gut! Ein sachliches, vorsichtiges Geschöpf).

Ich folgte ihr von weitem auch in den zweiten Stock, wo die Möbel ruhen; Sessel siedeln. Weibliche Lehrlinge in Schwarzkitteln schleppten pappkartonene Felsen herum. Hier entgingen wir nur mit Mühe den geierfaulen Verkäufern; also wieder hinab!

Und hinaus. Draußen gerann die Luft wie Schwarzglas; unbeweglich, und so kalt, daß man bestimmt den Kragen mit der Hand hochwalzte. Sie harrte klug und reglos am Bürgersteig – schon wieder nahte links ein greller, fauchender Blechmandrill von DKW – vorbeilassen – noch zehn Meter warten (und ich nickte befriedigt : so muß man heutzutage sein!).

Sie hatte fast denselben Heimweg, klein und mager; viel war an ihr nicht dran (aber an wem *ist* heutzutage schließlich noch was dran?–). Ihr Einkaufsnetz fischerte unbeteiligt, wie Sachen so sind, diszipliniert neben ihr her. Ich beschloß, mich heute Abend, (allein im Kämmerlein; ich bin vorsichtig!) in Dujardin zu besaufen.

Tatsächlich : sie ging noch immer vor mir her. Gervinus-, Inselstraße. Auf dem mit Schneekrusten verzierten Bürgersteig segelte ein Männchen auf sie zu; in schwarzem Mantel, breit, mit flachem Bohèmehut: »Wo iest Nummärrr Neunundzwanzick?«. Sie wich vergebens aus. Er fluchte flehend, mit gespreiztem Körper: »O : Woo?!«. Und, enttäuscht: »Du niecht Profässorrr : *ich* Profässorrr!« Und floß auf mich Folgenden zu. Ich trat hoch und breit dazwischen (zwischen meine kleine Verfolgte, und den Nachkommen

Rasputins – dabei kann man mich mit einem Finger umlegen!): »Zurück!« befahl ich; »Hier Zweiundvierzig : Hast mein verstand?«. Er besah mich weißschiefen Hauptes; er wich rechtsum zurück; im Weggehen noch hörte man ihn murren : »Bauern! Alles Bauern! : Essen Zwiebeln und Kartoffeln. Trinken Benzin : Oh! : Bännziehn!«
Ich wandte mich zu dem unscheinbaren Wesen hinter mir; ich sagte : »Machen Sie sich nichts daraus. Der Mann war wahrscheinlich betrunken : Ausländer.« Sie murmelte, mitten in die Nacht hinein; ihr Kopfputz nickte; und verschwand, die Roßdörferstraße entlang (die nach Aschaffenburg führt; ich lehnte mich an die Apothekenwand, und starrte so ein bißchen : also war sie verschwunden.).
Oben : ich betrachtete voller Widerwillen die Schlafcouch : für Zwei würde sie gar nicht ausreichen! Zog auch automatisch die Vorhänge vor; inmitten von Möbelblöcken : immer vorsichtig sein!

SELTSAME TAGE

:»Es gibt merkwürdige Tage : da geht die Sonne schon auf eine eigene Art auf; laue Wolken ziehen tief; der Wind haucht verdächtig aus allen Weltgegenden. Düsenjäger machen Hexenschlingen am Himmel; alle Gläubiger bekommen Lust ihre Außenstände einzufordern; man hört von Leuten, die plötzlich davongelaufen sind.«

An solchen Tagen tut man gut, nichts zu unternehmen – obwohl natürlich auch gerade das wieder falsch sein kann! Wer weiß denn, ob es richtig ist, wenn man die Klingel abstellt, die Fenster verhängt, und sich auf der Couch in der Zimmerecke tot stellt? Lesen ist gar nicht zu empfehlen : auf einmal fällt aus dem verschollenen Roman von 1800 ein Brief in uralt vergilbter Handschrift, dazu der Schattenriß eines jungen Mädchens in der Tracht der napoleonischen Kriege, und man kann nur von Glück sagen, wenn auf dem Umschlag nicht der eigene Name steht – es gibt eigentümliche Tage!

Nun, der heutige war wohl wieder einmal glücklich vorüber. Gewiß, ein Herr in schwarzem Anzug war da gewesen, und hatte mich zum Mormonismus bekehren wollen. Von einem Unbekannten war ein langer Brief aus Spanien eingetroffen – wie sich im letzten Absatz herausstellte, gar nicht an mich gerichtet. Der übliche eisgraue Stromer hatte auch geklingelt : er sei Student; und Rasierklingen angeboten, garantiert erst einmal gebraucht.

Am Telefon hatte mir eine fremde englische Frau zwischen

Vorwürfen und Verabredungen diese Anekdote von ihrer Weltreise erzählt : auf der Insel Tristan da Cunha – 120 Einwohner, kein Pfarrer, kein Magistrat – hatten Zwei heiraten wollen. Da die einzige Person, die fließend lesen konnte, die Eheschließung mißbilligte, hatte sie sich diesmal geweigert, die Trauformel abzulesen. Es war nichts übrig geblieben, als den nächst Gelehrten herbeizuholen : der hatte sie dann buchstabiert! (Was unter Analphabeten die feierliche Stimmung nur erhöht haben dürfte – aber ich muß mir das dann immer gleich so intensiv vorstellen : wie der Kerl da am Tisch steht, den Finger auf die Zeile gepreßt und visiert; bei schwierigen Stellen popelt er vor Verzweiflung.)

Nun, wie gesagt, das alles war überstanden. Selbst der kesse, rot und blau karierte Abend war hinunter gedreht worden : einen Nachtspaziergang konnte man doch sicher unternehmen? –

Im schwarzen Felsen des Nachbarhauses stand im Erdgeschoß die erleuchtete Balkontür offen; sie schallplattelten unentwegt; Mädchen stampften und grölten an Schlagernem, schüttelten die farbigen Locken, und klatschten wieder in die Fußsohlen : nur schnell vorbei! (Über den Gehsteig her fuhr auch gleich ein Radfahrer auf mich zu, als sei meine Stelle leer, und ich schon nicht mehr auf Erden vorhanden!).

Am Stadtrand, wo die Gaslaternen noch nicht durch Bogenlampen ersetzt sind, war es dann fast still und einsam. Mondboje, schräg verankert im Wolkenstrom. Katzen gingen tüchtig und selbstbewußt unbekannten Geschäften nach. Nur einmal bremste die grüne Isetta neben mir : 2 Polizisten stiegen sofort heraus, und verglichen mich mit einer maschinengeschriebenen Liste. Nun ist ja jeder Mensch irgendwie ‹schuldig› (nach Schopenhauer sogar grundsätzlich hängenswert); hielt ich also geduldig still, und einige Sachen von früher fielen mir auch ein (nicht ‹Lustmorde›, oder so – bloß Kleinigkeiten; spielt keine Rolle). »Linke Hand?!« – erst als ich daran die vorschriftsmäßigen 5 Finger hatte, schien ich für diesmal gerettet. Sie entschuldigten sich militärisch; und ich ging an den Neubauten entlang, zurück – es war heute doch wohl besser, umzukehren.

Um die Rasenanlagen U-förmig die haushohen Fronten; auch über der Straße der gleiche zementene Westwall, nur selten noch gelbe Kleinquadrate darin. Die riesige Bronzeente neben mir, versuchte mir ins Gesicht zu spucken.

Und blieb entgeistert stehen – : ganz oben in der Wand saß die blaue Riesin! Unbeweglich am Tisch; sie mußte mindestens 4 Meter groß sein! Und jetzt sah ich auch den Fensterrahmen drum herum, richtig, denen in den unteren Stockwerken entsprechend : man sah also lediglich in ein Zimmer : erleichtert.

(Aber das war doch unmöglich! Ein weibliches Wesen, groß wie ..... ich schloß die Augen; schüttelte blind den Kopf; wer weiß, was ich gesehen hatte; vielleicht war sie ja weg, wenn ich .....)

: Ja! Sie war weg! – Ruhig und grau, ohne Plakate und also fast schön, stand die Hauswand in der Nacht. Ich hätte demnach aufatmen können – aber was war dann mit meinem Gehirn los?! Gewiß, zugegeben, ich gehöre zu den Menschen, die zur Selbstbeobachtung neigen, und war mir schon lange verdächtig gewesen. Ich beschloß eiligst, den Hut tiefer ins Gesicht zu ziehen (beziehungsweise in Ermanglung eines solchen die Stirn zu senken), und alles einfach auf den merkwürdigen Tag zu schieben : was ich gesehen hatte, hatte ich nicht gesehen; und nun nichts wie

heim! Im Sturmschritt! Nur einmal noch zuckte mein undiszipliniertes linkes Auge über die mächtige Tafel .....?
: Und blieb wiederum stehen, ein geschlagener Mann! : Dort oben, wo vorhin die Gigantin gelümmelt hatte, blühte jetzt ein Steingarten. Die mattgrünen Fettpflanzen, scharfe gelbe Blumensterne, ein Plattenweg wies streng vor sich hin : auf diesen Liegestuhl! Einsamkeit : der Vogel auf dem Wasserbecken war völlig erstarrt.
Dunkelheit wischte wie eine Hand darüber – und sofort ein neues Bild : Fräulein Riesin in einer Wasserfläche. Die starke Flüssigkeit lag eng an wie ein blaues Lendentuch; das Gesicht war ihr aufgegangen, das grobe Blondhaar saß völlig schief, ganz auf einer Seite. (Und schon wieder weg : schade!)
Also wurden oben Farbaufnahmen vorgeführt?! Hatten die Leinwand vors Fenster gehängt, und nicht dran gedacht? : Da wählte ich mir behaglich den günstigeren Blickpunkt, und kreuzte zur Ausdauer die Arme über der Brust.
Städte ruckten vorbei (fast wie Hamburg, eh?); ein Gemüsemarkt (und die roten Tomaten glänzten *so* dekorativ!). Autos an langen Straßen. Das Zelt auf der Düne : ihr bekapptes Gesicht durchs Strandhafergitter aufgenommen. So stand ich lange in der heiteren Nacht. Manchmal ging ein Pärchen vorbei, sah kichernd mit hoch, hatte aber dann doch Wichtigeres zu tun, und wandelte intensiv weiter. Einmal wurde neben der Haustür die Lampe hell : ein Angetrunkener balancierte, 2 lange Gladiolen geschultert, heraus, und schnurstracks von mir weg, auf sehr selbstständigen Beinen.
Man hätte hingehen können, auf den Knopf der Haussprechanlage drücken, und ganz einfach sagen : »Sind Sie das Fräulein in Blau auf den Bildern oben? : Dann liebe ich

Sie!«. Sie würde ihrerseits das Fenster öffnen, und amüsiert heruntersehen... (Wahrscheinlicher kämen aber schon Sekunden später zwei untersetzte Männer hergesprungen, mit vielenvielen Ohrfeigen in den muskulösen Händen!). Vielleicht war es ja auch eine Frau aus fernem Land, die man doch nie sehen würde; höchstens ihre Adresse.
Vielleicht hatten die oben die Kassette mit den Diapositiven gar nur gefunden. Oder die Fotofirma hatte die Anschrift verwechselt, und sie besahen jetzt neugierig das fremde Schicksal – an solchen Tagen war ja alles möglich!
Oder eine tote Freundin, deren Andenken man sich wehmütig auffrischte – und da trat ich doch vorsichtshalber ein paar Schritte weiter zurück; für solche Komplikationen bin ich nicht mehr jung und unempfindlich genug!
Ich winkte lieber mit beiden Händen ab; ging feige-entschlossen zu mir hinauf; Mitternacht war gottlob vorüber – und morgen hoffentlich wieder alles normal.

ROLLENDE NACHT

Selbst der kleinste Bahnhof henkerte uns mit Bogenlampen; zackige Schwerterbündel rannten an uns hoch; jedem flossen Messingsägen durchs Gesicht; so also sah ein Bundeswehrsoldat ohne Kopf aus.

Denn drüben in der Ecke schlief einer. Zuerst hatte er lange eine Illustrierte besehen : auf dem doppelseitigen Bild ging es furchtbar her! Irgendein Vesuv stand mitten auf dem Papier und wirtschaftete erschrecklich nach allen Seiten hin. Er warf nicht nur Rapilli, sondern ganze Berge aus, und der Feuerstrom aus seinem Gipfel war wie der Ganges. Der Ort an seinem Fuß, der gerade pompejisiert wurde, hatte Kuppeln wie der Kreml von Darmstadt. Aus dem Fenster jedes Wohnhauses starrten ein Paar zum Himmel gestreckter Arme hervor; aber die Unterschrift konnte ich nicht entziffern, da sie so sehr Kopf stand. Wahrscheinlich hatte ein linientreuer Pressezeichner sich keinen andern Rat mehr gewußt, die Sowjetunion zu erledigen; einmal war mirs, als könnte ich ‹Kljutschefskoj› lesen. (‹Dollar› ist ja noch zahm; das kommt von ‹Taler›. Aber ‹Rubel›? : der erste wurde von einer runden Silberstange mit dem Beil abgehauen; denn ‹rubjit› heißt abhacken : Wer kann wider Gott und Nowgorod?).

Es sauste unaufhörlich. Wieder machte es uns gestreifte Rümpfe. Ehernes Gestänge tummelte sich insektig vorbei. Der Mann mit der Lederjacke gegenüber bewegte demonstrierend den Arm in der Schlinge, und erklärte ihn :

Er hatte schon 164 Kirchen mit goldenen Kreuzen versehen. Sechsmal war er dabei vom Dache gefallen; einmal hatte er sich ‹unterwegs› mit Händen und Zähnen festhalten wollen, dabei aber 3 Schneidezähne eingebüßt, die im Blei der Dachrinne stecken blieben. Das Letztemal war ihm der rechte Unterarm zerbrochen; er hätte jedoch inzwischen mit der Linken bereits wieder 4 Kreuze vergoldet, und Bestellungen auf weitere 10 : das ist unvermeidlich heutzutage, daß man in solch endlosen Schnellzugnächten das Selbstbiogramm der meisten Mitreisenden zu hören bekommt. (Und belastend ist es auch; zumal, wenn man einen Überschuß an Fantasie besitzt, und sich dann anschließend tagelang mit all den Schicksalen auseinandersetzen muß!).
Wie spät? Die Frage der alten Dame (die aber eine leichtfertig-violette Kopfbedeckung trug, für die ich keinen Namen wußte) ergab eine schlaffe Diskussion über den Wert zweier Uhren, von denen die eine eine Viertelstunde vor, die andere ebensoviel nachging : wenn sie immer beisammen wären, wär's kein Problem, das bißchen arithmetische Mittel.
Und die Dame war aus dem Osten; hatte an der Oder ein Häuschen besessen (wie die meisten Flüchtlinge; ganz selten hört man von Einem, daß er zur Miete gewohnt habe); und erzählte länger von Schlesien und seinem uralt-deutschen Boden, als ihr nach den ungeschriebenen Gesetzen einer Schnellzugnacht zukam. Also unterbrach ich sie, als sie zum zweitenmal den ‹Breslauer Ring› beschreiben wollte, mit der Frage nach der Provenienz dieses Wortes. »Nu, Ring, Ring« sagte sie ungnädig, und zeichnete einen mit dem Finger vor ihre seidengrau überspannte Brust: »Der Platz eben; ums Rathaus rum.« »So viel ich weiß, kommt das aber vom polnischen ‹Rynek›« wandte ich verbindlich ein: »das heißt nämlich ‹Markt›«.

Sie setzte die Zähne aufeinander und atmete schwer aus; es klang wie »Du Kabire!«. »Selbst wenn – was ich bezweifle – es so sein *sollte*« sagte sie giftig : »wäre es bei der augenblicklichen politischen Lage völlig unangebracht, das zu wissen.« »Sehr richtig!« versetzte prompt ein so furchtbarer Baß, daß ich vorsichtshalber die Abteiltür ein Stückchen aufschob. Auch für den Rest der Fahrt zu schweigen beschloß; einsam wie ein Kätzchen im leeren Waschkessel, mit dem Deckel drauf. Aber sie rettete mich selbst, als ihr Blick zufällig aus dem Fenster fiel : »Also wie ein Feenpalast!«. Die Fabrik war nämlich schon jetzt, um halb Sechs, über und über erleuchtet, sah aus ihrer ernsten Front hundertäugig in die Winternacht, und ich dachte – dachte : ich mußte ja vorsichtig sein! – wie es wohl in einem Kopf aussehen möge, dem beim Anblick eines Textilwerkes das Wort ‹Feenpalast› entfiel : so eine darf nun auch wählen!

»Altenbeken!«. Sämtliche D-Züge hatten hier zehn Minuten Aufenthalt; denn es war einer jener raren Riesenbahnhöfe ohne Ort, wo sich diverse Hauptlinien kreuzen. Wie seinerzeit Kohlfurt bei Görlitz : an solchen merkwürdigen Plätzen hatte ich als Kind immer erwartet, irgend ein technoides Wunder zu sehen, einen fliegenden Menschen, oder einen versteinerten, oder so etwas. Ich entschloß mich, auf den Bahnsteig zu gehen; Füße etwas vertreten, und die Feindschaft im Abteil abklingen lassen.

Der flache Steindamm draußen war bereift, grau und grobfasrig. (Ob man in dem matt erleuchteten Bauwerkchen hinten wohl schon einen Kognak kriegte? Wohl kaum. Und nachher war's bloß der Raum des Fahrdienstleiters.)

»Ach, entschuldigen Sie –« das war der schlanke Herr, der die ganze Zeit, zart und verlebt, neben mir gesessen hatte :

» Sie sind Slawist? – Ä-Studienratdoktor Zeller mein Name : Englisch, Französisch. « Um nachher wenigstens einen Verbündeten drinnen zu haben, erhöhte ich mich feige selbst, graduierte und nobilitierte: » Doktor von Ende. « Er nickte müde und zufrieden; und wir besahen zusammen eine zeitlang den mageren Mond, der sich im weißgestrickten Gewölk eins fror. » Könnten Sie mal bei Walter Scott, im Original, nachsehen «, fiel mir als weitere Bestechung für ihn ein : » Da kommt im ‹ Herzen von Midlothian › das Phänomen vor, daß ‹ der volle Mond breit im Nordwesten › aufsteigt. « Er hatte mir lässig das verbrauchte Halbprofil hingehalten, und fragte jetzt vornehm erschöpft: » Warum? Gibt's das nicht? « (Man ist also doch letzten Endes allein!). » Nein, « sagte ich bitter; und wir erklommen vorsichtshalber wieder das Trittbrett, obwohl noch ein paar Minuten Zeit gewesen wäre.

Gegen Morgen wurde unsere Fahrt reißender. Kiefernkrüppel tauchten aus weißen Mooren; Pfützen rannten auf Schlangenwegen vorbei; viele leere Birken schwebten hinten durch die Haide. Am Kreuzweg hielt ein Fremder mit beiden Handschuhen sein starres Rad. Reifige Plankenzäune galoppierten noch einmal ein Stück mit. Dann riefen die Wälder wieder Amok über uns.

WAS SOLL ICH TUN?

Lesen ist schrecklich!

Wenn ich vom Helden höre, daß er sich zum Denken anschickt: ». . . er runzelte die Stirn, und preßte streng die Lippen aufeinander . . . .« – schon fühle ich, wie sich mein Gesicht, vorn, zu der gleichen pensiven Grimasse verformt! Oder: ». . . . ein hochmütiges Lächeln spielte um seinen rechten Mundwinkel . . . .« – mein Gott, muß ich dabei albern aussehen; denn ich kann nun einmal nicht unsagbar hochmütig lächeln, und schon gar nicht mit dem rechten Mundwinkel für sich; das ist auch so eine Gabe, die mir das Schicksal versagt hat.

Das muß Vielen so gehen! Morgens, in der Straßenbahn sieht man deutlich die Verheerungen, die die Schriftsteller unter uns anrichten; wie sie uns ihre Gedankengänge, die verruchtesten Gebärden, aufzwingen. Gestern hob der junge Mensch mir gegenüber – er ist Student an der Technischen Hochschule, und las einen mir übrigens unbekannten ‹Tennessee Williams› (so hießen in meiner Jugend allenfalls die exotischen Verbrechertypen, ‹Alaska-Jim› und ‹Palisaden-Emil›!) – also der hob den Kopf, und besah mich mit so unverhüllter Mordgier, daß ich mir davor bebend den Hut tiefer in die Stirn zog; auch eine Station früher ausstieg (beinah wär ich zu spät ins Geschäft gekommen. Wahrscheinlich hatte er mich langsam von unten herauf in Scheiben geschnitten; oder in einen Sack gebunden, und mich von tobsüchtigen Irren mit Bleischuhen zertanzen lassen!).

Oh, der Zeitungsroman, der Zeitungsroman! Neulich stand mitten im Text die nichtswürdige Wendung: ».... er wandte den Kopf, langsam, wie Löwen pflegen....« – am nächsten Morgen machte die Hälfte der Mitfahrer den Eindruck, als hätte sie Genickstarre; sie blinzelten und schnarchten verächtlich verzögert. Auch mit den jungen Mädchen war an dem Tage nicht auszukommen; sie schienen alle die Taschentücher vergessen zu haben, und bestarrten uns Männer aufs unverschämteste. Erst später erfuhr ich, daß es im Konkurrenzblatt geheißen hatte: »..... sie rotzte frech ....«.

Von Kind auf habe ich darunter gelitten! Während der Lehrzeit bei Henschel & Cie. las ich einmal, wie ein junger Mann seinen Chef durch hohe Freimütigkeit derart gewann, daß er ihn später zum Teilhaber erkor – : am nächsten Tage wäre ich beinah geflogen!

Meine zweite Freundin – solche Figur hat heut Keine mehr! – habe ich dadurch verloren. Sie las – völlig richtig! – in den entscheidenden Tagen Heinses schwülen ‹Ardinghello›; während Satan mir die ‹Mittlere Sammlung der Reden Gotamo Buddos› in die Narrenhände gespielt hatte: folglich versuchte ich soeben, meine Ration auf das dort vorgeschriebene eine Reiskorn pro Tag herabzustimmen (beziehungsweise die landesüblichere Magnum Bonum), und hoffte vermittels solcher Diät binnen kurzem die gebührenfreie Überwindung von Raum und Zeit zu erlangen. Hatte auch den Kopf voller Wendungen à la »... einsam, wie das Nashorn wandelt....« und versuchte ihre Bluse erstorbenen Willens zu besehen – ich kann mich selbst nicht mehr achten, wenn ich an jene Tage denke!

Dabei laboriere ich auch heute noch an den gleichen Problemen. Ich muß zwangsläufig und verstohlen die Lektüre meiner Frau kontrollieren, nur um zu wissen, was sie denkt. Ich tue das regelmäßig, seitdem sie einmal acht Tage lang so kalt und haßvoll tat, daß selbst ich Scheidungsgedanken erwog – bis ich herausfand, daß in ihrer Fortsetzungsgeschichte der Held soeben die Heldin betrogen hatte, und allerlei Haß und Wut stattfand. Ich habe schon versucht (heimlich, versteht sich!) sie zu lenken : indem ich ihr üppige Lektüre unterschob; es gibt ja Autoren, die einen Hautana mit Inhalt dergestalt zu beschreiben verstehen, daß selbst graubärtige Prokuristen toll werden. (Aber damit muß man auch vorsichtig sein, daß man nicht überdosiert; ich bin nicht mehr der Jüngste!). (Meinem Hauswirt müßte ich einmal eine Geschichte von edelmütigen Gläubigern in den Briefkasten schieben).

Diese Brüder – die Dichter – machen letzten Endes mit Einem, was sie wollen; sei es, daß sie Einem die segensreichen Folgen des regelmäßigen Genusses von Sanella vorgaukeln; sei es, daß man nur noch in ihren Formeln, Wortfügungen, Redensarten stottern kann. Ich habe eine Sommerreise verschoben, nur weil ich vorher die genial-scheußliche Schilderung eines Eisenbahnunglücks gelesen hatte. Andererseits bin ich in die Emsmoore gefahren – meingott, was für ein Land! : mit den Bewohnern kann man sich nur durch Zeichen verständigen; nie werden die Füße trocken; und der Regen, der regnet jeglichen Tag – und nur, weil ein Dichter Liebesszenen dort lokalisiert hatte; Liebesszenen! : angeblich floß die Luft dort grundsätzlich heiß, wie flüssiges Glas; und die Mädchen nahmen freiwillig Stellungen ein, wie man sie sonst nur aus Tausendundeinernacht kennt – – : *ich will nicht mehr lesen!!*

Eigenen Gedanken soll ich mich überlassen? Davor möge mich Gott bewahren! : meist habe ich gar keine; und wenn

wirklich, dann sind die auch nicht erste Qualität. Ich habe ja alles versucht; ich bin wissenschaftlich geworden; ich habe mir eine ganze Sammlung von Werken über den Mars angelegt, ausgesprochene Autoritäten, von Schröter über Schiaparelli bis Antoniadi und Graff : wenn ich dann im Geist über den rostroten Wüstenboden von Thyle I oder II wanderte, und in flechtenüberkrustete Felslabyrinthe einbog – bummelte nicht um die nächste Ecke schon Frau Hiller, einsam und listig? (Oder, noch schlimmer, die verdorbene Kleine vom Drogisten an der Ecke!). Geschichtliche Werke? : ich habe mich gewissenhaft in das Zeitalter Cromwells vertieft; und unverzüglich die Kollegen durch ein trotziges und verwildertes Benehmen überrascht; tat seltsame Schwüre: »Bei Gott und dem Covenant!«; unserm Einkäufer schlug ich vor, seinen Sohn zu taufen ‹Obadja-bind-their-kings-in-chains-and-their-nobles-with-links-of-iron›.
Schlafbücher müßte es geben; von zähflüssigstem Stil, mit schwer zu kauenden Worten, fingerlangen, die sich am Ende in unverständliches Silbenkringel aufdrieseln; Konsonantennarreteien (oder höchstens mal ein dunkler Vokal auf ‹u›): Bücher *gegen* Gedanken.
Was soll ich bloß tun?!

RIVALEN

1. Das weiß ich noch : ich sammelte Kartoffelblüten im Traum, und drückte die blaßblaue Armfülle zufrieden an mich; auf schmierigem Acker. Der Rundhorizont war grauleinen; wie aus Rauch gepustet erschien darauf die Gestalt eines uralt-verhaßten Schulkameraden : ich schlug gleich hoch herunter auf ihn ein, hinein in einen Baum mit ihm, weg! (Der kaute noch lange an dem Pythonbissen; aber verdaute ihn; und stand wieder mittelfest). (Dann austreten gehen, mit den üblichen peinlich-bürgerlichen Traumhindernissen; bis ich erwachte, und es rasch tat).

2. Wieder im Bett (ein leeres neben mir) : Wuddnbaaba : Wuddnbaaba ging eine ferne Kirchenglocke : *das* konnte natürlich eine ganz große Gefahr sein! Ich hatte sie schon seit vorgestern beobachtet : daß sie fast genau dieselben Wege ging, wie ich. Einmal sogar mit Kleinstaffelei und Aquarellkasten : das war etwas, was ich immer nur schlecht gekonnt hatte (obwohl es natürlich dem Schriftsteller eine unschätzbare Hilfe ist, die Farbwerte zu fixieren! Wie oft hatte ich über'm Manuskript gebrütet, in angreifendster Versenkung : an diese eine ganz bestimmte Gewitterbeleuchtung .....?!). Die Wasserleitung in der Wand, Gasthauswand, begann zu gurgeln, wie ein Ertrinkender, schlingend und wasserspeiend, kolkte und rülpste – wahrscheinlich stand Langmichel Grinsemaul auf, der Wirt (der natürlich irgendwie anders hieß; ich weiß auch genau, wie; will aber nicht). Wenn sie eine junge Dichterin war, dann war ich

geliefert : die Biester machen alles mit Genialität! (D. h. ich hatte das früher auch gekonnt. Aber jetzt bin ich 45 und arbeite langsamer, mit Chroniken und Archiven; wenn ich 3 Jahre lang alle guten Formulierungen, die mir noch einfallen, geizig horte, wird's ein ganz ordentliches Buch; also so ein Bonbon am Stock bin ich ja auch noch nicht!). Und die Konkurrenz unschädlich zu machen, gab es diverse Mittel; erprobte und unerprobte : avanti!

3. In der Wirtshausstube; beim Frühstück (7 Mark 50 pro Tag, für 1 Zimmer mit 2 Betten, Essen und Übernachten, war nicht zu teuer. Zumal sich die Wirtin, pausbackig rundherum, wirklich Mühe mit den Mahlzeiten gab : »Kann ich mal das Gästebuch haben, Frau Schnabel?«). Ah : hier! (Und welche Handschrift gleich wieder : also wenn *das* nicht hypergenial ist!). ‹Petra›, ja, das konnte man noch lesen. Aber schon der Familienname : war das nun ‹Vandling› oder ‹van der Longen›? (Und in der Spalte ‹Beruf› lungerte solch ein Schnörkel, daß ich ihn nur lange und giftig besehen konnte!).

4. Schon erschien sie, in irgendeinem Kleid. Saß in der Ecke nieder, bei der Tür, in künstlicher Dämmerung; den Riemen des Fotoapparates zwischen den Brüsten – nein : nahm ihn ab und lutschte am weichgekochten Morgenei. (Ein kohlschwarzes Kätzchen stakte hochbeinig heran : zu ihr, zu ihr. Erhielt auch sein Wurstpellchen; ihre Hand schmeichelte abwesend in Schwarzem – machte sie nicht eben eine Art Notiz?!). Da ging ich hinauf, und nahm vom (ärztlich verbotenen) Asbach; (verdünnt mit Korn).

5. Schloßhof : saß sie nicht schon wieder vor der Südfront?! Ich machte stur meine notwendigen Aufnahmen; immer mit ihr, immer mit ihr (vielleicht konnte man auch *das* noch als Episode mit in den Roman hineinbringen?).

Der Wind machte dem Schloßteich Krähenfüße. Und sie stand auf.
6. Heimlich vor ihrer Staffelei : ? : na, nichts Besonderes. Eben so ein Aquarell. Ganz alte Schule (wahrscheinlich hatte sie bei ihrem Vater gelernt? Noch sah man die vorschriftsmäßig-quergestreifte Untermalung; Stein blieb bei ihr Stein, oder präziser Klamotte. Und die Wolken wie Kohlköpfe). / Natürlich; an die Wand hängen könnte man sich's schon. Dennoch. / Ich ging zum Kastellan. Ich offerierte ihm die flache Schachtel Brasil. Das Fünfmarkstück. Und, mitten in's Halbprofil geflüstert: » Falls Sie der jungen Dame nachher falsche Daten sagen sollten? – Irren ist menschlich – Und auf plus minus 10 Jahre kommt's doch wirklich nicht an : ? – : ! «. Er nahm's; und ich betrachtete draußen den hellblauen Mädchenrücken, der sich sorglich über's Büttenblatt krümmte : Du wirst Dich später nicht schlecht über meine Kritik wundern!
7. Mittagessen : es war noch nicht so weit. Nahm sie also den Fotoapparat ab (auf die Bank daneben); und ging mit der Wirtin hinter's Haus, die Haidschnucken füttern, ‹ Willstu nicht das Lämmlein hüten? ›. Ein Wirtshaus voller Standuhrticken, gelber Mittagslichter, und böser-meiner Gedanken. Ich erhob mich vorsichtig : zum Fenster : ? Distanz 200 Meter? : Also nahm ich ihren Fotoapparat, öffnete ihn blitzschnell hinten (da waren sämtliche Aufnahmen futschicato!); und stellte wieder listig auf 11; primum vivere.
8. Die Hohlkeule seiner Hand : Langmichel Grinsemaul fläzte mir das Diner auf den Tisch (ich spaltete ihm in Gedanken den Kopf, sodaß ihm die Hälften auf beiden Schultern lagen : ? – Aber er gewann auch dadurch nicht; fügte ich ihm also den Kopf wieder zusammen. Nur gut, daß die runde Wirtin regierte). / Sie erhielt denselben Blumenkohl.

Gaffte an das Holz der Theke. Sonnenpolygone lagen überall. Sah mich an, eine unschuldige gelbe Kartoffel auf der Gabel, umgeben von schwarzem Mundrahmen. (Ich blickte in das strähnig-trotzige Mädchengesicht – und war scheinbar nicht mehr als ein Möbel für die Junge. Trotz meines gelb-rot-karierten Schickhemdes : Bäh!).

9. Die Sonne verschwand. Wind sprang umher. Einmal brummte der Triebwagen nach Celle vorbei. Ich war zwar müde, mußte aber Material für mein verwünschtes Buch sammeln : Beleuchtungen, Gegenstände, idiomatische Wendungen, Herr mach uns frei.

10. Also raus. : Saß das Geschöpf nicht schon wieder im Freien?! Saß. Bummelte düster vor mir her. Sperrte Weg und Fabel. Riß ein Blatt vom wilden Wein und kaute daran; warf's weg und fummelte am Schuhband (groß war sie, meinetwegen; aber dürr). / Als sie im Schloßhof raffiniert-sinnlos eine Diagonale abschritt, hielt ich's nicht länger aus! :

11. »Sagen Sie : sind Sie etwa auch Schriftstellerin?« (‹rin› : als ob ich eine wäre!). Verstört : »Nein : Malerin.« Sogleich sah ich sie wohlwollender an : ?

12. Ihr Geständnis : »Ich hab meinen ersten Auftrag. Von der Naturforschenden Gesellschaft in Bremen : 20 Aquarelle über Schloßamtshausundumgebung.« Nach einer windigen Pause; im Ringelreihen von Licht und Schatten: »50 Mark für jedes Blatt; 1000 im Ganzen.« Die kartoffelblütenblaue Bluse flatterte; sie schlug die Hand vor die junge Stirn: »Wie soll ich bloß 20 Themen zusammen kriegen? : ‹Das Schloß von Norden her gesehen.› Von Westen : von Nordwesten? : ?«. Durchs aschblonde Strähnengitter (so blies es der Wind hin und her); verzweifelt: »Es ist doch mein erster *Auf*trag!« (und der Vater war Oberbaurat in Roten-

burg). / Ich nahm die Flatternde beim Oberarm; ich berichtete ihr nachsichtig vom Schloß. Gab ihr 30 Themen für Historienmalerei aus dem Stegreif an. Sie zitterte und vergaß vor Entzücken einen Vorwurf nach dem anderen : Jansen und Massenbach; Schröter und Hardling; Nanne und Blumenhagen. (Wozu hab' ich schließlich monatelang in Archiven gesessen?).

13. Oh Du mein Abendbrot : sie saß fiebernd neben mir; begierig, kein Wort zu verlieren. Und ich aß würdig vom Kartoffelsalat (orderte auch noch 2 Paar Würstchen mehr pro Kopf); mein Mund ging wie eine Mitrailleuse. Sie schluckte erlöst am Bier, nickte und wollte immer notieren – ich hielt jedesmal die jungfräulich-knochige Hand fest : erstmal den *ganzen* Komplex erledigen; *dann* Motive suchen! (21 Jahre war sie).

14. »Frau Wirtin? – « : sie war eine gesalzene Frau, rund und weltkundig; auch schon gescheitert und oft überfahren. Sie lauschte hinter drallem Backenfleisch; ihre Augen gingen zwischen Petra und mir hin und her. Die Kuckucksuhr hoch über uns holte aus; sie schob den rüstigen Mund vor und nickte : einmal muß es jede Frau lernen. (Und warum nicht bei einem arbeitsamen Mann, der 4 Wochen im voraus bezahlt hat? – Noch einmal kurze Kopfgeste : Bon.)

15. Petra in meinem Zimmer : wir schrieben und nickten uns zu. Asbach und Zigaretten. Sie atmete befreit in eine Zukunft, und legte sich dankbar zurück. Ließ auch meinen Arm herum. Und meine Hand Fug treiben. »Mm.«

16. Ihr leeres Kleid im Arm : hatte es nicht genau die Farbe des Kartoffelblütentraumes?! (Sie war schon ganz rosa, und lachte glück-schläfrig, als ich ihr's erzählte). Der ewig Ertrinkende in der Wasserleitung stieß noch einmal säufern auf.

AM FERNROHR

Wenn man erst einmal über 50 ist, kann man in den frühen Nachmittagsstunden nicht mehr denken, (arbeiten, ja; das schon; das ist ein anderes); so gegen 5 dann – oder, wie es jetzt Mode ist, 17 Uhr : dabei ist es seit 30 Jahren amtlich eingeführt; was sind wir Menschen doch schwerfällig, oder, vornehmer ausgedrückt; ‹konservativ› : es ist zum Weinen! – gegen 5 also, durch den vorhergegangenen Maschinenzustand erquickt, wird man wieder leidlich normal. (17, 18, 19 : *das* sind die Jahre!). (Aber auch wieder nicht : sofort muß man zum Militär; Geld hat man nie; die Angebetete heiratet grundsätzlich einen ‹reichen Alten›, wie man grollend flucht – das heißt in Wirklichkeit, einen gutsituierten jungen Mann von 28. Was hilfts, daß man Gedichte schreibt, wie Rilke und Hofmannsthal zusammengenommen – und das ist wörtlich zu nehmen; denn es handelt sich lediglich um eine Art Abschrift – : nee : also doch lieber nicht!).
Aber an Sommertagen scheint auch um 5 noch die Sonne; Straßenbäume stehen würdig in staubgrauen Perücken (und wenn ein leichter Wind geht, stoßen sie sich an, sobald man vorüber ist : »Guck mal den Dicken da«). Oder feuerrote Kinder auf Rollschuhen rudern ebenso über die Asfaltflüsse. Dann höre ich auch gern Schreibmaschinen trippeln (und denke mir die entsprechende mythologische Figur hinzu : eine überschlanke Stenotypistin; die spinnenhaft hastenden Finger vergessen wir, und setzen dafür zierliche Hufe; ein endlos durch die Stille gezogener Reißver-

schluß befreit sie aus kontorener Hülle; und sie trippelt davon, durch weite wirre Staubwälder, listig und züchtig den Blick über die subtile Schulter zu mir zurück – doch! : 17 müßte man nochmal sein! – Das heißt : jetzt muß man's eben in der Fantasie erledigen; das geht auch; vielleicht noch besser. Und dahinter doch lieber noch ein Fragezeichen; so : ?).

Im Hausflur war es dann stockstill und lau; eine Treppe hoch; und bei Eduard klingeln. Ruhig warten. Dann noch zweimal : so schnell bekam er nicht die Füße aus seinem Traumkraut los. –

: »Nanu ? !« (ich; erstaunt).

Denn es gibt ja Leute, die die Fähigkeit besitzen, beim Türeöffnen den Besucher so abwesend und befremdet-verständnislos anzusehen, daß man sich sofort niedrig vorkommt; ein Mittelding aus Hausierer und Fechtbruder; am liebsten möchte man die Hand vors Gesicht schlagen und davon stürmen, treppunter; arbeitsscheu kommt man sich vor, Bummler, Aufdringling, sarcoptes minor – oh, bloß weg ! !

Bei Eduard allerdings war es der ‹normale› Gesichtsausdruck; ich kannte ihn eigentlich nicht anders. Wir waren zusammen zur Schule gegangen : schon damals hatte er so ausgesehen. Unfähig auf mündliche Fragen zu antworten (im Schriftlichen dagegen soll der erst noch geboren werden, der ihm an Tiefsinn und Wissen gleichkam); glücklicherweise hatten die 2 ausschlaggebenden Lehrer seinen Typ erkannt, und schützten-ehrten ihn demgemäß; folglich bestanden wir das Abitur, er mit Mühe; ich mit Mühe : 18 müßte man nochmal sein.

Bibliothek unverändert; da hielt er strenge Ordnung (was aber auch letzten Endes ein Zeichen von Schwäche ist; etwa gleich dem Ordnungszwang der Hirnverletzten, die jedem

Einbruch der Außenwelt durch Kalligrafie wehren müssen. Edgar Poe vergleichbar, der die schauerlichsten Geschichten mit wahrer Kupferstecherschrift zu Papier brachte : Schutzwehr gegen Orkan & Orkus!). Der Schreibtisch mit den Lieblingsbüchern umzäunt : wieder derselbe Begriff des »Hages«.

»Ah – « : dort auf dem Fensterbrett, neben seinem Stuhl, auf einem zierlichen Dreibein ein Fernrohr: »Hast Du's endlich geschafft?«

»Ja;« murmelte er behaglich: »Meine Großtante hat mal wieder...« (Das war seine ständige Erklärung auf fürwitzige Fragen oder Andeutungen über größere Geldeingänge. Auch Bücherkäufe – ich erinnere mich noch genau, wie er endlich die langersehnte, 32-bändige Dünndruckausgabe der ‹Encyclopaedia Britannica› von 1926 erhielt (und sie stand 2 Monate bei ihm auf dem Schreibtisch; ich fürchte, er hat während der ganzen Zeit nichts getan, als mit gefalteten Händen davor zu sitzen, und einzelne Lieblingsartikel nachzuschlagen : über das Buch Mormon; die Insel Tristan da Cunha; Horrox aus Hoole – der 1639 aus Versehen einen Venusdurchgang auf der Sonnenscheibe beobachtet hatte, und er konnte richtig *aufgeregt* werden, wenn er auf das Thema zu sprechen kam) : kurzum, er war so liebenswürdig, wie nur je einer der ‹Helden› Adalbert Stifters, ETA Hoffmanns, oder wie diese verschollenen Schmäucher alle heißen mögen; ich bin Textilkaufmann, und *kann* mir das nicht alles merken).

»40 mal 60« erklärte er das schwarz-chagrinierte Rohr (das wußte ich auch noch : 40 war die Vergrößerung, 60 der Objektivdurchmesser in Millimetern); das gleichermaßen schwarze Stativ starrte auf spitzen Aluminium-Weißfüßchen; (in Roten Gummischlappen).

»Sieh mal, da!« : ich blickte hindurch : ein leerer zementener Balkon in sengender Augustsonne; umzäunt mit Brettern; von unten her gezählt : 2 weiß, ein rot, ein weiß. In der Ecke ein Marktfrauenschirm, hellgrün mit gelben Tupfen; ein leerer Liegestuhl; über der Brüstung hing eine Zeitung. – »Nein; Du mußt an dem Ring stellen!« – Stellte ich also an dem Ring; noch mal; (er war stark astigmatisch, und das nützte mir nichts) : »Ah!« : jetzt konnte man tatsächlich fast die einzelnen Überschriften der Leitartikel entziffern.

»Es zeigt natürlich die Jupitermonde. Mars war während seiner Opposition scharmant zu sehen. Der Mond : wundervoll! : Du weißt, ich arbeite über Schröter«.

Zweifellos, ein schönes Stück; das Bild war heller, als das Original. Er sah in einer sorgfältig angelegten Tabelle nach, und schwenkte das Instrument gekonnt; schürzte den breiten Mund : da!

Ein Mädchen. Ich maß erst die ‹wirkliche› Entfernung mit den Augen : schätzungsweise – na – zweihundert Meter (also in diesem Fernrohr rund 5 nur). Und es war tatsächlich frappant : da saß das dünne bunte Geschöpf, die braunen Schenkelstengel übereinander gewinkelt; der eine Finger stocherte in Buchseiten (popelte auch manchmal; à la nil humani); das Profil einer Indianerin, der Busen karg : ? (Und Eduard nickte leuchtenden Auges; also Liebe auf 200 Meter Distanz).

Gewiß; er zeigte mir noch nacheinander dieses : eine Katze auf dem Zaunpfahl des Friedhofsgärtners, weiß und grau gefleckt; einmal blickte sie mitleidig-verächtlich auf einen Dackel hinab, der, ganz hetzender Schwanzstachel, unten im Sandweg brüllte. Auf der ‹Nachtweide› einen jungen Mann, der ein Flugzeugmodell aus freier Hand startete; nur man hörte das Schnurren nicht, das den Vorgang ‹sonst› zu begleiten pflegt : sehr merkwürdig ... Eine dunkelgrüne Isetta, die von einem fleißigen Pärchen geputzt wurde – jetzt gaben sie sich, hockend, einen langen Kuß .... immer noch ... und ‹Er› vergoß, vergessen, inzwischen aus einer schwefelblauen Flasche das gute-teure Fensterputzmittel (: 18 !). Aber zum Schluß schwenkte Eduard doch wieder, nach einem kurzen Blick in die Tabelle, auf jenes dürre Schulmädchen zurück.

(Anscheinend war bei ihm eben die alte große französische Revolution von 1789 an der Reihe : da lag der Lamartine; Carlyle, Thiers; aber auch Mercier, der unzuverlässig-fleißige Journalist; und Krapotkin benebst Louis Blanc und Aulard. Auf einem Notizzettel standen diese 2 Worte : ‹Dieskau› und ‹Suresne› : kein flacher Kopf das).

»Also sieh Dir *das* an !« – Sah ich mir also ‹das› an : rechts neben dem Schokoladenmädchen war soeben eine ‹Mutter› erschienen; man zankte – unhörbar für uns – nur die Arme gingen; in den Mundmasken bewegte sich's.

»Eltern« sagte er denkend zu mir. Und wir nickten beide : ist allerdings ein Thema !

»Eltern« : »Bei den Korjäken Nordkamtschatkas werden die unnützen Eltern flugs getötet.« / Eskimos ? : »Erstechen die kranken-schwachen Ahnherren; und reisen hurtig über den ewigen Schnee davon«. / Er brachte noch den neuesten afrikanischen Entdeckerschinken an : »Bei den Lobis wird kein Jüngling als vollwertig angesehen, ehe er nicht Vater oder Mutter getötet hat ! Und das hat möglichst frühzeitig zu geschehen; sobald der junge Mann einen unvorsichtigen Tadel als unbegründeten Vorwurf gegen seine Mannheit empfindet. Erst dann wird er aufs höchste von Verwandten und Bekannten geachtet; einschließlich der Verlobten, die nur darauf gewartet hat, um endlich seine Vollbraut zu werden. Die Freunde bringen ihm Gratulationsgaben; man tanzt entsprechend und singt« : »also diese Eltern sollen bloß vorsichtig sein!«

»Dem Zeugnis der Naturvölker nach, wäre also dieses idealisierte Eltern-Kinder-Verhältnis wesentlich nüchterner zu nehmen?«

Er hatte längst die lederne Gesichtsmaske – borstig war sie; unrasiert-weißdornig – wieder gespannt. Das rechte Augenlid hing ihm wie paralysiert herunter; er spähte und mundspitzte feldmessern nach seiner kupfernen Drahtplastik hinüber; die Rechte gebot mir Halt, wie nur je ein Verkehrsschutzmann.

»Hoffmann, ‹Des Vetters Eckfenster›« flüsterte er : »von dem Hauff dann seine ‹Freien Stunden am Fenster› stahl.«

– Pause. –

»Nein,« flüsterte er: »Nachts sind Sternbilder an ihrer Reihe. Tagsüber...« (er verstummte und stellte wieder schärfer–:!). Ich nickte dem achtlos-grauen Rücken neidisch zu; der hat Zeit zu so was : Voyage autour de ma chambre, und weit darüber hinaus. Mit vierzigfacher Vergrößerung.

Dann ging ich allein durch seinen schwarzgoldnen Korridor; stieß mich an einer Nähmaschine (wozu hatte der Kerl *die* wohl?!); und stelzte dann wieder hinaus, ins Sonnenlicht : Baconberkeleylockeandhume : wieso leben wir eigentlich so?

GESCHICHTEN VON DER INSEL MAN

Nachts : da ist der Betonmischer vor unserem Neubau endlich still; die Anstreicher im Hausflur haben aufgehört zu pfeifen (*und* zu niesen; die Buben müssen Bronchien aus Gußeisen haben!). Die Autos auf der Heinrichstraße werden schon seltener. Und nochmals mühsam zu rasieren braucht man sich zum Spazieren im Dunkeln auch nicht.

Heute kam nun noch ein Sondergrund hinzu : meine Nachbarin, alte alleinstehende Dame, züchtige Walkürenfigur, hatte mir von Fenster zu Fenster ihr Leid gesagt : Ihre Enkelin, Studentin im ersten Semester, käme mit dem Zuge, nachts um halb Drei. Völlig fremd hier; und dazu ausgerechnet Sonnabend (wo bekanntlich alle Laster losgelassen sind. Sie wies mit dem steinern-schockierten Blick der viktorianischen Tochter nach drüben, wo's vorbeistelzte, ganz Bein, am Hinterkopf die Skalplocke, alle nackten Arme akimbo). Nein, ihre Enkelin wäre *so* ein anständiges Mädchen; Neuphilologin; und käme für 14 Tage. Sie selbst könnte ja nicht, wegen ihrem Fuß. Sie bewegte, alles ablehnend, die athletische weiße Frisur, und stöhnte wieder baßdunkler.

Darum also zog ich heut länger als sonst Schlingen um den Ostbahnhof : ich hatte mir gutmütig vorgenommen, der alten Frau eine Freude zu machen – unbeauftragt, versteht sich – und das Weibkind sicher heim zu geleiten. In Versuchung gerät man in meinem Alter nur noch mit Mühe, und erledigt den Fall dann grundsätzlich in der Fantasie –

außerdem bestand dazu keinerlei Wahrscheinlichkeit, bei *der* Abstammung! Aber sie würde Gepäck mithaben, und schon deswegen froh sein.
2 Uhr 40 : hinten-unten wurde die Juninacht schon wieder hell. Ich stellte mich nahe der Sperre auf (nahm auch ein Notizbuch zur Hand, als schriebe ich mir Züge heraus : da *muß* ich einfach unverdächtig-unbesoffen sein!). Ah : es grollte heran! Ein greiser Schaffner schlich larvenhaft-bewußtlos in seine Holzschale; nur die glitzernde Zangenspitze ragte lauernd hervor – – : Da! : sie versuchte, in die Hand eines Opfers zu beißen, erwischte aber nur den Pappköder, und kappte enttäuscht mit dem Stahlgebiß.
Und dann war schon die höfliche kleine Stimme neben mir : »Ohverzeihung; könnten Sie mir vielleicht . . . . ?« Ich besah mir kurz die Fragerin : hochgeschlossen, adrett, gewiß; aber im Blondhaar doch schon ein Schwups. Und, hier, die lange Familiennase! Aber während sie dort nur würdig hackte, zeigte sie hier an der netten Vorderfront hinunter, also eher Wegweiser : Hier; und hier. (Sehr apart!).
»Ich muß selbst durch die ‹Inselstraße›« erklärte ich frostig-solide. »wenn es Ihnen also recht ist?«. Es war ihr recht (und das Köfferchen angenehm leicht; also waren auch kleine Umwege nicht ausgeschlossen; in ihr'm gesegneten Alter wird man ja überhaupt noch nicht müde!).
Schon nach kürzester Frist ließ ich mir einen englischen Ausdruck entschlüpfen : sie respondierte stolz, voll kleiner Gelehrsamkeit, lachte frisch über winzig-ehrsame Scherze, und kostete die fremde starke Morgenluft. »Wenn Sie sogar Keltisch mitnehmen, wird es Sie interessieren, daß ich längere Zeit auf der Insel Man gewesen bin.« Sie flammte begeistert auf, und fragte derart intensiv, daß ich sofort einen neuen Abweg einschlagen mußte. Und erzählen :

»Die Bevölkerung glaubt noch heute unentwegt an die ‹Kleinen Leute›, Feen und Kobolde. Der gilt als unvorsichtig und verdächtig, der sich mit seiner Familie abends zur Ruhe legt, ohne zuvor eine Bütte mit klarem Wasser an die Hintertür gestellt zu haben, wo ‹Die Gäste› sich baden können. – Mein Hauswirt in Killabraggan« (sie murmelte hingerissen den Namen nach!) »vertraute mir allen Ernstes, wie er einst eines regnerischen und windigen Nachmittags übers Moor ging. Alles war mit einem trüben Dufte überzogen, nur ab und zu kam Stein oder Strauch in Sicht : da hörte er eine Weise, wie von mehreren Musikanten gespielt. Er konnte den süßen und eintönigen Klängen, zumal des einen Hornes, nicht widerstehen, und folgte ihnen mehrere Meilen über Heide und Wildwuchs; bis auf eine große Schafweide, wo viele sehr kleine Leute mit aschgrauen Gesichtern, aber lustig, um lange Tische saßen. Sie aßen und tranken und luden meinen Wirt dazu ein. Dem war es längst gewesen, als kenne er einige von den Gesichtchen; aber er nahm vorsichtshalber keine Notiz. Bis einer davon ihn, eben als er die angebotene Silbertasse an den Mund setzen wollte, verstohlen am Ärmel zupfte, und ihm zuflüsterte : ja nichts zu trinken; sonst würde er werden wie er, der Sprecher, und nie mehr zu seiner Familie zurückkehren! Der Arme, maßlos erschrocken, beschloß dem Rat Folge zu leisten; es gelang ihm, den Inhalt mit guter Manier ungetrunken auszugießen – worauf die Musik abbrach, und alles verschwand. Ausgenommen der Becher; den trug er, müde und zerschlagen, nach Hause, und zeigte ihn am nächsten Tage dem Priester : der ihm natürlich riet, das Stück der Kirche zu stiften, nur die könne mit dergleichen fertig werden. Und dieser Becher ist derselbe, der laufend in Kirk-Merlugh beim Abendmahl gebraucht wird! Ich habe ihn mir selbst ange-

sehen. « – Sie nickte eifrig, und war anscheinend noch aufnahmefähig.
Unter der Gaslaterne vorm Sportplatz parkte das Auto einer Bausparkasse, mit Häusermodellen rundherum hinter den Scheiben; das gab eine so nette kleine Ausstellung, daß wir uns Jeder eins wählen mußten. (Sie das kleinste, simpelste; und die lange Nase zeigte vergnüglich : hier. Und hier erst!). Im Weitergehen :
» Manche Familien scheinen besonders anfällig dafür : eine Frau aus Orrisdale – die mir wöchentlich die Butter brachte; eine Meile nördlich von Ballasalli « (fügte ich nachlässig hinzu : dergleichen macht jede Anekdote unwiderlegbar!) » beklagte sich, wie ihre Kinder darunter zu leiden hätten. Ich war Zeuge, wie ihre fünfjährige Tochter eines Mittags heulend nach Hause kam. Sie hatte für den Vater ein Päckchen Tabak aus dem Dorf holen sollen; und war auf einer buschigen Anhöhe plötzlich von kleinen Männern umringt worden, von denen sogleich einer rief : sie müßte jetzt mit ihnen gehen! Ein anderer schien mehr Mitleid zu haben – hier wisperte das Mädchen der Mutter lange ins Ohr – und legte sich ins Mittel; wodurch sich die andern endlich auch umstimmen ließen, jedoch so wütend über den unschuldigen Anlaß ihres Zwistes waren, daß sie der Kleinen das Röckchen hochzogen, und ihr eine Tracht Prügel verabreichten. Die Klagende hielt uns als Beleg ihr Hinterteil hin; es war seltsam genug : man sah darauf die deutlichen Spuren winziger derber Händchen! «
Sie zuckte nicht im geringsten (war sie nun so kindlich, oder freien unprüden Geistes? Die Alte hätte 4 Wochen lang nicht mehr mit mir gesprochen!). Sie hatte aber gut aufgepaßt, und fragte gespannt: » Haben Sie erfahren, was die Kleine ihrer Mutter ins Ohr sagte? «

Ich nickte langsam und eindrucksvoll. »Ja; später erfuhr ich's. Auf Umwegen. – : Der, der ihr geholfen hatte, war ihrem ältesten Bruder wie aus dem Gesicht geschnitten gewesen – ihrem Bruder, der vor zwei Jahren beim Schafehüten verschwand!«

Da blieb sie aber doch stehen (und schüttelte sich ein wenig). Drüben, aus dem einsamen Stadtbad krochen zwei lange Jungen in schwarzen Dreieckshosen; sahen sich gröhlend vor Lachen nach uns um, und rannten lautlos dürr in die Ferne. Wir schüttelten entrüstet die Köpfe, und bogen um die letzte Ecke : ja, dies war die Inselstraße!

»Und hier schon Nummer 38 – also vermutlich eines der nächsten Häuser.« Ich stellte ihr den Koffer vor die großen Mädchenfüße. Wir dankten einander. Und ich sah ihr gedankenvoll nach, wie sie da so an den zementenen Felsen hinstöckelte : wenn sie mich nun morgen am Fenster wiedersieht – ist das dann pikant; oder bloß albern?

SCHULAUSFLUG

Ans Fenster treten. (Nicht die Stirn an die Scheibe drücken; das kommt höchstens in starkgebärdigen Schundromanen vor; in Wahrheit erlaubt das die Zentralheizung gar nicht, oder das lang-schmale Kacheltischchen; und der besagte Körperteil wird auch bloß rot gedrückt und schmutzig).
Spatzengeschrei machte feine Schlitze in den Rundumkrach des Verkehrs. Wind raffte aus allerhand Abfall einen Staubkerl zusammen, der mußte walzen (bis das nächste Auto ihn lang zog und zu Tode schleifte; samt seinem einen Papier). In meiner Höhe dann rote Kastanienblüten; auf hundert Balkons ringsum Liegestühle voller Geschöpfe, die ‹braun werden› wollten; ältere, klügere, richteten Riesenschirme gegen die sengende Maiensonne, marktweibergroße, und von einer Farbigkeit, daß einem die Augen gellten : waren also auch nicht klüger; bloß älter.
Älter : und mein Bein tat mir wieder weh! Kann es denn sein, daß Mitte Vierzig das Fußgewölbe eben einfach nachgibt? Daß man sich eines schönen Abends unversehens als glücklichen Besitzer eines Paars derber Plattfüße wiederfindet? ‹Life begins at forty›; und bitter nicken.
Freilich, wenn man Geld hätte ..... Ich wüßte es jetzt schon richtig anzuwenden : ein winziges Häuschen in der Heide (achttausend höchstens; nicht wie diese Bausparkassen, die mit Zwanzigtausend um sich werfen, als wär's ein bloßer Silbenfall); im Ställchen eine Isetta; Eintausend erlesene Bücher : einmal in aller Ruhe die ‹Insel Felsenburg› durch-

gehen können, den ‹ Nachsommer ›, oder Lessing von A bis Z; zur Nacht ein richtiges Bett zum Drinniederlegen (nicht mehr dieses dürre indianerrote Gestelle von Schlafcouch!); nichts mehr ums liebe Brot schreiben zu brauchen, keine ‹ experimentelle Prosa › mehr, keine feinsinnigen ‹ Essays ›, keine ‹ Nachtprogramme ›; an Uhren werden nur die lautlosen geduldet, die mit Sand und Sonne, oder höchstens im Korridor eine alte Standuhr, die alle Ewigkeiten, nachdem man vieles und vielfältiges gedacht hat, vor sich hin ‹ Mnja › sagen. Den Mond untergehen sehen, über Wieseneinsamkeiten, ganz rot würde das silberne Wesen geworden sein, wenn es einsank in Dunstband und Kiefernborte .....
Ein Motorradfahrer explodierte vorüber – das sind die allerschlimmsten! – : das Papier war ihm aufgegangen, und er zeigte wütend-ergeben mit der blanken Salami die neue Richtung. Auch fuhren amerikanische LKWs viel Atommunition vorbei, und es stank unnachahmlich nach Benzin, nach Straßenschweiß, nach Niveacreme, was weiß ich.
16 Uhr 30? Da hätte Fräulein Mülhäuser dasein sollen, meine einzige ‹ Schülerin ›. (Ich hatte mal inseriert: ‹Wollen Sie berühmt sein? Schriftsteller werden? Unterricht auf allen Gebieten schriftstellerischer Tätigkeit erteilt / Otto Lautenschläger ›.)
Und was hatte ich für Pech gehabt mit meinen Aspiranten! Die meisten waren total behämmert, und schrieben einen Stil wie Frenssens ‹ Sandgräfin › – also Edelkitsch; ein Reporter war darunter gewesen, der nur gekommen war, um einen (allerdings gut gemeinten) Artikel über meine Häuslichkeit zu veröffentlichen; ein Anderer hatte mich vor Gericht verklagt, weil er in meinem nächsten Buch ‹ seine Ideen › zu erkennen vermeinte – dabei hätte ein wirkliches neues Talent doch wahrlich niemand ekstatischer begrüßt als ich. Das

hatte ich während meiner literarischen Laufbahn ja nun doch auch immerhin gelernt : das Gute als solches zu erkennen (wenn man es vielleicht auch nicht öffentlich anerkennen durfte : der Markt war ja so überfüllt, die Konkurrenz so groß; der Selbsterhaltungstrieb verbot einem, Leute, die nach 1870 geboren waren, zu rühmen!).

Ah, da kam sie über die Straße! Lang und knochig, Schritte wie ein Mann, die Arme ragten aus den Taschen des dunkelgrünen Ledermantels (das war auch so etwas Unergründliches : Einmal, in sehr vertrauter Stunde, ach es konnte Zwanzig Jahre her sein, hatte eine Frau mir anvertraut, daß solch ein Ledermantel – wir Männer wären freilich begeistert : Festigkeit, Glätte, Winddicht, Teuer & Solide – für eine Frau eine Strafe bedeute! ‹Zum Ledermantel verurteilt› hatte das Abenteuer von einem Weibe es formuliert; eben weil das Stück nahezu unvergänglich wäre, ‹schier dreißig Jahre bistu alt›, wäre es ein Scheuel und Greuel in den Augen jeder mit der jährlich dieversemal wechselnden Mode fortschreitenden Frau!). Und Ilse hier trug einen. Hm.

Klingeln – »Ja, bitte!«. – Und da stand sie in meinem Korridor rothaarig und leicht sommersprossig; so groß wie ich; gelbgeränderte Brillengläser ritten über dem Irokesenprofil; da der Vater Direktor dreier hiesiger Textilfabriken war, half ich ihr aus dem schweren Ding.

Nach einem Jahr Unterricht (Stunde à drei Mark) wußte sie den Weg ins Paradezimmer. (Meine Wohnung bestand aus eben diesem – mit eindrucksvollen Bücherregalen an den Wänden; einem Rollschränkchen voller Leitzordner; einer Sitzecke – und außerdem einer verbotenen Zwergenküche, in der auch die dickbesagte Schlafcouch stand, alles armselig genug, was will man machen?). Ich rief ihr nach – absicht-

lich beiläufig; während des Mantelaufdenbügelhängens – »Sehen Sie sich mal die neueste Nummer der ‹Kalebasse› an!« (Der mir befreundete Redakteur hatte nämlich endlich zwei von ihren Gedichten abgedruckt; die ich durch den anderen befreundeten Redakteur einer zweiten Zeitschrift sehr wohlwollend hatte besprechen lassen – was will man machen? : Täglich drei Stunden à drei Mark, das sind rund Zweihundertfünfzig im Monat : wer's über's Herz bringt, werfe den ersten Stein!). Blieb ich also diskret lange draußen; während sie drinnen gierig mit den Zeitschriften raschelte. »Nehmen Sie sich die Exemplare mit, selbstverständlich.« gewährte ich großzügig.
»Obwohl!« und sah ihr streng in die selig-sommersprossige Gesichtsscheibe: »Zumindest die eine Wendung, ‹Lautlos, wie die Araber, / ihr Zelt falten zur Nacht›, von Longfellow expropriiert sein dürfte: ‹... shall fold their tents like the Arabs, / and as silently shall steal away ...›!« Sie errötete bis fast zu Tränen, und gab's zu. »Aber die Übersetzung ist *so* gut,« fuhr ich, ihr zum Trost fort, »daß es für diesmal durchgehen mag. – Da gibt es ganz andere Fälle : was meinen Sie, was Adalbert Stifter alles gestohlen hat? Sein ‹Hochwald› ist bis in die Einzelheiten der Handlung aus Coopers ‹Deerslayer› entlehnt. Das ‹Alte Siegel› haben Sie, wie ich Ihnen aufgab, gelesen?«. Sie hatte es, gehorsam und fleißig wie stets. »Da nehmen Sie sich jetzt mal den dicken blauen da heraus – jawohl, den! – und vergleichen Sie den Anfang von Fouqué's ‹Zauberring› damit : sogar die Namen ‹Hugh› und ‹Hugo› sind dieselben : es ist eine rechte Schande!«
Und wir gingen gemeinsam durch, wie man so etwas macht – plagiieren nämlich; oh, sie lernte schon etwas bei mir! Wir arbeiteten zusammen nützliche Bücher durch, etwa Wielands

‹Aristipp›, aus denen sie die Technik des Briefromans studieren konnte. Sie las die Korrekturen meiner Bücher mit. Wir gingen gemeinsam in Bibliotheken, wo ich sie die Standardnachschlagewerke kennen lehrte, die ‹Allgemeine Deutsche Biographie›, die ‹Encyclopädia Britannica›, ‹Schlichtegrolls Nekrolog›; und wie man den ‹Auswärtigen Leihverkehr› benutzt. Ins Funkhaus nahm ich sie mit, wenn ich, wie selten einmal, Geschichten vorlas, daß sie auch das aus dem Grunde erfuhr. Übersetzungen schrieb sie mir ins Reine (obwohl man mir da natürlich schon den Vorwurf machen konnte, ich benützte sie – auch bei Erledigung der Korrespondenz – als zahlende Sekretärin; hm).

Wieder Klingeln. – »Nanu? Ist das schon der andere Schüler? .....« Und ging zur Tür (ich hielt es für gut, diese Fiktion der ‹anderen Schüler› ihr gegenüber aufrecht zu erhalten. Und *was* ich schon für Tricks angewandt hatte, um vor ihr zu verbergen, daß ich keinen Radioapparat besaß! Feinsinnigste Argumente hatte ich ins Feld geführt: daß ein Schaffender seine alten Arbeiten nicht mehr hören dürfe; sonst entstünde nichts Neues. Und all solchen Blödsinn. Aber sie hörte getreulich jede Rundfunksendung ab; und berichtete am nächsten Morgen darüber). Diesmal war es aber nur der Postbote; ein Eilbrief: die Übersetzung müßte spätestens in 14 Tagen abgeliefert werden, weil der Schmarren verfilmt würde! Ich legte ihr resigniert den Wisch hin, und sie studierte ihn besorgt: »Ja, ob wir das fertig kriegen? ....«

Rasch noch ihre Schulaufgaben durchsehen: »Also, Fräulein Mülhäuser, was heißt das ‹Der Wortschatz des vom Hai um die Mitte Gepackten›?: der macht doch höchstens noch ‹Gacks!› – wohltönender Unsinn ist das!« (Natürlich alles psychologisch interessant; ihre Geschichte vom ‹Weiterträumen›, von der Frau, die nicht mehr zu träumen aufhören

kann, so die Brackwässer von Ilses Nacht & Tag; und andere Einfälle von ausgezeichneter Unbrauchbarkeit, das heißt solche, die sie mit ihren 24 Jahren noch gar nicht bewältigen konnte). Heute war Sonnabend – also noch rasch die Aufgabe für Montag: »Schreiben Sie einen Essay – zumindest das Gerüst eines solchen – über ‹Die Großhauswelten›; das wird für die nächsten Wochen und Monate unser Thema sein.« Und ist ja auch eine, formal überhaupt noch nicht bewältigte Erscheinung unserer modernen Zivilisation: typisch für die Menschheit sind diese beiden geworden, das Einfamilienhaus und das Großhaus, das dem technischen Produkt und seiner Verwaltung gewidmete, also Fabrik, Kaufhaus, Bank, Postamt; andererseits die, aus der Stammesunterkunft der Primitiven weiterentwickelte Drillanstalt, à la Schule, Kaserne, Funkhaus, Parlament wo die Ältesten Palaver machen; Rummelplätze....
(‹Rede zum Richtfest eines Atommeilers› fiel mir ein: »Mit Vergunst.....« – *denen* würde ich was erzählen!!).
Was war das Letzte gewesen?: Rummel. Ich tappte mit der Handfläche auf den Tisch; ich sagte: »Fräulein Mülhäuser, es dämmert bereits: kommen Sie mit auf den Messplatz; Sie wissen ja, ‹Greift nur hinein ins volle Menschenleben›; übersetzen kann ich auch noch nach Mitternacht – nehmen Sie den Notizblock mit, wir machen Studien, wir gehen auf Bilderjagd: Schulausflug!«. Sie errötete; sie stotterte: »Wir haben eigentlich Besuch; mein Bruder, der Theologe...«. »Ah, natürlich. – Also lassen wir's,« sagte ich ernüchtert (ich hab ja auch gar kein Geld; war ohnehin unvorsichtig, sie einzuladen; da muß ich dann als Kavalier bezahlen; ich: der Direktorstochter!). Aber sie errötete schon wieder so lieb, und arbeitete mit den großen Händen: »Ach nein, ich komm' ja gern mit; ich ruf' nur schnell zu Hause an...«

Dämmerung durch die Straßen. Der volle Mond schräg verankert im Wolkenstrom: »Heute Nacht findet überdem eine totale Mondfinsternis statt, sehen Sie sich die an; die nächste ist erst wieder in vier Jahren.« Und geleitete sie zur nächsten Telefonzelle.
(Seltsam so draußen zu stehen: das gelbe Eisengerippe, mit Glastafeln ausgefüllt; drinnen hantiert die Lange, am Ohr das schwarze Gerät; dreht sich her, als spräche sie von mir; schweigt zehnsekundenlang; am andern Ende mag eine Villa liegen, zwanzig Zimmer, eine distinguierte Mutter hebt die Brauen, im Hintergrund grunzt ein dicker kurzer Vater): »Na?!« Und sie strahlte mich grausam an: »In Ordnung!«.
Schon wurde der Krach lauter, die Häusermauern flackerbunter. Oben flog ein kleiner dicker Zeppelin, unten der Mann am Scheinwerfer hatte genug zu tun, ihn anzustrahlen. Und Schlangenmenschen, Sektmarken, Tänzerinnen machten Reifen aus ihren Armen und drehten sich selig darunter; Bratwürste sprühten Fettfunken; ‹Mach mal Pause› im Lichterwald; dreitausend Menschenmädchen machten dünnlange Beine; rotlöchrige Gesichter; Burschen überschlugen sich in Schiffschaukeln; Arme drängelten, Bänder sprudelten, Gürteln natternbillig; dicke Schützen brummten hinter Wangen, Teddies kauerten sklavenbunt.
»Ach, da; mein Bruder!« Sie verschluckte den letzten Wurstzipfel beinahe, und zeigte mit Augen auf den langen Studenten, der, wie aus schwarzen Röhren erbaut, eben auf uns zu kam; mit hohem steifen Kragen und kirchenpräsidentenem Gesichtsausdruck. »Mein Bruder Gerhardt .....« stellte sie leicht beklommen vor; und ich erkannte an dem ‹steinern› sein sollenden, aber wie gekocht wirkenden Austernauge nicht nur den habituellen Brillenträger, sondern auch den

korrekten Akademiker, der sich durch Autopsie überzeugen will, wer dieser ‹Lehrer› seiner Schwester eigentlich ist. »Ich kenne einige Ihrer Bücher,« ergänzte er undurchdringlich (hoffentlich nicht die ganz frühen, den ‹Sataspes› oder das ‹Haus in der Holetschkagasse›!). »Und Sie sind bei Ihrer Doktorarbeit? Darf ich fragen?« Er nickte gemessen von seinen sieben Fuß Größe herunter : ich durfte fragen. »Das Buch Henoch« erklärte er kurz und abweisend, à la : kennt ja doch Niemand außer mir.

»Henoch« sagte ich nachdenklich: »Das hab' ich früher immer gern gelesen.« (Und starkes Nicken in Erinnerungen hinein). Er drehte mir das gerunzelte Gesicht zu, mit dem man Konkurrenten wittert; auf der andern Seite begann Ilses Antlitz zu strahlen – sie kannte mich und meine bemerkenswerte Lektur; sie war auf alles gefaßt. »Ich kenne natürlich nur die Übersetzung beim Kautzsch,« sagte ich kalt; »während Sie ja sicher koptisch können –« (er bestätigte, ruckartig aus den Hüften heraus) » – aber mich hat die danteske Art zu schildern – genauer sollte man natürlich sagen : Dantes henochoide Art – immer sehr interessiert; zumal, wenn man im Besitz des Schlüssels, der kosmologischen Anschauungsweise ist, dann gibt es ja nichts Aparteres.« »Die babylonische Ziggurat« bestätigte er hochmütig, »obwohl auch da natürlich vieles noch unklar bleibt; wer wird denn auch eine Apokalypse bis ins Letzte verstehen wollen!«. »Was meinen Sie jetzt speziell mit ‹unklaren Stellen›?« fragte ich »Babylon natürlich; davon wissen wir viel zu wenig; aber es ist ja ein ganz anderes, alles erläuterndes Weltbild da.« »Nun« sagte er geduldig, »zum Beispiel die Wesen, die Henoch auf seiner Reise durch den Himmel antrifft; und die er bald als Mensch, bald als Feuerflamme sieht.« »Na, das ist ja nun noch das einfachste,« (ich formulierte es

boshafterweise so!): »das sind die Sterne bzw. ihre Führer um den Berg des Nordens.« »Berg des Nordens?« wiederholte er befremdet; und ich mußte ihm erst das Weltbild Kosmas' des Indikopleustes erklären – »Sie wissen ja, daß das Buch Henoch langelange in der griechischen Kirche ‹gegolten› hat; und Kosmas *ist* in Äthiopien gewesen, man vergleiche sein Monumentum Adulitanum.« Also skizzierte ich es ihm rasch auf die Budenwand: »Das ganze Mittelalter zehrte davon; Dante; Joinville; auch noch Kolumbus, der am Orinokodelta das Paradies und einen Berg entdeckt haben wollte, der bis in die Mondsphäre ragte, gestaltet wie die Knospe einer Frauenbrust –« (er zuckte sichtlich, und sah verwirrt zu Ilse hin; die errötete raschlieb; aber es war ja *zu* interessant) »Nebenbei: auf dem Umschlag der ältesten Ausgabe von Karl Mays Roman ‹Und Friede auf Erden› hat Sascha Schneider unbewußt einen Engel als Sternenführer dargestelllt – Sie können ihn morgen bei mir sehen.«
Er reckte sich ekstatisch; er fragte: »Steht der Kosmas beim Migne? Mein Vater hat mir die Serie zu Weihnachten geschenkt.« »Ja, auch da.« »Oh, damußichdochgleich.... nachsehengehen« murmelte er aufgeregt-abwesend; auch: »Kommstu mal mit zum Wagen, Ilse?« (Sie bat mit Hand und Mund um einen Augenblick: bitte.)
Warten. Männer in engen schwarzen Schutzanzügen bückten sich allenthalben umher, und legten schon die Zündschnuren fürs abschließende Feuerwerk. (Das muß man sich mal vorstellen: der ‹Migne›, das heißt die 400-bändige Serie der Kirchenväter, wird zur Zeit garantiert mit 10000 Mark gehandelt: und so was schenkt man sich bei Mülhäusers zu Weihnachten! Ob ich nicht doch das Stundengeld um 50 Pfennig erhöhe??). Aber da kam sie schon wieder hastig

durchs Plebejergedränge gestakt : »Mein Bruder ist *auch* ganz begeistert von Ihnen« gestand sie atemlos. (‹auch›?). Dröhnend verkündete der Ansager neben uns : »Letzte Fahrt des Riesenrades für diese Saison! Wer will noch mal! Wer ...« Schon hatte ich 2 Billets erstanden; schon Ilse bei der sommersprossigen Hand genommen; schon saßen wir nebeneinander in der Gondel, die unter angemessener Sambabegleitung nach oben zu steigen begann.

Hoch; ja höher. Oben allein. Und untertauchen in Krach und Helligkeit (wie sagt Sir Thomas Browne im ‹Religio Medici›? : And even that tavern-music, which makes one man merry, another mad, in me strikes a deep fit of devotion.« And so on). Neuerdings aufstiegen wir. Sanken wieder auf den Grund des Lichterteiches : in die korallenbunten Gerüste; Knaben ritten auf Seepferdchen; langbeinige Wasserjungfern quälten Würste mit spitzen Fingern, mit Zähnen .....

Aber Ilses Gesicht : ? : ?? Ihr wurde schlecht!! Ich schnipste dem Mann am Dynamo eine D-Mark hin, und er ließ uns schnell aussteigen (d. h. ich zerrte meine riesige Begleiterin möglichst rasch aus der Gondel). »Kommen Sie : schnell 'n Magenbitter!«.

Und schon wieder vor dieser Bude : die schwarze erfahrene Kellnerin schenkte uns ein (auf einen schlauen Augenklaps von mir hin Ilse immer das doppelte). Und allmählich wurde ihr (sommersprossiger?) Magen besser. Sie bekam wieder Farbe, und stöhnte ein paarmal erleichtert. – Und fuhr erschrocken herum, als auf einmal die Lichter erloschen. Ich legte ihr beschwichtigend den Arm um die große Schulter; wir traten etwas an den Rand (wo das Finanzamt ist; ich drohte dem Sandsteingebäude erst noch heimlich mit der Faust : !!).

Und schon zerkeilten die Lichthiebe unsere Fronten bis zur Unkenntlichkeit; bunte Klingen häckselten uns; ein Feuerriese ließ sein Blumengehirn übertrüffeln; und wir hatten zweifarbige Gesichter : die rechte Hälfte grün, die linke wolkiges Braun. Ein Lichtseil loopte wahnsinnige Kurven am Himmel; und rechts wieder Bonbonrot, links tiefes Taumelviolett. Ein Kanonenschlag machte uns Kleider aus feuerfarbenem Taft, (und viele hitzige Rosengesichter), bis der schwarze Donner die Erde unter uns wegzog wie ein Sprungtuch. Wir traten vorsichtshalber dichter aneinander, und sahen zu, wie sich dort, im Phlegeton, die Schatten zischend kielholten (aber das war alles nichts, gegen die röhrigen Bässe, die aus den Lichtfudern befahlen, und zaunhohe Flammenzähne zeigten).

»Komm' Sie lieber mit« nahm ich das Magenbittergesicht untern Arm; und zurück durch die Stadt, über angestrahlte Straßen hinweg, und Plätze, an deren Rändern helle Geschäftshöhlen lungerten : Katarakte von Hüten; schwarze Frauen knixten mit grobem Silberhaar, manche hatten Federköpfe wie Vogelmenschen. So eine Lederjacke müßte man sich kaufen können.

Sie hing schwerer in meinem Arm, murmelte ein Lachen, und stöhnte wohlig (waren 4 Magenbitter etwa zuviel gewesen?!). Sie blieb tiefsinnig vor einem Schaufenster stehen – eine schwarze Siebenachtelhose schritt weitgebärdig über Blusenbusen; gelbe magere Handschuhe tasteten lüstern an Mädchenwäsche – sie war offensichtlich angeheitert. »Trinken Sie eigentlich sonst?« : »Achneinnie!« summte sie selig, und lachte und zeigte. Und wurde wieder ernst; und umklammerte meinen Arm fester: »Ich hab mir – obwohl's verboten ist – Ihr ‹Anderes Zimmer› angesehen : Ochch!« Und stellte sich vor mir auf (die dunkle Passage am Weißen

Turm war günstig). »Und ich hab' aufgepaßt : es kommen gar keine ‹Anderen Schüler›! – Und die ‹Holetschkagasse› ist doch so *wunderbar!!* – Die dünne Schlafcouch hab' ich gestreichelt, immerzu!«. Sie legte mir beide mächtigen Hände um die Oberarme; nahm sie aber, wohlerzogen, gleich wieder weg, und wir gingen weiter durch die dunkler werdenden Vorstadtstraßen.

Bäume, in schwarzgelben Perücken, begannen zu rauschen; die Abstände zwischen den Villen wurden schon größer, vornehmer. Auf einer Bank, in Schattenwirbeln, verrankte sich ein Pärchen. »Und meinem Bruder würde es ja so sehr helfen, Ihr ‹Kosmas› – er will doch später Superintendent werden!«

Bogen wir also noch um die Kirchhofsmauer; und sofort weiter den Trampelpfad über die Nachtweide; ist billiger als ein Cafébesuch.

»Aaaach!« und da hing er, ein Kupfergong, sehr niedrig im Äther : der verfinsterte Mond. Über dürren Kiefernwitwen. Ein paar Fußballtore standen, völliger Autismus, im Gelände herum. Sie sah mich an, und sagte gelehrig das zuständige Wort : »Oppolzer!«. »Oppolzer«, wiederholte ich, und drückte ihren Armknochen fester : was ich schon so an Mondmetaphern ersonnen habe; es wäre nicht mehr als recht und billig, einen Mondkrater nach mir zu benennen!

Also stehen. Auf dem umliegenden Wiesenland bildete sich sacht der Tau. Spitzgliedrige Sternbilder hockten zitternd an allen Horizonten. Zeit wäre es, sich nach einem sicheren Hafen umzusehen. Der Vater Direktor dreier Textilfabriken. Und ich träumte von Karteien; von anständiger, regelmäßigrechtwinkliger Arbeit; Kinder könnte man haben, 3 Stück, groß und rothaarig, nicht bloß immer ‹Schüler›! –

Vor ihrer Villa; 14 Zimmer; oben im Dachgeschoß war noch

Licht. »Und jetzt hör ich Ihr Nachtprogramm; bei meinem Bruder im Zimmer – ach« gestand sie. Rührend und abgründig tiefsinnig war dieses »Ach!«; lieber nicht drübernachdenken. Oder doch? – ?

Ich nahm ihre schweren Armknochen; und legte sie mir um den Hals. Meine um ihren Brustkorb. Lange. Und wir hakten die brilligen Gesichter übereinander. Lange.

Mondfinsternisrummelfeuerwerkhenoch! –

»Und jetzt hör' ich Ihr ..... : *Dein* Nachtprogramm!«. Sie montierte sich mühsam von mir los. Und kam immer wieder heran.

»Und morgen kommen wir beide zu Dir : Gerhardt und ich.« – Sie legte die große Hand auf mein Herz. Fing mein Gesicht mit dem ihrigen. Und also kann man ja noch weiter leben.

ZÄHLERGESANG

Im allgemeinen bin ich am liebsten allein; ein Wesenszug, den meine wenigen Bekannten ohne Zögern bestätigen werden; das ist ja immer das Schönste, dieses »Ni Dieu, ni maître«. Folglich kommt es auch selten vor – beinahe wäre ich der Epidemie erlegen und hätte getippt »relativ selten«; man muß ja zu vorsichtig sein! –, daß ich mich in größere Menschenansammlungen begebe, und die sind dann stets von ganz besonderer Art.

Früher waren es die Wartesäle kleiner Bahnhöfe (wobei der Akzent auf »klein« liegt; große sind da viel zu charakterlos : da weiß man nie, ob man nicht im Hotel sitzt oder im Speisesaal der »Queen Mary«; es fehlt die beständige unverwechselbare Untermalung durch diesen ganz spezifischen Begriff »Eisenbahn«!); auch abendliche Bahnsteige, auf denen neben ihren gelben Koffern die Menschen wie Schaufensterpuppen herumstehen; gelbe Uhrenmonde guillotinieren ruckweise die Zeit; Abschiede zwischen niedrigen Eisenbäumen mit schwarzer nietenköpfiger Rinde.

Das allerdings ist mir versagt, seitdem ich zu Rheumatismus tendiere. Da stelle ich mich denn nun zum Ersatz in Warenhäuser, neben die Rolltreppe (so lange, bis die Verkäuferinnen einander argwöhnische Augenwinkel zuheben); da läuft ebenfalls die Gesichter- und Stimmenbrause; da sieht man, wie der Mann sich drückt, wenn die Frau an die billigen Pullover gerät : Verheiratete müssen ihre Freiheit wohl pausenlos durch Zehnmarkscheine erkaufen (und Vorwürfe bekommen sie anschließend doch noch).

Es war also Abend geworden – Abend muß es sein; da geht alles schwarzgelber und lockerer (die lästigen Morgenenergien sind verbraucht); wer jetzt durch die Straßen bummelt, mit schon geglättetem Gefieder, nickt auch den altmodischen Gaslaternen anerkennend zu (wenn man das Ohr neigt und die Stirn nur ein bißchen kraust, kann man auch das einförmige Zischen der vier Flämmchen hören und sich sagen : das zischt da immerfort; auch während du schläfst : sehr merkwürdig!); und wer gar einmal hochlugt, in die schwarze Eisenkappe hinein, sieht vielleicht zu seinem Erstaunen, daß diese Gaslaternen alle Nummern haben, »911«, und die nächste, nachdenklicherweise dann »1515 a« : schon fängt man verantwortlich, ganz Mitarbeiter an unserer Demokratie, an, zu grübeln : welches System solcher Numerierung wohl zugrunde liegen möge?

Als ich, von einem Gang solcher Art heimkehrend, in »meine« Haustür einbiegen wollte, bemerkte ich befremdet, daß an diesem Winterabend gegen 17 Uhr gleichzeitig vier Möbelwagen vor dem Nachbarhaus hielten. Richtig! : Der Neubau war eben fertig geworden, noch wirtschafteten Handwerker in allen Gängen, Eimerchen mit lustigen Farben machten Tuschkastenaugen, Rohrleger hingen an Leitungen. Es hupte mächtig hinter, neben mir, und ein neuer Lastzug, mit schräger Braunschweiger Firma, wühlte sein Bärenhaupt zwischen die kreuz und quer wartenden Vorgänger.

»Es war eine Lust ...«; »So prächtig hauruckten die Pakker ...«, solche unverbindlichen Satzbruchstücke erschienen unverzüglich in meinem Oberstübchen, daß mich die Lust überkam, zwischen all den aufgeregten Hosenbeinen und Mädchenschöpfen mitzumachen. Holte ich mir also meinen alten blauen Monteuranzug aus dem Schrank; dazu die fesch-beige Baskenmütze – halt!; den Zollstock noch in die Hand; und ein Endchen Rohr – und mischte mich wohlgemut ins Getümmel.

Da riß es mich in eine laute und aufgeregte Welt: ein Schrankgigant kippte gleich auf mich zu; hünenhafte Tapezierer legten Balatumlanzen gegen mich ein; Elektriker mit Ampeltöpfen in den Händen turnten leiternhoch, dennoch sah ich so zünftig-amtlich aus – aus der Brusttasche ragte mir gekonnt, gut lesbar, die letzte Zählerrechnung der AEG! –, daß niemand mich nicht nur nicht aufzuhalten wagte: im Gegenteil: ich war allerorten der Gast, der geehrte Gast; der Herr über 20 Tarife; dessen Wohlwollen man sich versichern mußte! Also besah ich mir in aller Muße abwechselnd die Beine der Möbel und der Frauen – (beide erschienen öfters aus Versehen für Minuten in den falschen Wohnungen); und lauschte dem, was man höflicherweise das »Gespräch« nennt; das heißt dem Gemisch aus dirigierenden Schreien, ehemännerlichen Flüchen (dem Dialekt nach alles Flüchtlinge), Kinder hielten ihren Spielpanzer vor die bestrickte Brust gepreßt; Frauenlippen zählten lautlos nach. Eine gefiel mir sehr; ein dünnes kindliches Gesicht, spöttisch und schwermütig, sehr weiß, unter der schiefen feuerroten Mütze.

Also nähern! Ich drang zielbewußt in die dazugehörige Wohnung ein: eine besorgte Mutter zauderte zwischen Kisten (deren Inhalte augenscheinlich unbekannt waren); ein kleiner derber Vater in Breeches (das Bruderkind verschwand unter dem darübergestülpten Papierkorb, quantité négligeable).

Ich nahm gleich den Zähler im Korridor in die Hand (und wurde ehrerbietig betrachtet, wie ich da, die Zungenspitze fachmännisch heraus, maß und murmelte!). »Ach, Sie komm' aus Pommern?«; und der Hausherr bejahte bereitwillig; das ist das einzig Gute unserer Zeit, daß man sich leicht unterhält: »Sie sind auch vertrieben?! Wie war bei euch der Russe?«.

Oh weh; und alles winkte ab. (Ich half dafür auch die Möbel mit geraderücken; hatte mich als schicksalsgenössischen Schlesier zu erkennen gegeben.) Also von den ganzen, »leidlich« milderen Jahren mal abgesehen (und ich wünschte jedem unserer Politiker solche »milderen« Jahre: die würden Augen machen!); beim Einmarsch war es schlimm. (Und jetzt wurde es schwierig für mich: ich mußte dreierlei gleichzeitig tun: dem Zählergesang lauschen (ich weiß nicht, ob Sie's schon mal versucht haben: wenn man sich nachts, alle anderen müssen schlafen, das eigene Gehirn ist ausgelaufen beim Studium von Schröter oder Lamartines »Geschichte der Girondisten«, vor den Elektrozähler stellt: da singt es drin, ferne Stimmen, wie wenn man manchmal die Kurzwelle einstellt und Radio Surabaja wispert einem ins Geöhr); also dem mußte ich lauschen. Dann dem Gerolle der Bagage draußen: Rückzug der menschlichen Armee vor dem Feind Leben. Und schließlich (und wichtigstens) der Erzählung von Dittmanns.

Als der Russe kam, flohen sie in die Wälder. Das Haus zu halten war unmöglich für die Frauen, wegen der vielen Vergewaltigungen. (»Wenn die Besoffenen dann ankamen und die Mädchen verlangten, bin ich immer mit raufgegangen«, mitteilte tönern die untersetzte Mutter.) Und ich hob den Zollstock wieder wütender an die Leitungen.

Dann Verstecken in den Wäldern. (Am Tage mußten sie auf ihrem früheren Eigentum arbeiten!) Zu vierzig schliefen sie in der Holzfällerhütte, als der Typhus ausbrach. (Gemischt mit Ruhr – und ein Eimer für alle : das ergab Szenen, die jenes ruchloseste aller Worte illustrieren: » Und siehe : es war alles gut ! «)

»Von 40 kriegten 39 den Typhus – und ausgerechnet mein Junge, der zwischen uns lag, nicht : das ist doch seltsam ! «

» Und die Haare sind uns ausgefallen : vollkommen. Wir wußten gar nicht, was wir machen sollten ! «

Eben kam die Kleine (was heißt hier » Kleine « : so 18 mochte sie sein ! Einmal hatte ich gehört, wie sie zu einer Bekannten äußerte : » Du, wir haben ein' Elektriker oben : der is nett ! «) mit einem Karton die Treppe heraufgepustet. Wir lachten einander an; à la ich wollte es wäre Nacht. Sie rief, raffiniert-gleichgültig, einer Freundin etwas zurück. Und ich ging einen Stock tiefer, auf diese neue Schwarzgelockte zu.

» Entschuldigen Sie . . . « (und was man weiter so sagt). Dann bei denen Messen und Schätzen : » Sagen Sie, wie heißt eigentlich die junge Dame oben ? . . . Dittmann, gewiß, aber wie weiter ? «

Sie machte ein bedenklich-pausbackiges Gesicht (und es stand ihr sehr gut zu den silbrigen Augenkernen); wiegte auch hochbedenklich den Kopf : »Wissen Sie denn nicht ? . . . « Ich wußte natürlich nicht; und sie erklärte es mir : » Können Sie sich's nicht denken, warum Lise immer diese Mütze trägt ? : Die hat kein einziges Haar mehr auf'm Kopf ! Kahl wie 'ne Kniescheibe. Die kriegt nie mehr 'n Mann ! «

Zwar gelang es mir, beherrscht, nur » Aha « zu machen; aber innerlich wölkte es doch ständig weiter; wenn man so ein Mädchen bei sich hätte – in fortgeschrittener Stimmung – und dann auf einmal der atheistenkahle Eierschädel ? ! Da schob ich doch bedenklich die Unterlippe vor !

(Gewiß, ja : bei Dauthendey, » Acht Gesichter am Biwasee « , kam ein ähnliches Thema mal vor. Aber das war ja Japan, weit weg, und also eigentlich mehr zum Lachen. Wogegen hier . . .)

Ich riß mich los, aus dem schwarzlockigen Getümmel; versprach noch rasch neue, gütigere Tarife; und flüchtete mich in meine Junggesellenwohnung.

Erst noch ein bißchen in den Geschichten aus der Französischen Revolution blättern; Carlyle, Thiers, Aulard und Kropotkin : damals waren ja auch tolle Sachen vorgekommen!

(Beim Schlafengehen auf das weiße Kopfkissen starren : nee. Einen Frauenkopf wie ein Straußenei ? . . . : Nee ! !)

Der Lichtschalter war in Zählernähe, richtig : er sang wieder; ganz nichteuklidisch weltraumhaft und »Hüahüaho«. Noch einmal den Kopf schütteln : Nee. Es stört doch maßlos : so ganz ohne Haare ? . . .

NEBENMOND UND ROSA AUGEN

(Nr. 24 aus der Faust-Serie des Verfassers)

1

Die Nacht war still; der abnehmende Mond erhellte die Straße; wir ritten auf unseren Fahrrädern dahin. (‹Teerdecke›, das ist eine nützlichere Erfindung, als.) / (Daß die Dämonin ausgerechnet wieder ein karminrotes haben mußte, die Rohrköpfe gelbgeflammt & wie mit Rauchfloren umwickelt, hatte ich ihr vergebens verwiesen; sie rausredete : im ‹Vorhof› hätte's kein anderes gehabt. Je nun; ich hab mich ihr nun einmal verschrieben.)
Als plötzlich, gegen 3 1/2 Uhr, im Westen eine schwarz graue Wolke sich zeigte; und, kaum von uns gesehen, von heftigen Böen begleitet, pfeilschnell unserem Zenith zu eilte; (‹mein› Zenith – ich wäre also Zenithbesitzer? ‹Wer kauft Azimute?› : »Nadire feil!«).
Wir sahen es einmal nur stark blitzen, hörten aber keinen Donner, zwischen Görlitz und Lauban; (wenn es die DDR nicht gäbe : sollte man sie erfinden?). / Der schwarzhakige Wald chausseete langsam neben uns entlang; Dorédornen öffneten gefällig Krallenfächerchen, (wenn man 1 abbrach, seufzte er womöglich, der Wald an der Chaussee; und litt dann weiter an Oktoberstarre.) / ((In dem Gehöft-zuvor, wo wir Milch getrunken hatten – ‹Milch›; das muß sich Einer ma vorstellen! Wir taten es aber auch aus reiner Bosheit. (Und meine Teufelin brachte dabei die Brust *so* vor, daß Mann gleich hätte unsinnig werden mögen.) – hatte

der Hahn lange in die Fahrradlampe gestarrt, the Snake & the Serpent; und dann zu krähen begonnen : The Sun does arise, & makes happy the skies. Auch war noch bemerkenswert gewesen, daß eine junge Katze, die, laut Aussage jener Klütenpedder, sonst wenig Elektrizität zeigte, in den vorhergehenden kalten Tagen, vom 23. bis 27. Oktober, bei dem leisesten Streicheln starke Funken sprühte; besonders lange kamen, mit lautem Geknister, aus den Spitzen der Ohren. Meine Dämonin – oder bin ich ‹ihrer›? – trank, wie gesagt, währenddessen immer Milch; aus feuerroten Handflächen; mit sichtlichem Genuß.)) / Uns stand jedenfalls einer der großen Zyklenwinter bevor.

Es wurde so dunkel, daß wir die Straße nicht mehr zu sehen vermochten! (Oder nein; weg das Ausrufungszeichen : so stenografenhaft schnell erfolgte der Vorgang doch nicht ganz; man sagt mir ohnehin nach, daß ich mit einer Handtasche voller Ausrufungs- und Fragezeichen, also voller Geschrei, reise : es ist nicht wahr!!). / Wenige Sekunden darauf fing es an zu hageln, und es fielen Schloßen, wovon einige die Dicke einer Wallnuß hatten. Der Wind wehte furchtbar; so daß die Räder ihm nicht zu widerstehen vermochten, sondern seitwärts getrieben wurden. Einzelne Hagelkörner, welche ‹es› auf die Klingeln und in die (leeren) Handgriffe der Lenkstangen drängte, leuchteten; (und in demselben Augenblick sah ich auch ihre Ohrenspitzen glimmen! Sonst aber nichts weiter; keinen fingerzipfligen Teil irgend an uns, noch an den umgebenden Gehölzen, nichts.)

Selbst meiner Dämonessa wurde unheimlich. (Vielleicht auch nur angeblich : Wer, der im Kürschner steht, weiß schon noch Bescheid mit Dämonen? Die, die's behaupten, sicher nicht. Und ‹Leser›? – achduliebergott. ‹Leser›, das sind Diejenigen, die zeitlebens ‹Schirm› zu dem sagen, wobei einem Schriftsteller ‹ ein Stock im Petticoat › einfällt!). / Sie erinnerte mich diskret an 1 ‹ längeres Gedankenspiel ›, das ich, als sehr junger Mensch, damals, hier im Nonnenbusch lokalisiert hatte : ? – Ich runzelte die sehr-behagelte Stirn (da jetzt sogar der obere Rand meines (geklauten) Rückspiegels zu fosforeszieren begann). Wir einigten uns kurz; durch Wimpernbedenken, Wortstücke, Lippenperispomenen, Handgaukeleien. Und bogen ergo links ab; (sie ließ mich raffinierterweise ‹ führen › – also ‹ Erinnerungen wecken ›; die sind ja *zu* abgefeimt.); den Hang-Lehmweg, meingottdasgeglitsche, hinunter : kann man das BrettübereinenBach ‹ Steg › nennen? . . .

Der Hagel wurde jedenfalls geradezu lebensgefährlich! (Ich & viele Pferde jener Gebiete hatten am nächsten Tag Beulen & blaue Flecken.) / Wir köpften uns in ein Fichticht. Hockten unter das barbije Weir (= knochiges Drahthaar) der unten-Erstorbenen. Und warteten eben. – .

. – . / – – . / : *Pause. Der Hagel* massierte die allesduldenden Zweige dichtüberuns. Die Dämonin zählte ihr Papiergeld unter (und mit) der Hakennase. Rechnete; und debattierte einmal, kurz & ungehalten, mit ihren Montessori-Fingern. / Die Schloßen rappelten, als lebten wir in Packpapier; (eine Zellstoffwelt; wir wehren uns mit Armen, halberstickten. Der Tod kommt schneeweiß : *auch* 'ne Möglichkeit. – Die Nerven der Meistenvonuns würden ‹ weiß & lautlos › vermutlich viel schlechter ertragen, als dantesk-aufgeregte Höllen.) / Sie lächelte befriedigt, da es kein Ende nehmen wollte. Bat um Erlaubnis & erhieltsie. Zog eine Rolle aus dem (feurig beflaumten) Busen . . . .

. . .*ich barg, was ich an Ohren hatte,* in Schiband & Nadelstreu; befahl ihr, ja leise zu sprechen; und das Subjekt (?) las tatsächlich auch. Frisch gesammeltes Material aus Westdeutschland. (Und, Moment : wenn Die also, bei Satans, die ‹Spaltung› offiziell anerkennen? – : dann tut Unsereins doch wohl gut, sich ebenfalls darauf ‹einzustellen›, wie?) –

2

Geschichte der Teufelin

Ich verbrachte meinen Urlaub in der Nähe von, sagen wir, Kirchhellen; als männlicher Zeichner. Saß 1 Tages und skizzierte, in der Nähe meines Gasthauses. – / – : 1 offenes Auto kommt vorbei; darin 1 Herr & 1 junge Dame, (am Steuer). / Schönes Wetter; Hochdruck 770 Millimeter, (so recht für Teufel!); ich zeichne also am nächsten Tage weiter. (Eine Erlengruppe übrigens, am Bach; dazu, als Staffage, 1 badende Fünfzehnjährige, mit großäugigsten Brüsten : raffiniert!). / Wieder kommt das Auto vorbei. Hält. Fährt weiter. – (Jetzt war ich meiner Sache sicher. Zeichnete also rüstijer-fürder.)
Beim dritten Mal steigt der bessere-ältere Herr aus, und stellt sich vor : – (irgend 1 Zechenbaron; Kunstliebhaber; Besitzer der großen Villa-drüben) : »Sie haben sie vielleicht schon gesehen?«. (Auch große Güter im Hannoverschen; wo er aber, aus familiären Gründen, zur Zeit nicht wohnen möchte.) : »Wär' mir 1 Ehre & 1 Vergnügen, wenn Sie morgen bei mir essen könnten – ?«
((Natürlich hatte meine Diabolessa angenommen : Now the pole-star 's red & burning, and the witch'e's spindle's turning. – Ich fing, in gespielter Gleichgültigkeit, an, meinen Hosenumschlag auszuräumen – da findet man nicht selten die nachdenklichsten Sachen drin : Sand, klar; Steinchen;

Haare, (auch von Pflanzen); kleine Schlüssel. Während sie weiter von der verrückten Gesellschaft erzählte.))
: Ich gehe also; und treffe dort die Gesellschaft. / Er : akademisch gebildet; total verwahrlost, und lästerlich reich; glänzende Einfälle zu Literatur & deren Geschichte. Die first Lady, eine Mätresse, 25, bildhübsch : halb Burne-Jones halb Rubens, und also wahnsinnig aufregend!, soff sich Kehle & Magen ab. Eine greis-energische Haushälterin, die aber ihren Grimm in sich hinein fraß; (einmal war sie schon geflogen; der Besitzer war kalt in der Hinsicht; und nur auf jahrelanges Bitten wieder eingestellt worden : jetzt wußte sie's besser!) : sie wohnte in einem der Klo's, schlief in der Badewanne, und aß, aus fanatischer Sparsamkeit, nichts als kalte Kartoffeln; sie war von Adel. – Außerdem 2 andere Gäste : der Eine ein Atheist; der, einen hellroten seidenen Strumpf in der Brusttasche – sein Geld war darin; und 1 Zahnbürste – in der großen Bibliothek saß, und mit giftigem Lächeln CANDIDE las : 1 von Voltaire eigenhändig signiertes Exemplar!
Der Andere? – : 1 Studienfreund des Besitzers. Jetzt ruiniert, und so durstig, daß er regelmäßig nachts um 3 aufstand, ins Eßzimmer hinunterklomm; und dort sämtliche Reste austrank. / Ich blieb im Ganzen 6 Monate dort. (‹Mit Genehmigung› natürlich.) : Ich habe während dieser Zeit kein Trinkwasser gesehen! Es gab nur Bier, Champagner, Asbach. Morgens ein, wohl aus Ironie so genanntes, ‹Bauernfrühstück› : nischt wie Makkaroni, Kartoffeln, Corned Beef, Eier, saure Gurken, Undsoweiter, durcheinander gebraten; (– *den* Bauern möcht'ich sehen, der dergleichen frühstückte! : Die verhungern ja lieber; mit'm Brot unter'm Arm.); Getränke : Bier, Champagner, Asbach. Mittags Hammelkeule, (o. ä.); Getränke : Asbach, Cham-

pagner, Bier. Abends Schwedenplatten, groß wie Klosettdeckel; Getränke : Champagner, Bier, Asbach. / 6 Monate; wie gesagt.

Eines Tages erschien die Tochter; 13 Jahre alt; und von der geschiedenen Mutter – um den Vater zu ärgern – in jedem, nur vorstellbaren Laster erzogen. Weißblond mit rosa Augen, trank sie wie Bacchus-persönlich; (oder Joyce; oder Reuter. »Er frisset fürchterlich« : Jean Paul über Goethe.) Ich sah sie zum ersten Mal als die Schaukelnde & ihr Schatten. Sie entdeckte mich, wie ich an einem Schreibtisch saß – das war gar kein Schreibtisch; das war ein hölzerner See!. Sie nahm mich einfach mit auf ihr Zimmer – also so ein Zimmer hasDu noch nicht gesehen!

: 8 Fenster, umgeben von rauschenden Bäumen : an den Pfeilern, zwischen den Fenstern, Riesenspiegel, in denen sich jene Pappeln vervielfachten – das rieselte & raschelte, daß ein Heiliger nervös geworden wäre! / (*Wieviel* Zimmer die Villa enthielt, und *Wer* sie bewohnte, wußte übrigens Niemand mehr; nicht einmal die Gewährsfrau, die Wirtschafterin.)

Dabei 1 begabtes Kind!: »Die Oberflächen der Dinge sind wichtiger als ihr ‹Wesen›« behauptete sie; machte aus ‹Nofretete› ein ‹n'offre tête›; warf sich auf den kleinen Rücken, und wir zuckten 1 zeitlang, (und die Sperlinge delirierten dazu. Und das rote wimpernlose Tigerauge des Elektro-Boilers nachher.) Aus dem Badezimmerfenster sah ich den Besitzer, wie er seinen Gutshof fegte : eine Mütze mit weißrotem Band auf, (wie städtische Müllabfuhren); die Mätresse lümmelte daneben, in lauter Hederich, Melde und Franzosenkraut; Potz Ekhel & Ingrim; sie bestand ja nur noch aus Mittagsschläfchen, Früh-Stückungen & Suff.

– so ein Leben habe selbst ich selten geführt! 4 Autos, vom

dieselndsten Mercedes, bis zu 1 JANUS – das ganze Haus war rundherum ‹Janus›. / Er verschenkte aus Bosheit, um präsumtive ‹Erben› zu ärgern, von den kostbarsten ‹Gesammelten Werken› die Bände einzeln-treuherzig: »7 & 8 kriegt Erna; 3 bis 5 Heinz. Ein paar werfen wir weg.« / (Und dabei immer diese fantastischen Einfälle! : Das 13jährige Geschöpf sollte einen Schulaufsatz über Romantik schreiben, und bezeichnete Hoffmanns ‹Egelprinzen› aus dem MEISTER FLOH auf der Stelle als ‹fallisches Sümbol›). / Die, amerikanisch geschulte, Mätresse, dissertierte über die Stellen, wo Frauen ‹Schweißblätter› tragen – »Halt's Maul!« durfte man zu ihr nicht sagen; »Halt Dein Dotter-Maul!« ja; das wiederholte sie mentaliter, stutzte, ‹much wampum for little word› : so dankte sie, mit Herzenmundundhänden. Gott geb'ihr 1 höllische Nacht.
Der Grandseigneur war imstande, aufs geistreichste die Beziehungen Stifters und Leopold Schefers zu analysieren; – (»Tant mieux« sagte der Atheist, der Stifter nicht ausstehen konnte.) / Der ‹Studienfreund› behauptete prahlerisch: »Wo ich küsse, bleibt ein blauer Fleck!« – dabei konnte er gar nicht mehr; (mißbrauchte aber Sternschnuppen zu erotischen Wünschen.) / ((1 der tollsten Unterhaltungen – aber das ist eine Erzählung für sich – war, als wir, an offener Tafel, in Gegenwart und hitzigster Mitwirkung der Damen, freimütig erörterten: ‹*Wo* eine Frau, vorausgesetzt, daß sie wählen könne, ihre Pickel, Warzen & Runzeln würde haben wollen?›))
(Dann noch der ‹Ausflug ins Grüne› – präziser ‹Blaue›! – wo, immer abwechselnd, rechts die Mätresse, und links die Tochter aus dem Auto fielen; man hatte diesmal das NASH-Cabriolett gewählt.)
Zum Schluß legte sich die Mätresse auf ein Sofa, und begann

zu sterben. Warf unsichtbare Messer in die Luft, und fing sie, mörderisch, wieder auf; (wollte auch Jemandem ‹das Herz aus dem Leibe schneiden› – WEM, ist nie bekannt geworden.) / Endlich starb sie. Wurde beerdigt. / Und nach dem Leichenbegängnis ging die Gesellschaft auseinander.

3

1 Viertelstunde etwa mochte ihre Vorlesung gedauert haben. (Die ‹Pointe› übrigens sah ich nicht ein. Es sei denn, als ‹Sittenbild›? – Sie nickte bestätigend. Wirtschaftswunderlich.) / Dann heiterte der Himmel sich ebensoschnell wieder auf, als er zuvor getrübt und verfinstert worden war. Wir ergriffen unsere Fahrräder; (nachdem sie noch gelobt hatte, wie würdevoll ich die Geschichte eines Anderen ertragen hätte : das kann nich Jeder!). / Wir schoben die Gestänge vor uns her. Erst über die übliche, waldtextilene Bodenbindung aus Lichtgräten & Schatten, Potz Elsner & Tiepolt. Dann über'n Bach, der lehmig zu brausen versuchte (und sukzedierte : hochdenhang!).

Am ‹Schützenhaus› vorbei : ob die Polen jetzt-hier-noch üben? – Als ganzjunger Kerl war ich oft, den Gepäckträger voller Träume, da vorüber geschusselt. –

Aufderchausseewieder : wir waren sehr überrascht, das Bild des Mondes *doppelt* zu sehen! / Wir riefen uns sofort gegenseitig an : er stand ungefähr im letzten Viertel, etwa 50 Grad über dem Horizont, in Südwest zu West. Und hatte, gegen West, ungefähr in 45 Grad Neigung, gegen den Horizont, 1 an Größe ihm völlig gleiches, nur nicht ganz so helles, *Nebenbild!* Die Ränder beider Scheiben berührten sich. Der Himmel war jetzt ganz mit dünnem Florgewölk überzogen; und ich glaubte deutlich wahrzunehmen, daß bei vorüberziehendem dichterem Gewölke das Nebenbild nicht in eben dem Grade an Licht verlor, als der Mond selbst. (Was mir für die Entstehung des Bildes in den niedrigsten Wolkenschichten zu sprechen schien : ?). / Meine Teufelin wunderte sich über gar nischt mehr. Murmelte nur etwas à la ‹*WASERWOHLWIEDERVORHÄTTE?*›. – Ich ermahnte sie, unwillig, sich zu wundern! – Sie wunderte sich.) –

Also ließen wir die Räder wieder laufen. / (Gespräche über AFANASJEW: ‹Die zoomorfen Gottheiten der Slawen›. Auch, als der Scheunenrand Laubans näher kam, über den, am ganzen Leibe behaarten, DOMOWOJ.)

Eine Fabrik? : »Da drin liegen die Uniform'm, in denen Wir-dann, nächste Woche, ‹polnische Attachés›, als ‹Beobachter› an den Manövern teilnehmen.« (Wir feixtn, Beide, bei der Vorstellung : wie FAUST die bonner Bundeswehr besichtigt. Womöglich den ‹Jahrgang 22›. Mußt'n dann aber stark Rücktritt nehm 'm. – : noch mehr. –). –

Glomm 1 Licht im ersten Haus? / – (war doch erst halb Vier! : ?) – / –

: 1 Henkelmann, mit Blechkännchen trat aus kwarrender Gartentür : warmer Kaffee : in linker Hand!. / (Er summte – : »Was?«. – Und Dämona, zu meiner Rechten, übersetzte's gefällig)

: ‹Kde dommow muj?› : Wo steht mein Vaterhaus? . . .

STÜRENBURG-GESCHICHTEN

KANN FORTGESETZT WERDEN

EIN LEBEN IM VORAUS

Natürlich nahmen wir nur eine Ecke der Terrasse ein. Apotheker Dettmer saß ängstlich-selig auf der Vorderkante seines Korbsessels, und blies in die fürchterlich dicke Brasil; der Mond stieg eben am Faden seines Rauches aus den Büschen, und ich konnte zwanglos die beiden runden gutmütigen Gesichter vergleichen. Der pensionierte Hauptmann – wo hatte ich den Namen »von Dieskau« denn schon in der Geschichte gehört? – füllte noch geschwind zwei Slibowitze in sein dürres Skeptikergesicht. Frau Dr. Waring rief vorsichtshalber ihrer Nichte zu: »Emmeline, hol mir doch ein paar Voilchen.« (denn bei Stürenburgs Geschichten wußte man ja nie! Die Kleine verzog sich auch; ich sah ihren Dutt jedoch mehrfach hinter einem neugierig-nahen Fliederbusch.)

Vermessungsrat a. D. Stürenburg strich, nachdem er wohlwollend alle diese bekannten Manöver seines abendlichen Kreises abgewartet hatte, mit einer schlangenmenschenhaft geschickten Bewegung des Kleinfingers die Asche von der Zigarre, musterte noch einmal den Rundhorizont (wahrscheinlich um zu überprüfen, ob auch noch alle TPs an ihren vorgeschriebenen Plätzen wären), und seufzte das einleitende behagliche »Tjaaa«. Der Hauptmann sah hoch mißtrauisch aus; Dettmer stieß begeistert in die Brasiltrompete; und er begann:

»Na, ich war damals noch ein ganz junger Mensch – ä – kaum das Staatsexamen gemacht – da rief man uns zu einem Vermessungslehrgang nach der Wingst zusammen.« (Hannoversche Geographie mußte man kennen, sonst war man hier verloren!). »Wir maßen unter anderem zweimal die Braaker Basis mit dem Besselschen Apparat nach. Und hatten überhaupt viel Spaß.« (Ich nickte so voreilig, um die Historie zu beschleunigen, daß er mich überlegen fragte; aber ich wußte zufällig die ehrwürdigen Namen Schumacher und Andreae, und er knurrte befriedigt-enttäuscht).

»Da war unter uns Einer, nicht anmutig, noch weniger elegant. Eigentlich nicht nach meiner Weise; aber seines unerschütterlichen Phlegmas wegen von Allen geachtet : ihn wegen seiner poetischen Ader zu tadeln, wäre wohl keinem von uns in den Sinn gekommen. Merkwürdig war es an ihm, daß er eben zweimal eigentümlicher Todesgefahr entgangen war : einem schweren Fieber. Und vor einigen Tagen wäre er fast in den Ostemooren versunken, hätten ihn nicht zwei andere Lehrgangsteilnehmer gerettet.« (Hier knurrte der Hauptmann verächtlich und meckerte, ganz soldatische Überheblichkeit).

»Eigen war es nur, daß er sich abends meistens aus unseren Belustigungen losriß – wir spielten viel Schach; oder machten uns den Spaß, die Krümmungsradien der Marsoberfläche zu berechnen – unaufhaltsam eilig, und immer versicherte, er müsse ‹Briefe schreiben› : dabei wußten wir genau, daß er kaum jemals welche erhielt! Nun, also man lachte, und ließ die Grille gut sein; auch schien er sie zu ernsthaft zu nehmen, als daß man Scherz damit hätte treiben mögen.«

Ein Windstoß wehte von der weiten Fläche des Sees her, und pustete einen Knecht herein, der stammelnd berichtete, die Oberfläche stände $^{37}/_{3}$. »$^{37}/_{3}$?« wiederholte Stürenburg giftig: »Also die Kerls können doch nie das gleiche Niveau für 8 Tage beibehalten! Ä–s' gut Hagemann.«

»Also eines Abends würfelten wir – nicht um Geld, Herr Hauptmann : neinein! – lediglich um praktisch die Theoreme der Wahrscheinlichkeitsrechnung nachzuprüfen. Da kam er herein, und wurde ganz ungehalten, als wir immer durcheinander würfelten und schwatzten : kein vernünftiges Wort könne vor dem Geklapper aufkommen, o Gott, behauptete er, und ging halb verdrießlich von hinnen. Ich fühlte mich – aus irgend einem Grunde – seltsam bewegt; ging ihm nach, und fand ihn noch im Treppenhaus. Ich streckte ihm die Hand von oben nach unten hin, und fragte ‹Nicht wahr, Broesicke, wir scheiden doch nicht im Unwillen?›. Er drückte sie mir kurz und sagte – er war der Ältere – gutmütig : ‹Neinnein, Geodätchen; wir haben einander beide lieb : Wiedersehn!›«

»Am nächsten Tage bekamen wir die Aufgabe, alle weit zerstreut in der Nachbarschaft, Gemeindegrenzen nachzumessen. Er kam ans äußerste Ende, weit hinter Lamstedt, und wurde von einem Bauern, der anscheinend mit Grenzsteinen gespielt hatte, mit einem Knüttel erschlagen.« (Der Apotheker gab seinem Kreisgesicht einen gerührten Ausdruck, und faltete fromm die dicken Hände : Ach!).

»Da lag er nun vor uns, mit eingeschlagener Schläfe. Seine Papiere wurden von uns gemeinsam durchgesehen; und da fand sich auch, was er in jener rätselhaften Korrespondenz aufgezeichnet hatte : Briefe an seine zwei liebsten Freunde im Lehrgang. Aber auf viele viele Jahre voraus, die er niemals schauen sollte. Die Freunde und er selbst waren längst pensioniert; und lebten auf ländlichen Besitztümern, glücklich verehelicht, und von bereits erwachsenen Kindern umblüht. Sie luden einander ein zu fröhlichen Besuchen, des Lehrgangs gedenkend, als einer mühevollen, aber nun heiter aufleuchtenden Vergangenheit – wie glücklich, wer das alles in Wirklichkeit erlebt hätte! – Tja. Die Poesie ist doch wohl, – wie die Geodäsie – ein allgegenwärtiges Wesen!«

»Ja, und was wurde aus dem Bauern?!« schnarrte der Hauptmann unzufrieden. »Der Bauer –« murmelte Stürenburg. Pause. Vom Dümmer her seufzte ein schmächtiger Wind. Die Zigarren glühten verfänglich. Bald würde es Sommer sein.

»Der Bauer? : Nein, zum Tode nicht. Damals mußten die Richter noch der Hinrichtung persönlich beiwohnen, und scheuten deshalb arg davor zurück. Er hat Zuchthaus lebenslänglich, bekommen. – So viel ich weiß –« er breitete entschuldigend die Hände, »sitzt er heute noch. – Tjaaa.«

Emmeline kam, genau nach beendigter Geschichte; und wir empfahlen uns für heute.

DAS HEULENDE HAUS

Der Wind pfiff lauter; zuweilen schraffierte Regen blitzschnell die großen Glastüren des Eckraumes, wohin wir uns heute geflüchtet hatten; und wir alle betrachteten nicht ohne Vergnügen die Glut, die Hagemann mit einem mächtigen Blasebalg hinten im Kamin heller anfachte.
» Das ist recht, Herr Rat « sagte Frau Dr. Waring befriedigt; und dann seufzend : » das will nun ein Mai sein ! – Ich glaube, die Erde muß sich gedreht haben. « Der Hausherr, Vermessungsrat a. D. Stürenburg, hob leicht befremdet die Hand : » Ja aber meine Gnädigste : die Erde dreht sich doch beständig ! « » Ach, Sie wissen doch genau, wie ichs meine « schmollte die hagere Witwe über die Teetasse hinweg; und Apotheker Dettmer half dienstfertig : » Polschwankungen, nicht wahr, Gnädige Frau ? « . Sie nickte nur, den Mund augenblicklich zu voll des süßen Sudes; Hauptmann von Dieskau sah hoch ungläubig drein; aber Stürenburg lehnte auch diesen Erklärungsversuch des schlechten Wetters ab : » Freilich pendeln die Erdpole ständig – das hat mein alter Lehrer Küstner damals zuerst nachgewiesen; und zwar in einer Art von Kreisen oder Ellipsen um den idealen Mittelpunkt. Aber diese sehr langsamen Schwankungen betragen nie mehr als rund zehn Meter nach allen Seiten. Außerdem werden die Bewegungen von bestimmten, zu beiden Seiten der Pole gelegenen Stationspaaren aus laufend kontrolliert : man muß ja jederzeit angeben können, wie sich die geographische Breite eines Ortes verändert. Zehn Meter ? Das

sind immerhin der dritte Teil einer mittleren Bogensekunde, und darf also nicht vernachlässigt werden.« »Merk Dir das Emmeline« sagte Frau Doktor scharf zur Nichte, die ihr gar zu versunken das lohende Holz beträumte.

Die gläsernen Ungeheuer des Windes berannten nächtiger das Haus. »Die armen Seeleute« fiel der Witwe ein; »Die armen Soldaten« knurrte der Hauptmann; der Apotheker öffnete den Mund, schloß ihn aber verlegen wieder: ihm fiel nichts ein, um auch seinen Beruf herauszustreichen, »die armen Kräutersammler« hätte ja kaum Mitleid erregt! Stürenburg beobachtete ironisch den Wettstreit; dann entschied er: »Die armen Landmesser! Bei solchem Wetter jahraus jahrein auf den Straßen; abends womöglich in schlechten Unterkünften –« er winkte bedeutend ab, legte die linke Hand in die rechte Achselhöhle, hielt die Zigarre beschaulicher, und begann:

»Als ich, lange vor dem ersten Weltkriege noch, meine praktischen Jahre als Topograph abmachte, bekamen wir, wenn wir auswärts arbeiteten, an Tagesgeldern die enorme Summe von 5 Mark. Die Herrlein heute erhalten 30,–, und haben jeder ein Auto. Wir hatten Fahrräder, und mußten uns – wir waren ja sämtlich nicht vermögend! – soviel Bücher und eigene Instrumente anschaffen, daß wir, um die besagten 5 Mark beiseitelegen zu können, auf die tollsten Ideen verfielen. Ich war damals Rotenburg zugewiesen; bekam als ausgesprochener ‹Junger Mann› natürlich den entlegensten Bezirk, unten bei Visselhövede – und bedachte eben traurig, daß ich nun doch wohl mein Geld würde ins Wirtshaus tragen müssen, als mich der Kollege, den ich ablöste, beiseite nahm. Wir fuhren mit dem Rade eine halbe Stunde weit, auf immer dunkler werdenden Seitenstraßen, und hielten endlich, kurz vor Stellichte, bei einem einsamen, halb

verfallenen Hause an. Er winkte mich gar noch seitwärts in den dicken Wald, um sich dem Gebäude unauffälliger von hinten nähern zu können. In einem Tannicht stellten wir die Räder ab; schlossen sie an; schnallten die Theodoliten vom Gepäckträger, und traten ein.«
Er atmete tiefer vom süßen Rauche, und sah sich verschlagen im Kreise um: »Wir sind ja alles Leute mit starken Nerven? –« schlug er vor. Der Hauptmann ließ nur verächtlich sein EK Erster funkeln; Dettmer nickte, etwas zu eifrig; während die Damen bange und wortreich ihre Tapferkeit bestätigten.
»Selbst ich trat zunächst zurück« brummte Stürenburg »denn auf den verdächtig leeren Dielenbrettern lag – ein Totenschädel!« Da niemand Einwände erhob, fuhr er sogleich fort: »Mein Kollege bemerkte nur ‹Aha› oder dergleichen Unverbindliches und: ‹Da ist schon jemand da›. Über nur noch halb erhaltene und sich unangenehm durchbiegende Treppenstufen ging es bis unters Dach. Er klopfte diskret an eine Tür; lange – ich konnte damals noch nicht morsen – und verstand es nicht. Darauf rief es leise ‹Herein›. Und in der lichtdicht verhangenen Bodenkammer saßen auf niedlichen Hockern zwei Männer: ein Landmesser, von der Konkurrenz Fallingbostel; und ein Herr in Lincolngrün, ein Forsteleve, wie wir uns vorstellten. Sie hatten zwischen sich ein Schachbrett und eine Flasche billigen Weines; den Wänden entlang waren schon zwei Deckenlager ausgerollt. Man vereidigte auch mich kurz, unser Gespensterhaus niemals zu verraten; und ich besiegte dann erst einmal die beiden Schachspieler, einen nach dem anderen.« Er blies die Backen wohlgefällig auf: »Da habe ich dann noch manchesmal billig übernachtet. Oft in Gesellschaft von Förstern, Vermessern und Landgendarmen. Der

erste der ankam mußte immer die diversen Gebeine und Totenköpfe ‹legen› – zum Beispiel baumelte auch einer auf der Treppe, und hätte unwissenden Eindringlingen einen gräßlichen Kuß versetzt.«

Der Regen morste flinker; der Wind johlte unermüdlich; die Tante markierte ein Gähnen, obgleich sie sichtlich noch an dem ‹beinernen Kuß› zu verdauen hatte. Der Apotheker richtete sich männlicher auf: »Wieso Gespensterhaus: gibts denn sowas heute noch?«. Stürenburg sah ihn über die Brille hinweg an, während er langsam antwortete:

»Das ‹Heulende Haus› war so verrufen in der Gegend, daß der Bauer die Pferde rascher vorbeitrieb, und bei Dämmerung oder gar Nacht sich ihm Niemand genaht hätte. Alte Leute im Dorf unten pflegten zu erzählen, daß sogar die benachbarten Bäume zuweilen schreckliche Stimmen bekämen; und ein 95jähriger schwor Stein und Bein: er selbst hätte als Kind die klagenden Schreie mehrere Tage hintereinander gehört. Einmal hatte ein aufgeklärter Ortsvorsteher das Gebäude abbrechen lassen wollen: da hatten selbst die Balken ein so zorniges Gestöhn von sich gegeben, daß die Zimmerleute entsetzt die Äxte liegen ließen. Tja.«

Er rauchte geduldig während wir unsere Entrüstung über derlei Aberglauben kundgaben; als wir uns endlich ausreichend als Kulturmenschen gefühlt hatten, strich er sorgfältig die lange Aschenspitze in die Achatschale:

»Ich war zufällig in der Nähe, als der zuständige Förster – auch einer der Eingeweihten – Holz dort schlagen ließ. Besonders war es mir um eine Prachteiche leid; aber er wies unwiderleglich nach, daß der Baum vollständig kernfaul und längst schlagreif sei. Als er schon auf der Erde lag, und die Arbeiter ihn spalteten, rief mich auf einmal sein Schrei herbei: mitten in dem mächtigen Stamm stak, den Kopf nach unten, ein menschliches Skelett! « Er strich unwillig unsere beteuernden und entsetzten Hände beiseite. » Man fand noch Fetzen uralten französischen Uniformtuches, und, halb versteckt im Holzmoder, ein paar kleinere Münzen. « Grimmig: » Vielleicht ein Marodeur, der von wütenden Bauern verfolgt wurde, sich auf den Baum flüchtete, und in ihm versank. Er muß sich durch den Sturz so fest eingekeilt haben, daß ihm die Arme an den Körper gepreßt wurden, und keine Möglichkeit zum Entkommen mehr war : kein Wunder, daß der Baum tagelang heulte und schrie, und daß Niemand mehr in dem ‹Heulenden Haus› wohnen mochte. «

An diesem Abend wurde es nötig, Frau Doktor nach Hause zu begleiten.

SOMMERMETEOR

Schon von weitem hörte ich, wie das Klavier unter Emmelines Pfötchen nervös brüsselte; dicke Blasen stiegen auf; im Baß blubbte es manchmal suppen (und mir war wieder, als stände ich als Junge vor meinem Aquarium : da hatten sich die Luftfontänen auch immer so hochgewriggelt. Gleich wedelte Wind mit dem heißen Schleierschwanz, alle Büsche fächelten sich voll algengrüner Gebärden. Schon sah ich Hagemann, der mit vergrätztem Gesicht die hellen Gläser servierte – scheinbar ‹Lacour Blanc›, den weißen Bordeaux : umso besser!).

Zur Begrüßung hielt mir Vermessungsrat a. D. Stürenburg die mächtige zweischalige Taschenuhr (in Bergmannskapsel) vors Gesicht : ?! Ich versuchte, mich mit allerlei Besuchen zu entschuldigen : des Verlegers, der Muse, (»Gerichtsvollzieher!« schnarrte Hauptmann von Dieskau höhnisch dazwischen); es gelang mir jedoch, so schuldbewußt und geknickt Platz zu nehmen, daß Verzeihung unumgänglich schien. Apotheker Dettmer – das Bärtchen an seinem zartrunden Gesicht sah mehr denn je wie Nylon aus – erklärte mich sogar für ‹überarbeitet› und ‹hohlwangig›, und wagte empfehlend auf die von ihm erfundene Universalmedizin ‹Virgisan› anzuspielen: ? Aber so höhnisch schnarrte es rings, daß er sofort flehend die Hände faltete, und sich in die stroherne Muschel seiner apart-unbequemen Sitzgelegenheit zurückzog.

Emmeline maulwurfte erst in der Mitte des Benedetto Marcello; ich zehenspitzte behutsam hinein (angeblich, ihr die Noten umzuwenden; in Wahrheit, um mir die Zeit zu vertreiben : ich bin ausgesprochen unmusikalisch, ich hatte wohl schon gesagt, daß mir dabei höchstens Fische einfallen, oder so was).

Vorm Bücherregal. Ich griff eins heraus, dessen Farbe mir leidlich ins Gesicht fiel; dunkelgrüner Lederrücken mit hellgrünem Schildchen : ‹ J. A. E. Schmidt, Handwörterbuch der Französischen Sprache. 1855 ›. Ich schlug aufs geratewohl auf, Seite 33 : ‹ Auget = Leitrinne, in welcher die Zündwurst liegt › – ich kniff mich in den Oberschenkel, um mich meiner Existenz zu vergewissern : Zündwurst??!! (und dieses ‹ auget › würde ich nun nie mehr in meinem Leben vergessen; ein gußeisernes Gedächtnis ist eine Strafe!). –

Wieder draußen (und Stille; kein Klavier trappelte mehr). Wohlfrisierte Sommerwolken wehten über uns hin. Über dem fernen See funkelte's abendlich; noch war Sommer, Sommer (und doch fröstelte mich schon wieder, wenn ich an die Totentänze der Chausseebäume dachte : im November, im November). Den Kuchen hatte diesmal Frau verw. Dr. Waring gestiftet; hausmachern; höchstens geologisch interessant (ich flüsterte es zu Hauptmann von Dieskau, und er prustete militärisch : sehr gut!).

»Ach : Daa!!« Emmeline zeigte mit dem Kuchenkeil auf den Meteor, der, sinkend, im Dunkelblau eine schöne Spur hinterließ : ! Ich erlaubte mir, »Perseïden« zu murmeln; und Stürenburg unterstützte mich mitleidig. »Gewiß« sagte er, »von Mitte Juli bis Mitte August; Maximum am 11. – Andere verläßliche Schwärme sind die Orioniden (20. Oktober) und die Geminiden (10. Dezember). Tja.«

Pause. Dann wollte Keiner dahinten bleiben; Dieskau hatte natürlich am 13. Februar 1913 ganze Prozessionen von

Meteoren in Canada gesehen; ich selbst hatte, ungefähr 32, zwischen Görlitz und Lauban eine Feuerkugel beobachtet (fuhr gerade mit dem Rade entlang, als ganz junger Mensch; so um die 20). Aber Stürenburg bremste uns Alle – durch Nicken, durch Handgaukelei : man kam gegen den Mann nicht auf! (Ist *das* vielleicht ein Vorzug des Alters, Life begins at 70, daß man alles verläßlich besser weiß?).
»Dextrocardie« sagte er langsam; und zur Erläuterung: »Es gibt Leute, bei denen das Herz *rechts* sitzt : tatsächlich!«. Er blies in seine Zigarre, daß sie Funken sprühte, wie ein Meteor; und fuhr fort: »Ich studierte damals in Göttingen; und ein Freund hatte mich mit philosophischen Gründen überredet – ich hörte auch ein Semester Anatomie. Nun wohnte damals in der Weenderstraße ein armer Studiosus Medicinae zur kümmerlichen Miete, nebst seiner sechzigjährigen Mutter und einer Schwester. Er gab rastlos Nachhilfestunden; die Schwester klöppelte Spitzen ums liebe Brot; und als die Mutter starb, standen sie vor der Wahl, entweder für die Begräbniskosten gepfändet zu werden . . .« (hier spitzte Dieskau verständnisinnig Hände und Ohren : »Oder?«). »Tja, oder« entgegnete Stürenburg: »Diese Mutter nämlich hatte, wie ich schon andeutete, das ‹Herz am rechten Fleck›. Und war also ein medizinisches Mirakel, nach dem sich jeder Anatom sämtliche zehn Finger geleckt haben würde. Unser junger Mann geht also in seiner Verzweiflung zum Professor, und offeriert ihm die einmalige Rarität zum Anatomieren – der schlägt begeistert ein : für 500 Mark.«
»Emmeline!« rief hier Frau Dr. Waring, die mit steigender Besorgnis gelauscht hatte: »Mein Kind : Hol' mir doch bitte den Sonnenschirm vom Seeufer!« Die Kleine gehorchte schmollend (und ich schwankte einen Augenblick,

ob ich sie nicht begleiten sollte? – Aber nein: erst mußte diese neue Anekdote gültig fixiert werden!).

»In der letzten Nacht also, da er ganz allein die Totenwache bei der schon im Sarg liegenden Mutter hält, nimmt er den Leichnam heraus, wickelt ihn in eine alte Decke, und versteckt ihn auf den Hausboden, hinter den Schornstein. An dessen Stelle füllt er Stroh und Steine in den Sarg, und vernagelt ihn aufs festeste: der wird am folgenden Vormittag mit allen Ehren zur Erde bestattet. – Sobald es nun dunkelt, steckt er den mütterlichen Körper in einen alten Sack, um damit nach des Professors Haus zu wandeln. Unterwegs begegnet ihm ein Kommilitone, der ihn fragt, was er denn da auf dem Rücken schleppe?« Stürenburg blinzelte mephistophelisch; fügte auch noch die näheren Bestimmungen hinzu: »Ein Augustabend. Wind schlich in Gassen. Überall in der Dämmerung begannen die Persëiden zu schwirren: genau wie heute! – Der arme Schlucker macht sich ganz bestürzt von mir – äh: Jenem! – los, und gibt zur Antwort: ‹Laßt mich nur zufrieden, Herr Bruder; es ist nichts, als eine alte Baßgeige›.«

Pause. Dieskau, der alte Skeptiker, röchelte befriedigt; Dettmer wartete weit offenen Mündchens; und Hagemann hockte gleich einem verwitterten Götzenbilde unbeweglich auf der Terrassenmauer – sicher kannte er die Pointe schon!

»Am nächsten Morgen schon wurde die weibliche Leiche anatomisiert; die Umkehrung des Adernsystems gebührend bewundert; bei Zerlegung der partium genitalium warf der Professor scherzend ein: dies sei der Gelehrten und Ungelehrten allererste Studierstube. Worauf mir aus der Antike einfiel, wie damals Kaiser Nero seine eigene Mutter habe zerlegen lassen, und begierig zugesehen – worauf der be-

sagte Student plötzlich in Ohnmacht fiel. – Wir wußten damals Keiner, warum; aber es wurde doch allmählich ruchbar und stadtkundig. Hm.«
»Und? : Was wurde aus dem jungen Mann?« erkundigte sich Dieskau rasselnd (und gefühllos : Soldaten sind schreckliche Menschen!).
»Er beendigte sein Studium auf einer anderen Universität« erklärte Stürenburg mit überlegen hochgezogenen Brauen: »So viel ich weiß, praktiziert er noch heute als angesehener Arzt in Bremervörde. – Tja.«
Die Witwe stöhnte nur; Apotheker Dettmer schwieg unangenehm ergriffen; und auch mir war es nichts weniger als behaglich : ist es tatsächlich ein Vorteil, wenn man so viel erlebt hat?!
Über dem Dümmer entstand ein vorbildlicher Cumulus, für jedes Lehrbuch geeignet. Emmeline kam schnellatmig und seltsam erhitzt vom Strand zurück. Ein magerer Meteor zog eine Silberbraue über den Mond.

KLEINER KRIEG

Wir waren nicht wenig erstaunt, als das Faktotum Hagemann mit allen Anzeichen der Verstörung hereintappte, die Tür verschloß, auf Vermessungsrat a. D. Stürenburg zutrabte und sich über dessen Ohr neigte; zwar verstanden wir sein grobes Geflüster im Landesdialekt nicht, verzeichneten aber alle, wie auch dessen Gesicht erbleichte. »Na, laß ihn rein« entschied Stürenburg schließlich.
Gleich darauf erschien ein junger hochgewachsener Polizist in fescher Uniform, legte die Hand zackig vor den Tschako, ließ den Blick einmal in unserem Halbkreise umlaufen, wandte sich dann an Apotheker Dettmer: »Herr Vermessungsrat, ja?«. »Nein – ähier bitte« sagte Stürenburg schwach; empfing das unangenehm amtlich-blaue Schreiben; und der Polizist, gefolgt von den wohlgefälligen Blicken Hauptmann von Dieskaus und Frau Dr. Warings, sowie dem bewundernden ihrer Nichte Emmeline, marschierte unbefangen wieder hinaus. Stürenburg schob den verdächtigen Umschlag bestürzt und angewidert weit von sich; auf eine Frage Hagemanns, der sich als alter Diener jede Freiheit nahm, ächzte er nur: »Jaja, von Polizeihauptmann Oberg«. »Schon wieder?« schrie Hagemann entgeistert: »Das nimmt diesen Monat ja wohl gar kein Ende, Herr Rat?! Na, da werden wir doch wohl wieder mal nach Hannover zu unseren Freunden fahren müssen.«; er schwang den Feuerhaken wie eine Waffe, und entfernte sich unter bösem Gemurmel.

Stille, nur von dem schweren Atmen Stürenburgs unterbrochen; endlich begann er:

»Damit Sie mich nicht etwa einer ungerechtfertigten Animosität für fähig halten, will ich Ihnen den Fall ganz unparteiisch schildern. Dieser ehemalige Polizeihauptmann Oberg – jetzt ist er, wie ich, auch schon 75 durch, und längst pensioniert – hat mir in meinem Leben wohl die meisten Unannehmlichkeiten gemacht. Wir haben zusammen das Gymnasium besucht; in Göttingen studiert – was heißt bei ihm schon studiert: in Jura und Volkswirtschaft hat er n bißchen rumgepfuscht! –; und ein paar Jahre danach trafen wir uns in Rotenburg wieder, ich als Landmesser, er bei der Polizei. Wir waren uns stets widerlich gewesen: der Lehrer der ihn mochte, drosch unweigerlich auf mich ein – nun, unser Mathematikprofessor war 2 Meter groß, und hat mich oft gerächt. Unsere Post wurde vom Briefträger leidenschaftlich gern verwechselt. Nur in einem waren wir einig: wir fanden grundsätzlich dasselbe Mädchen hübsch.« Er mekkerte so diabolisch, daß die Witwe indigniert hochsah; Stürenburg entschuldigte sich, und erklärte: »Damit habe ich ihm auch einen Streich gespielt: wir bewarben uns um dieselbe Schöne, brachten Geschenke im gleichen Tempo; und eines Tages ließ ich ihm durch meinen besten Freund im Vertrauen beibringen, ich hätte mich mit ihr verlobt. Spornstreichs rannte er, mich zu ärgern, hin, und brachte auch seinen Antrag an: der zu seiner unendlichen Verwirrung sogleich holdselig lächelnd angenommen wurde! Er hat sie dann heiraten müssen; denn der Vater war Regierungsrat, und hätte ihm, gerade zu Beginn seiner Laufbahn, nicht unerhebliche Schwierigkeiten machen können: hähähä!«

Der Hauptmann feixte zufrieden ob solcher strategischen Feinheiten; der Apotheker erklärte feierlich, keinen Anteil an solch frevlem Spiel mit zarter weiblicher Neigung haben zu wollen; wofür er von Frau Dr. Waring ein huldvolles Nicken erhielt, sowie Nichte Emmeline die süßsäuerliche Warnung: »Hüte Dich, mein Kind, vor diesen Ungetümen. Du siehst ja....« Stürenburg verbeugte sich verbindlich, und fuhr fort:

»Wie gesagt waren wir fast immer in derselben Gegend tätig; es gibt solche Fälle, wo das Schicksal förmlich Spaß daran zu haben scheint, divergente Naturen zu paaren. Als wir dann, jeder in unserer Sphäre, zu einiger ‹Macht› kamen, trieb der Zwist die wunderlichsten Blüten. Ließ ich Feinmessungen irgendwo in Straßennähe vornehmen, konnte ich sicher sein, daß schon wenige Viertelstunden später pausenlos schwerste LKWs vorüberrollten, so daß wir unsere empfindlichen Instrumente getrost wieder einpacken konnten: er hatte den ganzen Verkehr der Gegend über diese eine Chaussee umleiten lassen!«

»Keiner meiner Vermesser konnte sich ohne ein ganzes Arsenal von Ausweisen mehr ins Freie wagen. Er ließ jeden an seinen Wagen heranrufen, und hielt ihn mit schikanösen Kontrollen von der Arbeit ab; wenn er gar keinen Fehler in den Papieren finden konnte, sagte er am Schluß wenigstens: ‹S läuft halt zu viel Gesindel im Lande herum!› Einmal hat er mir einen Mann, der auf mein Geheiß Pendelbeobachtungen zum Nachweis eines äußerst interessanten Gravitationsdefektes durchführte, als betrügerischen Rutengänger vom Felde weg verhaften lassen! Eingaben machte er, daß wir, wie alle ‹redlichen Beamten›, Uniform tragen sollten; daß wir mit unseren ‹ewigen herausfordernden Messungen› die Landbevölkerung beunruhigten, das Vieh verstörten, usw. usw. Unsere beiderseitigen Untergebenen nahmen natürlich leidenschaftlich an der Auseinandersetzung teil; und wir wußten uns zu revanchieren! Als der Kreis die neue Straße baute, wiesen wir in unserem Gutachten nach, daß sie durch seinen geliebten Garten gelegt werden müsse. In einer Fachzeitschrift für Montanwesen deuteten wir an, daß sich unter seiner Villa vermutlich ein ausgedehntes Salzlager befinde; er wurde ein volles halbes Jahr lang täglich von Grundstücksmaklern, ernsthaften Interessenten, Schwindlern aller Art, überlaufen, und fast zum Wahnsinn getrieben.«

Er atmete zufrieden. »Eine Tochter hatte er; sein Liebling; und wirklich für einen Gendarmenhäuptling hübsch genug. Eines Tages erschien programmgemäß der übliche junge Mann, ein Dr. ing.; warb um sie; erhielt ihre Hand : wie schäumte der Herr Papa nach der Hochzeit auf, als er erfuhr, daß sein Schwiegersohn Vermessungsingenieur war. Und der Neffe vom alten Stürenburg dazu!« Er rieb sich intensiv die breiten weichen Hände: »Ich hatte dem Jungen eine nicht unerhebliche Bargeldsumme versprochen, wenn er das Ding drehen könnte – obwohl er, wie ich fürchte, schwach genug war, auch wirkliche Zuneigung für das bedauernswerte Geschöpf zu empfinden.«

Wir hatten amüsiert zugehört, und unsere Blicke richteten sich unwillkürlich auf das wasserblaue Kuvert inmitten des runden Tischchens. Sein großes Gesicht verdüsterte sich, und er griff unwirsch danach; aber schon während des Lesens verklärten sich seine Züge: »Die Einladung zur Taufe« verkündete er; und triumphierender: »Ein Junge. Er heißt Friedrich : nach mir! – Noch heute lasse ich ein Sparkassenbuch für ihn ausschreiben. – Und sowas läßt mir der Alte durch einen Polizisten zustellen; nur um mich zu erschrekken!«

Wir teilten gefällig seine Entrüstung; umsomehr als er uns

später angegriffen mitteilte, der andere Vorname des neuen Kleinen sei, nach dem zweiten Großvater, Karl gewesen : er habe seinen Trinkspruch auf Friedrich ausgebracht; Oberg auf Karls Gesundheit; die Eltern hätten vermittelnd von Friedrichkarl gesprochen: »Ganz zwiespältig sah das arme Wurm jetzt schon aus den Steckkissen« behauptete er.

DIE WASSERLILIE

Da wir heute etwas eher gekommen waren, fanden wir Vermessungsrat a. D. Stürenburg noch mit seinem Theodoliten beschäftigt; das kostbare Instrument war, wie er uns abwehrend von weitem erklärte, auf einem isolierten, 5 Meter tief versenkten Steinpfeiler aufgestellt, und berührte den Zementring, auf dem sich der Beobachter bewegte, an keiner Stelle. Noch einmal lugte er kritischen Mundes in das Ablesemikroskop, murmelte: »10 Minuten. 24 Komma 3 Sekunden« (»24 Komma 3« wiederholte Apotheker Dettmer ehrerbietig). Hagemann das Faktotum, hob kunstvoll ächzend die diversen Schutzkappen über das Gerät; und wir folgten Stürenburg zu unserer Plauderecke auf der Terrasse, wo eben auch Hauptmann von Dieskau zwischen den beiden Damen sichtbar wurde, »Eine Rose zwischen zwei Dornen« wie Dettmer verschämt witzig anmerkte.

»Wenn man genau die Höhe seines Instrumentes kennt –« schon hob der Hauptmann nörglig 5 rechte Finger dazwischen: was heißt hier Höhe? Die Standfläche?; und Stürenburg erklärte, mit Nachsicht, weil es sich um einen Infanteristen handelte, daß man selbstverständlich die Kippachse des Fernrohrs verwenden müsse. Er meckerte unlustig, und blies einen stäubenden Rauchkegel von sich; »Abajo vuelta« flüsterte ergeben der Apotheker, der in seiner Jugend einmal Spanisch gelernt hatte, und das nie vergessen konnte; aber schon fing Stürenburg grämlich an:

»Na ja; wir sind ja unter uns, und da – –. Also es war vor

rund zwanzig Jahren – ich bin ja vorzeitig pensioniert worden, weil ich es damals mit den Nazi-Machthabern verdorben hatte : das muß ich Ihnen auch noch einmal erzählen ! – da stehe ich eines Abends genau so am Instrument und winkle ein bißchen; und sehe plötzlich drüben, am Strand bei Hude, ein Pärchen kommen. Nun habe ich eine besonders gute optische Ausrüstung und sah die beiden so, als wenn sie in ungefähr 50 Metern Entfernung wären. Sie schien einen grellroten Pullover zu tragen, und er hielt einen kleinen Koffer in der Hand. Sie gingen auf dem Laufsteg immer weiter vor; setzten sich vorn an das Pfahlwerk hin – : und auf einmal sehe ich doch, wie der Mann das Köfferchen ins Wasser gleiten läßt!« »Den Koffer?« fragte Frau Dr. Waring verständnislos; und auch der Apotheker schüttelte entrüstet die Backen.

»Ich zählte sogleich den Pfeiler ab, wo das passiert war – unterdessen hatten sich die beiden wieder aufgerafft, und waren landeinwärts geschlendert. – Dann bestieg ich mit Hagemann unsern Kahn und wir stakten hinüber. Erst als wir am Bollwerk festmachten, kamen mir Zweifel : was mich das überhaupt anginge?! Aber da waren wir nun einmal; und ich dirigierte Hagemann ins Wasser; der Dümmer ist ja so flach, daß man quer hindurch waten kann. Er fühlte eine zeitlang mit den Zehen, und hatte dann das Gesuchte gefunden; fuhr mit dem Fuß in den Griff, gab ihn an die Hand weiter, und mokierte sich sofort über ‹das Gewicht›. Nun mokiert er sich bekanntlich über Alles; ich hörte also gar nicht weiter hin; worauf er, immer maulend, das Ding auf die Ruderbank legte : tatsächlich neigte sich der Kahn leicht auf die Seite.« Dettmer nickte, als hätte er das gar nicht anders erwartet; der Hauptmann lächelte rechts über dergleichen Zivilistereien; ich erlaubte mir, auch der Nichte

Emmeline eine Zigarette anzubieten (was aber von der Tante so entrüstet abgelehnt wurde, als hätte ich einen Verführungsversuch unternommen); Stürenburg beobachtete uns belustigt, wurde aber ungewöhnlich schnell wieder ernst, seufzte ein bißchen, und fuhr stirnrunzelnd fort:
»Die Schlösser schnappten mühelos auf; ich hob den Deckel – und sah: – –!« er beugte sich impressiv vor;: »in Decken gewickelt, schneeweiß, ein Kindergesicht. Mit breiten bläulichen Flecken; eine Wasserlilie auf der atemlosen Brust«. Erst jetzt konnte die Tante »Emmeline! Du badest nicht mehr!« rufen; und: »Hol doch bitte noch einmal heißes Wasser aus der Küche. – Sie darf doch?!« wandte sie sich mit vernichtender Freundlichkeit an Stürenburg, der überrascht einwilligte.
»Ich schlug entsetzt den Deckel wieder zu« (Dieskau nickte grimmig: entsetzt wegen *einer* Leiche; oh diese Schlipsträger!) »Hagemann ließ ihn zitternd vor Gruseln wieder hinunter; und wir verließen die Stelle. Natürlich jagten sich meine Gedanken: was tun?!: Was hätten *Sie* getan?«
»Der Polizei. Meldung von der Unsittlichkeit gemacht.« hauchte Frau Dr. Waring indigniert. »Mord« flüsterte Dettmer angenehm ergriffen. Wir andern kratzten nachdenklich unsere Backen.
»Das dachte ich damals leider auch« sagte Stürenburg trübe; beschwichtigte die Tante, die ob des ‹leider› hochwollte; besah seine Zigarrenglut, und berichtete mürrisch weiter:
»Am nächsten Morgen fuhr ich mit dem Motorrad nach Hude: richtig; dort wohnten sie beim Bauern. Ich traf das saubere Paar im Dorf. Er: groß, schlacksig, rote Haare und Sommersprossen genug; sie: schneeweiß und knochenlos dünn, mit schwarzen Ponyhaaren und Augen. Fest und ruchlos sahen mich die jungen Gesichter an. Ein ‹Künstler›

kriegte Hagemann raus.« Die Tante schnob pharisäern durch die Nase; auch fiel ihr ein: »Bohème«.

»Der Kriminalkommissar aus Diepholz kam gleich mit. Wir stellten sie: ‹Haben Sie uns nichts zu sagen?›. Sie wurden sichtlich unruhig; schwiegen jedoch verstockt. Als wir uns dem Seeufer näherten, ließ er das blasse Gesicht hängen; sie klammerte sich an seinen Arm, und ich hörte sie flüstern: ‹Sollten wir's nicht besser beichten?› – Als der Koffer auf dem Bollwerk lag, schnappte er nach Geständnissen; aber schon hatte der Beamte geöffnet: jetzt bei Tageslicht sah der Inhalt noch fataler aus!«

Eben kam Emmeline mit heißem Wasser zurück: »Noch heißer!« befahl die Tante verzweifelt, und sie mußte maulend wieder davon. »Bitte rasch, Herr Rat« keuchte die Witwe erschöpft.

»Wir faßten angeekelt die Kanten der Decke, in die das Unglückswurm eingewickelt war: schwer wie Stein lag es in unseren Händen –« er drückte die kostbare Zigarre aus, er knirschte ärgerlich: »ach, was soll ich lange erzählen! So war es auch! Der Kerl hatte ‹auf Vorrat› ein ‹schlafendes Kind› zusammengepfuscht – er war Bildhauer – und es in den See versenkt, damit der Stein eine grünlich-antike Färbung annehmen, und ‹mehr bringen› sollte! Ein Kollege hätte ihm den Trick verraten: das machten viele so!« Er warf sich, noch heute wütend, in den Sessel zurück; während wir uns unwillkürlich den Seegrund vorstellen mußten: über und über bedeckt mit modernen Statuen, die dort teuer bezahlte Patina ansetzen sollten. Stürenburg stand auf, und forderte uns mit einer ungeduldigen Handbewegung zum Mitkommen auf.

Im Schuppen hinterm Haus, dicht neben Hagemanns Fahrrad, lag auf Kisten ein verstaubtes fuchsrotes Köfferchen:

bitte. Dieskau, zähnefletschenden Mutes, öffnete. In braunkarierten Deckenresten lag ein sinnig lächelndes schlafendes Kind. » Ich hab ihm das Dings abgekauft « bekannte Stürenburg giftig, » für teures Geld. Um Aufsehen zu vermeiden. « Tja. Auch Apotheker Dettmer beugte sich darüber; plötzlich hob er erleuchtet den vollen Kopf: » Das ist aber gar keine Wasserlilie, Herr Rat «, wußte er von der überdimensionalen Blume: » das ist der gewöhnliche Teichschwertel, Iris pseudacorus : ich weiß es bestimmt, die Wurzel ist offizinell. « » Herrgott von Bentheim; auch das noch! « fluchte Stürenburg. Stille. Dann fragte Dettmer verlegen: » Warum sagt man eigentlich immer ‹ von Bentheim › ? « Wir sahen einander an; wir wußten es nicht.

ER WAR IHM ZU ÄHNLICH

»Oh. Geschichten weiß der Herr Rat: der könnte die Vögel von den Bäumen locken!« und sah mich von unten aus glitzernden Altersaugen an. »Jaja, gewiß, Hagemann« sagte ich diplomatisch, »aber ob sie auch alle wahr sind?« Er warf sofort die Arme mit den noch immer mächtigen Fäusten in die Luft: »Wieso denn nicht?!« nieselte er empört: »Was hier im Lauf der Jahre alles passiert ist?! – Und dann die vielen Ins-trumente: Ohgott, wenn ich nicht so'n festen Kopf hätte – –« er entfernte sich, unglaublich murmelnd, und ich begab mich unbefriedigt wieder zur Terrasse zurück, wo man mich schon erwartete.

Vermessungsrat a. D. Stürenburg erklärte eben dem Hauptmann, daß man auch als Zivilist durchaus noch bessere Karten einer Gegend als die allgemein für das non plus ultra angesehenen Meßtischblätter erwerben könnte. »Jedes Katasteramt verkauft Ihnen anstandslos für 6,– DM die sogenannten ‹Plankarten› im Maßstab 1 : 5000, die ebenfalls die gesamte Topographie enthalten – da haben Sie dann genau jedes einzelne Gebäude eingezeichnet; durch die Schraffierung sind Wohnhäuser von Schuppen unterschieden; Straßennamen; Alles: Sehr zu empfehlen!« Er nickte fachmännisch, und kerbte mit einem silbernen Spezialmesserchen seine Zigarre vorn ein: »Natürlich gibt es auch *noch* großmaßstäblichere Pläne; in Verbindung mit dem Grundbuch; die werden, falls Zeit ist, von den einzelnen Topographen laufend ergänzt –« er wiegte den mächtigen Kopf und stöhnte ein bißchen.

Vom See her wogte träge ein Windstoß heran; spülte flüssigkeitshaft lau über unsere Hände; das Luftmeer war heut bester Laune. » Gut für die Ernte « bemerkte Apotheker Dettmer wichtig; Frau Dr. Waring nickte gutsherrschaftlich (obwohl sie den Teufel etwas davon verstand); Nichte Emmeline dehnte verstohlen die badelustigen Beine, und während sie noch schlau zu mir herüber sah, hob Stürenburg bereits an:

» Sie wissen ja Alle, daß ich vor zwanzig Jahren, im Dritten Reich, vorzeitig pensioniert wurde – ich komme jetzt darauf, weil es auch mit Grundstückskarten zusammenhängt. Ich hatte damals die Katasterämter westlich der Ems unter mir, und war eben im Auto auf dem Wege nach Meppen, als ich nahe einer stattlich im Park liegenden Villa ein paar Landmesser bei der Arbeit sehe; Einer hat das Stativ aufgebaut, zwei Gehilfen stehen malerisch auf die rotweißen Latten gelehnt : wie das so jeder kennt. Ich lasse Hagemann halten, steige aus, und gebe mich dem Mann am Fernrohr zu erkennen. Er sieht überhaupt nicht hoch, sagt nur scharf: ‹ Fahren Sie weiter ! › Nun war mir dieses zu dick : ich war ja schließlich sein übernächster Vorgesetzter; außerdem empörte es mein altes ehrliches Geodätenherz, daß das Fernrohr des Kerls irgendwohin mitten in die Villa zeigte. Auf meine Beanstandung hin sagte er drohender: ‹ Gehen Sie Ihres Weges ! › ; hob auch den Kopf : ich hatte das Gesicht noch nie gesehen; wo ich doch alle meine Beamten kannte ! Jetzt wurde mir die Sache verdächtig; zumindest lag ja ‹ Anmaßung von Dienstbefugnissen › vor. Ich forderte ihn also auf, in meinen Wagen zu steigen, und mir zur nächsten Polizeidienststelle zu folgen. Sein Gesicht wurde sofort brutal. Er machte sich klein zum Angriff; pfiff seine Komplizen herbei; die faßten mich, und hätten mich in mein Auto gestopft, wenn nicht Hagemann eingegriffen hätte: er warf, strategisch durchaus richtig, zuerst den Rädelsführer kopfüber in den tiefen Straßengraben – Moorboden, Sie wissen ja. Dann kam er mir zu Hilfe. Die beiden Fremden bildeten sich – glücklicherweise für uns – ein, sie müßten Hagemanns Kopf mit ihren Latten angreifen; und von diesem Augenblick an war der Kampf entschieden. Durch Faustschlag, Stoß und Zähnegeknirsch drang Hagemanns Haupt, gleichzeitig Schild und Angriffswaffe, unwiderstehlich vor; schon verlor der Eine Jacke und Hemd; während ich dem anderen die Nase öffnete. Unterdessen tauchte aus dem Graben das jetzt struppige Antlitz des Anführers; er rief seinen Leuten ein Kommando zu; worauf sie sich sofort zurückzogen, sich auf drei im Gebüsch versteckte Motorräder warfen, und davon stanken.«

Der Hauptmann hatte interessiert der Schilderung des Gefechtes gelauscht, nahm jetzt einen größeren Kognak, und Stürenburg fuhr fort:

»Mein erstes war, durch das geheimnisvoll gerichtete Fernrohr zu sehen: es zeigte mitten auf die Haustür! Ich läutete den Besitzer heraus. Ein langer dürrer Mann, aschgrau vor Angst im Gesicht, erschien. Nachdem ich ihn informiert hatte, zog er mich flehend in die Tür, verriegelte hinter sich, und berichtete kurz: er sei Jude; und sein Haus würde seit drei Tagen von verkleideter Gestapo bewacht, die nur darauf warteten, daß einer seiner längst gesuchten Verwandten sich zu ihm stehlen wollte. Dann sollte auch er ‹abgeholt› werden! Als er erfuhr, daß seine Wächter in die Flucht geschlagen seien, bat er mich – zitternd am ganzen Leibe, der arme Kerl: es ging ja auch buchstäblich um sein Leben! – ob ich ihn nicht rasch im Auto zur nahen holländischen Grenze befördern könne? Auf meine Einwilligung hin, rannte er treppauf, und kam sofort mit dem längst bereitgehaltenen Köfferchen zurück.«

Der Hauptmann, nicht direkt Antisemit, aber immerhin jedem vorgeschriebenen Gesetz gehorsam zu sein erzogen, knurrte unbefriedigt; während der gutmütige Dettmer fleißig nickte.

»Ich fuhr wie der Teufel die Straße nach Provinzialmoor. Er plapperte neben mir unaufhörlich, krankhaft nervös; zeigte auch ängstlich nach allen möglichen Vogelscheuchen. Ich machte vorm Schlagbaum die Kurve; er lächelte herzbrechend tapfer zum Abschied; und ich rollte nachdenklich wieder durch das flache Land zurück. Während ich noch in Meppen mit dem Leiter des Katasteramtes kopfschüttelnd den raren Fall besprach, wurde plötzlich die Straße voller Motorengeräusch; vier schwarzen Limousinen entstiegen gute zwanzig SS-Männer und umstellten die Eingänge : ich mußte mit. – Ja, natürlich; Hagemann auch. – Wir wurden zwar ein paar Tage später wieder entlassen, da unsere Unschuld an der Prügelei unschwer nachzuweisen war; und von meiner Beihilfe zur Flucht des unglücklichen Mannes schienen sie gottlob nichts zu ahnen! Immerhin wurde ich durch eine ‹Verfügung› meines Amtes enthoben – später sogar pensioniert : keine Bemühung meiner Vorgesetzten hat etwas genützt.« Er hob die breiten Augenbrauen und fluchte bei der Erinnerung noch heut durch die Nase.

»Das für mich Niederschlagendste war, daß ich in jenen Tagen zusätzlich noch die Zeitungsanzeige vom Tode dieses betreffenden jüdischen Arztes lesen mußte. Da ich nichts zu tun hatte, kaufte ich einen Kranz und legte ihn am noch offenen Sarg nieder – er war in seiner Villa aufgebahrt, lang und dürr. Man hatte ihn also nicht durch die Grenze gelassen.«

Von Dettmer und der Tante kam ein gerührtes »Tsts«; der

Hauptmann trank ehern; und Emmeline streifte sich zappelig den Rock höher : sie hätte ihn wohl über den Kopf ziehen und ins Wasser springen mögen. Aber noch sog Stürenburg unerbittlich an seiner Havanna :

» Merkwürdig war nur, daß ich 14 Tage später aus England einen eingeschriebenen Brief erhielt : darin ein begeistertes Dankschreiben meines Arztes, und – mein Führerschein ! Er hätte sich keinen anderen Rat gewußt, beichtete er, als ihn während unserer Fahrt aus dem Fach am Schaltbrett zu expropriieren : mit ihm sei er anstandslos durch den Schlagbaum gelassen worden ! Es stimmte auch; denn er hat mir später immer wieder dankbar geschrieben; zur Zeit lebt er in den USA und will nächstes Jahr auf Besuch kommen. «

» Ja aber – « wandte der Apotheker betroffen ein » – ich denke Sie haben ihn doch damals im Sarge gesehen ? ! « und auch wir Anderen nickten verwirrt.

Stürenburg zuckte nur die Achseln : » Was weiß ich ? Vielleicht hat der SS-Führer, der ja wohl auch, wie damals üblich ‹ mit seinem Kopf › für den Erfolg des Auftrages einstehen mußte, seinen ganzen Sturm antreten lassen; « er zuckte die Achseln : » – vielleicht hat ihm Einer zu ähnlich gesehen ? «

Er breitete die Hände und stand gewichtig auf. » Ja aber – « schnarrte der Hauptmann betroffen; » Ja aber – « sagte die Tante unzufrieden; » Ja aber – « dachten der Apotheker und ich uns in die überraschten Gesichter. Nur Emmeline schien mit dem Ausgang der Geschichte sehr zufrieden. Vielleicht auch nur, weil sie überhaupt zu Ende war ?

SCHWARZE HAARE

Eben hatte Hauptmann von Dieskau die sehr angenehme Geschichte von der Pest zu Aleppo beendet : wie sie damals abends waggonweise die Toten in die der Einfachheit halber ständig offen stehenden Massengräber zu schütten pflegten – worauf dann regelmäßig gegen Morgen ein Dutzend Pestleichen, die noch nicht ganz tot gewesen waren, wieder an der Tür ihrer Verwandten um Einlaß kratzten. » Ohmeingott ! « rief Frau Dr. Waring erschöpft-angeekelt aus; und Apotheker Dettmer zog vorsichtshalber die Beine unter den Stuhl, vom Teppich weg, auf dem sich vom Kaminfeuer her Schattenrümpfe und rotgeschwollene Lichtglieder wanden.

Betroffen ob dieses unerwarteten Mißerfolges versuchte der Hauptmann es mit einem schnarrenden Hymnus auf die erhebende Öde und die seltsam engen Horizonte der Wüste, die man nirgendwo sonst wieder anträfe. » Außer vielleicht zur See « sagte Frau Doktor spitz (ihr Mann war Schiffsarzt gewesen); und da der Hauptmann geschlagen verstummte, erkundigte sich der stets bildungsdurstige Apotheker : » Wie weit kann man eigentlich im Allgemeinen so sehen, Herr Rat ? ich meine : die Erde einmal als glatte Kugel vorausgesetzt. « Obwohl sich Stürenburgs Mund bei dem Wort ‹ Kugel › leidend gefaltet hatte, versetzte er freundlich : » Nichts leichter als das, Herr Dettmer : Sie ziehen die Wurzel aus Ihrer Höhe in Metern; und nehmen sie mit 3,5 mal. « Als er das Zögern der Witwe bemerkte, gab er gefällig gleich noch das Beispiel : » Gesetzt, Sie befinden sich 100 Meter hoch; die Wurzel daraus ist 10 : also können Sie 3,5 mal 10 gleich 35 Kilometer weit im Umkreis sehen – annähernd natürlich; im Einzelnen schwankt das etwas.« »Merk Dir das, Emmeline« sagte Frau Dr. Waring scharf zu ihrer Nichte: »Das kannst Du nächsten Ostern vielleicht beim Abitur brauchen!« Stürenburg, stets Kavalier, ersparte der jungen Dame jede Stellungnahme, und fuhr siegesgewiß fort:

»Und was Ihre gerühmte Wüstenöde anbetrifft, Herr Hauptmann, : warum in die Ferne schweifen? Es ist gar nicht so lange her – in meiner Kindheit haben es mir Augenzeugen noch selbst erzählt! – da konnte unsere Lüneburger Heide es mit jeder Einöde aufnehmen. Das war in manchen Fällen unschätzbar; als z. B. 1831 die große Choleraepidemie – der nebenbei Männer wie Hegel oder Gneisenau zum Opfer fielen – von Osten nach Westen über Europa wanderte, da machte die Seuche mangels Verbreitungsmöglichkeit an der Ostgrenze der Heide halt.«

Der Apotheker streckte beruhigt die Beine wieder aus; Emmeline schüttelte mir, der ich hinter ihr saß, koketter den verführerischen Pferdeschwanz hin; Stürenburg, dessen Vermesserauge heute noch nichts entging, notierte amüsiert auch dies, und er kam zum eigentlichen Thema:

»So verwirrend einförmig, ohne alle Landmarken, – die Aufforstungen sind ja erst viel später erfolgt – sah es zur Franzosenzeit, um 1810, da aus, daß der Gouverneur, der berühmte Marschall Davout, endlose Stangenreihen einschlagen ließ, um den Nachschubtransporten den rechten Weg anzuweisen. Nun blühte bekanntlich zu dieser Zeit der Kontinentalsperre das Schmugglerwesen; und die verwegensten solcher Burschen wandten zuweilen die Methode an, diese Wegemarkierungen umzusetzen. Also die zum Teil wertvollen

Transporte in abseitige Einöden zu leiten, dort zu überfallen und auszuplündern.« Der Hauptmann, der beim Namen Davout ein haßvolles Knurren von sich gegeben hatte, lächelte anerkennend; der Apotheker, mehr geschult, Wunden zu heilen, als zu schlagen, sah unbehaglich drein; und Stürenburg fuhr fort:

»Es war im Spätherbst des Jahres 1811 – am 24. Oktober genau – als so eine tollköpfige Schmugglerbande den Trick wieder einmal angewendet hatte. Von der gewöhnlichen Soltauer Straße hatte man den französischen Geldtransport nach links in ein Gewirr von Mooren, Wiesen und Buschwerk abgeleitet; und dann, bei Einbruch der Nacht, nordwestlich von Schneverdingen, angegriffen. Diesmal allerdings waren die Franzosen stärker und besser bewaffnet, als man angenommen hatte; es entspann sich ein ziemlich hartnäckiges Feuergefecht, in dem es auf beiden Seiten Tote und Verwundete gab. Das dauerte so lange, bis die ernüchterten Schmuggler und nicht minder die Franzosen sich nach entgegengesetzten Richtungen zurückzuziehen begannen; die einen nach Westen in ihre pfadlosen Moorverstecke; die anderen, mühsam nach Kompaß, in Richtung Hamburg, wo damals der Regierungssitz der sogenannten ‹Hanseatischen Departements› sich befand. Die Bewohner der umliegenden Dörfer, nicht wenig erschreckt durch das hartnäckige Schießen, hatten zitternd das Deckbett dichter um den Kopf gezogen und sich nicht gerührt; entschlossen, es mit keiner der Parteien zu verderben. Als ein resolutes Mädchen erklärte: es sei doch ganz einfach Menschenpflicht, den Ort des Treffens abzusuchen; die Toten christlich zu begraben, und die Verwundeten zu pflegen. Nach langem Widerstand ihres Vaters gelang es ihr, ein Bauerngespann zu erhalten; und von nur einem Knecht begleitet, fuhr sie tapfer an den Unglücksort. Tatsächlich brachte sie 4 Blessierte, 2 Deutsche und 2 Franzosen, mit heim; die Toten – ich weiß ihre Zahl nicht mehr genau; es waren jedoch wenige – blieben zunächst liegen. Sie verband die Unglücklichen eigenhändig; kochte ihnen entsprechendes Essen, und als am nächsten Tage der zuständige französische Gendarmerieleutnant Tourtelot von Nienburg eintraf – 3. Batl.; 34. Legion –«, fügte er für den fragenden Blick des Hauptmanns hinzu; »waren alle Verwundeten praktisch schon außer Gefahr, wenn auch noch nicht sämtlich transportfähig. Der Leutnant, ein hübscher schlanker Mensch, mit großer gebogener Nase und pechschwarzem Haar, äußerte noch in der Krankenstube seine Absicht, die Deutschen abzuführen, und strengster Bestrafung zu übergeben. Worauf das Mädchen vor ihn hin trat, und ihm, so hochdeutsch sie eben konnte, sagte: ‹Daraus wird nichts, Herr Leutnant! Ich bitte zu bedenken, daß ich die armen Männer ja auch sämtlich hätte liegen lassen können; dann wären alle, auch Ihre Franzosen, jetzt schon steif und kalt. Geben Sie ein Leben fürs andere›. Der Leutnant, angenehm betroffen von dem großen blonden Mädchen vor ihm, erwiderte galant, daß es unverantwortlich wäre, die Verwundeten so guter Pflege zu entziehen; er werde sich eine Entscheidung vorbehalten, sich zunächst lediglich erlaubend, ab und zu nach dem Wohlergehen seiner Landsleute zu sehen. Sprachs, schwang sich aufs Pferd, verschoß einige sehr schwarze Blicke, und ritt davon. Fräulein Schumann verstand den Wink; und als Leutnant Tourtelot schon am nächsten Tage seinen Krankenbesuch machte, fand er die beiden Deutschen nicht mehr; auch schien ihm ein halbstündiges Gespräch mit dem Mädchen völlig ausreichender Ersatz. Ich will mich beschränken, da wir alle ja diese Art von Unterhaltungen kennen – Fräulein Emmeline ausgenommen –« fügte er geschmeidig hinzu

»kurzum : Anfang 1812 fand die Hochzeit statt; in Eile, denn Leutnant Tourtelot mußte den großen Kaiser nach Rußland begleiten – von wo er nicht wiedergekehrt ist.«
Der Hauptmann knurrte national ob der ‹Völkischen Mischehe›; des Apothekers Gesicht drückte rundes Mitleid aus; auch Frau Dr. Waring bedauerte den Fall, forschte jedoch überlegen-ungläubig : »Das sind ja sehr interessante Anekdoten, Herr Rat : aber woher wissen Sie denn all diese Einzelheiten, schwarze Haare und so? Das ist doch reine Erfindung!« Stürenburg erhob sich unverweilt, und kam nach wenigen Sekunden mit einem Porträt en miniature zurück : ein junger Offizier in der Uniform der Chasseurs à Cheval, große kurfürstlich gebogene Nase, schimmerndes schwarzes Haar. Während es von Hand zu Hand ging, fügte Stürenburg lässig hinzu : »Mein Großvater väterlicherseits; das Kind, das im Januar 1813 geboren wurde, war mein Vater, der, später vom zweiten Gatten meiner Großmutter adoptiert, dann den Namen Stürenburg erhielt : neinnein, Gnädige Frau! Wenn ich sage : Wurzel aus h mal 3,5 : dann stimmt das!«
»Wurzel aus H« murmelte ehrerbietig der Apotheker.
»Schwarze Haare« hauchte träumerisch, nur mir hörbar, Emmeline.

DIE LANGE GRETE

» Als ich geboren wurde « sagte der Uralte, » war das nämlich noch ein Königreich für sich hier. « Er zeigte einmal sehr langsam um seinen Rasensitz herum, bis zu der gesägten Kiefernborte am Horizont: » Da war Alles noch ganz anders – – « ; ich verstand mühelos : besser; und nickte ausdrucksvoll, um ihn bei Laune zu erhalten. » Damals gab es auch noch andere, als jetzt die glatt-gedrehten Dutzendmenschen – « er streckte mühsam die abgenutzten Beine und ordnete sie sorglich im Haidekraut » – und das hier wird wohl auch dazu gehören : ich sitze nämlich auf einem Grab, junger Mann ! « Nun kann ich nichts schlechter vertragen, als dies junger Mann; ich bin immerhin in leidlichen Ehren 45 Jahre alt geworden, und wenn ich auch manchmal absurd jung aussehe .... also kaute ich noch eine Weile an dem Brocken, während er schon bedächtig fortfuhr :

» Ich war noch ein Junge, als die Lange Grete das erste Mal hier erschien, inmitten ihrer kleinen Schafherde, und wir Kinder hätten darauf geschworen, die Tiere müßten verhexte Menschen sein, so klug und selbstbewußt pflegten sie zu handeln. Jedes hatte seinen eigenen Namen, auf den es hörte; sie unterhielt sich auch vernünftig mit ihnen; und zumal nachts gab es lange Diskurse, wer heut am dichtesten bei ihr liegen dürfe : sie kam nämlich nie in ein Haus, sondern schlief, gewärmt von den Tieren, im Gebüsch. Morgens, wenn sie aufstehen wollte, rief sie den großen alten Widder – Hermann hieß er, glaube ich – der kam heran, und neigte den mächtigen Schädel, worauf sie die Hörner ergriff, und er sie mit einem einfachen Anheben des Kopfes in die Höhe zog. Sobald sie die Tiere nur einen Augenblick allein ließ, fingen sie gleich an, aufs Kläglichste zu blöken; und wenn sie dann zurückkam, drängten sich alle herzu und rieben die Köpfe an ihrer Hand. «

» Sie war ja wohl schwachsinnig; aber meist sehr gutmütig; und – im Gegensatz zu anderen ihres Schlages – gar nicht in Putz oder grelle Trachten verliebt : sie trug immer ihren alten niedergekrämpten Schäferhut; einen festen moorfarbigen Kittel, um die Schultern die Decke; in der Hand einen langen Stock, an dem sie auf seichtem Boden von Bult zu Bult sprang. «

» Ihre Geschichte erzählte sie Jedem, der sie danach fragte : sie war angeblich die Tochter eines wohlhabenden Bauern gewesen, und hatte sich in den Gutshirten verliebt. Der ehrgeizige, dazu jähzornige, Vater erschoß ihn während eines Wortwechsels; und er starb in Gretes Schoß; hinterließ ihr auch all seine Habseligkeiten – eben die Schafe und ihre Kleidung, die sie ohne Verzug anlegte, und das Vaterhaus verließ, um nie wieder dahin zurück zu kehren. «

» Eines Tages verlief sich der Leithammel Hermann auf eine fremde Wiese. Der mürrische Besitzer machte sogleich die Hunde los, die das arme Tier dann zu Tode hetzten : tagelang saß Grete neben dem Leichnam auf der Wiese; bis man sie endlich damit köderte, ein feierliches Begräbnis für ihn auszudenken, worauf sie auch mit großer Begeisterung einging. Wir Kinder waren alle dabei, und ich sehe noch wie heute den Sarg, der aus einer schwarz angestrichenen Kiste bestand, und die Grasbüschel und Feldblumen, die sie darauf ausgelegt hatte. Sie formte dann mit den Händen einen richtigen Grabhügel, drückte die Soden fest, und pflanzte ein

Gehege aus Weidenruten darum. Bis an ihr Ende kam sie mehrmals im Jahre her, und brachte den Platz in Ordnung. « –

» Im Winter zog sie sich wohl tiefer in die Forsten zurück; verschmähte aber, außer vielleicht bei schwerem Schneetreiben, jedes Obdach. Viele Bauern gaben ihr auch, wenn sie vorbei kam, freiwillig Heu für die Schafe, und Suppe in ihren Napf. Wenn man sie übermäßig neckte, konnte sie auch sehr böse werden, und wünschte dann den Leuten so Schlechtes an den Hals, daß man sie, seitdem einiges in Erfüllung gegangen war, lieber in Ruhe ließ. «

» Einmal, als sie durch einen Ort kam, quälten sie die Schuljungen derart, daß sie sich endlich keinen Rat mehr wußte, und in ihrer Not zu Steinen griff. Worauf die Schlingel mit großem Hallo ebenfalls zu werfen anfingen, schließlich zu Ziegeln griffen, und das arme hintersinnige Wesen buchstäblich zu Tode steinigten. « –

» Und das hier ist also das Grab der Langen Grete ? « fragte ich, nach einer angemessenen Pause.

» Das hier ? : Oh nein. « erwiderte er nüchtern : » Hier liegt der Widder Hermann begraben. – Der Bauer, der ihn zu Tode hetzen ließ, hat sich natürlich 8 Tage später in seinem eigenen Brunnen ertränkt. « Er nickte würdig und billigend : Gerechtigkeit muß sein !

BERICHTE AUS DER NICHT-UNENDLICHKEIT

KRAKATAU

(Am 26. und 27. August 1883, vor 75 Jahren, erfolgte die größte aller historisch bekannten Katastrofen).

2 Sprecher, A. und B.,
verschieden an Tonlage und Temperament.

A.: Sonntag und tropische Mittagshitze in der Südsee: » das weiße Meer ist eingeschlafen, / und purpurn steht ein Segel drauf «,

B. *(einfallend):* Es sind sogar *mehrere* Segel; denn obwohl die Boote der eingeborenen Fischer längst auf den Strand gezogen wurden, und ihre Eigentümer Siesta halten, ist die Sunda-Straße – einer der Hauptverkehrswege unseres Globen – immer belebt.

A. *(wieder aufnehmend):* Und Kommodore LINDEMANN, vom holländischen Dampfer GOUVERNEUR-GENERAAL LOUDON, kann, wenn er gähnend das Doppelglas vor die Augen hebt, zumindest noch 2 Mastspitzen in der Ferne wahrnehmen: beide streben, von Nordwest beziehungsweise Südwest her, auf den sich zwischen Sumatra und Java verengenden großen Schiffahrtsweg zu. – Und wieder die gleißende Stille jenes 26. August.

B.: Gegen 14 Uhr beginnt ein dumpfes Rollen im Nordosten, wie wenn schwerkalibrige Schiffsgeschütze übten – aber schon nach wenigen Augenblicken zieht Kommodore Lindemann die Stirn: *so* schnell schießt Niemand, und wenns ein ganzes Geschwader wäre; das ist noch nicht erfunden : ein Salventakt von nur 1 Sekunde Abstand!

A.: Gleich darauf bildet sich etwas am Horizont, »Wolken vergleichbar«, das sich langsam höher schiebt; bis, gegen 17 Uhr, der ganze Himmel damit überzogen ist.

B.: Gleichzeitig vernimmt man ein knisterndes Geräusch in der Atmosphäre; und die Kompaßnadel beginnt zu tanzen. Es wird immer finsterer; und der Kommodore beschließt, solange das bißchen Sicht noch anhält, lieber linker Hand in die Bucht von Lampong einzulaufen, und dort vor Anker zu gehen.

A.: Und der Himmel ist entsetzlich geworden! Erfüllt mit klumpigem Schwarz, aus dem in rasender Folge Blitze wimmeln: »Weiße Riesenschlangen auf tintigem Grund«, notiert einer der Offiziere.

B.: Schon atmet man schwerer, denn feinster Staub erfüllt die Luft des zur Nacht gewordenen Tages; greifbar geht Geruch um : nach glühender Asche, und wie Schwefelflammen.

A.: Dort im Südosten steigen »Feuerketten« in die Luft; ganze Katarakte weißglühender Bälle. Vorsichtshalber lotet man die Tiefe um das geängstete Schiff – die ist zwar noch konstant, und stimmt mit den Angaben der offiziellen Seekarte; aber als man das Bleilot, aus 200 Metern Tiefe, in die Hand nimmt, ist es so heiß, daß es den zuckenden Fingern entfällt!

B.: Und überall in der Sunda-Straße beginnen Szenen, wie wir sie atemloser und makabrer nicht aus Coleridge's ‹Ancient Mariner› kennen, oder dem ‹Gordon Pym› des sehr großen Edgar Allan Poe :

A.: Denn der Donner, in der oberen Luft, wie unten in der Erde, hat jedes Maß überschritten! Masten, Rahen und

Aufbauten wimmeln plötzlich von St. Elms-Feuern, unruhigen, zuckenden ...

B.: Und die farbige Besatzung verliert alle Fassung : sie huschen, braun und zartgliedrig, umher, von einem der blaßblauen Flämmchen zum anderen, und schlagen sie mit den Händen aus; die eingeborenen Heizer verlassen ihre Kesselfeuer, und helfen bei dem Geschäft, die schwefligen Kleindämonen zu ersticken.

A.: Gegen Abend ertönt es wie schwerste Tritte über Deck, als gingen – dann liefen; dann rennten – Giganten : Bimssteinklötze sind es, erst faustgroß, dann wie Kürbisse, und brennend heiß dazu!

B.: Um Mitternacht beginnt ein Regen zu fallen; aber kein Regen gewöhnlicher Art : ein Gemisch aus Wasser und phosphoreszierendem Schlamm sinkt hernieder; rieselt emsiger; wird zum Wolkenbruch .....

A.: Und damit beginnt eine neue lugubre Arbeit für die Besatzung : es heißt *schnell* schaufeln; denn die Materie fällt so dicht, daß es sind : in 1 Minute 1 ½ Zentimeter; 20 pro Viertelstunde; einen Meter dick wäre die Schicht innerhalb einer einzigen Stunde geworden, und hätte den Dampfer unweigerlich versenkt, hätten sie nicht geschaufelt, blitzumzuckt, in Schwefelqualm und Donner, wie die Rasenden!

B.: Gegen Morgen wird es ein wenig ruhiger – aber nur ein wenig. Immer noch fällt, obwohl leichter, der Aschenregen, der Bimssteinschauer; immer noch reißt es in der Schwärze und schlitzt wie riesige Messer; immer noch tanzen die Korposanten.

A.: Aber dafür hat sich ein neues, beunruhigendes Phänomen hinzugesellt : von Zeit zu Zeit kommen Wellenfronten an – wenige Fuß hoch, gewiß; und in dieser Gestalt unschädlich. Vorsichtshalber läßt man sämtliche Bug- und Notanker nieder, und hält so das große Schiff gegen die Wogen.

B.: Der Morgen bricht an – noch immer trübe; aber es wird doch allmählich stiller; und man atmet auf.

A.: Atmet auf. – *(bedeutsam):* Atmet auf – – : bis um 5 Uhr 30 des 27. August es über die Wasser her rollt, mit einer bisher unvernommenen Lautstärke; sich wiederholt um 6 Uhr 44; – betäubt, mit aufnahmeunfähigem Trommelfell, stehen die wetterharten Seeleute ....

B.: Um 10 Uhr 2 Minuten Ortszeit weckt sie – die schon nicht mehr hören zu können vermeinten – ein Schall, einzigartig in der Geschichte unseres Planeten, als bräche das Firmament zusammen!

A. *(leiser):* der sich 50 Minuten später noch einmal, jedoch wesentlich schwächer, wiederholt. –

B.: Um 10 Uhr 2 Minuten also, am 27. August 1883, erfolgte jenes Ereignis, jene Katastrofe größten Ausmaßes, von der die von Menschen niedergeschriebene Geschichte weiß – das einzige bisher bekannte, *globale* Geschehnis, das der gesamte Erdball verspürte. – Immer noch das größte; trotz aller unserer Atombombenversuche.

A.: Was war geschehen? –
Längst hatte man gewußt, daß sich, über Java als Zentrum hinweg, ein großer sogenannter »Grabenbruch der Erdrinde« hinziehe.

B.: Auf der einzigen Insel Java kennt man 49 Vulkane, darunter diverse ‹Viertausender› : mehr als die Hälfte davon hat man in der relativ kurzen Zeit der europäischen Ansiedlung – was sind im Geologischen schon 300 Jahre – in Ausbrüchen beobachtet; ein Teil davon befindet sich in ständiger Tätigkeit. Heiße Quellen, Schlamm- und Dampf-Ausbrüche überall; Erdbeben sind nichts weniger als selten; und diese Kette von tätigen Vulkanen setzt sich fort, nach Westen über Sumatra; nach Osten bis Flores und Timor.

A.: Und senkrecht zu dieser Ost-West-Linie unterirdischer Tätigkeit verläuft von Nord nach Süd eine zweite tiefe Spalte, längs deren sich die unterirdischen Kräfte manifestieren – beide kreuzen sich inmitten der flachen, selten über 200 Meter tiefen, Sunda-Straße in einem Punkt .....:

B. (laut): KRAKATAU!!! – – – (nach einer Pause): – –

A.: Und es war praktisch das erstemal, daß der wohlklingende Name .... *(wie kostend): »KRAKATAU«* ... ... der Menschheit geläufig wurde.

B.: 300 Jahre zuvor waren holländische und spanische Entdecker dem grünen Bergeiland vorüber gereist – der höchste seiner Gipfel hieß in der alten Kawi-Sprache Javas ‹RAKATA›; das heißt eine ‹Krabbe› – wer weiß, warum?

A.: So beschreiben die alten Reisenden die 4 kleinen Inseln der Gruppe : kein Unterschied gegenüber den andern Landhäufchen der Sunda-Straße; bedeckt mit allergrünster Vegetation; unbewohnt von Menschen; nur selten besucht ein Fischer oder Kokosnußsammler die verträumten Buchten.

B.: Dennoch scheint es, als habe im Jahre des Herrn 1680 dort eine Eruption stattgefunden; wenn man den mageren Berichten Vogels und Hesses trauen darf.

A.: Zumindest aber war innerhalb der letzten Jahre – also seit 1880 – die Insel irgendwie ‹verdächtig› geworden. Die seit mehr als zweihundert Jahren scheinbar eingeschlummerten subterranen Kräfte hatten begonnen, sich zu regen; Erdstöße waren häufiger geworden, und am 20. Mai 1883 hatte bereits ein erstes Beben Batavia wachgerüttelt, begleitet von allerlei minderen akustischen und optischen Phänomenen.

B.: Am 11. August 1883 noch – also nur 14 Tage ‹vorher›; und man stelle sich das richtig vor : genau der bekannte »Tanz auf dem Vulkan«, wenn je einer war! – besuchte Kapitän FERZENAAR, der Leiter der geographischen Abteilung in Bantam, die Insel; skizzierte ihre Küsten; sah Dampfsäulen; registrierte einen gewissen Schwefelgeruch. Auch schrieb er in sein Journal, daß die gesamte Vegetation der Insel verschwunden sei – nur ein paar vereinzelte Baumstämme noch ragten aus der Bimsstein- und Aschenwüste empor ....

A.: Aber das, wie gesagt, war auf einer Vulkan-Insel, wie Java, nichts ungewöhnliches. Bis eben ...

B. (einfallend): Bis eben zu jener Mammutexplosion vom Morgen des 27. August 1883! – Da muß, geologisch betrachtet, folgendes geschehen sein : –

A.: Die Ausbrüche vom Nachmittag des 26. waren von heftigen Lavaflüssen begleitet gewesen. Und, im Gegensatz zu den meisten sonst bekannten Vulkanen, lag Krakatau ziemlich niedrig; wurde also unschwer von Seewasser überflutet.

B.: Das heißt : die Lava, die ohnehin dazu tendiert, sich leicht oberflächlich abzukühlen – während im Innern die Rotglut noch lange erhalten bleibt – war durch den Einbruch des Meeres oberflächlich erstarrt; und hatte über dem Riesenschlot des Krakatau eine Art Pfropfen gebildet : daher die Pause im Ausbruch während des größten Teils der Nacht.

A.: Inzwischen aber hatte die Spannung der inneren Dämpfe stetig zugenommen; bis sie, in den Vormittagsstunden des 27., so stark geworden war, besagten Pfropfen zu lüften; erst anzuheben – und endlich, in einer letzten überdimensionalen Kraftanstrengung abzuschleudern.

B.: Das eben war der letzte, der entscheidende, Stoß von 10 Uhr 2 Minuten des 27. August 1883. Er, der alle die globalen Folgen verursachte, von denen im Folgenden die Rede sein wird.

A. (wie nachdenkend): 10 Uhr Ortszeit Krakatau? : da ist es in Europa, um, sagen wir, Mitteleuropäische Zeit, rund 2 Uhr Morgens; also noch tiefe Nacht liegt über Berlin, Paris, London.

B.: Aber durch die Sunda-Straße rennt bereits die riesige Wasserwand! –

A.: In Merak, 50 Kilometer entfernt, war sie höher, als die Bauten unserer westlichen Großstädte : 45 Meter hoch überrannte sie Strand und Ortschaften; bis 30 Meter Höhe wurden die Ufer rasiert : 36 380 Menschen ertranken; sämtliche Städte und Orte längs der angrenzenden Küsten, bis tief nach Nordaustralien hinein, wurden zerstört; die Leuchttürme weggeschwemmt – wochenlang danach noch war die Sunda-Straße, schon aus Mangel an Orientierungsmöglichkeiten, unpassierbar.

B.: In Batavia, 250 km entfernt, erlosch am hellen Mittag die Sonne, und Lampen mußten angezündet werden. Fenster und Türen barsten; die Mauern bekamen Risse; sämtliche Gas- und Wasserleitungen setzten aus. In Buitenzorg sprang ein ganzer Gasometer aus seinem Stahlgehäuse!

A.: Auf Ceylon, 3000 km entfernt, begann das Wasser im Hafen zu schäumen; Boote und Schiffe wurden an den Strand geworfen; der Hafenintendant verfaßte einen entsetzten Bericht.

B.: In Rodriguez, *4500 km entfernt* heißt es: »Hauptwachtmeister Wallis beobachtete am 27. August um 13 Uhr 30 im Hafenbecken eine höchst merkwürdige Erscheinung : die See sah aus, als kochte sie heftig auf; und die im Wasser befindlichen Boote kreiselten in allen denkbaren Richtungen. An sich war Ebbezeit, aber unversehens stieg das Wasser um 2 Meter; und floß mit einer Geschwindigkeit von gut 20 km in der Stunde – ich habe es dergestalt nur über Mühlenwehre hinschießen sehen! Gleich darauf sank der Wasserspiegel um den gleichen Betrag; und alle Riffe erschienen in einem Maße, wie ich mich nicht erinnern kann, es je während meiner zwanzigjährigen Dienstzeit wahrgenommen zu haben!«

A.: Aus Port Elizabeth in Südafrika – also auf der anderen Seite des Indischen Ozeans! – berichtet der Kapitän eines der großen Postdampfer, die dort vor Anker lagen: »Mein Schiff, die HAWARDEN CASTLE, lag in der Algoa Bay. Gegen 8 Uhr 30, am 27. August, bemerkte ich, daß sich plötzlich die Ankerkette bis zum Reißen spannte, so daß ich sofort in aller Eile einen zweiten Anker auswerfen ließ. Der Pegel zeigte eine Schwankung von mehr als 4 Fuß; und sie wiederholte sich viermal.«

B.: Das war die große Flutwelle des Krakatau, die spürbar wurde, bis nach Europa hin, und den Pegeln des Ärmelkanals.

A.: Zuvor jedoch noch war der *Schall* um den Erdball gereist! – In Singapore »war keinerlei telefonische Verständigung mehr möglich; sobald man den Hörer abhob, vernahm man ein Brausen, wie von einem Wasserfall; wenn man aus Leibeskräften schrie, hörte man zwar, daß Jemand am anderen Ende sprach, verstand jedoch kein Wort.«

B.: In St. Lucia Bay auf Borneo hatten die Eingeborenen gerade einen Missionar ermordet; und verließen fluchtartig ihre Dörfer, weil sie dachten, von allen Seiten sammelten sich die verhaßten Weißen zur Vergeltung.

A.: Auf Diego Garcia, 1800 km entfernt, hielt man den Donner für Schüsse eines Schiffes in Seenot, und ließ die Boote auslaufen, um den Bedrängten Hilfe zu bringen.

B.: In Acheen auf Sumatra, 1600 km entfernt, dachte der Kommandant der Garnison, ein Angriff erfolge auf sein Fort; und alarmierte die gesamte Besatzung für viele Stunden.

A.: In Alice Springs, inmitten Australiens, hörte der Telegrafist Geräusche wie von Gewehrsalven, und meldete das unbegreifliche Ereignis weiter; das gleiche wurde aus Manila, Bangkok und Neuguinea berichtet.

B.: Auf der Insel Rodriguez, vor der afrikanischen Ostküste, in einer Weite von 4500 km, vernahm man das Gerolle, wie schweren Donner, oder Notschüsse von strandenden Schiffen.

A.: Und man vergesse nie, daß es sich dabei um eine Entfernung handelt, als hörten *wir* einen Knall aus NEW YORK: das ist bisher, gottlob, noch nicht der Fall gewesen; obwohl wir nichts verreden wollen!

B.: Staub fiel allerorten vom Himmel – unverkennbar vom Krakatau; denn die Gelehrten waren, und unter Risiko des eigenen Lebens, begierig gewesen, die Natur der dortigen Gesteine sogleich mikroskopisch, in Dünnschliffen, zu erforschen; – die meisten Daten kamen hier von Schiffen, fern im Indischen Ozean, von den Kerguelen bis hin nach Aden. Die größte Entfernung, bis zu welcher die Aschen- und Bimssteinschauer reichten, betrug 6000 Kilometer in Richtung West-Nord-West – war doch eine Gesteinsmasse zerstäubt worden, die achtzehn Riesenblöcke ergeben hätte, jeder 1 km breit, 1 km lang, 1 km hoch : *dreiviertel der Insel waren verschwunden!*

A.: Zur gleichen Zeit ging, vom Krakatau als Zentrum aus, eine Luftdruckwelle, um den Erdball : mit einer Geschwindigkeit von 1200 Kilometern pro Stunde schnellten allerorten die Barometer hoch um 63 Millimeter; und fielen Herzkranke um; bis zu den Antipoden . . . .

B. *(einfallend):* die in diesem Fall bei Bogotá in Südamerika lagen : innerhalb von 17 Stunden verdichtete sich dort ein Luftdruckknoten; zerfloß wiederum in entgegengesetzter Richtung – und umreiste dergestalt *siebenmal* den Erdball, ehe die Atmosphäre wieder zur Ruhe kam!

A.: Die Magnetnadeln in den Observatorien sämtlicher Kontinente begannen zu zucken, sei es in Deklination oder Inklination, in durchaus ungewöhnlichen schnellen Schwankungen; in Pará – Südamerika – waren die einzigen nennenswerten Nadelausschläge des Jahres 83 die vom Tage des Krakatauausbruchs. –

B.: Aber das war alles nichts, gegen das, was folgte. – Nie noch hatte auf der Erdoberfläche eine auch nur annähernd ähnlich starke Explosion stattgefunden; nie noch waren Staub- und Aschenteilchen in gleiche Höhe getragen worden : 700 km weit hatte man die Rauchsäule wahrgenommen! Und der Himmel selbst entzündete sich; verfinsterte sich; erzeugte Farben wie sie nie zuvor ein Menschenauge gesehen hatte!

A.: In den letzten Augusttagen des Jahres 1883 registrierte das Schiff EUTERPE aus dem Südatlantik einen Sonnenaufgang, mit *vier Ringen* um das Gestirn!

B.: Grün ging die Sonne auf; strahlenlos und platt. – Am 3. September meldete Kapstadt: »Seltsamste Morgen- und Abendröten! Um 18 Uhr 50, mehr als 1 Stunde *nach Sonnenuntergang*, Rosenlicht wie von einer Riesenfeuersbrunst; Ende erst gegen 19 Uhr 15.«

A.: Medellin in Spanien: »Am 3. September ging die Sonne *violett* auf. Wurde dann *blau;* und anschließend *grün.«*

B.: Das Observatorium in San Salvador, Südamerika, berichtete aus den letzten Novembertagen: »Der Mond stieg auf, und zwar bis zu einer Höhe von 15 Grad überm Horizont smaragdgrün; das Ganze wie auf einem Riesenvorhang von Karminrot, den nur Venus sonst noch zu durchdringen vermögend war, aber ebenfalls grün erschien. So stark war das Licht, daß Sterne erster Größe unsichtbar blieben.«

A.: Aus unserem deutschen Berlin schrieb Professor Helmholtz von den Abenddämmerungen des 28., 29. und 30. November 1883: »Gegen 16 Uhr Untergang der *grünlichen* Sonnenscheibe. Anschließend ungewöhnlich hellroter Himmel mit auffälligen Lichtbalken im *Südwesten* (sic!). Um halb fünf lagen alle Straßen Berlins in einem seltsam bernsteinhaften Schein, als sähe man sie durch ein gelbes Glasstückchen. Dann folgte Dunkelheit, und die ersten Sterne wurden sichtbar. Eine halbe Stunde *danach* jedoch, weit nach 17 Uhr, färbte sich der Westhimmel erneut karminrot, oder präziser, wie ein dunkles Rosa. Man sprach allgemein entweder von einem Großfeuer; bzw. Andere, die sich über die Himmelsrichtung nicht klar waren, von einem ‹Nordlicht›.«

B.: Die ‹Bishop's Ringe› um Sonne und Mond wurden, zumal in den angelsächsischen Ländern, zum Begriff; seitdem Mr. Bishop sie aus Honolulu am 5. 9. 83 zum erstenmale gemeldet hatte.

A.: Als die nächste Mondfinsternis, ein volles Jahr später, erfolgte, verzeichnete Stone, Astronom der Sternwarte Oxford, kopfschüttelnd: »Es war die mit weitem Abstand dunkelste Verfinsterung, die mir je vorgekommen ist. Im verschatteten Teil des Mondes war schlechterdings *nichts* sichtbar; keine Spur des sonst üblichen »kupferfarbenen Lichtes«; nicht einen Einzelkrater vermochte ich darin zu unterscheiden.«

B.: Die Ursache all dieser bezaubernden Schleiertänze von Himmelsfarben und zarten Luftgestaltungen war feinster Vulkanstaub aus dem Krakatau! Bis in Höhen von 50 km war er ausgeblasen worden; und wurde nun dort oben, schwebend in den kaum merklichen Ausgleichsströmungen, monatelangsam sinkend, um die ganze Erde getragen : von Transvaal bis Island sahen die staunenden Zeitgenossen die Bleischeiben der Sonnen, die grasgrünen Monde, Halos von wunderlichster Gestalt; und endlich, wenn längst hätte tiefe Nacht sein müssen, das Super-Alpenglühen der höchsten der Staubdecken. –

A.: *Nie* war dergleichen gesehen worden??

– Jetzt erst, aufmerksam gemacht durch den einundeinzigsten Krakatau, fiel klärendes Licht auf all die Berichte mittelalterlicher Chroniken, die von »kämpfenden Heeren am Himmel« gesprochen hatten, und »Blutmeeren« : zu den Kometen und Nordlichtern, die man bisher als vernünftige Erklärungsversuche herangezogen hatte, mußte man neuerdings also auch *das* noch einkalkulieren : in die Stratosphäre getragener Vulkanstaub!

B.: Und schon erinnerte man sich weiterer Phänomene, die plötzlich in neuem Licht erschienen : einst, am 19. 6. 1783, waren aus ganz Norddeutschland alarmierende Nachrichten eingelaufen, von einem ‹Heerdrauch›, wie er in solchem Ausmaß noch nie gleich lästig registriert worden war. Sonne & Mond verloren ihren Schein; Pflanzen waren morgens mit ‹Meltau› belegt und begannen zu kümmern.

A.: Aberglaube aller Art regte sich; und um ganz sicher zu gehen, forderte man ein Gutachten der Universität Göttingen an, das der hochangesehene Hofrat und glänzende Schriftsteller, der Professor für Mathematik und Physik, Georg Christoph LICHTENBERG, nach Prüfung der Sachlage gern ausstellte : Schuld an all dem Genebel waren die armen Kolonisten im Bourtangermoor, an der holländischen Grenze und anderwärts, die im Juni Feuer anzulegen pflegten, um ihre Sümpfe für ein paar Jahre ertragsfähig zu machen : der schwere Qualm dieser wochenlang schwelenden Brände sei es, der, von den in Norddeutschland vorherrschenden Westwinden landeinwärts getragen, solche bedauerlichen Erscheinungen erzeuge.

B.: Leider nur erklärte die gutgemeinte Theorie eines nicht : etwa wieso im Languedoc *Südfrankreichs* die Sonne wochenlang erst dann sichtbar wurde, wenn sie höher als 27 Grad überm Horizont stand; anschließend für den Rest des Tages rot erschien, und so matt, daß man mit unbewehrtem Auge hineinsehen konnte.

A.: Oder warum ähnliche Berichte sowohl aus *Schweden* kamen, wie auch von der Nordküste *Afrikas* – aus Asien, Amerika und Australien ging damals noch keine Post nach Göttingen; sonst wäre Professor Lichtenberg doch wohl aufmerksam geworden.

B.: Nunmehr, fast genau 100 Jahre später, erinnerte man sich, daß damals, zwischen Ende Mai 1783 und dem 18. Juni, der Vulkan Skaptar Jökull auf Island in einer Kette maßloser Explosionen in die Luft geflogen war; worauf sich – mögen die Moorbrände redlich das ihrige dazu beigetragen haben – pünktlich all die heute schon beschriebenen Phänomene einstellten; damals freilich noch unbeachtet und verkannt, auch im Ausmaß geringer; dennoch eine sehr vergleichbare historische Erscheinung. –

A.: 75 Jahre sind es jetzt her, daß dort, fern unterm Äquator, der Berg zerbarst; Wasser und Winde um die Erde pendelten; Schiffe mühsam durch Bimssteinfelder pflügten; und der Schall bis zu den Antipoden reiste.

B.: Daß 50 Tausende starben; während die Magnetnadeln verzückt tanzten, und die Gestirne erröteten und ergrünten – ein Tag, wohl wert, daß die Menschheit seiner gedenke : des 27. August 1883 –

A. (einfallend): und des donnernden Namens :

KRAKATAU!!

DIE KREISSCHLÖSSER

»Dem werthen Herrn Professor Gruithuisen empfehlen Sie mich zum Schönsten! ...«

GOETHE an STIELER; 20. 11. 1828.

2 Sprecher, A und B; verschiedene Stimmlagen.

A. *(besinnlich):* »Füllest wieder Busch und Thal / still mit Nebelglanz.« – *(kleine Pause; dann):* ‹AN DEN MOND›!

B. *(vertraulich):* »Schöner, stiller Gefährt' der Nacht. / Du entfliehst? Eile nicht; bleib, Gedankenfreund! – – / : Sehet, er bleibt; das Gewölk wallte nur hin.« – *(erläuternd):* KLOPSTOCK.

A. *(schlicht-feierlich):* »Der Wald steht schwarz & schweiget; / und aus den Wiesen steiget / der weiße Nebel – : wunderbar!«. – ‹Weiß› : im Mondlicht.

B.: Er, der Mond, ist der bei weitem Vertrautere, im Vergleich zur Sonne. Da gibt es höchstens kultische Gesänge, ergeben gebückten Hauptes am unmagisch-grellen Morgen dargebracht : man kann das rasende Licht ja einfach nicht ansehen, ohne sofort den Kopf geblendet beiseite zu nehmen!

A.: Und die Sterne? – Gewiß, sie »glitzern nah und glänzen fern«; sind aber im Grunde allzuwinzig geschliffen; bestenfalls Dornen, die Furchen in helles Wolkenfleisch reißen : die haben doch alle keine Gesichter! Was nützt uns Städtebewohnern noch die wirre Silberkette des Siebengestirns; oder daß spitzgliedrige Sternbilder zitternd am Horizont hocken – das sind allenfalls vergessene Uhrzeiger, bei Wüstenwanderungen, für Hirten.

B.: *Er* aber hat seine perlmutterne Scheibe, *der MOND!* Ihm kann man, und lange, ins kalte Nachtgesicht schauen. Er zeigt uns die zauberischen Phasen : von listig-schmaler Sichel an; dann die krumme Linse, prüfend über Waldhaufen geneigt; bis zur steinernen leeren Miene, auf eine gelbliche Himmelswand geklebt.

A.: Seit Jahrtausenden spähen die Menschen in dieses schwebende Gesicht, jede Nacht – es verzieht keine Miene.

(Gong)

B. (jetzt sachlich): Jeder Blick nach oben, mit bloßem Auge, zeigt die ‹Flecken› : Klearchos, der Grieche, hielt sie für Wasserflächen; und die Pythagoräer behaupteten, daß im Monde Berge wären, Städte, Pflanzen, Tiere und Menschen.

A.: Aristoteles hielt das ganze Gebilde für eine Art stumpfen Spiegels; und die dunklen Stellen also für unscharfe Abbilder der irdischen Meere und Gewässer. Das Mittelalter, unheilbar geo- und homozentrisch, verfiel auf noch eigennützigere Hypothesen : da war das große Gestirn nur noch eine Laterne, von einem geduldig-gelangweilten Engel pflichtmäßig im Kreise herum geführt.

B.: Oder der vielgerühmte Paracelsus dekretierte von Sonne und Mond, Nebensonnen und Nebenmonden : daß es messingne Becken seien, von witzigen Luftgeistern uns possenhaft hingehalten.

A.: Erst mit der Erfindung des Fernrohres änderte sich schlagartig die Lage – Galilei erkannte sofort die gebirgige Beschaffenheit der Mondoberfläche, und skizzierte bereits ein Verfahren, aus den Schattenlängen der Bergspitzen deren Höhe zu messen.

B.: Der Erste jedoch, von dem an die wahre, wissenschaftlich ernstzunehmende, Selenographie datiert – ‹Seleno-Graphie› als Parallelbildung zu ‹Geo-Graphie› – war ein Deutscher, Johannes HEVEL aus Danzig. Oder, wie das alte Conversationslexicon von 1734, der ‹Jöcher›, berichtet . . . . . :

A. *(Wichtig den ältlichen Text):* »Joannes Hevelius. / Ein Mathematicus. / Geboren zu Dantzig, 1611, am 28. Januar. / Wurde zur Erlernung der pohlnischen Sprache nach Gondetsch geschickt, und anfangs der Kaufmannschaft gewiedmet. Hernach aber in das Gymnasium zu Dantzig gethan, allwo er sich auf die Mathesin, wie auch aufs Zeichnen, und allerhand mechanische Künste legete. / Hiernächst studirte er zu Leyden Jura; reisete fernen nach Engelland, Frankreich und Teutschland; und wurde, nach seiner Zurückkunfft, zu Dantzig in die Schöppenbanck wie auch in den Rath gezogen. / Er erbauete in seinem Hause unterschiedne Observatoria mit großen Unkosten, wodurch er sehr viel Sterne erfunden; es giengen ihm aber seine Observationes, nebst der schönen Bibliotheque, Machinen und Manuscriptis, im Feuer auf. Seine Tubos, bis zu 140 Fuß Länge, verfertigte er selbst, und stach die wahrgenommenen macules selenae eigenhändig in Kupffer.«

B.: *(erläuternd):* Hevel veröffentlichte nämlich im Jahre 1647, auf Grund fünfjähriger umfassender Beobachtungen, die erste *Mondkarte;* gab den düsteren Großflächen die Bezeichnungen ‹Mare / Oceanus / Sinus / Palus›, und führte Namen für die auffälligsten Objekte ein, die – zumal in England – jahrhundertelang verwendet wurden.

A.: 4 Jahre danach erschien die nächste Mondkarte, herausgegeben von einem flachen aber schnellfingrigen Vielschreiber, dem Jesuiten Riccioli – der hatte zur Bezeichnung der Objekte die Namen berühmter Männer gewählt. (Wobei hervorgehoben sei, daß er die Sorge für sein eigenes Andenken mit nichten einer gedankenlosen Nachwelt überließ, sondern ihn vorsichtshalber eigenhändig, an prominenter Stelle, selbst einsetzte). Diese ‹Riccioli'sche Nomenclatur› ist die heute gebräuchliche geworden; freilich wurde sie im Lauf der Jahrhunderte immer wieder vervollständigt.

B.: Alle diese Karten jedoch, einschließlich der, einen halben Meter im Durchmesser haltenden, des Dominique Cassini von 1673, waren ein dubioses Gemisch von Schraffierungen, ein ‹Chiaroscuro› nach Augenmaß, ohne jedes Gradnetz ; sie *konnten* nichts anderes sein; denn noch war das ‹Fadenkreuz› im Brennpunkt der Linsen nicht bekannt, noch hatte man also kein Mittel, einen Punkt exakt anzuvisieren.

A.: Hundert Jahre waren nach Hevel vergangen, als der Göttinger Professor Tobias MAYER die bisherigen, lediglich nach wenn auch noch so sorgfältigen Skizzen angefertigten Krokis, durch die erste, wirklich verläßliche Mondkarte ersetzte : 1749 erschien das epochemachende Blättchen von nur 19 Zentimetern Durchmesser – aber die erste Mondscheibe *mit Gradnetz,* auf der 27 Ringgebirge nach selenographischer Länge und Breite eingetragen waren; einhundert kommende Jahre lang das Fundament für alle Mondstudien.

B.: Als so groß erwies sich die Genauigkeit, als so verläßlich die ermessenen Koordinaten, als so schlechthin fundamental das unscheinbare Blatt, daß der *Großorientierung* fürs erste genug getan zu sein schien. Man begab sich an Detailstudien.

A.: Johann Hieronymus SCHROETER, in Lilienthal bei Bremen, machte den Mond zum Zentralproblem seiner Arbeiten. Im Besitz der damals mächtigsten Teleskope des Kontinents – das größte ein 50-Zentimeter-Spiegel – veröffentlichte er detaillierte Zeichnungen von Mondlandschaften und den ‹Kreisschlössern› der Ringgebirge, in 2 mächtigen Quartanten, 1791 und 1802. Auch ihm verging darüber sein Leben; auch ihm verbrannten im hohen Alter sein Observatorium, und die im Selbstverlag erschienenen Bestände der ‹Selenotopographischen Fragmente› – die Bände sind rar geworden.

B.: Übergehen wir jedoch heute die neueren Stadien der Mond-Kartographie – Lohrmann; Mädler; Neison; Schmidt; Fauth; bis zum Neuesten, ‹Baldwin, 1949, The Face of the Moon› – verweilen *wir* in den Jahren um 1820.

A.: In jenem ‹Wellental› der Forschung, zwischen Schroeter und Lohrmann – wo höchstens einige ‹Liebhaberastronomen› ab & zu sich einige Quadratgrade der Mondoberfläche vornahmen, Kunowsky oder die beiden Pastorff – in jenen Jahren also erregte plötzlich *ein* Mann das Aufsehen von ganz Europa :

FRANZ DE PAULA GRUITHUISEN!

(Gong)

B.: Ein merkwürdiger Mann. –
1774 geboren, auf Schloß Haltenberg am Lech. Diente

zuerst als blutjunger Feldchirurgus in der österreichischen Armee. Studierte nach diesen Feldzügen gegen die französische Republik von 1789 in Landshut Medizin und Philosophie. Wurde geschätzter Universitätslehrer; 1826 sogar Ordinarius für Astronomie in München; wo er dann auch, pensioniert und vergessen, 1852 starb.

A. *(mit Nachdruck): Ein merkwürdiger Mann!* –
Schon als junger Mensch fiel er auf durch seine ganz ungewöhnliche Sehschärfe : mit unbewaffnetem Auge vermochte er nicht nur Venus als Sichel zu erkennen – ein Faktum, das auch Gauß von seiner greisen Mutter verbürgt – sondern sogar die 4 ersten Jupitermonde!

B.: Das gibt es tatsächlich. Boguslawski, einer der frühen Leiter der Breslauer Sternwarte, bewies es auf Verlangen jedem Zweifelnden; und dasselbe leistete – ausgerechnet – ein Schneidermeister derselben Stadt; der, durch die Zeitungsartikel aufmerksam gemacht, die gleiche Fähigkeit an sich entdeckte.

A.: Aber abgesehen davon, daß Gruithuisen also schon rein physisch zum Mondspezialisten prädestiniert schien, brachte er eine andere, nicht minder seltene Eigenschaft mit : ein so umfassendes Wissen, eine dergestalt rastlose, alles verknüpfende Phantasie, daß es ihm möglich wurde, *da* Zusammenhänge zu erkennen, wo die übrigen Zeit- und Fachgenossen nur abweisend ‹andere Fakultäten› sahen.

B.: Gruithuisen nämlich machte die Entdeckung vom *Zusammenhang der Sonnenfleckenperioden mit denen des irdischen Wetters* – eine Hypothese, über die bedauerlicherweise der sonst sehr große Gauß sich mit seinem Korrespondenten Schumacher nicht genug mokieren konnte.

A.: Gruithuisen, dem Chirurgen, gebührt die Ehre der ersten Erfindung des Instruments zur Zertrümmerung von Steinen in der Harnblase; wofür ihm die Sorbonne ihren Akademiepreis von eintausend Goldfranken erteilte.

B.: Zahlreiche Bände veröffentlichte er, zumal Lehrbücher für Medizinstudenten, Kompendien der Naturwissenschaften im Allgemeinen, der Astronomie im Besonderen. / 1808 erschien zu Augsburg seine düstere Abhandlung ‹Über die Existenz der Empfindung in den Köpfen und Rümpfen Enthaupteter› – lange vor Dostojewskis und Poe's makabren Rhapsodien – wo er nachwies, daß einzelne Körpergewebe den ‹Tod› noch stundenlang überleben. / »Könnten die Mondkrater wohl auch von Meteoreinschlägen herrühren?« fällt ihm einmal ein.

A.: Wie elektrisiert jedoch lauschte das ganze, gelehrte wie ungelehrte Europa auf, als 1824, im ersten Jahrgang des ‹Kastner'schen Archivs für die gesamte Naturlehre›, Gruithuisens Abhandlung erschien:
‹Entdeckung / vieler deutlichen Spuren / der Mondbewohner; / besonders eines collossalen Kunstgebäudes derselben.›

(Gong)

B.: Und – ehe man das bekannte hochgebildete Lächeln erzeugt – vernehme man erst die Fakten: Franz de Paula Gruithuisen war, wie bereits nachgewiesen, kein Dummkopf!

A. (spöttisch): »Die Sache, die hier verhandelt wird, ist nicht für *den* Verstand, der nur mit alltäglichen Begriffen zu arbeiten pflegt, und der schon 1 Männlein und 1 Weiblein aus dem Monde sehen will, sobald man von den Spuren lebender und verständiger Wesen auf seiner Oberfläche zu reden anfängt. Weniger zum Behufe einer Theorie, als vielmehr zur Aufstellung neuer Untersuchungsprobleme sollen diese Notizen dienen; denn wenn man der Arbeitshypothesen entbehrt, entbehrt man auch der Richtung in der Forschung!«

B.: Nach solchen, völlig unangreifbaren Prämissen, untersucht er zunächst die rein physikalischen Vorbedingungen für ein Leben auf der Mondoberfläche: Meere, Ringgebirge, Rillen. Die Restspuren einer Atmosphäre, ableitbar aus dem ‹Kleben› der Fixsterne am Mondrand bei Bedeckungen. Wichtigstes Thema in diesem ersten Teil sind die – auch heute noch nicht erklärten – Farbveränderungen; sowohl der einzelnen Flecken nebeneinander, als auch im Verlauf einer Lunation.

A.: Das Grau der Meere, wie auch das im Innern einzelner Wallebenen und Krater, ist nämlich nicht nur von verschiedener Intensität; sondern wechselt auch im Laufe eines 350stündigen Mondtages. »Purpurgraue und gelbgraue Tinten« kommen vor, »indem vielleicht manche Pflanzenblätter vom Winter der Mondnacht, und die der sogenannten Meere erst vom brennenden Sonnenschein gelb oder braun zu werden scheinen.«

B.: Er stellt Betrachtungen darüber an, welche irdischen Gewächse etwa ein ähnliches Verhalten zeigen würden: »In den Verhandlungen der Naturforschenden Gesellschaft zu Bonn habe ich mehrere Pflanzengattungen der Erde genannt, die vielleicht für den Mond passen dürften, z. B. einige Zwiebelgewächse und dergleichen, so wachsen 2 Arten Lauch in den Schweizeralpen, Allium victorialis und moly. Überhaupt scheint es, daß Gewächse im Mond sehr schnell reifende Früchte tragen müßten – es würde verdienstlich seyn, in dieser Hinsicht einmahl die am schnellsten reifenden Pflanzen tabellarisch zusammen zu stellen. «

A.: Außer Flechten kommen, nach Gruithuisen, allenfalls noch die wetterhärtesten Coniferen infrage; und » eine Fleckensorte gehört wahrscheinlich zu denen, welche in vegetativer Hinsicht ungefähr dem rauhen Alpenkamm, und den dürren Steppen der Polarländer der Erde gleichen, worauf Moose wachsen, oder die höchstens mit den Kräutern der kalten Haideländer besetzt seyn können. «

B.: Kurzum : er stellt recht sachliche theoretische Überlegungen an, wie wir dergleichen heutzutage etwa in Hinsicht auf den Mars lesen können. Er mißt auch die ‹ Vegetationsgrenze › – d. h. die, innerhalb derer Farbveränderungen auftreten : » In des Mondes Süden reicht sie bis 55°, und im Norden bis 65°. Weiterhin gegen die Pole läßt sich durch Farbe nicht das geringste unterscheiden; denn diese Zonen haben durch alle Zeiten eine solche blendende Weiße, daß ich schon oft versucht wurde, an den Polen Schnee anzunehmen. «

A.: Manchmal freilich, wenn er durch sein 2 Meter langes, 272mal vergrößerndes Fraunhofersches Fernrohr späht, macht er in sein Diarium Eintragungen wie diese hier . . . . . :

B. (eifrig): » Ganz besonders merkwürdig ist es, daß zu günstiger Zeit diese dunklen Gefilde sich wie grauer Sammet dem Auge darbieten; so daß ich, um die Sache genau zu bezeichnen, einschrieb : ‹ Am 6. September 1821, abends 6 Uhr, sah ich, nordwärts von dem noch nicht aus der Nacht hervorgekommenen Krater Tobias Mayer, an der Lichtgränze so etwas wie feinen zottigen

Sammet, welche Erscheinung nur ein Palmwald, oder ein Feld voller Riesenfarnkräuter hervorbringen kann, die also – wie unsere Urpflanzen gigantischer Art – in Sümpfen stehen.›«

A. *(nüchterner):* »Ohne nun deshalb gerade das für mehr als für eine Wahrscheinlichkeit geben zu wollen; so erhellet doch schon aus allen bisher angeführten Überlegungen, daß die größtentheils das Überwintern leicht zu ertragen eingerichtete Mondvegetation, so wie sie große Landstrecken überdeckt, in allen ihren Gliedern, zum Theil collossal, zum Theil wieder zwergartig beschaffen seyn müsse.«

B.: Das hat ja ähnlich Gauß einmal geäußert: daß, je *geringer* die Schwerkraft auf einem Gestirn, umso *größer* könnten, aus Gründen reiner Festigkeit, die Lebewesen auf ihm sein.

A.: Aber, abgesehen einmal von solchen überschwänglich-schwachen Momenten – man muß zugeben, daß Scharfsinn, Zusammenhang und ‹System› in Gruithuisens Theorien ist. 1829 veröffentlicht er in der bedeutendsten periodischen Fachzeitschrift, dem ‹Berliner Astronomischen Jahrbuch›, 8 Detailabbildungen von Mondlandschaften, zumal des Cleomedes, in dessen grauer Ringfläche sich schattenhaft ein Vierfelderquadrat abzeichnet, alle Linien doppelt ausgezogen.

B.: Und er gibt davon, wie auch von den anderen gesehenen Liniensystemen, diese, gar nicht unebene Erklärung: »Auch die irdischen Thiere bringen, wenn sie in großer Zahl immerfort denselben Weg wandeln, gewisse ‹Straßen› zustande; so z. B. die Ameisen, das Hornvieh in den Wäldern, selbst Menschen erzeugen solchermaßen Trampelpfade.«

A.: » Diese Straßen sind vollkommen zweckmäßig angelegt, insofern, als sie den nächsten Weg auf dem Großkreis, und zu bestimmten Stationen, sowie von einem Mare zum anderen führen. «

B.: Ja, er geht so weit, von » itinerarischen Kunstwercken « zu sprechen, die » Zweckvorstellungen voraussetzen, die bey Thieren nie zur Klarheit kommen « ; » sogar das Commando eines Straßenbau-Directors « setzt dergleichen voraus. Und – so fährt er nüchtern-triumphierend fort . . . . . :

A.: » Übrigens gebe ich die Hoffnung nicht auf, auch noch Seleniten zu sehen. Jedoch gewiß *nicht einzeln;* sondern wenn sie in Masse durch die Geräumte « – (gleich ‹ Schneisen ›) – » ziehen. Denn, wenn die Linie einer Straße unterbrochen ist durch 2 sich gegeneinander bewegende Farbabsätze, die sich vereinen; und wieder trennen; und sich immer weiter voneinander entfernen : *so waren es Seleniten und nichts anderes!* Ein einzelner solcher Fleck könnte eine Staubwolke seyn; allein wenn 2 Caravanen sich begegnen, so kann es nicht trügen. «

B.: Begreiflicherweise sucht Gruithuisen während 60 Beobachtungsjahren, die er hauptsächlich ‹ seinem › Mond widmet, auch nach sichtbaren Spuren von *Bauwerken* der Seleniten : bei günstigen Luftverhältnissen verfügen wir ja durchaus über Vergrößerungen, um Gegenstände wie das Straßburger Münster oder das alte Reichstagsgebäude als Punkte wahrnehmen zu können. Und, man mag über den sachlichen Wert der Beobachtung noch so sehr den Kopf schütteln – die Freude des Mannes teilt sich durchaus dem Leser mit . . . . . :

A. (erregt): » Es war am 12. Julius im Jahre 1822, morgens nach halb vier Uhr, da ich zum ersten Mahle einen collossalen, unsern Städten nicht unähnlichen Bau im Monde sah. Dieses Kunstmonument befindet sich in 8° östlicher selenographischer Länge, und in 6° der nördlichen Breite, in einer barometrisch tief liegenden Landschaft, und macht das westliche Drittheil des Mondfleckens Schroeter aus. Bey der ersten natürlichen Ansichtigwerdung des Gegenstandes wähnte ich, von großer Höhe eines steilen Berges herab, bei trüber Luft, die Vogelperspective einer Stadt vor mir zu haben. «

B.: Und er setzt, in seinem charakteristischen unnachahmlichen Gemisch von Fantasterei und Besonnenheit sogleich hinzu: » Man sey so erfinderisch wie man wolle – man wird es nie wahrscheinlich machen können, daß die Natur Mittel habe, für sich allein eine solche Bildung hervorzubringen. Allerdings ein *Termitenbau* könnte es seyn; es lassen sich riesenartige flügellose Insecten mit ihren Kunsttrieben im Monde annehmen. «

A.: Seine Zeichnung erweist die Ansiedlung als mathematisch regelmäßig, und nach Himmelsrichtungen geortet; die Hauptzüge der Gebäude treffen in Winkeln von 45 und 90 Grad aufeinander.

B.: Diese Lage ist – und jetzt nicht nur nach Gruithuisen – die einzig vernünftige; denn: » nichts hat der Mondbewohner stärker zu scheuen, als einen kalten, wenn auch noch so sanften Wind, der ihm seine Abende rauh und schneidend macht, und auch seine Morgen gar sehr verbittert, wenn diese gerade anfangen, warm und angenehm zu werden. Nun verhält sich auf der diesseitigen Mondfläche, wegen der Achsendrehung des Gestirns, der Südwest-Passat wie unser Südost-Passat: Orte also, die diesen Wind abhalten, werden die angenehmsten seyn. «

A.: Und selbst *falls* sämtliche Wahrnehmungen Gruithuisens auf optischen, bzw. Selbst-Täuschungen beruhen *sollten* : seine Überlegungen sind, in jeglichem Betracht, so aktuell, so hochmodern und brauchbar, daß jeder Astronaut sie vor Antritt seiner Mondreise durcharbeiten sollte.

B.: Angesichts der auftretenden Temperaturschwankungen – Gruithuisen schätzt sie auf 150 Grad; immer noch zu niedrig; wir wissen heute, daß es nahezu 280 sind – folgert er, daß sich » der Mondbewohner in Anbetracht der Luftreste, bei seinen außerordentlich kalten Wintern und ebenso heißen Sommern, nur mit der *troglodytischen* Lebensart durchhelfen könne – die Wohnungen werden also in unterirdischen Gewölben bestehen, die mit dem dortigen Erdboden überschüttet wurden. « Kunsthöhlen im Souterrain also, Super-Jurten nach sibirischer Art, als Wohnplätze : wir werden, vielleicht ab 1970, von ähnlichen Bauwerken hören.

A.: Im Lauf seiner nun hartnäckig durchgehaltenen Beobachtungsreihe sieht er einmal, bei Sonnenuntergang – d. h. als über jenem Gebilde, im Monde, die Sonne sank – etwas wie » Dom-Cuppeln « über verschiedenen Stellen : » vermutlich Rauch und Dampf ? «

B.: Auf der Nordostseite der Anlage befindet sich » ein sternschanzenartiges Gebilde. Eine eigentliche Schanze, nach unserer Art, ist dieser besondere, aber mittelbar mit dem Ganzen doch in Communication stehende Theil gewiß nicht; und wir befinden uns hierüber in dem weiten Reiche der Vermuthungen, in welchem ich nun sogleich eine wagen will . . . . . « :

A. (fortfahrend): » Bey der angegebenen Lage der Dinge müssen wir wohl auch bey den Seleniten einige religiöse

Bildung vermuthen. Unser sternähnliches Gebilde scheint also eine Art Tempel; und, weil es sternförmig angelegt ist, vielleicht dem *Sternendienste geweihet* zu seyn – dies mag umso wahrscheinlicher folgen, als man dort, wegen Reinheit der Luft, sogar am hellen Tage die Sterne leicht sehen kann. «

B.: In der Tat : auch unsere heutigen Astronomen bezeichnen den Mond als ‹ das vollkommene Observatorium ›; sowohl nach Reinheit der Atmosphäre als auch Unbeweglichkeit der Gestirne der ideale Aufenthalt für einen Beobachter. – Am 2. März 1822, früh um halb Eins, sieht Gruithuisen » ein Rundgrübchen zwischen Copernicus und Eratosthenes, in viertheiliger Gestalt, mit vier Erhabenheiten, die wie Kuppeln eines Domes aussehen : feiern da die Mondbewohner durch 4 Rauchwolken das Sonnenaufgangsfest ? «

A.: » Am 25. Juli, früh nach halb Drei, beobachtete ich die Nachtseite des Mondes; und sah beim Proclus ein Licht, wie eine Gluht, 3 bis 4 Mahl hervorblincken, aber auch um Drei Uhr verlöschen. Nach Drei Uhr begann das gleiche Phänomen am Promontorio acuto. . . . . . man halte diese Feuer für beabsichtigt – etwa für ein nächtliches Feuerfest der Seleniten bestimmt – so erklären sich alle jene Erscheinungen gar leicht durch das Hervorbrechen des beleuchteten Rauches aus den Kaminen troglodytischer Mondbewohner. «

B.: Also hat Gruithuisen vermutlich – wie schon andere vor und nach ihm – eine Erscheinung beobachtet, ähnlich dem erst ganz neuerlich wahrgenommenen ‹Vulkanausbruch im Alphonsus ›. Je mehr sich das Auge gewöhnt, desto mehr Details werden erkannt; das ist eine, jedem Astronomen geläufige Erscheinung, daß man sich auf jedes himmlische Objekt erst ‹einsehen› muß : wer da meint, daß er sich nur vors Fernrohr zu setzen brauchte, um sogleich alle mit Sicherheit verbürgten feinen Einzelheiten auf Mond oder Mars wahrzunehmen, oder gar auf Anhieb Neues zu entdecken, der irrt sich gewaltig! (Oder ist ein ‹Moonhoaxer› wie LOCKE).

A.: Beim Sinus Hipponiates sieht er mehrere der Trampelpfade zusammenlaufen: »Werden hier Wallfahrten her gemacht? Oder wird da Bergbau betrieben? Haben die Mondbewohner auch Straßen *unter* dem Boden? Die Umstände erzeugen bey ihnen allerdings ein Bedürfnis der Wanderungen auch bey Nachtzeit.« – Vielleicht erleben wir noch, wie diese Gruithuisenschen Theorien von lunarischen Untergrundbahnen zwischen den einzelnen Kreisschlössern befahrbarste Wirklichkeit werden.

B.: Eintrübung und Wiederaufklärung von Objekten verzeichnet er, »Rauch oder Staub« : die Realität seiner Beobachtungen ist unbezweifelbar; wir, heute, nehmen an, daß um das ganze Gestirn eine dicke, verwitterungsbedingte Staubdecke liegt, in die zuweilen Meteore einschlagen; es können aber auch Gasschleier sein.

A.: Andere von Gruithuisen verwendete Bezeichnungen sind »Wald-Alleen«; in manchen Fällen beobachtet er »verwachsende Schneisen«; auch ganz ebene Flächen »gleich holländischen Polders«. »Sind 2 Gebilde, östlich von Thebit, mit so dünnen ringförmigen Wänden, daß sie sehr wohl bloße Mauern seyn könnten, etwa *Herbergen für neugierige reisende Seleniten? Etwa um die Erde zu sehen?«*

B.: Die man bekanntlich auf der von uns abgewandten Hemisphäre des Mondes nie erblickt!

A.: Gesorgt sein muß »für genügende und gesunde Ventilation, wenn man sich durch alle diese Züge ununterbrochen communicirende Gewölbe denkt«, auch »genaue polizeiliche Aufsicht der Einwohner« – alles Dinge, die, man verlasse sich darauf, in den raketenbesitzenden Ländern längst vorgeplant sind.

B.: Am Rande der Mondstadt liegt »eine 3 Kilometer im Durchmesser haltende, gegen den Vollmond fast schwarzgrau werdende, Centralfläche – wahrscheinlich von den Seleniten als ein windstiller Erholungsplatz und Garten benützt.«

A.: Um die geschwungenen Buchten des benachbarten Mare zeigen sich, kurz nach Sonnenaufgang, »Tauränder«, »gleichsam als wäre dort eben das Eis aufgegangen.« Unverändert strahlen unterdes im Norden wie im weißen Süden die »bitteren Eissümpfe« der extremen Breiten.

B.: Auch eine neue Generalkarte des Mondes legte er vor, die nach dem Urteil der Fachleute einen entschiedenen Fortschritt gegenüber der Mayer'schen darstellte – freilich ist sie nie richtig gewürdigt worden; weil gleich danach die, in weit grandioserem Maßstab ausgeführten, Lohrmannschen Sektionen zu erscheinen begannen.

A.: Unvergessen jedoch sei der letzte Vorschlag des quijotisch-ingeniösen Mannes. Um eine direkte Verständigung mit den von ihm vermuteten Seleniten aufzunehmen, erkannte er die einzige Möglichkeit in der – notwendigerweise auch Jenen geläufigen – *Geometrie* : Wer Städte bauen kann, muß Mathematiker sein! Also proponierte er der Petersburger Akademie der Wissenschaften : in den Weiten Sibiriens riesige Steckrübenfelder anzulegen, *in der Figur des Pythagoräischen Lehrsatzes.* Ein leeres rechtwinkliges Dreieck; die Quadrate der Katheten, wie das der Hypothenuse, farbig bepflanzt. Nicht lange würde man, so vermeinte er, zu harren haben, um die entsprechende optische Antwort neben einem seiner Kreisschlösser zu erblicken.

B.: Nie ausgeführt, versteht sich. Aber schlechthin genial erdacht! –

Gerade heute, wo alle diese Überlegungen brennend akut geworden sind, gewährt es ein eigentümliches, und nichts weniger als abwegig-theoretisches, Interesse, diesen ersten, in vieler Beziehung durchaus diskutablen Gedankengängen wieder nachzugehen; zu erwähnen das krause Lebenswerk, und die Kreisschlösser des Franz de Paula Gruithuisen.

DIE GESCHICHTE VOM RIESEN JERMAK

1

Gern tut Mütterchen KLIO den schon arg stift-zahnigen Mund auf, räuspert sich vielsprachig, und singt uns ‹vom Helden› : vom antiken ‹KING ALISAUNDER› und seinen 12 Jahren, (in Wahrheit einer der boshaftest-größenwahnsinnigen Erdflöhe von ausgesprochenem Hitler-Typ); vom großen Fernando CORTEZ, (der am größten im Plündern und fanatischen Metzgern war); oder wie die zahllosen europäischen Thronsitzer, wenn sie gar nichts anderes mehr zu tun wußten, sich gegenseitig-untereinander ‹eroberten›.

Trotzdem besaß, so ums Jahr 1700, die ‹Weiße Rasse› unleugbar sämtliche Voraussetzungen zur Führung auf diesem Planeten : optimale Bevölkerungsdichte (nicht zu verwechseln mit ‹maximal›; das ist das, was wir in Deutschland seit 50 Jahren ständig überschreiten); die entwickeltsten Industrien; alle nötigen Flotten & Waffen – und vor allem eben : die Erde war noch relativ leer. Das bekannte ‹Minimum an Weisheit› hätte nun etwa erfordert, daß man sich, im Norden wie im Süden, je in 35 Grad Breite, eine rote Linie um den Globus gezogen, und vereint dekretiert hätte :

Dies sind die Klima-Zonen, wo Europäer wohnen & arbeiten, d. h. geistig und körperlich schaffen können; diese beiden Kalotten sind, unter Hintansetzung aller nationalen und religiösen Stänkereien, nach Kräften zu besiedeln!

Statt dessen erfolgte das, späteren Generationen vermutlich

immer-unglaubwürdige Schauspiel, wie Europa den Erdball vertändelte. England raubte Indien aus; mit dem Ergebnis, daß es heute sehr selbstständig ist, und die Weißen behutsam verabscheut. Australien, groß wie Europa, klein wie Berlin, wurde systematisch vernachlässigt, und ein Kind kann sich an den kurzen Fingern ausrechnen, wann es ‹Asien› in die Hände fallen muß – sehr richtig übrigens; die weißen ‹Peers› haben ihre Unfähigkeit sattsam-sekulär dargetan. Afrika? : man kann sich schwerlich unkluger benehmen, als die Kolonisatoren es taten. Die Folge ist, daß es binnen kürzester Zeit nun wirklich ein ‹Schwarzer Erdteil› sein wird; (und selbst dazu reicht unsere Beschränktheit nicht aus, nach Kräften zu befördern, daß es nun wenigstens zur Hälfte ein ‹Brauner› werde; also die, uns kulturell doch überraschend ‹verwandten›, Araber zu unterstützen.) Dabei schadeten die genannten ‹Verlorenen Kontinente› so viel noch nicht; denn was sollten wir, wir aus ‹Worpswede› oder vom ‹Lake District›, in den Tropen?

Aber im Jahre 1805 bereits schrieb der große Historiker Johannes von MÜLLER :

»Die Rolle Europens ist aus. Das Edelste wird über den Ozean und nach Asien gerettet werden, und dort, modificirt, keimen.«

Denn daß Europa machtmäßig, sittlich und kulturell abgewirtschaftet hat, ist schlicht eine Binsenwahrheit, über die sich & uns nur noch Unwissende oder Betrüger zu täuschen suchen; allerdings mit solchem Erfolg, daß es der Mehrzahl der Ohren, und nicht nur meiner Landsleute, immer noch ketzerisch, lästerlich, ja, womöglich ‹verbrecherisch› klingt, wenn man die VEREINIGTEN STAATEN & RUSSLAND als die beiden letzten Hoffnungen unserer Rasse bezeichnet.

Denn dort ist tatsächlich noch einmal alles Erforderliche beisammen : das ‹weiße› Klima; ein gesundes Unter-Optimum an Menschenmaterial; weiteste Räume voll entzückendster Bodenschätzchen; in beiden Bereichen beginnen eindrucksvollste Kulturen zu entstehen – nur ein Narr oder ein Böswilliger kann ja behaupten, daß, was etwa die Kunst der Literatur anbelangt, Namen wie TURGENJEW, DOSTOJEWSKI, TOLSTOJ, GORKI, BRECHT nicht auch eine ausgesprochene Modell-Serie europäischer Literatur bildeten. Das IGORLIED ist von dem der NIBELUNGEN so verschieden nicht; auch die KORSSUNSCHEN PFORTEN halten den Vergleich mit Ghiberti oder Peter Vischer aus; was bedarfs noch der Erwähnung von MUSIK, SCHACHSPIEL oder WELTRAUMFAHRT ? (Die entsprechenden US-Namen zähle ich nicht erst auf; sie sind uns, zum Teil unnötig, geläufig.) Und wenn bei uns noch einmal eine letzte Groß-Gestalt erscheint, wie etwa JAMES JOYCE; dann verfehlen wir gewiß nicht, unsere faulfleckige Welkheit dadurch zu belegen, daß wir ihm im Leben möglichst das Brot, im Tode den Stein, versagen.

Die ‹Weiße Tragödie› ist einzig die, daß eben diese letzten beiden ‹Säulen›, diese ‹Hoffnungen› unserer Zivilisation und Denkweise, einander als Todfeinde betrachten – und Deutschland anscheinend wieder einmal nichts pikanteres kennt, als die Rolle des Steines zu spielen, über den die Weiße Rasse mehrfach gestolpert ist. Dieses Europa-Deutschland gleicht einem 60jährigen, unklugen alten Weib; das sich die Haare burgunderrot färbt, die verschrumpelten Schenkel weit nach Westen hin auftut, und mit sich überschlagender Stimme beteuert, daß die Zukunft ihm gehöre! (Und die Amerikaner lachen heimlich; und die Russen werden wütend. Und die Farbigen halten sich die Nasen zu.)

2

Wie das eine dieser mächtigen Kraftreservoire gewonnen wurde, das ist ja, ausgiebig & mehrfach, besungen. – Wie da die MAYFLOWER bei Plymouth landete, und die Pilgrim Father's ausstiegen, und das große ‹Westward Ho!› begann; wie der ‹Leatherstocking›, und am liebsten mutterseelenallein, durch beneluxgroße Kalt-Urwälder spazierte; oder der Mormonen-Trek bis nach Utah büffelte; und in IRVING's ‹Astoria› geht's ins eisigste Canada hinein. Sie stehen Alle auf unseren Bücherborden, die Sinclair Lewis und Hemingway, die Faulkners und Steinbecks, (ganz Fortgeschrittene nicken sogar schon beim Namen Gertrude Stein), und Edgar POE ist so bekannt, daß man ihn kaum noch liest, (obwohl er der Beste all der Genannten ist.) Also darüber wissen wir einigen Bescheid, über diesen ‹Mittelwesten›, den ‹Sumpf› der Schlachthöfe, und die ‹Levee› von New Orleans.
Die ‹andere Seite› allerdings ist unermeßlich unpopulär; ja, es scheint ausgesprochen un-deutsch zu sein, wenn Einer weiß, daß ‹Lessing aus Kamenz› eigentlich von einem ‹Leschnigk› – slawisch ‹Förster›, ‹Hegemeister› – aus ‹Kammenetz› stammen muß, einem Ort, der schon im Namen seinen steinigen Boden anzeigt. Oder daß Sterne der 1. Größenklasse an unserem Literaturhimmel ihrerzeit so wenig ‹russenfeindlich› eingestellt waren, um ganz simpel solche Töne anzustimmen:

»Tochter, ich flieh nicht die Arbeit,
fliehe nicht die Beerensträucher,
fliehe nicht der Esthen Lande –
: Vor dem bösen Deutschen flieh' ich,
vor dem schrecklich bösen Herrn!«

Wissen darf man bei uns, daß ‹SIBIRIEN› ein dem Teufel wohlgefälliges Gemisch aus Verbrecherkolonie & Eishölle ist – wer hier, ohne sich auf eine Widerlegung einzulassen, schlicht ‹Paramatta & Gluthölle› murmelte, wäre, er hätte nicht einmal die Wahl, Neutralist & ‹potentieller Landesverräter› – nach Herzenslust singen & sagen darf man vom ‹Großen Weißen Vater› im Kapitol zu Washington, und von der Erschließung des Westens: ‹PIONEERS, OH PIONEERS!›. : aber vom ‹RIESEN JERMAK›? . . . . .

3

2 Kaufleute und 1 landflüchtiger Räuberhauptmann von der Wolga wagten es, Sibirien zu erobern – ‹ohne Befehl›; dennoch im Namen Iwan Grosny's, des ‹Gestrengen›. (Ich muß der deutschen Übersetzung KARAMSIN's folgen – ich kann, infolge einer als einseitig-westlich zu beanstandenden Erziehung leider nicht Russisch; immerhin: ‹selig der Mann, der seine Lücken als solche erkennt›!).
Längst, seit dem Jahre Tausend plus x, hatten unternehmende Pelzhändler aus Nowgorod das endlose Land (‹Ein Sechstel der Erde›) jenseits des alten Riphäischen oder Gürtel-Gebirges, des Ural, kennen gelernt; dorthin trugen sie, erst durch Mienen-Zeichen-Gebärden, dann durch mühsam herangebildete Dolmetscher unterstützt, Sprache & Sitten des Zarenvolkes. Faktoreien folgten nach. An der Spitze dieses Osthandels standen nach 1500 die Mitglieder der ‹königlichen› Kaufmannsfamilie STROGANOW, der ‹Gehobelten› – der Ahnherr der Familie, einst von erbitterten Mongolen gefangen genommen, war von ihnen zu Tode gehobelt worden; daher der Name, den sie furchtlos annahmen; (es ge-

hört einiges zu solcher Mentalität; die Meisten von uns würden dergleichen vermutlich ‹verdrängen›, verkapseln, vergessen.)

Zar Iwan ließ 2 Brüder dieser Familie, Jakob und Gregor, zu sich kommen; beriet; und erteilte ihnen dann Schenkbriefe über weiteste Gebiete. Erlaubte ihnen, Block-Forts anzulegen, auf eigene Kosten Krieger & Geschütz zu halten, zu verhören und zu richten. Ergo machten die Stroganows ihr Baargeld ‹flüssig›; mieteten sich fleißige Bauern und Zimmerleute; aber auch die entsprechenden Don'schen Landsknechte : so skrupellos (bzw. ‹klug›) waren sie, daß sie, unter anderen, auch 2 in absentia zum Tode verurteilte Hetmane an sich zu ziehen wußten. Iwan Kolzo, und vor allem ihn, den mächtigsten & verwegensten : den ‹Riesen› Jermak.

Sie schickten ihm Geschenke, und schrieben einen freundlichen Brief; sie redeten ihm zu, das eines kristlichen Kriegers unwürdige Räuberhandwerk aufzugeben, und brave Soldaten des Weißen Zaren zu werden; sie schrieben :

»Wir haben Festungen und Ländereien; wir haben keine Mannschaft. Kommt! Und helft uns, Groß-Perm zu schützen, und die östliche Grenze der Kristenheit.«

Sie kamen; 840 Krieger unter Anführung Jermaks (»unbekannten Geschlechts : aber von vornehmem Gemüth«), er strebte nach Ehre, die Meisten nach Beute – bereits auf dem Hinmarsch schlugen sie am 22. Juli 1581 den heidnischen Mursa Beguli, der ihnen den Weg verlegen wollte, aufs Haupt, und nahmen ihn gefangen. Dann zogen sie aus, in die Richtungen, die ihnen die Stroganows, eine nach der andern, anwiesen.

Vier Tage lang schifften sie die reißende Tschussowaja hinauf, bis zur ural'schen Kette, unter den Schatten überhängen-

der Felsen hin; und zwei Tage längs der Sserebränaja, was sie an den sogenannten ‹Sibirischen Weg› brachte. Sie hielten an, und erbauten eine Erdbefestigung. Sie sahen nur Wüsten und wenige Einwohner, wie zu Zeiten Herodots. Allmählich sammelten sich Tataren, bis ihrer Zehn-Tausend waren : Jermak griff sie an, und schlug sie. Sie sammelten sich erneut : Jermak schlug sie erneut. In der dritten Schlacht am Irtysch, am 23. Oktober 1581, hatte er nur noch 500 Mann, Kosacken, Lithauer und einige-wenige Deutsche (!) – er siegte wiederum; obwohl 107 seiner Leute fielen : noch heute wird für sie in der Domkirche von Tobolsk am Jahrestage jener Schlacht gebetet. (Jermak hielt seine Leute aber auch, wie die Chronisten einhellig zu rühmen wissen, in musterhafter Ordnung; weder Unsittlichkeit noch Ungehorsam wurden geduldet.)
Im nächsten Jahre fuhr er den Irtysch abwärts; die seltenen Anwohner schwuren, ihm den – notfalls bluttriefenden – Säbel küssend, Rußland den Untertaneneid. In einem Hain stand das berühmte Bild des Götzen Ratscha, den man um Rettung vor den furchtbaren Eroberern flehend umtanzte : Jermak nahte sich *»unter Donner«*, und die Priester flohen in das zobelige Dunkel ihrer Wälder. Schon war er bis an den Ob gekommen, dessen Mittellauf zwar schon den alten Nowgorodern geläufig war, dessen Ursprung und Ende jedoch sich im Unbekannten verloren – hier wollte auch Jermak nicht weiter; denn er sah vor sich nichts mehr als kalte Ödeneien, wo selbst im Sommer die Moosrinde der Sümpfe von den glühenden Strahlen der Sonne kaum erwärmt wurde (‹Dawídow-Projekt›!), und wo sich, in den mückenwimmelnden, mit Mammutknochen übersäten Morästen, den Augen das Bild eines rechten Welt-Endes darbot. Mit kriegerischer Musik schiffte man auf dem mächtigen Strome wieder

zurück; stets stieg man in Feierkleidern ans Land, um durch Pracht die einwohnenden Nomaden in Staunen zu versetzen.

Nunmehr, nach einigen großen Zügen zurückgekehrt, setzten Jermak und die Stroganows zusammen einen Bericht an den Zaren auf : wie seine armen und geächteten Kosacken dem Tode hundertfach entgegengegangen wären, und im Namen Krist & des Zaren ein mächtiges Reich mit Mütterchen Rußland vereinigt hätten, solange es GOtt gefallen werde, die Welt stehen zu lassen. Auch daß sie Befehle und Statthalter von ihm erwarteten, denen sie die sibirische Zarschaft übergeben könnten. Mit solchem Schreiben wagte sich der zweite im Kriegsrange, Iwan Kolzo, nach Moskau : der einst verrufene Verbrecher, nunmehr sein schuldig-stolzes Haupt vor der Majestät beugend, ward mit Gnaden empfangen, und, unter dem Geläut aller Glocken, mit dem Namen eines ‹Tapferen Kriegers› geehrt. Den Kosacken ewige Vergessenheit ihrer alten Vergehungen angekündigt; auch Jermak ein ‹Fürst von Sibirien› genannt. (Leider wurde Kolzo, gleich nach seiner Rückkehr, das Opfer eines tatarischen Verrates; alle Einwohner im Süden empörten sich, und nur unter Aufgebot aller Kräfte gelang es Jermak, jene Halb-Mohammedaner wieder leidlich zu befrieden – ‹Janym, janym, bisch Kosack, bisch Kosack› summt wohl heut noch der Russe an der Mündung des Ischim.)

Rastlos sorgte Jermak für sein Land : geleitete Handelskarawanen durch Steppen & Wüsten; unterwarf Ortschaften; wies gefährliche Geschenke an Gold & Jungfrauen zurück. Alt & müde geworden lag er im Zelt, dort wo der Wagai in den Irtysch mündet, mitten in Feindes Land; Regen goß in Strömen, Wind & Fluß rauschten, die Wachen schliefen ein. Kundschafter des Turkvolkes gegenüber machten eine

Furt ausfindig, schlichen sich an, und nahmen erst einmal den schnarchenden Posten die Gewehre samt den Patronentaschen – » Kutschiums, des Sultans, Herz fing an zu spielen ! « , wie es in der alten Chronik heißt; er überfiel die wie betäubten Russen in der Nacht zum 5. August, und ermordete sie samt & sonders, bis auf 2, die fliehen konnten.

Jermak selbst erwachte vom Klirren der Schwerter und dem Geächze der rundum Sterbenden. Er sprang auf; sah das Verderben, und schlug mit 1 Säbelhiebe alle Angreifer zurück – dann warf er sich, mit zwei Harnischen beschwert, (Ehrengeschenken des Zaren, einer aus Eisen, der andre aus Silber), in den Irtysch. Das Boot, auf das er zuschwamm, erreichte er nicht; mitten im reißenden Strom ertrank er.

Am 13. August 1584 entstand Geschrei & Gelächter auf der Flußscheibe, unweit des Dörfchens Jepantschinskje : Janisch der Tatar, Enkel eines der dortigen lokalen Westentaschen-‹ Fürsten ›, erblickte beim Fischfang die Füße eines Menschen im Flusse ! An einer Schlinge zog er den Toten aus dem Wasser – : erkannte ihn sogleich an dem herrlichen Panzer, mit dem goldenen Zarenadler auf der Brust; ruderte singend ans Ufer, und rief sämtliche Einwohner des Dorfes zusammen, den entseelten Riesen zu sehen.

Die Tataren versammelten das Volk aller umliegenden Landschaften, um an dem Toten Rache für das durch ihn vergossene Tatarenblut zu nehmen. Sie legten den Leichnam 8 Tage lang auf ein Gerüst, und jeder Vorübergehende schoß 1 Pfeil auf ihn ab; selbst Ostjäken und Wogulen fanden sich von weither ein, um ihr Mütchen zu kühlen. Das währte 6 Wochen hindurch; Raubvögel flogen längst um den Leichnam herum, aber keiner wagte ihn zu berühren. Durch Traumerscheinungen beunruhigt, übergaben die Tataren endlich ihren Todfeind der Erde, unter einer schattenden Fichte; 30

Ochsen und 10 Hämmel wurden beim ‹WAKE› verzehrt; in Waffen und Kleider des Helden teilten sich die Vornehmen der Mursen.
An den Ufern des Irtysch aber lebte der Name des Helden in Liedern, in mündlichen Überlieferungen, in Benennungen von Lokalitäten; auch die ärmste Hütte noch sah Karamsin mit dem Bilde des großen Hetman-Fürsten geschmückt.
So endete der Mann, mit dem die Geschichte Sibiriens beginnt – die 1 der 2 uns noch verbliebenen Hoffnungen der Weißen Rasse.

* *
*

Kombinat Schwarze Pumpe   Moni Raditsch (cand. phil.)
den 26. 6. 66

Sehr geehrter Herr!

Ich habe Ihre, nicht uninteressante Compilation, betreffend den ‹Riesen Jermak›, (in der ‹ANDEREN ZEITUNG›), mit einem bestimmten Nutzen gelesen; und möchte Ihnen einen (Ihnen anscheinend unbekannt gebliebenen) Hinweis nicht vorenthalten – ist es doch eines der Verhängnisse allen Forschens, daß 1 Menschenleben eben nicht ausreicht, um alle Verbindungen, selbst des eignen Spezialfaches, zu anderen Wissensgebieten fruchtbar zu erkennen. –
Es wird Ihnen zweifellos bekannt sein, daß die ‹DEUTSCHEN VOLKSBÜCHER›, späterhin & oftmals Neu-Bearbeitungen, und zwar von Größten Meistern erfahren haben – ich nenne hier nur ‹FAUST›; CHAMISSO's und TIECK's ‹FORTUNAT› usw. – und eben auch JUSTINUS KERNER's (über den ich

zur Zeit eine Examensarbeit vorbereite) ‹König Eginhard›; (am leichtesten zugängig über Heiz-Ritter oder W. Heise).

Dies Volksbuch nun besteht aus 2, von einem selbst mir noch nicht ganz eindeutig bekannten letzten Sub-Verfasser, recht oberflächlich miteinander verlöteten Schichten, die auch einwandfrei zu 2 verschiedenen Zeiten entstanden sein müssen. Die erste Hälfte hat, wie ich bereits erwähnte, Kerner zu einem seiner bizarren (scurrilen?) ‹Schattenspiele› gestaltet; wo Kaiser Karl (der Große) & die Seinen, in schon völlig humoristischer Auffassung, (was einmal mehr Rückschlüsse auf die politische & soziale Einstellung des Autors erlaubt), unter verballhornender Verwendung der bekannten Eginhard:Emma-Fabel auftreten. Und eben einen zweiten Teil, der ‹Riesen-Kämpfe› im Gebiet der CSR schildert – etwa wie unsre Jungen Pioniere heute die Namen eines Juri Wlassow, Leon Schaputinskij, Boris Schakhlin, Ljebussowa, Protopopoff, Seyffert (Karl Marx Stadt), und anderer Ostblock-Riesen & -Riesinnen verehrend nennen. Ich zitiere kurz, um einen Begriff zu geben –:

‹Zuvor habt Ihr verstanden, daß der Riesenkönig Butsko auf immer & ewig verzichtet habe, mit den Böhmen Streit anzufangen – aber dieser Handel gefiel einem anderen Riesen nicht wohl. Dieser war Fürst in der Inneren Tartarei, und so stark, daß er auf einmal 2 Mühlsteine tragen, und jeden 16 Schritte vor sich hinwerfen konnte. Dieser Riese war auch so groß & stark, daß ihm in seinem Nacken alle Wochen 3 Pfund Haare wuchsen, und alle Monate konnte man ihm 30 Pfund von seinem Haupte abschneiden.› (= volkstümliche Metapher für virile Kräfte.) ‹Zu 1-einzigen Schuh brauchte er fast eine halbe Thierhaut, und schlug alle Streiche

Roß & Mann übern Haufen. Als er einsmals mit dem Mohrenländischen König gestritten › – (MURAD III. ? / Ich möchte betonen, daß ich mich dadurch nicht filologisch-verbindlich festzulegen gedenke.) – ‹ hat er allein so viel Leute erschlagen, daß, wenn man von einem jeden Toten nur 1 Knopf von dem Rocke abgeschnitten, eine solche Menge gewesen, daß man davon 400 Metzen › (nicht ‹ Öffentliche Dirnen ›, wohl aber die alte, überaus schwankende Maßeinheit) ‹ anfüllen können. Er hat Jedem nur 1 Handvoll Haar ausgerauft, und so viel zusammengebracht, daß man den Haufen nicht in einer Stunde umreiten können; als er solchen Haufen angezündet, hat der ganzer 8 Stunden im Feuer gebrannt, wie eine große Stadt brennen mag. ›
Die Sage führt ihn dann vor Praha; und die dortigen Bewohner verkriechen sich vor Schrecken; ‹ denn die vorigen Riesen waren gegen Diesen nur Kinder. Er konnte von wegen seiner großen Länge nicht durch das Tor eingehen; sondern stieg über die Stadtmauer, und alldorten stieß er mit seiner Stange › – (deren Länge mit großer Genauigkeit bestimmt zu haben, ich mir nebenbeibemerkt schmeichle) – ‹ an einen Thurn, auf welchem ein Trompeter › (künftig abgekürzt ‹ Tr ›) ‹ wohnte, der den Tag anblasen mußte : mit demselben Tr redete er zum Fenster hinein, und sagte ihm, wo er nicht von seinen Händen sterben wollte, sollte er dem König auf dem Ratschin seine Gegenwart vermelden, und daß der kommen möge, sich in einen ritterlichen Kampf mit ihm einzulassen. Wie heißest Du, sprach der Tr, und woher bist Du ? ; ich habe vorher wohl auch Riesen gesehen, aber so groß lang & stark ist Keiner gewesen, als Du. Já-a, sagte der Riese; es ist auch kein größerer noch stärkerer in der Welt : darum will ich Euern König tödten, und Euch, sampt dem ganzen Lande mir unterthan machen. › (Dialek-

tisch anfechtbar, ist eine gewisse innere Logik zweifellos doch vorhanden.) ‹Über diese Rede erschrak der Tr, und bat, daß er ihm nichts thäte ... nur fragte er um seinen Namen, Landschaft & Geschlecht.› Ab nun bitte ich um Ihre besondere Aufmerksamkeit; denn:

‹Ich bin, antwortete der Riese, der Fürst aus der Inneren Tartarei; mein Name ist *Scharmack*; und mich wundert, daß man hier nichts von mir weiß, da mich doch sonst die ganze Welt kennt & fürchtet.› / Ich möchte Ihre, sicherlich kostbare, Zeit nicht über Gebühr in Anspruch nehmen – liegen doch Ihre Interessen, wie ich aus dem ‹Schriftstellerlexikon der Deutschen Demokratischen Republik› entnommen habe, größtenteils auf anderen Gebieten – dennoch kann ich mich nicht entbrechen, wenigstens einige der bildhaftesten Züge her zu setzen: ‹Seine Handschuhe waren so groß, daß in einen ein ganzes Spiel Kegel & Kugeln eingingen›; ‹der Ring, den er am kleinen Finger trug, war 40 Pfund schwer›; sein Taschenmesser ‹dreimal so groß als ein Henkersschwert›; und ‹der Riese führte damit solche Luftstreiche, daß es gleich Orgelpfeifen in den Lüften schallte›; ‹sein Bette bestand aus 200 Fuder Laub & Heu›; und ‹er schnarchte gewaltig ... so oft er den Odem von sich ließ, fuhr das Eichenlaub in der ganzen Gegend herum›. (Einen, im weiteren Verlauf der Relation auftretenden ‹Riesen Millimoth› – ‹dessen Augenbraunen hatten so viel Haar, daß man damit 12 Sessel auf dem Hradschin hat ausstopfen können› – sowie dessen etwaigen lit. Anschluß an ‹Melmoth the Wanderer›, behalte ich mir hiermit ausdrücklich vor.) Jedenfalls heißt es weiterhin im Volksbuche, daß sich ‹Scharmack taufen ließ, auch im Lande Oberhauptmann wurde, und gar christlich lebte ... : so lange Scharmack da war, durfte kein äuße-

rer Feind das Land anfallen.›: völlige Übereinstimmung also.
Vielleicht schon zu viel. Ich habe selbstverständlich NIKOLAJ MICHAILOWITSCH KARAMSIN im Original nachgeschlagen, und dadurch die Datierung jener zweiten Hälfte des Volksbuches gesichert – daß ich auf Ihren Namen in meiner Arbeit stichworthaft hinweisen werde, versteht sich von selbst.
Ich erlaube mir, Ihnen die letzte Große Rede unseres Staatspräsidenten & ersten Sekretärs des ZK der SED, auch Vorsitzender des Staatsrates der DDR zur weiteren Information beizulegen; und verbleibe inzwischen,

hochachtungsvoll
(Moni Raditsch)

*   *
*

Nachschrift des Verfassers: Ich habe inzwischen – (es int'ressiert mich *schon*) – den ‹KÖNIG EGINHARD› nachgelesen; (allerdings nur in SIMROCK's Reihe, Bd. VII; 's genügt mir). Die Junge Dame (cunt feel) hat zweifellos Recht: es liegt damit der gar nich unspannende Fall vor, daß man der Genesis (viel zu edles Wort) eines unsrer, (im allgemeinen weit überschätzten) ‹Volksbücher› ein bißchen nachgehen kann. Es muß also um, bzw kurz nach 1600, noch Autoren-Typen gegeben haben, die das, ziemlich unverdaulich gewordene Zeugs, bauchrednerisch, ‹im Volkston›, vorzuschuhen verstanden. Oder, noch korrekter : solange's Volk gibt, wird (& muß) es selbstredend ooch ‹Volksschriftsteller› geben; und zwar gar nicht etwa schnellfingrije Bösewichte, die die armen Hämmel zu scheeren gesonnen sind; sondern die, ohne sich deswegen etwelche Mühe geben zu brauchen, einfach genau so – tja, darf man noch ‹denken› sagen? – wie das Volk. / Die Geschichte vom ‹JERMAK› ist übrijens mehrfach, auf verschiedenen lit. Niveaus, bearbeitet worden: PLAWILSCHTSCHIKOFF schrieb, (ebenso wie CHONJÄKOFF) darob ein Trauerspiel; ja, auch der Deutsche MÜLLER ließ (Berlin 1843, 2 Bde.) den Roman ‹JERMAK & seine Genossen, oder die Eroberung Sibiriens› erscheinen. / Was die, in Gebelaune, beigefügte Rede angeht, so bin ich seitdem anscheind an irgendeinen ‹Verteiler› angeschlossen – ich habe aufs grotewohl hineingeschaut; mit dem Ergebnis: daß, wenn man sich die betreffenden Sächelchen links aufstapelte, und rechts die unsrer ‹Großen Parteien› (wie sie etwa anläßlich der diversen, immer überflüssiger werdenden Wahlkampagnen erscheinen), der Große Preis der Vernageltheit überaus schwer zu verleihen wäre. Ich beantrage deshalb, den Druck all dieses, hüben wie drüben wohl meist staatlich subventionierten (dh von unsern Steuergeldern gedruckten) Tinnefs, doch endlich einzustellen: ‹wählen› geh ich so wie so nich mehr.

JULIANISCHE TAGE

»Wir Deutschen feiern gern, vielleicht mehr als irgend ein anderes Volk, gewisse Tage, die eine Zeitmaß-Beziehung haben auf uns teure Personen oder Begebenheiten, wie Geburtstage, Jubiläen und dergleichen. Der Meßkünstler, in dessen Augen Verschwommenheit und Willkürlichkeit im Gegensatz zu Schärfe und Festigkeit immer etwas abstoßendes haben, findet einen kleinen Übelstand darin, daß der Grund, warum eben dieser Tag und nicht ein anderer zur Begehung der Feier bestimmt wird, mehr oder weniger von Willkürlichkeiten abhängt: von der Einrichtung unseres Kalenders, der Verteilung der Schaltjahre, von dem Bestehen des Dezimalsystems ...«

GAUSS an ALEXANDER v. HUMBOLDT; 7.12 1853.

1

Ah, meine ‹Julianischen Tage›; wenn ich eurer so gedenke .....

Und der liebenswürdigen, schwärmerischen Leserin fällt es vielleicht gleich wie ‹Italien› ein, so ‹Via Julia› oder ‹Emilia›; »Das weiße Meer ist eingeschlafen, und purpurn steht 1 Segel drauf«; nichts wie ‹Duineser Elegien› und ‹Venezianische Epigramme›? – Nee, nee.

Meistens kommen sie mir ein, wenn ich in den Rasierspiegel zu spähen habe, (beziehungsweise dann anschließend die Borsten aus dem ‹Braun› puste : aschgraues Gestäube.) Oder einen neuen Zaunpfahl tragen soll, 2 Meter 60 lang, Durchmesser die entsprechenden 6 Zoll-und-drüber – das wäre mir früher auch beträchtlich leichter gefallen; o gravitas gravitatum! Oder eben, präziser : Oh, meine Julianischen Tage! (17 350 sind es heute, am 20. Juli 1961, da ich dieses tippe.)

Denn also fährt der große GAUSS in seinem, oben als Motto zitierten, ehrerbietigen Briefe an den damaligen Nestor der naturwissenschaftlichen Forschung fort: » Ich kann nicht unterlassen, übermorgen, den 9. Dezember, in tiefer Rührung einen Tag zu feiern, dessen ergreifende Bedeutung von keiner solchen Willkür berührt wird; es ist dies der Tag, wo Sie, mein hochverehrter Freund, in ein Gebiet übergehen, in welches noch keiner der Koryphäen der exakten Wissenschaften eingedrungen ist : der Tag, wo Sie dasselbe Alter erreichen, in welchem NEWTON seine, durch 30766 Tage gemessene, irdische Laufbahn geschlossen hat. «

Gauß nämlich – den als Eideshelfer anführen zu können schon immer etwas wert ist; es gibt schlechtere, und sie leben mitten unter uns! – führte, unter vielen anderen Registern, auch ein Heftchen, das *die Lebensdauer berühmter Männer in Tage umgerechnet* enthielt. Und ist es nicht auch eine erste nachdenkliche Verfeinerung, wenn ich von HERDER sagen kann : 21 663 Tage hielt die Körpermaschine aus; dann .....?

2

Natürlich sind diese ‹ Julianischen Tage › längst ‹ ein Begriff ›.

In astronomischen Rechnungen ist nichts häufiger, als ‹ Perioden › aller Art : Mondumläufe und die von Planeten; Lichtwechsel bei veränderlichen Sternen; Anomalien bei kurzperiodischen Kometen; und das beliebte undsoweiter undsoweiter. Gibt es doch z. B. für die Chronologie nichts verläßlicheres, also wichtigeres, als ganze Geschichtsepochen an den Bericht über eine antike ‹ Finsternis › anhängen zu können; wo dann sogar die *Stunde* festliegt, und einem gleich hunderte von nun-gesicherten Daten wie reife Früchtchen in den schönen Schoß fallen. Und da hat man sich eben schon vor Jahrhunderten (Scaliger; 1629), aus Gründen, die jetzt & hier zu weit führten, darauf geeinigt, als ‹Tag 1 › den

1. Januar 4713 vor Christi Geburt

anzusetzen; von ihm ausgehend, hat nun also jeglicher Erdentag seine feststehende ‹ Nummer ›; ob Mohammeds Todestag (8. 6. 632 = 1 952 055), ob Lessings Geburtstag (22. 1. 1729 = 2 352 586), ob irgendein Datum der kommenden Ungeborenen.

Von einer ganz einfachen Kurz-Formel zur Umrechnung kann allerdings nicht die Rede sein; zuviel ist hier, im Lauf jener rund 67 Jahrhunderte, dazwischen gekommen. Kniffliche Fragen wie, ob man vom Jahre ‹ 1 vor Christi › nun gleich auf ‹ 1 nach › übergehen, oder aber, logischerweise, erst noch ein ‹ Jahr Null › einzuschalten habe; dann die Kalenderreformen, zumal von julianisch auf gregorianisch; dann die ‹ Schaltjahre ›, bei denen man ja auch aufpassen muß – am flinksten geht es mit zwei kleinen Tabellen, wie etwa den folgenden :

Tabelle 1

	1700	1800	1900
	23	23	24
0	41 971	78 495	15 019
4	43 432	79 956	16 480
8	44 893	81 417	17 941
12	46 354	82 878	19 402
16	47 815	84 339	20 863
20	49 276	85 800	22 324
24	50 737	87 261	23 785
28	52 198	88 722	25 246
32	53 659	90 183	26 707
36	55 120	91 644	28 168
40	56 581	93 105	29 629
44	58 042	94 566	31 090
48	59 503	96 027	32 551
52	60 964	97 488	34 012
56	62 425	98 949	35 473
60	63 886	00 410	36 934
64	65 347	01 871	38 395
68	66 808	03 332	39 856
72	68 269	04 793	41 317
76	69 730	06 254	42 778
80	71 191	07 715	44 239
84	72 652	09 176	45 700
88	74 113	10 637	47 161
92	75 574	12 098	48 622
96	77 035	13 559	50 083
100	78 495	15 019	51 544

Tabelle 2

	Jahre 0	1	2	3
Jan. 0	0*	366	731	1096
Feb. 0	31*	397	762	1127
Mär. 0	60	425	790	1155
Apr. 0	91	456	821	1186
Mai. 0	121	486	851	1216
Jun. 0	152	517	882	1247
Jul. 0	182	547	912	1277
Aug. 0	213	578	943	1308
Sep. 0	244	609	974	1339
Okt. 0	274	639	1004	1369
Nov. 0	305	670	1035	1400
Dez. 0	335	700	1065	1430

* in den Jahren 1700, 1800 und 1900 um 1 zu vergrößern!

Mit Hilfe dieser beiden Tabellen kann man zwischen 1700 und 2000 jeden beliebigen Julianischen Tag bestimmen; ein Beispiel : der 18. Januar 1914 entspricht der Nummer 2 420 151; nämlich :

1912 ist laut Tabelle	=	2 419 402
Jan. aus Jahresspalte ‹2›	=	731
Monatsdatum	=	18
	Summe:	2 420 151

Die Hilfsmittel, um alle Jahrhunderte zu erfassen, finden sich leider nur an ziemlich entlegenen Stellen (kein Konversationslexikon enthält sie); in C. Wirtz ‹Tafeln und Formeln› findet man S. 172–173 die Werte vom Jahre 0 an; wer noch weiter gehen will, sei auf die ältlichen ‹Syzygientafeln› Oppolzers verwiesen, vermittelst deren man von 4713 v. Chr. bis 3000 n. Chr. jegliche Tagesnummer leicht bestimmen kann.

3

‹Cui bono› wird Mancher fragen; trotz Motto, Gauß und Humboldt.
Je nun; es gibt z. B. kein leichteres Mittel, um etwa den *Wochentag* irgendeines Ereignisses zu ermitteln. Die vorhin erhaltene 2 420 151 ergibt, durch 7 geteilt, den Rest 6, der dem Sonntag entspricht, (0 = Montag; 1 = Dienstag; usw.).
Selbstverständlich finden Sie in Ihrem Abreißkalender alle Vollmonde des laufenden Jahres; aber gesetzt den Fall, Sie müßten im Dezember 63 geschäftlich nach Kairo reisen, und wollten begreiflicherweise, wenn irgend möglich, die Pyramiden bei Mondschein ‹mitnehmen›? Dann geht man von (irgendeinem; es gibt ihrer ja so viele) Vollmondsdatum aus, sagen wir 2 437 538,2 (wobei das ‹Komma 2› eine Tagesdezimale ist; also rund 5 Stunden entspricht); die hier zuständige ‹synodische Umlaufszeit› von Vollmond zu Vollmond beträgt 29,53059 Tage; durch simple Addierung von 29 solchen Perioden (= 856,4 Tage) findet man, daß der 30. Dezember 1963 eine Vollmondsnacht ergeben wird; (also auch der 1.; übrigens können Unsicherheiten von plusminus 6 Stunden auftreten, aber das ist für uns glückliche Laien ja völlig belanglos – bestellen Sie getrost für den 29. einen Platz bei der British European Airways.)
Sie könnten sich jetzt auch etwa den folgenden Spaß ma-

chen. – : »Das war eine Nacht!« heißt es im GOETHE'schen ‹Werther› von der vom 9. September 1771. Eine halbe Stunde nach Sonnenuntergang erhebt sich da der Mond hinter dem buschigen Hügel; und beleuchtet dann gefällig die anschließende Abschiedsszene. Da macht man sich ausdrücklich aufmerksam »auf die schöne Wirkung des Mondenlichtes, das am Ende der Buchenwände die ganze Terrasse vor uns erleuchtete«; wandelt leidenschaftlich auf & ab; und »sie gingen die Allee hinaus; ich stand, sah ihnen nach im Mondenscheine, und warf mich an die Erde und weinte mich aus!«; wie es, in prachtvoll ausgewogenem Prosarhythmus gegen Ende der Stelle heißt. – Moment mal!!!

Nehmen wir irgendein Neumond-Datum; meinethalben 2 433 890,7; und verwandeln wir jenen 9. 9. 1771, abends rund 19 Uhr, in ‹Julianische Tage›; das ergibt 2 368 156,8 – und vielleicht legt doch Der oder Jener erschüttert die Querhand vor die Stirn: erst lumpige 65 000 Tage sind seitdem vergangen? (Wo wir doch ‹Rüstungshaushalte› von 90 Milliarden gewöhnt sind!). Aber ziehen wir 2226 der schon genannten synodischen Umläufe von unserm Fixdatum ab; und es stellt sich heraus, daß, leider, »in Wirklichkeit«, an jenem Werther-Abend wenige Stunden zuvor *Neumond,* die haarfein-unsichtbare Sichel bei Sonnenuntergang also mit verschwunden war; und ergo auf keinen Fall das, zu einer kompletten Sturm & Drang Trennung anscheinend unerläßliche, Licht hätte spenden können. ‹Finster wars, der Mond schien helle›: das wollen nun Klassiker sein!

Auf der andern Seite die bedeutende Stelle bei Edward GIBBON, dem Historiker des Byzantinischen Reiches, als er, nach Vollendung der letzten Zeile seines Riesenwerkes, die Feder ausspritzte: »Es war am Tage, oder richtiger am Spätabend des 27. Juni 1787, zwischen 23 und 24 Uhr, als ich die letzten Zeilen der letzten Seite niederschrieb, und zwar in einem Sommerhause meines Lausanner Gartens. Nachdem ich den Federhalter zur Seite gelegt hatte, schritt ich ein paarmal in einem berceau, einem gewölbten Akaziengange, von dem aus ich das weite Land, den See und die Berge überblicken konnte, auf und nieder. Die Luft war mild, der Himmel heiter, die Silberscheibe des Mondes spiegelte sich aus den Wassern wieder, und die ganze Natur schwieg. Zweierlei Gedanken befielen mich nacheinander; einmal der, daß ich nun endlich meine Freiheit wieder erlangt; der nächste, daß ein alter und doch nicht unangenehmer Gefährte auf immer von mir Abschied genommen.«

Wir wollen nicht auf, und seien es noch so bedeutende ‹Gefühle› eingehen; die stören beim Rechnen nur; uns interessiere hier lediglich einmal der Mond. Laut Tabellen hatte jener Tag die Nummer 2 373 926,9 (die hohe Dezimale, da es nahe an Mitternacht war); von irgend einem Einheits-Vollmond ausgehend (z. B. 2 438 394,5) erhält man das Ergebnis, daß es damals tatsächlich 2 Tage vor dem Vollmond gewesen ist – Gibbon war ein verläßlicher Mann.

Es gibt noch weit beunruhigendere Betrachtungen hier! Setzen wir, daß man vom 5000. Tage an leidlich mit Verstand zu lesen fähig sei; dann hätte man, bei einem green old age von 20 000, demnach rund 15 000 Lesetage zur Verfügung. Nun kommt es natürlich ebenso auf das betreffende Buch, wie auch auf die literarische Aufnahmefähigkeit an. Das Kind schlingt seinen dicklichen MAY-Band in 2 Tagen hinunter (und die schönsten Stellen werden sogar mehrmals genossen); der Mann, tagsüber im Büro, oder hinter Pflug & Schraubstock, druckst, selbst bei bestem Willen, 3 Wochen lang über'm ‹WITIKO›, den ihm ein sinniger Kollege empfahl. Sagen wir, durchschnittlich alle 5 Tage 1 neues Buch

– dann ergibt sich der erschreckende Umstand, daß man im Laufe des Lebens nur 3000 Bücher zu lesen vermag! Und selbst wenn man nur 3 Tage für eines benötigte, wären's immer erst arme 5000. Da sollte es doch wahrlich, bei Erwägung der Tatsache, daß es bereits zwischen 10 und 20 Millionen verschiedener Bücher auf unserem Erdrund gibt, sorgfältig auswählen heißen. Ich möchte es noch heilsam-schroffer formulieren:
Sie haben einfach keine Zeit, Kitsch oder auch nur Durchschnittliches zu lesen: Sie schaffen in Ihrem Leben nicht einmal sämtliche Bände der Hochliteratur!
Jaja, die ‹Julianischen Tage›: wieviel Sonnen haben Sie schon aufgehen sehen? Wieviel Vollmonde unter? Wieviel Tage trennen uns-heute von GOETHE's Tod? Wieviel von Christi Geburt: 1 Milliarde Morgenröten; oder nur 700 000?
»Des Menschen Leben währet 70 Jahre«? – sagen wir: 25 000 Julianische Tage.

HENOCH, NT, UND KOSMAS

(vgl. ‹ KOSMAS › in ‹ ROSEN & PORREE › –
auch FISCHER-Taschenbuch Nr. 719)

Eine bisher noch nicht nach Gebühr herangezogene Quelle zur Erläuterung dunkler oder strittiger Partien der Heiligen Schrift stellt die ‹Christliche Topographie› Kosmas', des sogenannten Indienfahrers, dar.

Kosmas, der um 550 n. Chr. geschrieben haben mag, unternahm in seinen Mannesjahren weite Reisen; lebte später in Alexandrien; und verfaßte schließlich im Alter, vielleicht als Mönch in einem Sinai-Kloster, die 12 Bücher seiner Chorographie und Astronomie.

Von dem Weltsystem, das er vorführt, gewährt das beigegebene Kärtchen den raschesten und anschaulichsten Überblick. – Die ‹Innere Erde› ist bei ihm ein Rechteck, halb so breit als lang; ringsumflossen vom Ozean, der sich noch 4 Eingänge in diese Ökumene macht. Außerhalb des Ringmeeres befindet sich noch ein anderer zusammenhängender Kontinent, auf den die Menschen nicht mehr gelangen können, ob sie gleich einst auf demselben wohnten; denn auf der Ostseite befindet sich das Paradies. In den entferntesten Gegenden dieser ‹Äußeren Erde› erhebt sich, auf allen 4 Seiten, eine ungeheuer hohe Mauer; über ihr das Gewölbe des Himmels.

Zur Erklärung der geläufigen Himmelserscheinungen erhebt sich am Nordrand der Inneren Erde ein zuckerhutförmiger Riesenberg – der ‹Berg des Nordens› – seine Höhe ist gleich der Länge der Ökumene. Um ihn herum werden – und zwar von Engeln – Sonne, Mond und Gestirne geführt; wobei der

Schatten des Berges die Erdnacht ergibt : im Sommer steigt die Sonne bekanntlich hoch; folglich entstehen kurze und helle Nächte, weil sie hinter der schmalen Spitze des Berges nicht lange verborgen bleiben kann. Je mehr sich die Winterszeit nähert, desto tiefer sinkt sie – der Berg wird breiter, folglich die Nächte länger. Die Hypothese ist wirklich mit allem möglichen Scharfsinn ausgearbeitet, und Kosmas weiß auf seine Weise dadurch die Finsternisse zu erklären, die kürzeren Schatten der südlichen Länder, usw. usw.

Zugrunde liegen dem ganzen Weltbild babylonische Vorstellungen, zumal die des ‹Buches Henoch›, auf dessen schwierige Stellen nunmehr überraschendes Licht fällt. Wenn Beer in seiner Übersetzung (in ‹Kautzsch, Apokryphen und Pseudepigraphen›) merkwürdigerweise auch den Standpunkt einnimmt, man müsse eben »in einer Apokalypse ... nicht alles verstehen oder übersetzen wollen«, und er, z. B., zu 17, 1

»Sie nahmen mich fort und versetzten mich an einen Ort, wo die dort befindlichen Dinge wie flammendes Feuer sind; und wenn sie wollen, erscheinen sie wie Menschen.«

anmerkt: »Was sind das für feurige Dinge, die nach Belieben Menschengestalt annehmen können?«, so erledigt sich das jetzt sehr einfach : es sind die englischen Sternenführer, die mit den von ihnen geführten leuchtenden Gestirnen identisch, bzw. vertauschbar sind. Oder das unmittelbar folgende, 17, 2:

»Sie führten mich an den Ort des Sturmwinds, und auf einen Berg, dessen äußerste Spitze in den Himmel reicht.«

mit der Beer'schen Fußnote: »Was ist das für ein Wunderberg?« – er ist eben nichts anderes als der ‹Berg des Nordens›; wie er schon bei Hesekiel 28, 14 erscheint: »... auf dem heiligen Götterberge warst Du; mitten unter feurigen Steinen wandeltest Du umher.« Und letzten Endes ist selbst noch Lukas 4, 5 zwanglos so zu erklären, bzw. Matthäus 4, 8;

wo Jesus vom Teufel auf einen sehr hohen Berg geführt, und ihm » in 1 Augenblick « alle Pracht und Herrlichkeit der Welt gezeigt wird : das ist gar nicht, wie etwa J. Weiß hierzu anmerkt, der » naive Versuch, die Möglichkeit solchen Schauens zu erklären «; sondern der für recht real gehaltene Berg des Nordens.

Zu verweisen wäre weiterhin auf Stellen wie Henoch 32, 3, wo Dieser in den Osten der (äußeren) Erde, in den » Garten der Gerechtigkeit «, also das Paradies, geführt wird. 33, 2 erscheinen die » Enden der Erde, worauf der Himmel ruht. « 72, 5 : » . . . beim Untergehen verschwindet die Sonne vom Himmel, und kehrt, um nach dem Osten zu gelangen, *durch den Norden* zurück «; womit noch 78, 5 zusammenzuhalten, wo Mond und Sonne » ihren Umgang durch den Norden machen «. 80, 1 erzählt er von den » Führern der Sterne des Himmels «; und weiß 80, 6, daß » viele Oberste der Sterne werden ihrem Gebot abtrünnig werden, und diese werden ihre Wege und Beschäftigungen ändern «, wodurch auch Kosmas die irregulären Kometen und Meteore erklärt.

Gelzer hat schon 1905 darauf hingewiesen, daß Kosmas den Text der LXX verwendet haben müsse; die schlagenden Beziehungen zum Buche Henoch scheinen ihm jedoch entgangen zu sein. Dabei drängt sich ja, gerade angesichts des langen Abessinien-Aufenthaltes des Kosmas, die Möglichkeit auf, daß er dort das äthiopische Buch Henoch kennen gelernt und mitgenommen haben könnte; sodaß letzten Endes seine ‹Christliche Topographie› nichts weiter darstellen dürfte, als eine bedeutsame griechische, nicht wörtliche Übersetzung, wohl aber Paraphrase des Henoch. –

Man werte das hier Dargebotene als bloßen Fingerzeig; die eigentliche Auswertung kann nicht Aufgabe des mit weit abliegenden Studien ausgelasteten Verfassers sein.

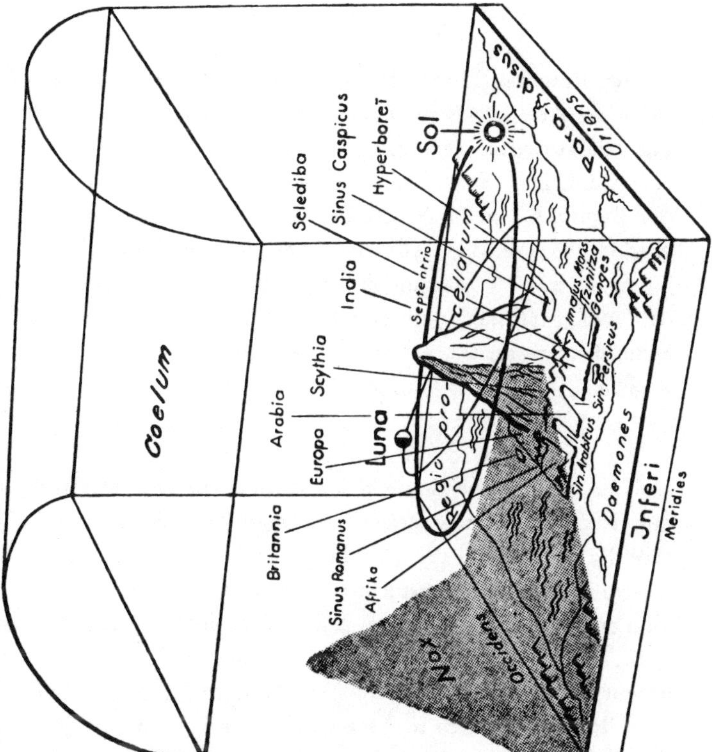
Coelum
Britannia
Arabia
Europa
Scythia
Seledibo
Sinus Romanus
India
Sinus Caspicus
Afrika
Luna
Hyperboreī
Septentrio
Sol
Nox
Regio pro-cellarum
Occidens
Para-disus
Sin. Arabicus
Sin. Persicus
Imaus Mons
Tzinitza
Ganges
Oriens
Daemones
Jnferi
Meridies

GERMINAL

Vom grossen Kalender

»Nach Entgegennahme und Prüfung des betreffenden Berichts des Ausschusses für Erziehung und Kultur verfügt der Nationalkonvent wie folgt:
Artikel I. Die Französische Ära beginnt mit der Gründung der Republik, am 22. September 1792 alten Stils – im folgenden ‹Sklavenstil› genannt – am gleichen Tage, als die Sonne in das Herbstäquinoktium und das Tierkreiszeichen der Waage eintrat, und zwar um 9 Uhr 18 Minuten 30 Sekunden morgens, gerechnet nach dem Meridian von Paris.«

Und ehe man das bekannte kleine Lächeln erzeugt, oder auch nur resigniert und um eine entscheidende Spur zu historischgebildet die Achseln hebt – à la Ben Akiba: jede politische Umwälzung tendiert anscheinend dazu, von sich aus den Beginn der Welt zu rechnen – sei einiges zu bedenken gegeben. Man vergesse nie, sobald man den Meterstab zur Hand nimmt oder von ‹Kilogrammen› spricht, daß deren Einführung ihr zu verdanken ist, Unser Aller Mutter – ich sage höflicherweise ‹unser› – ihr, der großen französischen Revolution von 1789. Nicht das war das entscheidende, daß 1 Meter nun ausgerechnet der zehnmillionste Teil des Erdquadranten sein sollte; und auch das wollen wir den Geodäten überlassen, sich nasenhaft darüber zu mokieren, daß man sich damals um 0,02 % vermaß; der Grundgedanke war *der* : Maßeinheiten zu schaffen, die alle Völker der Erde akzeptieren könnten, ohne ihrer nationalen Eitelkeit Eintrag zu tun; folglich wählte man in unübertrefflich maßvoller Einsicht zur Grundlage aller Wägungen das neutrale Wasser; für Längenmessungen lieferte die uns gleichermaßen gemeinsame Erde die Einheit.

Soviel jedenfalls sei vorausgeschickt : die Männer der Revolution waren nicht nur Fanatiker und Dummköpfe!

Als Proben der Urteilsfähigkeit ‹objektiver Historiker› gebe ich nur zwei sehr bekannte und zugängliche.

Da weiß uns etwa Carlyle in seiner unerträglich ‹originellen›, neckisch hüpfenden Weise, die Einführung des neuen Kalenders unschwer zu erklären : »Er ist für den Leser französischer Geschichte nicht das Geringste der ihn betrübenden Vorgänge. . . . 4 gleiche Jahreszeiten, 12 gleiche Monate, jeder von 30 Tagen, macht 360. 5 überzählige Tage wollen wir zu Festtagen machen, ‹Tagen ohne Hosen›. . . . Was den Tag des Anfangs betrifft, je nun . . . Und der christliche Sonntag? : Mag für sich selber sorgen!« (Und so geht das Gewäsche 2 volle Druckseiten lang fort).

Der erwähnte ‹christliche Sonntag› leitet auch gleich zwanglos auf den Nächsten über; ich greife in meine Kirchengeschichte (7 Bände mit zusammen 5000 Seiten) und vernehme aus dem Munde des betreffenden Theologieprofessors : » Auch die christlichen Namen verschwanden selbstverständlich aus dem Kalender, und wurden mit heidnischen, aus der Mythologie und dem klassischen Altertum, vertauscht. «

Nach Lektüre der vorliegenden Darstellung mag Jeder die Hand an die Stirn legen und selbst entscheiden, was überwiegt : die Unwissenheit der Herren, oder ihre weltanschauliche Bosheit!

Das allerdings ist richtig, daß die Tage neue Namen erhielten; darauf komme ich noch ausführlich zurück.

In Wahrheit wurde der Neue Kalender natürlich aufs sorgfältigste vorbereitet. Den astronomischen und chronologischen Teil – Frankreich war damals führend, auch in der Astronomie! – erledigten Lalande, Atheist und Katzenfreund; Lagrange, Monge, und vor allem der Mathematiker Romme. Politiker saßen selbstverständlich mit im Ausschuß: Frécine, Roger-Ducos, Merlin von Thionville. Für die Nomenklatur war verantwortlich der Dichter Philippe François Fabre d'Églantine – denn damals kümmerten sich die Dichter noch um die Politik!
Und ein unverächtlicher Dichter war Fabre: gebürtig aus Carcassonne (1755), in einem steifen Bürgerhaushalt; dem er folglich entlief; Soldat probierte und Schauspieler (noch heute gilt sein ‹Philinte et Molière› als eines der besten, ‹klassischen›, Charakterstücke der französischen Bühne). Schon früh erhielt er bei den ‹Blumenspielen› der Dichter zu Toulouse den Preis der ‹Wilden Rose›, der Églantine, und fügte sie seitdem seinem Namen zu. Man wußte sehr wohl im Nationalkonvent, warum man gerade ihn zur Neugestaltung des Kalenders heranzog: ein guter linker Mann; sprachgewaltig und naturverbunden – trällerte nicht das ganze Volk sein Liedchen »Il pleut, il pleut, bergère«? – dazu vor allem fleißig und verläßlich, kein genialer Bummler.
Auch wurde, falls das ihn anderweitig empfehlen kann, die ‹Wilde Rose› am 5. April 1794 guillotiniert – ein Risiko, daß die französischen Dichter zu keiner Zeit gehindert hat, sich um Politik zu kümmern.

‹September›? : Was heißt hier September?! Einmal ‹der Siebte› – dabei ist's der *neunte* Monat! Und was soll uns außerdem der kalt-latinisierende Schall?
Warum ist in den einzelnen Monaten die Anzahl ihrer Tage derart verschieden, daß das Kind sie sich mühsam einlernen muß; und auch mancher Erwachsene noch heimlich die Fingerknöchel zu Hilfe nimmt : hätten wir uns nicht wahrlich, bei der rapiden Zunahme des Wissenswürdigen, Wichtigeres einzuprägen als dergleichen antiquierte Schnurren? Zumal wenn diese Dinge lediglich von unserer Einsicht und unserem Willen abhängen.
Also bekommt zunächst einmal jeder Monat 30 Tage. (Zwölf Monate müssen's freilich sein, des so anschaulichen Mondlaufes wegen; obwohl an sich fraglos das Dezimalsystem vorzuziehen wäre; seine Rechenerleichterung ist so groß, daß jede andere Rücksicht zu schweigen hat – dafür wird aber wenigstens jeder Monat in 3 ‹Decaden› zu je 10 Tagen abgeteilt).
Nun die Namen der neuen Monate – und zumindest kein Deutscher werfe den ersten Stein : ganz zu schweigen vom Großen Karl, der, ebenfalls des begriffsblassen Latein überdrüssig, mit seinem ‹Windumemanoth› ankam (solch vielgliedriges Steinmaulgeklappe können wir uns freilich rein zeitlich nicht mehr leisten); aber wir kennen ja auch, obwohl arg landschaftlich bedingt, bzw. ‹völkisch eingefroren›, Bezeichnungen wie ‹Hornung› – solche Monatsnamen ergeben sich, im besten Sinne des Wortes ‹organisch›, aus dem Laufe der Jahreszeiten : *darüber* hätten sich die Kritiker lieber lustig machen sollen, daß einer unserer appetitlichsten Zeiträume ‹August› heißen muß (und man betone die *erste* Silbe, um den Widersinn des 2000 Jahre alten, dazu byzantinisch-speichelleckerischen Höflingskalauers voll einzusehen!).

Da das Neue Jahr mit der Herbsttagundnachtgleiche beginnt – und sinnreicher als unser 1. Januar, der gar nichts ist : ‹Sonnenwende› fällt ja 10 Tage früher! – *kann* der erste Monat nichts sein, als ein ‹Vendémiaire›, der Weinmonat, wo der Winzer die Trauben einheimst. Der anschließende – man beachte, daß jedes Vierteljahr seine eigene, bezeichnende Endsilbe führt – ist der ‹Brumaire›; wo der Himmel sich umdüstert, und Dünste, brumes, über die entleerten Felder geistern : genau im Sinne des Storm'schen ‹Oktoberliedes› : »Der Nebel steigt, es fällt das Laub«. Ihm folgt der, schon fonetisch frostklirrende, ‹Frimaire›, wo Reif die Höhen überzieht.

Das Wintervierteljahr (Kennsilbe ‹ôse›) beginnt mit dem flockenstiebenden ‹Nivôse›; der in die schweren Regenfälle des ‹Pluviôse› übergeht; und dieser wiederum in den windigen ‹Ventôse›, der die Winterstürme bringt, die dann vorschriftsmäßig dem Wonnemond weichen.

Denn nun erscheint er, der einzig von ihnen allen noch ein Begriff im Bewußtsein der Gebildeten geblieben ist – dank des großen Zola gleichnamigem Roman – der ‹Germinal›, wo die Saaten keimen. Dann der ‹Floreal›, wo es sprießt und blüht; und der ‹Prairial‹, in dem die Wiesen das erstemal geschnitten werden.

Die vollste Zeit des Jahres beginnt mit dem ‹Messidor›, wo man die Ernte einbringt; dem hitzigen ‹Thermidor› unterm Hundsstern; und schließlich dem ‹Fructidor›, wo der braune Landmann die Früchte von den Bäumen bricht : was will dagegen unser Dummer August?!

Denn, wie schon der Royalist Lamartine widerwillig bescheinigte: »Die Namen der Monate waren bezeichnend wie ein Gemälde, und vollklingend wie der Widerhall des kräftigsten Landlebens.«

Oder, besser, wie Fabre d'Églantine es rund heraussagte, als er vor den Nationalkonvent hintrat, und in heute noch hinreißender Rede das System seiner Namensgebung erläuterte: »Mit Gründung unserer Republik ist endlich die Zeit gekommen, den Völkern öffentlich darzutun, daß bei uns der Arbeiter – sei es der Industrie, sei es des Feldes – mehr gilt, als sämtliche gekrönten Häupter des Erdballs zusammengenommen!«
Nicht länger waren die Namen verschollener Könige, die Entwicklungsfasen längst bankerotter Reiche, auch nicht die Religionen der Völker, ausschlaggebend für die Maße des Lebens, für die seinssetzenden Stunden und Daten – alles bezog sich auf Ackerbau und Industrie, die ersten und letzten aller Künste.

Denn allerdings erhielt auch jeder einzelne Tag seinen neuen Namen – oder, richtiger: den alten, den er längst hätte führen sollen! Und zwar wurde dieses System befolgt (System muß sein; Zeit zum Chaos hat nur der Schwätzer!):
In jeder ‹Decade› wurden die Tage 1–4 und 6–9 nach Pflanzen benannt. Der auf 5 endigende (d. h. der 5., 15., 25.) trug den Namen eines Haustieres: also 36 ‹Tage des Tieres›, anstatt unseres heutigen *einen*: wie herrlich weit haben wir's doch schon gebracht! Jeder zehnte Tag erhielt den Namen eines Ackerbaugerätes.
Solche Benennung geschah mit nichten unüberlegt und nach hastigem Belieben: stets wurde wohlbedächtig *die* Pflanze gewählt – gleichviel ob Getreide, Blume, oder Heilkraut – die genau zur betreffenden Jahreszeit blühte; oder geerntet, bzw. verarbeitet wurde. Der 1. Vendémiaire führt also, ganz logisch, den Namen ‹Traube›; der 10. ‹Bottich›; der 20. ‹Kelter›: wir folgen dem Winzer bei seiner Arbeit!

Ist es nicht sinnvoller – poetisch schöner sowieso! – den 1. Floreal ‹Rose› zu nennen? Oder am 17. Messidor bewußt die ‹Johannisbeere› zu ernten? Es fehlt nicht der ‹Kümmel› (22. Messidor); der ‹Seidelbast› (22. Pluviôse); oder der ‹Spinat› (16. Ventôse).

Im Frimaire, wo die Stämme entlaubt und ihre Gestalten sichtbarer dastehen als sonst in der grünen Tarnkleidung (und wo auch Feuerholz herbeigeschafft werden muß), erscheinen viele der ernsten Bäume; der ‹Wacholder› (9.), die ‹Zeder› (13.), die ‹Tanne› (14.), nicht minder als ‹Zypresse› (17.), ‹Efeu› (18.) und die ‹Olive› (29.).

Im Nivôse ist die Erde kahl und schneebedeckt, die Pflanzen verschwunden : da brennt der ‹Torf› auf dem Herd (1.) oder die ‹Steinkohle› (2.). Hinterm Ofen schlummern ‹Hund› (5.) und ‹Katze› (25.). Selbst der ‹Dünger› fehlt nicht (8.). Da ist die Zeit der Mineralien und Metalle gekommen : ‹Pech› (3.) und ‹Schwefel› (4.); ‹Salpeter› (10.) und ‹Schiefer› (13.); ‹Eisen› (23.) und ‹Kupfer› (24.).

Sorgfältig ist der Neue Kalender durchkonstruiert, mit tiefer Einfühlungsgabe und Würdigung von Naturleben und Menschenwirksamkeit : ein Durchschlagen besten Heidentums!

Wie sorgfältig gearbeitet, *wie* gut und kühn geplant, *wie* tief gedacht war, zeigt sich jedoch erst, wenn man die nächste Seite im ‹Annuaire du Républicain› umschlägt – oder präziser die nächsten 354 Seiten.

Auf ihnen nämlich wird der schlechthin geniale Versuch gemacht, für jeden einzelnen Neuen Tag dem Benützer eine volkstümlich gefaßte, dabei sachlich einwandfreie, Definition und Beschreibung des betreffenden Lebewesens oder Gegenstandes zu geben. Von Pflanzen etwa den Standort, Blütezeit, Verarbeitung, ihre Kraft und Eigenschaft, auch Pflege und Wartung. Ist die Zeit für Sammler des ‹Champignon› (8. Floreal) gekommen, dann handelt der Kommentar 3 Seiten lang über Pilze und deren Verwendung. ‹Eisen›? : dort und dort in Frankreich wird es gefunden; dergestalt verarbeitet; so schützt man es vor Rost; das und das versteht man unter Stahl.

Denn also sprach Fabre d'Églantine vor den Vertretern seines Volkes: »An jedem einzelnen Tage des Jahres, in der naturgegebenen Reihenfolge wie die Gegenstände auf den Menschen zukommen und er sich mit ihnen auseinanderzusetzen hat, werden kurze und exakte Erklärungen dieses Gegenstandes gegeben; dergestalt, daß jeder Bürger, zu Ende des Jahres, eine erste fundamentale Übersicht über den Stand der Industrie und der Landwirtschaft seines Vaterlandes besitzen kann.«

Das nämlich war der große Grundgedanke : Kalender des arbeitenden Volkes und Fibel der Bürgerkunde vereint!

12 mal 30 macht 360; übrig bleiben 5 Tage, zuweilen 6 : aus ihnen wurden, zu Ende des Jahres und hintereinander, die Feiertage der Nation.

Der erste war der Bürgertugend gewidmet, das ‹Fête de la Vertu›; der zweite ehrte den Geist, ‹Fête du Génie›; der dritte war der Tag der Arbeit, ‹du Travail›.

Der vierte, sehr eigentümlicher Art, bedeutend und tiefsinnig angeordnet vor anderen, war das ‹Fête de l'Opinion› – der Tag der Freien Meinungsäußerung; originell, und dem trokken-geistreichen Charakter der Franzosen völlig angemessen. Eine Art politischer Karneval, bei dem es 24 Stunden lang Jedem erlaubt war, über jede öffentliche Persönlichkeit ungestraft alles zu sagen und zu schreiben : wer nicht öffentlich gebrandmarkt sein wollte, brauchte ja nichts anderes zu tun, als das restliche Jahr hindurch sein Amt unsträflich und tugendhaft zu versehen! Auch diese Idee war durchaus groß und moralisch; viele Mißstände kamen dadurch zur Sprache und so manche peinliche Untersuchung war die Folge.

Der fünfte Tag galt der Verleihung der öffentlichen Belohnungen; an ihm wurden verdiente Bürger geehrt : fleißige Arbeiter; Techniker; Wissenschaftler, die eine neue Entdekkung, Künstler, die ein der Nation Ehre machendes Werk geschaffen hatten – demnach erhoben sich beispielsweise im Jahre VI (= 1798) die Komponisten Monsigny, Cherubini, Lesueur und Martini auf dem Marsfeld von ihren Plätzen; und wurden, erst vom Directorium, dann vom Herold als ‹ausgezeichnete Tonkünstler der Nation› ausgerufen (womit, nebenbei bemerkt, ein Ehrensold auf Lebenszeit verbunden war).

Falls der sechste Tag eintrat – man schaltete wesentlich genauer als nach dem ‹Sklavenstil› – fiel auf ihn das Fest aller Feste, das ‹Fête de la Révolution›, an dem man sich in feierlicher Weise der Gründung der Republik und ihrer großen Jubiläen erinnerte; Aufmärsche, zumal der Jugend veranstaltete; sowie Spiele aller Arten.

Allerdings nur 12 Jahre lang rechnete das damals bedeutendste Volk Europas nach seinem Neuen Kalender; nur 12 Jahre lang geschahen folgenschwere Ereignisse am 22. Prairial oder 9. Thermidor. Wer aber die Geschichte jener Jahre nachliest, *muß* mit der Neuen Ära vertraut sein; oder er begibt sich selbst der Möglichkeit sie zu verstehen, nicht nur in (teilweise entzückenden) Einzelheiten und Anspielungen – etwa inwiefern Madame Tallien ‹Notre Dame de Thermidor› genannt werden konnte – sondern er begreift vor allem nicht Geist und Ton jener Zeit, die selbst uns heutigen soweit voraus war, daß man den Tag in 10 Stunden und diese weiter gemäß dem Dezimalsystem einteilen und neue Zifferblätter für die Uhren anfertigen ließ. Ein Beleg mehr für die Binsenwahrheit, daß die ‹Aufklärung› – die heute im Freien Westen bestgeschmähte ‹lumière› – noch nie bisher in der Geschichte die Chance nachhaltig zu wirken bekommen hat, die ihr gebührte.

Alle haben sie, und manche mehr als ein Jahrtausend, Gelegenheit gehabt, sich an ihren Früchten erkennen zu lassen, ob Kirchenstaaten ob Königreiche – nach armen 12 Jahren, am 1. Januar 1806, wurde durch Napoleons Dekret in Frankreich wieder der alte Gregorianische Kalender eingeführt.

Titelbild des ‹Annuaire du Republicain› vom Jahre II der Republik, mit folgender Erläuterung der Allegorie:

Im Hintergrund der ‹Tempel des Jahres›, dessen Kreisgestalt die periodische Wiederkehr der Jahreszeiten versinnbildlicht. 12 dorische Säulen tragen sein Dach; auf den Kapitälen der uns zugekehrten lesen wir die Namen der schönsten Monate – Germinal, Floreal, Prairial – jeder Säulenschaft trägt, entsprechend den 3 Dekaden des Monats, 3 Kranzleisten mit den Namen der Tage. / Aus dem Tempel tritt die Freiheit, die Vernunft an ihrer Hand, die mit ihrem strahlenden Licht Päpste, Könige und andere, heiliggesprochene Tyrannen verscheucht; geblendet wälzen sie sich im Kot, samt ihren Panieren, auf denen man Namen wie ‹Gregor, Pius, Benedictus› erkennt. / Von links tritt, nunmehr endlich, die Natur herzu, die einen Landarbeiter – auf sein treues Rind gelehnt, in der fleißigen Hand die Sichel – hinführt zu Freiheit und Vernunft. Eine Schar von Bauern folgt ihnen, auf den Schultern Harken, Forken, Dreschflegel und andere Ackerbaugeräte, durch deren Namen das Ministerium für Volkserziehung ebenso sinnreich wie glücklich die bankerotten Bezeichnungen des verschollenen Kalenders ersetzte: weit öffnen Freiheit & Vernunft den solchermaßen Herzutretenden die Tempeltür!

DAS BUCH MORMON

Ich könnte mich selber nicht mehr achten, wenn ich von einem Buche hörte, daß von ihm einhunderttausend Stück in der Welt sind, und ich kennte dieses Buch nicht.

LICHTENBERG

Die Mormonen haben Recht!

SCHOPENHAUER

1

Wenn auch vielleicht vor sonst nichts, vor dem einen bin ich sicher : anfällig für Heilige Bücher genannt zu werden.
Aber man verstehe mich recht. Ich weiß sie alle sehr wohl zu würdigen – die feurigen Bässe des KORAN; das in-alls-geduldige Weisheitsgewäsche GAUTAMAS; das große Kompendium jüdischer Kulturgeschichte, das man das ALTE TESTAMENT nennt – aber ich weigere mich standhaft, mit irgendeinem derselben das Wort ‹ WAHRHEIT › in Verbindung zu bringen : Wer sich einbildet, im Besitz der Wahrheit zu sein, der hat sie in eben dem Augenblick verloren. Wahrheit ist nichts für uns. Nichts mißlicher, als irgendeine 5 %-Klausel des Geistes, und nichts lächerlicher, als wenn ein Profet den andern

‹Schwärmer› schilt; keine ‹Kirche›, sondern grundsätzlich Kirch*en*; keine ‹Heilige Schrift›; wohl aber zahlreiche Heilige Schrift*en*. Also ein » wenn man will, resignierter; meiner Erfahrung nach jedoch recht wohltuender – Agnostizismus als Grundlage; dabei jedoch unermüdlich Jagd auf die eigenen Irrtümer und Wissenslücken machen; und ansonsten eben fleißig arbeiten.
Was in meinem speziellen Fall heißt, Literatur herstellen, oder über sie berichten.

2

Unter allen Heiligen Büchern ist bisher unfraglich am schlechtesten weggekommen das BUCH MORMON (im folgenden abgekürzt BM). Während andere gleichzeitige Sekten, etwa die ‹Babi› oder ‹Bahai›, leidlich ernst genommen wurden, hat man den Mormonen die gleiche Gerechtigkeit fast immer versagt; ob der alte ‹Rohnert›, ob das neueste Fischer-Lexikon, immer, seit nun vollen 130 Jahren, sind wir schlecht informiert worden. Die Berichterstattung in solchem Fall Theologen zu überlassen und auf Objektivität zu rechnen, ist unrealistisch; und man kann auch nachschlagen, wo man will – keiner der Verfasser kann sich der Mühe unterzogen haben, das BM selbst auch nur eingesehen, geschweige denn sorgsam gelesen zu haben; was z. B. ich zweimal (1 Mal in Deutsch; 1 Mal in Englisch) tat – für den Rest meines Lebens freilich werde ich schwerlich Zeit finden, es noch einmal zur Hand zu nehmen.
Die meist prompt verwendeten Ausdrücke erhabenen Abscheus gehen völlig am Kern der Sache vorbei. Wohl ist die

Sprache des BM der der BIBEL nachgebildet, aber nicht mit ruchlos-bauchrednerischer Fertigkeit; und die Haarspaltekunst eines mit Vorliebe im Unüberprüfbaren, wenn nicht gar Absurden, lustwandelnden Verstandes ist auch nicht nennenswert größer als anderswo. Wohl kann man das Ganze als eine Haggada zu AT und NT betrachten; und das lokalpatriotische Bestreben, die USA an die christliche Tradition eng anzuschließen, ist unverkennbar. Dennoch wird die gern geübte Herleitung von Spaulding's LOST MANUSCRIPT bestenfalls zum Teil richtig sein; in Wirklichkeit dürfte es sich bei der Abfassung um, wie auch die ‹im allgemeinen gut unterrichtete› ENCYCLOPAEDIA BRITANNICA es nennt, ‹automatic writing› gehandelt haben. Mit anderen Worten : Joseph Smith, auf den das BM zurückgeht, ist (wofür vielleicht auch die sogenannte ‹Deseret-Schrift› sprechen könnte?) vermutlich ein ‹Schreibmedium› gewesen, wie es die Parapsychologie sattsam kennt.

Aber das alles sind ja letztlich Bedenken 3. und 4. Ranges – nehmen wir hier getrost einmal das BM ernst; eine Gedankenwelt für sich, für die das betrübliche Lichtenbergische Motto in erstaunlichem Maße gilt. Man wird nicht schlechter durch seine Lektüre, unbesorgt; und wer nach dem bis jetzt letzten Kriege den Mormonen-Chor singen hörte, wird gern das Urteil von Karl May's Frau unterschreiben : » Man glaubt, überirdischen Gesängen zu lauschen. « –

: » Es liegt im fernen Westen / ein Land so lieb und wert,
wohin manch müder Pilger / sein Angesicht gekehrt.

Auf seinen höchsten Gipfeln / strahlt weiß der ew'ge Schnee;
und lieblich in den Thälern / schläft ruhig auch der See.

Dort haben neue Hütten / sich Lieb' und Treu' erbaut,
und gute-werte Freunde / hab' ich mir dort erschaut. . . .

Wohl will ich gern gedenken / an Freund' und Jugendland;
doch ist's mein Volk im Westen, / wo ich die Heimat fand. «

Das war einst die Nummer 107 im Gesangbuch der ‹Kirche Jesu Christi der Heiligen der Letzten Tage / Körperschaft des öffentlichen Rechts / Berlin-Dahlem, Am Hirschsprung 60›, wie die irgendwie kurios anmutende Anschrift zur Zeit lautet – aber was wäre bei Uns schon nicht kurios? –

3

Entscheidend für den zetetischen Leser ist ja letzten Endes nur die ‹poetische Brauchbarkeit› einer Lektüre; mit anderen Worten das, was sie für ‹Gedankenspiele›, Interpolationen, Anregungen, hergibt, beziehungsweise wie weit sie Dichter und Schriftsteller anregt.
Bei uns herrscht da, wie billig, unbestritten die BIBEL – » Ruths betrübtes Herz, als heimwehkrank / und tränenvoll sie stand im fremden Korn« (Wordsworth); die vielen KAIN'e, von Byron nicht-angefangen; Klopstock ADAM's TOD; Bodmers NOACHIDE. Daß der KORAN in dieser Beziehung vielerlei fähig ist, braucht man nicht durch Einkehr bei Hafis'sens oder ‹Omar dem Zeltmacher› festzustellen; ein näheres schönes Beispiel ist May's AM JENSEITS, (obwohl gerade die Mormonen bei ihm übel wegkommen; er hat da mehrere, diabolisch-schöne Schurken – jenun; auch May's Kismet war es, meist schlecht informiert zu sein.) Für die buddhistische Welt mag stellvertretend Gjellerup's PILGER

Kamanita genannt sein; (*ganz* Raffinierte lesen ‹vorher› Indische Liebeslyrik nach). Es bleibt zu untersuchen, ob nicht auch das BM anregend zu wirken vermöchte.

Und ich meine, ich betone es, jetzt also nicht die *äußere* Geschichte des Mormonentums; obschon sich da sehr vieles Interessante anbieten möchte – der große Trek unter Brigham Young nach Utah; das ‹Seemöven-Wunder›; Schauergeschichten von ‹Daniten› mit 1 Schuß ‹Feme›, Joaquin Miller, ‹The Danites in the Sierra›, (Schauspiel, 1877); Karl Löffler-Tornow, ‹Der Geisterseher; oder die Mormonenbraut›; Thomas Dunn English (vgl. Poe), ‹The Mormons›, (Schauspiel, 1858); Johann Brandl, ‹Die Mormonen›, (Oper 1879); Oppermann, in seinen ‹100 Jahren› (1870) hat wohlwollend über die Erscheinung referiert, (Hauptstelle Bd. VIII, Ss. 231–270); eine frühe & ob ihrer kecken Bejahung jener ‹Zustände› merkwürdige, auch ausführliche Schilderung, findet sich in dem umfangreichen Halb-Roman ‹Californien und das Goldfieber› (1863), von einem ‹Dr. Zimmermann› (= W. F. Vollmer); der einen seiner Helden, den deutschen Arzt Franke, mit 3 schönen Schwestern gleichzeitig & mit bestem bürgerlichen Erfolg verheiratet; muß ich erst noch das leckere Stichwort ‹Polygamie› nennen? (Was übrigens so ziemlich das einzige ist, was ein deutsches Normal-Gehirn vom Mormonentum wissen wird. Es sei betont, daß im BM selbst *kein Wort* davon steht; es sich auch nur um ein kurzes Interregnum gehandelt hat, das übrigens sehr-sehr nachdenklicher Aspekte fähig ist : das vorangestellte Wort Schopenhauers bezieht sich eben hierauf. Und das Argument, von dem Pastor Zimmer so entrüstet erzählt hat, daß es eine Utah-Deutsche ihm kühl entgegenhielt: »Pluralismus? Das ist doch etwas schönes. Ich hätte nichts darwider, wenn mein Mann Mormone würde, und noch 1 oder 2 junge Weiber nähme; *da hätte ich es auch etwas leichter bei der Hausarbeit.«*, macht Einen, in seinem naiv-deftigen Realismus, ja unwillkürlich grienen.) Ich beabsichtige also, mich im folgenden rein referierend zu verhalten, und mich auf das BM zu beschränken.

4

Zu dem Zweck sei es erst einmal äußerlich vorgestellt:

Das Buch Mormon;

bei der o. a. Anschrift als Taschenbuch zu haben; 2,– die deutsche, 3,– die englische Ausgabe, Vorkasse erforderlich; ich zitiere nach einem englischen Paperback, Utah, 1950; und zwei deutschen Leinenbänden, Basel 1946, und Berlin 1950.
Die erste englische Edition erschien 1830 in 5000 Exemplaren, (und soll heute ein Rarissimum geworden sein); ihren damaligen Preis setzte Smith, einer ausdrücklichen göttlichen Anweisung folgend, auf 1 Dollar 25 fest. 1879 erschien das BM zum erstenmal in Kapitel und Verse eingeteilt, (was bei der Bibel bekanntlich auch erst im 16. Jahrhundert erfolgt ist), und wofür Orson Pratt, einer der großen Dogmatiker des Mormonismus, wie etwa noch Sidney Rigdon, verantwortlich zeichnet. Ab 1920 dann lag BM in handlicher Zweispalten-Ausgabe vor, mit Geschichtszahlen, Inhaltsverzeichnis, Aussprache der Eigennamen versehen, wie denn der beigegebene Apparat recht ordentlich ist. Der doppelspaltige Index z. B. umfaßt 45 Seiten; und da man es allgemein als ‹gutes Register› anzusehen hat, wenn in einem Buch auf 20 Seiten Text je 1 solche Seite Register kommt, so ist das-hier sogar ein ‹bestes›. Als Fußnoten erscheint eine

Unmenge von Parallelstellen; die, wie immer etwas gewaltsamen ‹references› fehlen nicht, à la ‹Sind ungetaufte Kinder verdammt? Lies Moroni 8.›, aber das ist ja allgemein Sitte, steht doch auch in meiner KING JAMES BIBLE vorn drin : ‹Geschäft geht schlecht? Lies Psalm 37.› Ein Studium für sich bilden die zahlreichen Verweise auf Bibelstellen; die ‹Verzahnung› ist so gut, wie ein theologisches Gemüt nur immer verlangen kann; daß z. B. Smith am 22. 9. 1827 die ‹Platten Nephis› im Bühel Cumorah auffand, ist präformiert bei Jesaja 29,4; usw. usw.

Die erste Übersetzung ins Deutsche – es liegen Übertragungen in über 1 Dutzend Sprachen vor – von Taylor & Dykes, 1852, ist mir leider nicht zugänglich gewesen; sie wurde später von Schönfeld neu bearbeitet. Die zur Zeit in Umlauf befindliche stammt von Jean Wunderlich, 1924; sie ist dann, im Jahre 1950, nochmals revidiert worden.

Was dem erfahrenen Übersetzer hier auf den ersten Blick auffällt, ist, daß die deutsche Ausgabe fast genau ebensoviel Buchstaben zählt, wie das englische Original : das gibt es nicht! Infolge der berufenen ‹Einsilbigkeit› des Englischen ist bei jeder Übertragung grundsätzlich ein Vergrößerungsfaktor anzusetzen, der bei bester Arbeit 1,10 oder ganz dicht darunter betragen *muß* – es gibt kein sichereres Kriterium, ob gekürzt worden ist, bzw. ob der Übersetzer den Text verwässert hat, als solch überschlägiges Buchstabenzählen. Wenn also bei der deutschen Übersetzung des BM dieser Faktor nur 1,00 beträgt, dann ist eben irgend ‹gekürzt› worden – bei näherer Prüfung ergibt sich, daß die im englischen Text einige tausend Mal biblisch-wiederkehrende Formel ‹and it came to pass› in der deutschen Ausgabe durch ‹()› ersetzt wurde; sie ist dadurch erfreulich lesbarer geworden; dem Filologen sind die zahllosen Stellen redlich genug angezeichnet; und die Sache mit dem Vergrößerungsfaktor stimmt auch wieder : wir-anderen Übersetzer brauchen uns nicht zu schämen !

5

Ein erstes Unverächtliches, das den Anregung Suchenden sogleich die Augen angenehm aufsperren läßt, ist das *Namen-Gerolle:* ‹Lehi und Morianton; Amaleki und Helaman; Zoramiten und Rameumptom; Curelom und Cummom›; nicht umsonst schrieb schon Schlagintweit : » Man staunt über die Unzahl wohlklingender Namen ! « . Jaja; aber dergleichen ‹Staunen› ist nur ein anderer Ausdruck für die, eigentlich beschämende, Tatsache, daß 1 Million Menschen in Wortwelten lebt, von denen wir nichts wissen ! Derart miserabel sind wir informiert, daß es, so lächerlich es klingt, eine ausgesprochene ‹Tat› darstellt, wenn ich eine knappe Synopsis folgen lasse, über den Inhalt des BM und seiner 15 Bücher, mit insgesamt 239 Kapiteln und 6604 Versen :

1. I. Nephi: (22 Kap. / 618 Verse. – 600–575 v. Christi). – 1–16 Lehi, sein Weib Sariah und seine 4 Söhne, Laman, Lemuel, Sam und Nephi, verlassen Jerusalem, und reisen in die arabische Wüste. Lehi's Söhne kehren noch einmal zurück und holen die Heiligen Messingplatten. Weiterreise; der HErr schenkt ihnen die Liahona, den Wegweiser. / 17 und 18 Irreantum oder die Großen Gewässer. Überfahrt durch den Indischen Ozean nach der amerikanischen Westküste. / 19–22 Nephi's Profezeiungen (vgl. Jesaja 48 und 49).
2. II. Nephi. – (33/779. – 575–545 v. Chr.) – 1–4 Lehi's Lehren und Tod / 5 Nephi Führer des Volkes; seine Brü-

der empören sich, und werden mit dunkler Hautfarbe gestraft = ‹Lamaniten›-Indianer. / 6–24 Jakob, Nephi's Bruder, predigt und mahnt (vgl. Jesaja 50, 51 und 2–14) / 25–33 Nephi's Weissagungen.

3. Jakob. – (7/203. – 544–421 v. Chr.). – 1 Tod Nephi's / 2–6 Klagen und Mahnungen Jakobs. / 7 Innere Ereignisse. Sherem. Beginn der Lamanitenkriege.

4. Enos. – (1/27. – ca. 421 v. Chr.) – Kurzchronik. Vers 20 Charakter der Indianer.

5. Jarom. – (1/15. – 420–361 v. Chr.) – Blüte des Nephiten-Reiches.

6. Omni. – (1/30. – 323–130 v. Chr.). – Vers 14–19 Entdeckung des Landes Zarahemla.

7. Worte Mormons. – (1/18. – ca. 385 n. Chr.). – spätere, redaktionelle Notiz.

8. Mosiah. – (29/785. – 130–91 v. Chr.). – 1–6 Regierung König Benjamins. / 7 und 8 Entdeckungsfahrten; 8, 8 erster Hinweis auf die Jarediten. / 9–22 Bericht Zeniffs über die Geschichte seines Volkes. / 23–29 Geschicke Alma's und Mosiah's; Tod der Letzteren.

9. Alma. – (63/1975. – 91–53 v. Chr.). – Bericht Alma's d. J., des Hohepriesters und Hauptrichters über das Volk Nephi. / 1–7 predigt erfolgreich. / 8–16 Kämpfe mit der gottlosen Stadt Ammonihah / 17–26 Abenteuer der Söhne Mosiah's; Kämpfe mit den Lamaniten / 27–35 Lamanitenkriege / 36–42 Gebote Alma's an seine Söhne Helaman, Shiblon und Corianton / 43 und 44 Moronis Kampf mit den Lamaniten / 45–62 Helaman's Bericht über das nephitische Volk, seine Spaltungen und Kriege. / 63 Emigration zahlreicher Nephiten nach dem nördlicheren Nordamerika.

10. Helaman. – (16/497. – 52–2 v. Chr.). – 1 und 2 Streit um den Richterstuhl. Erstes Auftreten der Gadiantonräuber. / 3 Ausbreitung nach N, bis an die großen Seen / 4–6 Lamanitenkämpfe / 7–16 Profezeiungen Nephi's, des Sohnes Helamans. In 14 sagt Samuel, ein Lamanite, das Kommen Christi voraus.

11. III. Nephi. – (30/785. – 1 v. Chr.–35 n. Chr.). – 1–7 Nephi's Regierung; Zeichen der Geburt des Heilandes. Innere Zwistigkeiten der Nephiten. / 8–28 Naturereignisse verkünden die Kreuzigung Christi : dessen Erscheinung bei den Nephiten : Wiederholung der Bergpredigt; Einsetzung des Abendmahls; Ernennung von 12 Jüngern, usw. / 29 und 30 Mahnungen des Plattenredaktors Mormon.

12. IV. Nephi. – (1/49. – 35–321 n. Chr.). – Kurzchronik : 200-jähriges Gedeihen der Kirche Christi; danach jedoch Spaltung und Entartung.

13. Mormon. – (9/227. – 322–421 n. Chr.). – 1–5 Innere Unruhen; sowie Kämpfe gegen Lamaniten und Gadiantonräuber / 6 Endkampf am Hügel Cumorah; Sieg der Lamaniten / 7–9 Moroni endigt den Bericht seines Vaters Mormon.

14. Ether. – (15/433. – ca. 2280–600 v. Chr.?). – / 1–6 Bericht über die 1. Einwanderung aus Palästina nach den USA / 7–15 Entwicklung des Reiches; Kämpfe; auch hier letzte Schlacht bei Cumorah. – Ethers Schlußwort.

15. Moroni. – (10/163. – 400–421 n. Chr.). – 1 Moroni's, des letzten Nephiten, verlassener Zustand / 2–9 Lehren und Ermahnungen an die kommenden, noch Ungeborenen / 10 Abschiedsworte Moroni's; er versiegelt den Bericht. –

Zweierlei wäre zu ergänzen. Einmal, daß – es wird keinen Kenner Heiliger Schriften Wunder nehmen – auch hier Bücher verloren gegangen sind, z. B. die mehrfach zitierten Profeten Zenos und Zenock. Und endlich, daß man sich eine unangenehm-breite Hintertür durch die These offen gelassen hat, es seien noch nicht alle Platten ‹entsiegelt› – das mag geübten Klerikern akzeptabel sein; meinem geringen Gefühl nach freilich beginnt bei dergleichen filologischer ‹Moorboden›.

6

Heut & hier sei nur auf zweieinhalb Themenkreise rasch hingewiesen. Zunächst das I. Buch Nephi; und die Besiedelung Amerikas in drei Wellen von Palästina her.

Um das Jahr 597 v. Chr., da Zedekia König in Juda war, lebte ein frommer Jude, namens Lehi, mit seiner Groß-Familie in Jerusalem. Ihm wurde ob der ‹politischen Lage›, bekräftigt durch einige unangenehme Gesichte, mit Recht allmählig mulmig – man vergebe mir meine Ausdrucksweise; aber beim Stichwort ‹Emigration› wird man immer allzufatal an ‹unsere› Zeit erinnert. Lehi zog also vorsichtshalber ‹davon›; etwa am Roten Meer hinab, südostwärts – ‹Gesichte vom Baum, vom Fluß, und von der Eisenstange› – der eigentliche Held ist sein jüngster Sohn Nephi, der die Beschriftung der geheimnisvollen ‹Platten› eifrig fortsetzt. Eine der netten Episoden ist die ‹Liahona-Sage›, (ein Stichwort, das befremdlicherweise im Register fehlt; man muß unter ‹Kompaß› nachschlagen).

I. Nephi, 16,9 ff.: »Und es geschah, daß die Stimme des Herrn in der Nacht zu meinem Vater sprach, und ihm be-

fahl, seine Reise in die Wildnis am nächsten Tage fortzusetzen. / Und als mein Vater des Morgens aufstand und vor die Tür des Zeltes ging, sah er zu seiner großen Verwunderung auf der Erde eine seltsam gefertigte Kugel aus feinem Messing. In der Kugel waren zwei Spindeln; und die eine zeigte uns den Weg, den wir in der Wildnis einschlagen sollten. / Und wir brachten alle Dinge zusammen, die wir in die Wildnis mitnehmen sollten, und alle übrige Speise, die der Herr uns gegeben hatte; und wir sammelten Samen jeglicher Art, um ihn mit uns in die Wildnis zu nehmen. / Und wir nahmen unsere Zelte, und brachen über den Fluß Laman in die Wildnis auf. / . . . . . / Und wir hielten uns dort viele Jahre auf; ja, wir blieben 8 Jahre lang in der Wildnis. / . . . . . und wir sahen das Meer, welches wir ‹Irreantum› nannten; das ist verdolmetscht, ‹Viele Gewässer›.«
Dort also baut Nephi Fahrzeuge; gerät mit ihnen in die, tja, ‹Wir vom oberschichtlichen Bewußtsein› würden sagen ‹Westwindtrift der Südhalbkugel›; und landet endlich, 589 v. Chr., im ‹Lande der Verheißung›, das ungefähr dem heutigen Peru entsprechen wird, (es kann aber auch Chile sein; die mormonische Geografie scheint, und nicht nur, was dieses spezielle Contra-Kontiki anbetrifft, noch sehr im Argen zu liegen.)
Natürlich empören sich, es ist ja ein uraltes Märchen-Motiv, die älteren Brüder gegen den genial-Jüngsten; und nicht nur während der, an die Nerven begreiflicherweise einige Anforderungen stellenden, langen Überfahrt (= Columbus-Parallele); sondern auch bald nach der Landung. Der HErr schlägt sie jedoch prompt ob ihrer Versündigung & Bosheit; straft sie mit ‹dunkler Hautfarbe› und überhaupt ‹Verwilderung allgemein› : und so wird im BM die Entstehung der Indianer erklärt. Und ehe man das Anthropologenhaupt

noch allzusehr schüttelt, möchte ich dies zu bedenken geben, daß Herkunft & Ursprung der Indianer seit der Entdeckung Amerikas sogleich zu einem der ganz großen Rätsel der Ethnografie geworden waren. Nomaden; von braun-roter Hautfarbe; mit considerablen Hakennasen; seltsam wohlredend, ‹in Zelten›; ‹mound-builders› nicht minder, als unangenehm-geschickte ‹Skalp-Nehmer›.

»Sebulon wird an der Anfurth des Meeres wohnen«, (alles Genesis, 49 jetzt) : waren nicht den ersten Weißen, ob Captain John Smith seine Pocahontas, ob den Pilgrim-Fathers ihr Massasoit entgegengekommen? / »Dan wird eine Schlange werden auf dem Wege, und eine Otter auf dem Steige, und das Pferd in seine Fersen beißen, daß sein Reiter zurückfalle« : kann man das Anschleichen der Roten gegen die ihnen fremdartig-berittenen Weißen viel präziser schildern? / »Gad wird gedrängt werden von Kriegshaufen« : wie oft hat man nicht reguläre Truppen gegen sie aufgeboten. / »Benjamin ist ein reißender Wolf; des Morgens wird er Raub fressen, und des Abends wird er Beute austeilen.« / »Naphtali ist ein schneller Hirsch, und gibt schöne Rede.« / Und nun brauchten nur noch ihre Sprache unverständlich gemacht, und sie über die Fläche der weiten Erde hin zerstreut worden sein; was bekanntlich anläßlich Etemenankis Bau geschah. / Und von den ‹10 verlorenen Stämmen Israels› ist auch mehrfach die Rede. / Und wer jetzt immer noch zweifelt – es kann fast nur noch ein Böswilliger oder ein Unsinniger sein! – der schlage Psalm 68,22 auf: »Ja; GOtt wird den Kopf seiner Feinde zerschmettern; den Haarschädel derer, die da fortfahren in ihrer Sünde.« (Und wer, rassestolz, von ‹orientalischer Grausamkeit› murmeln möchte, möge bedenken, daß auch das westgotische Fuero Juzgo von der Strafe des ‹capillos et cutem detrahere› weiß.)

Auch ist die Theorie alt; und das BM nur eine letzte, nicht unbedeutende Zusammenfassung. Man kann davon schon im SIMPLICISSIMUS lesen, oder in LESSING's Rezensionen; der Erfinder war ein sicherer MONTEZINIUS, und die erste Veröffentlichung darüber die SPES ISRAELIS des MANASSE BEN ISRAEL, Amsterdam, 1650. Ich will mit solcher kleinen Gelehrsamkeit nur das Eine festhalten : die ‹Lamaniten› des BM sind nicht halb so absurd, wie Andersgläubige, die dafür wieder *ihre* Spezial-Grillen haben, uns einreden möchten. Und auch *der* Gesichtspunkt ist ja noch zu berücksichtigen, daß es sich um den ehrenhaft-pfiffigen Versuch handeln könnte, dem neuen großen Kontinent lokalpatriotisch die entsprechende Ahnenreihe zu verschaffen. (Wenn dann allerdings gleich wieder das Vorwort zum BM behauptet, die Geschichte Amerikas sei darin ‹foretold› – I. NEPHI, 13 soll hinweisen in Vers 12 auf Columbus; 16 auf die Puritaner; 17–19 auf den Revolutionskrieg von 1776–83 – so heißt das bei einem 1830, also einwandfrei ‹hinterher›, erschienenen Buch, die Backen etwas voll nehmen.) –

Im Laufe der langsamen, ausführlich abgeschilderten, weiteren Kolonisation treffen die Nachkommen Nephi's noch zweimal auf andere Palästina-Emigranten; OMNI 1 und ALMA 27 ein Volk im Lande Zarahemla; und endlich, eine letzte großartige Perspektive aufreißend, wird ein BUCH ETHER aufgefunden. Nämlich der auch aus der GENESIS bekannte Jared zog mit seinen Brüdern, so um die Zeit von Sintflut und Turmbau, nach Nordwesten, also Europa; gelangt an die Meeresküste, (unter der man sich die Bretagne oder meinethalben auch Irland vorstellen mag); und also spricht der HErr (ETHER, 2, 16 ff.) :

» Machet Euch an die Arbeit, und bauet Fahrzeuge nach der Weise, wie Ihr sie bisher gebaut habet . . . Und sie waren klein und leicht auf dem Wasser, ja so leicht wie ein Vogel. / Und sie waren auf eine Weise gebaut, daß sie außerordentlich dicht waren, sodaß sie das Wasser hielten, wie ein Gefäß. Und der Boden und die Seiten derselben waren spitz; und der Oberteil dicht wie ein Gefäß; und sie waren so lang wie ein Baum, und die Tür war dicht wie ein Gefäß, wenn es verschlossen ist. / . . . / Denn sehet, Ihr sollt wie ein Walfisch inmitten des Meeres sein.« Leuchtende Steine werden halb gefunden, halb hergestellt, zu Lampen während der Überfahrt; »und er brachte die Steine, welche bereitet waren, in die Fahrzeuge, einen in jedes Ende derselben; und sehet, sie gaben den Schiffen Licht. / Und so ließ der HErr die Steine in der Dunkelheit scheinen. / . . . / Und viele Male wurden sie in den Tiefen des Meeres begraben wegen der Wellenberge, die über sie hereinbrachen; und auch wegen der großen und schrecklichen Stürme, die durch die heftigen Winde verursacht wurden. / . . . / Und so wurden sie fortgetrieben; und kein Seeungeheuer konnte sie zerbrechen, und kein Walfisch konnte ihnen schaden.«

Und das ist ja doch wohl wieder ein unverächtliches Bild: hohle Einbäume (wie sie auch der Norden von WIELAND DEM SCHMIED her kennt); erhellt von leuchtenden Kristallen; rundum »the raging deep in darkness«. (ETHER 3,3).

7

Die Geschichte der anschließenden Ausbreitung wird ETHER 15,20 in die wohl für alle ‹Pioneers› gültigen Worte zusammengefaßt: »Sie schliefen auf ihren Schwertern.« Endlosverwirrende und verworrene Kreuz- & Querzüge von A bis Z; ‹Die Schlacht am Berge Riplah›; kleine & große Städte werden gegründet: »und das Volk im Lande nordwärts wohnte in Zelten und Häusern aus Zement, und sie ließen die Bäume stehen, die auf der Erde wuchsen« (HELAMAN 3,9), »und Mosiah ließ einen Turm neben dem Tempel bauen; ja, einen sehr hohen Turm, so hoch, daß man von seiner Spitze das Land Shilom ... übersehen konnte.« (= Wolkenkratzer; MOSIAH 11,12). Und die Geschlechter werden im Verlauf der Jahrhunderte in der bekannten Weise sachlich & unerbittlich ‹umgelegt›: »Coriantur war der Sohn Morons. / Und Moron war der Sohn Ethems. / Und Ethem war der Sohn Ahas. / Und Aha war der Sohn Seths. / Und Seth war der Sohn Shiblons. / usw. usw.«. Und ‹Richter› werden eingesetzt; alles konsolidiert sich, Maß & Gewicht: »und sie rechneten folgendermaßen : 1 Senine Gold, 1 Seon Gold, 1 Shum Gold, und 1 Limnah Gold. / 1 Senum Silber, 1 Amnor Silber, 1 Ezrom Silber, und 1 Onti Silber. / 1 Senum Silber hatte denselben Wert wie 1 Senine Gold; und ein jedes entsprach an Wert 1 Maß Gerste.« (ALMA 11,5 ff. – Dieser Alma trägt Moses-Züge; Jenem auch darin gleich, daß in seinem Buch sein eigener Tod berichtet wird. Niemand sieht ihn sterben; er verschwindet; ‹kings should disdain to die, and only disappear›.) Und schon wieder greifen die Lamaniten an, »und sie kamen im Norden des Landes Shilom mit ihren zahlreichen Scharen herauf; Männer, mit Bogen, Pfeilen, Schwertern, Krummschwertern, mit Steinen und Schleudern bewaffnet; und sie hatten ihre Köpfe kahl geschoren und hatten einen ledernen Gürtel um ihre Lenden gegürtet« (MOSIAH 10,8); aber, wie bereits geklagt, selbst scheinbar so instruktive Stellen wie ALMA 22,27–34 verdeutlichen die Geografie des BM nur wenig – hier wäre ein schönes Tätigkeitsfeld für einen geduldigen Detektiv-Filologen. Daß es Alles in ‹Gods own Country› lokalisiert sein

muß, entliest man schmunzelnd vielen Versen: »Sehet, dies ist ein auserwähltes Land; und die Nation, die es besitzet, wird frei von Knechtschaft, Gefangenschaft, und von allen anderen Völkern unter dem Himmel sein« (ETHER 2,12; vgl. auch ALMA 46,17; »No kings to rule America! – Read II. NEPHI 10,10«.)
Wie sehr der HErr seine ‹Neue Welt› als dem Heiligen Lande mindestens gleichwertig erachtet – wenn er es nicht gar bevorzugt? – mag man aus etwa II. NEPHI 10,3 entnehmen: »Daher ist es notwendig, wie ich Euch gesagt habe, daß Christus – denn in der vergangenen Nacht sagte der Engel zu mir, daß dies sein Name sein sollte – unter die Juden kommt, zu dem boshafteren Teile der Welt, und sie werden ihn kreuzigen«; und wie man aus der chronologischen Notiz, unten-rechts auf der Seite, ersieht, handelte es sich bei solcher ‹vergangenen Nacht› um eine »zwischen 559 und 545 v. Chr.« Woran sich zwanglos MOSIAH 3,8 ff. anschließt; wo dann schon ‹Maria› bekannt ist, und man ab 124 *vor* Christi den Namen ‹Christen› annimmt, womit ich bei dem letzten, gewiß noch Mehrere interessierenden Themenkreis angelangt wäre.

8

Schon aus der Inhaltsübersicht wird man ersehen haben, daß das III. Buch NEPHI, das die Jahre 1 vor bis 35 nach Christi umfaßt, eines der bedeutendsten sein muß. Eindrucksvoll wird geschildert, wie man in den USA an Omina, Wunderereignissen, Lufterscheinungen spürt, was sich drüben, in Palästina, abspielt: »Denn sehet, beim Untergang der Sonne trat keine Dunkelheit ein; und das Volk wunderte sich«

(1,15); »und auch ein neuer Stern erschien« (1,21); »und sie wußten, daß es der Tag war, an dem der HErr geboren werden sollte« (1,19). Dann erst wieder noch gute 30 Jahre der Gedankenlosigkeit, »das geschah in den Tagen von Lachoneus ... denn er hatte den Richterstuhl seines Vaters inne und regierte über das Volk in diesem Jahre« (6,19; wohl Pilatus-Parallele. – Man hatte übrigens, wie 2,8 berichtet, mit jener Wundernacht sogleich eine neue Zeitrechnung begonnen.) Nun weiter, ab Kap. 8:

»Und im 34. Jahr, im 1. Monat, am 4. Tage des Monats, erhob sich ein großer Sturm, desgleichen man nie zuvor im ganzen Lande erlebt hatte. / Es erhob sich auch ein großes und schreckliches Unwetter; und man hörte fürchterliches Donnern, das die ganze Erde erschütterte, als ob sie auseinanderbersten wollte. / Und man sah überaus helle Blitze ... / Und die Stadt Zarahemla geriet in Brand. / Und die Stadt Moroni verschwand in den Tiefen des Meeres, und ihre Bewohner ertranken. / Und die Erde erhob sich über die Stadt Moronihah, sodaß anstelle der Stadt ein großer Berg entstand. / ..... / Aber im nördlichen Lande war die Verwüstung noch weit größer; denn sehet, die ganze Oberfläche des Landes wurde verändert; / und die Straßen wurden aufgebrochen, und die ebenen Wege zerstört, und viele ebene Plätze wurden uneben. / Und viele bedeutende Städte versanken, viele verbrannten, und viele wurden gerüttelt, bis die Gebäude zusammenfielen; ihre Bewohner wurden erschlagen, und die Orte blieben verlassen. / ..... / Einige wurden von den Wirbelwinden hinweggetragen, und Niemand weiß wohin; man weiß nur, daß sie weggetragen wurden.« (Hier sei mir die Zwischenbemerkung erlaubt – und es ist mitnichten ein schlechter Scherz! – daß mir die gleichgerichtete Geschichte vom FLIEGENDEN ROBERT stets die mit Abstand faszinierendste im ganzen STRUWWELPETER war : ich bin im höchsten Grade anfällig für Graues & Windiges; so ‹ riante Gegenden ›, das ist nichts für mich.) Und nach 3 Stunden Heftigkeiten lagert sich eine Finsternis über das Land, » so daß die Einwohner, die nicht gefallen waren, den Nebel der Finsternis fühlen konnten; / und wegen der Finsternis konnte man kein Licht anzünden, weder Kerzen noch Fackeln; auch konnten sie mit ihrem überaus feinen und trockenen Holz kein Feuer machen, sodaß es überhaupt kein Licht gab. « Ich möchte betonen, daß eine Wendung wie, daß man ‹ vor Finsternis kein Licht machen › könne, durchaus nicht etwa ‹ Höheren Blödsinn › darstellt, sondern eine rechte Feinheit ist, wenn nicht gar der schiere Tiefsinn. Nach solchen Zeichen vernimmt man eine Stimme im ganzen Lande – Christi Stimme; nach stundenlanger Pause wiederum; und so fort, 3 Tage lang.

Nun folgen, Kap. 11–28, die drei Erscheinungen des auferstandenen Heilandes in den USA : » Und als sie verstanden, erhoben sie ihre Augen wieder gen Himmel; und sehet, sie sahen einen Mann vom Himmel herniedersteigen, der war mit einem weißen Kleide angetan; und er kam herab und stand mitten unter ihnen. « Er hält eine erste Predigt, (stark an Matth. 5–7 angelehnt); heilt Kranke; und ernennt sich auch hier 12 Jünger & Apostel : » . . . Nephi mit seinem Bruder . . . der Timothy hieß, und seinem Sohn Jonas, und auch Mathoni und Mathonihah, dessen Bruder, und Kumen und Kumenonhi, und Joremia und Shmenon und Jonas und Zedekiah und Isaiah « (19, 4). Dann verläßt er die Nephiten und fährt gen Himmel; kehrt, 19–26, wieder; und ein letzt-drittes Mal dann in 27 und 28; (hier allerdings der etwas unheimliche Zug, daß 3 der genannten Jünger, auf eigenen ausdrücklichen Wunsch, nicht den Tod schmecken; sondern bis zum Jüngsten Tage auf Erden wandern und lehren sollen.)

Hier, in NEPHI III, wo die meisten der mormonischen Grundlehren verkündet werden, ergäbe sich natürlich für die Theologen andrer Kirchen unendliche Gelegenheit zum ‹Einhaken› – wie, daß kleine Kinder der Taufe nicht bedürfen, dafür aber Tote quasi ‹nachgetauft› werden können; 24, 8 die Einführung von Kirchensteuern; 18, 1–14 Sakramente; Kap. 21 vom Neuen Jerusalem; oder gar ‹Jenseitsvorstellungen› – alles knifflichte Fragen, über die man sich, wie billig, bis heute noch nicht einig ist. (Aber, Cave!, das BM weiß notfalls durchaus zurückzuschlagen, falls ein Gegner allzu aggressiv werden sollte. »Und ich sah eine große und abscheuliche Kirche; und ich sah, daß der Teufel ihre Grundlage war. / Und ich sah auch Gold, Silber, Seide und Scharlach, auch feingewebte Leinwand und alle Arten kostbarer Kleidung; und ich sah viele Huren.« Ohlala! Also I. NEPHI, 13, 6 und 7).

9

‹Genug nun› wird männiglich sagen; ‹genug berichtet› sage auch ich.

Ein letztes, zusammenfassendes Urteil wäre vielleicht mit den Worten Luthers bezüglich anderer ‹Apokryphen› abzugeben: ‹Der Heiligen Schrift nicht gleich zu achten; doch gut & nützlich zu lesen.› Wer will, kann ein ‹schnurrig & putzig› murmeln; und wer's gar nicht lassen kann, mag von ‹höllischem Blendwerk› donnern. Und wer *sehr* begeistert sein sollte, kann sich zusätzlich noch die – einiges erläuternden, bzw. ausbauenden – DOCTRINES AND COVENANTS kommen lassen, und die PEARL OF GREAT PRICE; (aber, wie gesagt, erst Vorkasse; beide, in 1 Band gebunden, englisch 2,50, deutsch 5,25. – Und wenn er darum bittet, bekommt er noch ein paar Probenummern des STERN, der Mormonenzeitschrift, gratis zu.)

»Wer dieses liest, möge es verstehen; wer die Schriften hat, forsche darin.« (III. NEPHI, 10,14).

UND ES BLITZTEN
DIE STERNE

ALAS, POOR YORICK

1

– und dabei haben sie ihn Alle so geliebt, die Besten der Nationen! HERDER wußte Keinen, nach Dem er sich eher hätte nennen mögen; WIELAND veranstaltete vor Begeisterung, in den Fußnoten zum ‹Weisen Danischmend›, ein kleines Privatfeuerwerk, genau im Futatorischen Stil; LESSING'S Predigt ist unvergessen, wie Corporal Trim dem abgerissenen französischen Invaliden zwar mehrfach 1 Penny schenkte, allerdings jedesmal, wenn auch immer leiser, dazu sagte: ‹French Dog!›; GOETHE (im ‹Meister›), JEAN PAUL, NIETZSCHE, HIPPEL – aber ich will schließlich nicht ein Schriftstellerlexikon liefern; (dessen ‹Andere Seite›, eine Liste Derer, die ihn *nicht* mochten & mögen, ebenfalls recht interessant wäre : nämlich das ‹Warum?›).
Auch heute noch, nachdem er sich 200 Jahre in der Lesewelt befindet, gilt von

LAWRENCE STERNE
‹The Life & Opinions of Tristram Shandy, Gent.›

das Urteil, daß es zu den 10 größten Büchern gehöre, die bisher in englischer Sprache geschrieben worden sind. Und ehe es auch nur in die nächst-tiefere Dekade rückt, dürften vermutlich noch einmal 100 Jahre vergehen; ein Ergebnis, zu dessen Erreichung schon einiges in einem Buche (*und* im Schädel seines Verfassers) zusammenkommen muß.

Zum Beispiel eine Fülle von mehreren Tausend feinsterneuster Kleinbeobachtungen, die vor ihm noch nicht bemerkt & festgehalten wurden; (aus dem Alltagsleben übrigens, *nur* aus dem Alltagsleben : das ist so 1 der untrüglichen Kennzeichen des wahrhaft großen Schreibers). Oder die ständige Übermittlung des Eindrucks, daß wir in Meeren zu plätschern haben – weniger von ‹Unbegreiflichkeiten›, wie SCHOPENHAUER wollte : das ist eine solche Binsenbemerkung, die vom ‹Schatten an der Höhlenwand›, daß kein Verständiger sich bei dem Tatbestand überhaupt noch aufhält, (höchstens als unruhiger Jüngling ein bißchen, oder als feiger Alter) – wohl aber von absurdester Komik! Weiterhin gehört es zum dauerhaft-großen Buch, daß, durch all das Buchstabengetümmel und die beste Oberflächen-Nichthandlung hindurch, leis' die eine mächtig-schwere Drüsen-Melodey ertöne, die nun einmal einen erklecklichen Sektor unseres Daseins ausmacht : wenn schon die tumb-unbewußte Volks-Sprechweise sich mit S-Anspielungen – ‹S› stehe künftig für ‹sexuell› in all seinen Biegungen – überhitzt ausdrückt: ‹Mehr-Busen, Berg-Rücken; die Straße macht 1 Knie›; wenn schon HERDER (in den ideenreichen ‹Ideen›; und TIECK ergänzte's in der ‹Vogelscheuche›) lächelnd darauf verwies, wie der Blumen-Strauß am Ausschnitt der keuschesten Jungfrau, nichts weiter sei, denn ein Fäustchen schönfarbiger duftender Genitalien, (die die Pflanzen nun einmal stolz her zeigen & hin recken); ja, dann wäre der Schriftsteller, der diesen Ober-, oder wenn man so will, Unter-Tönen nicht Rechnung trüge, ja doch wohl ein ebenso Weltfremder wie Unzulänglicher? – En somme : LAWRENCE STERNE hat uns so große Stücke seiner Persönlichkeit geopfert, indem er sie mühsam zu Papier brachte, daß wir ihm ewig dankbar sein sollten, lasses & lads; denn dergleichen erfordert 3 mal soviel

Fleiß, 10 mal so viel Tapferkeit und 100 mal so viel Kunst, als selbst ein gutwilliger Leser sich vorstellt.
Von diesem seinem ‹Tristram Shandy› nun ist soeben eine neue deutsche Ausgabe erschienen (WINKLER-Verlag, München):

‹*Das Leben und die Meinungen des Tristram Shandy*›

ein schön-flexibler Band von nahe 700 Seiten; auf jenem herrlichen, gelbgrün getönten Dünndruckpapier, das so unendlich wohltätig an die Augen ist, zumal abends, beim Lampenschein. (Schade, daß unsereins, als ‹junger Autor›, das bei den eigenen Büchern nicht mehr erlebt; aber dazu muß man wohl eben mindestens 50 Jahre tot sein.)
Die beiden Nachworte – ein längeres-allgemeines von J. KLEINSTÜCK, und das des Übersetzers-Bearbeiters S. SCHMITZ – garantieren uns Lesern nun ja allerhand; ich zitiere daraus: »Die in unserer Ausgabe enthaltene Eindeutschung versucht, das englische Original in Bezug auf Wortwahl, Sprachebene, Syntax und stilistische Einzelheiten so getreu wie möglich wiederzugeben, und ist darüber hinaus bestrebt, auch die äußere Gestalt dieses skurrilen Romans zu reproduzieren.« Der Übertragung selbst ist die alte BODE'sche zugrunde gelegt; aber »hier war die Achtung vor dem Originalwerk größer als die vor einer noch so meisterhaften Übersetzung, die sich aus einer anderen geistigen Haltung oft größere Freiheiten erlaubt«. Wahrhaft Goldene Worte (obschon nicht mehr gänzlich neu); immerhin hätten wir also was ganzganz Köstliches zu erwarten!
Das schon erwähnte ‹allgemeine Nachwort› ist übrigens bei näherem Zusehen nicht halb so vielversprechend. Wenn ich da von der ‹Empfindsamen Reise› lesen muß, wie STERNE in ihr zeige, »daß er shandyisieren konnte, ohne die Gefühle

einer zartsinnigen Leserschaft zu verletzen«; dann möchte ich den betreffenden Herrn lediglich einmal darauf hinweisen, wie es im Englischen längst sprüchwörtlich geworden ist, dies ‹jedwedes Ende einer Sentimentalen Reise›. Endet doch das schmal-bedeutende Büchlein – übrigens in jeder Beziehung nichts als ein Teilstück im System des ‹Tristram Shandy› – mit folgenden Worten: ‹So that, when I stretched out my hand, I caught hold of the fille de chambre's –› – : nämlich *CUNT!*, mein Herr; (vgl. PARTRIDGE). Die Liebe Unschuld hat also nicht einmal *das* eingesehen, daß dem ganzen Stück, in stilleren Stunden, auch das ‹Lesemodell› einer hochsexualisierten Welt zugrundegelegt werden muß : ob ‹Witwe Wadman›, ob navarrische ‹Spitzbärte›, ob ‹Nasen›-Symbolik : überall wird, vor-FREUD-igst, die witzige Wonne der Bi-Nomik eines erzgeschickten Double-Dealers sicht- & hör-bar!
So weit gelangt, wurde an diesem Scheide-Wege, mein Herz dem WINKLER-Band zum ersten fremd. –

2

Seite 591; 29. Kapitel. »‹Putz Er meinen Degen mit einer Bürste und ein wenig Kreide!›. ‹Es soll geschehen wie Euer Gnaden befehlen›, versetzte Trim.« – dieses wäre, (im Sinne meiner langatmig vorausgeschickten Definitionen, wie ein guter armer Autor sich in dieser setebossigsten aller Welten zu verhalten habe), nicht übermäßig witzig. Was steht im englischen Original? »‹T'will be only in Your Honor's way›, replied Trim« : *‹Er wird Euer Gnaden nur im Wege sein›*. Und das ist ja nun nicht unschnurrig; denn Trim ist selbstredend ein ‹verbesserter Sancho Pansa›, (wer könnte

Jenen auch, nachdem er erst einmal erfunden war, *nicht* verbessern?), und weiß, er, ein nüchterner Prakti-Kuß, wo die Empfindsame Reise Onkel Toby's unweigerlich zu enden bestimmt ist –: also auf solche Platitüden muß man bei einer verbessertsten aller deutschen Ausgaben sich gefaßt halten ?! –

Was die »äußere Gestalt dieses skurrilen Romans«, die nach Kräften reproduzierte, betrifft, schlage der teilnehmende Leser die WINKLER-Seite 653 auf; wo Trim, nach dem Diktat des pomadig Verliebten, auf den obersten-linksten Rand eines großen-leeren-weißen Bogens widerwillig das Wörtlein ‹Humanität› hinquätscht: *wie schön, wie all-einleuchtend*, ist das in meiner englischen Ausgabe gemacht, wo nun wirklich eine – technisch ganz leicht einzurichtende – Leerseite die, recht begründeten, Widerstände des wissenden Trim, dämonstriert! Ich möchte zusätzlich betonen, wie jeglichem Engländer, er mag wollen oder nicht, vor der bloßen Aussprache des ‹Juhmännitie› etwas wie ‹man› im Ohre mitzuklingen anhebt. Hier sieht das so aus: »*Menschlichkeit* – – – – – wie hier«. Also a) fehlt die optisch so überzeugende, reservierte Reserve-Seite für Trim's 1-Wort-Kritik; b) gehört das närrische »wie hier« selbstverständlich an das Ende des voraufgehenden Satzteiles, und müßte ungefähr mit ‹etwa so› wiedergegeben werden; c) wäre doch die ‹Humanität› zu belassen, denn auch im deutschen wird ja das ‹Juhu: 1 Mann!› erfolgreich akustisch angespielt. Merk's: STERNE's Welt ist im tiefsten Grunde ein pornografisches Lachkabinett! –

‹Anmerkungen› wäre ein weiteres, sehr berechtigtes Stichwort; ein 200 Jahre altes Buch *kann* von einem heutigen Leser einfach nicht mehr in all seinen, z. T. zeitgebundenen Anspielungen & Speziellst-Witzen sofort begriffen werden –

man stelle sich, übertragen, einmal vor : Wer im Jahre 2160 wohl noch ‹vom Blatt› wissen werde, was ‹Nitribitt› war (ein Sprengstoff?), oder der zierlich surrende ‹Braun› frühmorgens. Gewiß, auf der allerletzten Seite erscheint schon mal 1 Fußnötchen, wie ‹cock› auch ‹membrum virile› bedeuten könne; und das sei ab 1730 belegbar : also das ist nun wiederum so armselig, daß selbst ich es, ohne mich deswegen vom literarischen Kontorschemel erheben zu brauchen, dahin berichtigen kann : wie wär's, wenn schon SHAKESPEARE, 1599, auch so ein Meister der Mehrfach-Sinne, es ausgerufen hätte, hah!: ‹Pistols cock is up!›? (Ganz zu schweigen von FIELD's ‹Amends for Ladies›, 1618; in Wahrheit dürfte die neidische Metafer so alt sein, wie die Geflügelzucht der Menschheit überhaupt).

Wie man so was machte – dem willigen Leser durch Anmerkungen zu Hülfe zu kommen; und den Sinn eines so kompliziert gebauten Stückes wenigstens annähernd anzudeuten – will ich an dem Beispiel von S. 102 darlegen; wo um Onkel Toby's Grundstück größtenteils die Hecke von ‹rough holly› steht; (WINKLER hat dafür natürlich »üppigen Holunder«; für die ‹thick set flowering shrubs› vorn, »dichtes Gebüsch«, was richtiger ‹gedrungene Blütensträucher› wären; und die Fläche beträgt auch nicht »einen halben Morgen«, sondern, wie man sich jetzt schon denken wird, einen ‹half acre› : ein Kleingärtner oder Bauplatz-Süchtiger wird den Unterschied zwischen 1200 und 2000 Quadratmetern schon empfinden). Aber zurück zu ‹holly› : was das ist, weiß jedes Schulkind; was es jedoch nicht wissen dürfte, ist etwa folgendes :

1. durch das ‹rough› wird die *stechende* Varietät Ilex angedeutet, die man in England gern ‹he-holly› nennt, und die, vereint mit dem weih-nachtlichen mistletoe, ein beliebtes Orakel abgibt, à la ob in dem

kommenden Jahre der stachlichte Mann die Oberhand haben werde? Und es handelt sich ja bei all den Sternschanzen & Horn-Werken um ein betont-männliches Wehr-Etablissement.

2. Aus dem holly-Holze wurden damals mit Vorliebe Ladestöcke für Gewehre geschnitten; ein Umstand, der dem Blick der beiden geübten Veteranen mit nichten entgangen sein, sie vielmehr in ihrer Wahl der Lokalität befestigt haben dürfte.
3. Dergestalt umringt von holly, wird jeder Brite auch des anderen trockenen Sprüchworts gedenken, daß ‹die Schwätzer & Fantasten nur fantasierten, wenn der holly grünt› – was der freilich das ganze Jahr hindurch tut. / (Außerdem könnten noch 2 Bedeutungen hier zuständig sein.) –

3

Um der Vermutung zu begegnen, ich hätte lange nach Unzulänglichkeiten suchen müssen, nur ganz schnell ein Bäckerdutzend serviert. / Der »Kitzelfrosch« von S. 232, englisch ‹tickletoby›, hätte ebenphalls ein ‹membrum virile› vertragen. / Das »Hottentottisch« der S. 243 ist im Original ein ‹Cherokesisch›; ‹es trinkt daraus der Cherokese›, sehr wohl : die Willkür der Ersetzung ist durch nichts zu verteidigen. / Die »rotseidenen Beinkleider« (251) sind ein Paar ‹Kniehosen aus carmoisinfarbener Seide›. / Der »liebe Fremde« (277) ist in Wahrheit ‹courteous› also ‹artig› gleich ‹höflich›. / »In einem Monat« (251) heißt ursprünglich ‹that day month›; also zwar 1 Monat später, aber ‹auf den Tag genau›. Die Schildwache examiniert

Jenen, auf der gleichen Seite, nicht »am Schlagbaum«, wohl aber – wie man auch aus CRUIKSHANK's klugen Illustrationen hätte entnehmen können – am ‹Stadttor›; und der Abend ist nicht bloß »kühl« sondern ‹cool, refreshing›, ergo zusätzlich auch noch ‹erfrischend›. Daß der Fremde, er par excellence ‹big conk big cock›; »nach Frankfurt reise« wird insofern mißlich sein, als das ja ein Ziel festlegt; es steht auch nur ein ‹was going unto› da, ein ‹auf dem Wege in Richtung Frankfurt›. Und endlich das ‹it grieves me› der Schildwache, das ‹es tut mir leid›, ist mit »es ist doch dumm« ausgesprochen dumm übersetzt. – Das Alles & noch mehr auf 1 einzigen Seite : man sieht vielleicht, daß es sich bei meinen Ausstellungen gar nicht um ein paar Beckmessereien handelt! / 233 gibt STERNE als Grundfärbung des ganzen Buches ‹motley› an; hie »bunt«, weit richtiger aber ‹scheckig›, (beziehungsweise, falls man zum Satzrhythmus 1 Silbe mehr benötigte, ‹gesprenkelt›). / 268 ‹the little objection›, was die Protestanten erheben, ist nicht nur das kümmerliche WINKLER'sche »wenig«, sondern ‹der kleine Einwurf›. / Besonders in den größeren Einlagen, wie etwa der wundersamen Novelle des HAFEN SLAWKENBERGIUS, ist alles schlecht. S. 257 erkundigt sich die erotisch-wohlaffektionierte Trompetersgattin schlicht »Wohin?« – ach nich'doch; der nasen-königliche Fremdling hat doch eben grade S-Fragestellungen herausgefordert, ‹into *what* place?› – ‹an welchen Fleck?›. Ebenso erkundigt sich begierig die Frau Bürgermeisterin ‹To do *what*?› : gerade hier, wo schlechthin Alles erotisch superfötiert ist, ergibt WINKLER's abgesägtes »Wozu?« viel zu wenig;: ‹Um *was* zu tun?!› muß es lauten. S. 276 geht wiederum zumindest 1 der mehreren Sinne verloren, wenn Julia ihren Brief angeblich schließt: »er ((der Kelch des Todes)) wird noch bitterer dadurch, daß ich un–«. Im Original steht das schalkische ‹by dying un-› gleich ‹weh, ich sterbe unge-›... : ? : jaja, genau! – Die Fassung des ‹Gedichtes› auf der gleichen Seite ist schier unglaubwüdig platt & mißverstanden:

englisch:	WINKLER:
Harsh & untuneful are the notes of love, unless my Julia strikes the key. Her hand alone can touch the part, whose dulcet movement charmes the heart, and governs all the man with sympathetic sway.	Hart klingt & rauh die Liebesweise, wenn Julia nicht den Ton anschlägt. Nur ihr allein das Lied gelingt, das süß in alle Sinne dringt, des Mannes fühlend Herz bewegt.

Das Silbenmaß stimmt nicht; die Übersetzung hat 1 Zeile weniger als das Original, (wenn's 1 *mehr* hätte, könnte man das allenfalls begreifen); und wo, frage ich, ist der S-Sinn des ‹touch the part›, dessen dulzflötige Bewegung den ganzen Mann sympathetisch regiert? / (Eine ähnliche sittige Verkennung findet S. 618 ff. statt, wo beim Handhaben von Würsten die jüdische Fleischerswitwe ‹held the snout›: ‹ihm das Schnäuzchen hin hielt›.)
Ein ‹groat› ist kein »Heller« (621); dafür gibt es das, den Klang fast genau nachahmende, ‹Groschen› (sogar ‹Bremer Groten› hatte man einst). / Trim's berühmte, stets als Wett-Einsatz benützte, ‹Montero-Mütze› mit »Reitmütze« zu übersetzen, ist abgeschmackt, und beseitigt einen linguistisch-farbigen Begriff. – Mit Zahl & Maß hat der Band, wie schon bei ‹acre› erwähnt, manches Pech: S. 271 sind's nicht »1500« sondern ‹15000› Chaisen. S. 107 kann

die Zeitangabe ebenfalls nicht »2 Minuten 13 Sekunden und 3 Quinten« lauten – ‹Tertien› gab es; kommt aber hier nicht in Betracht – sondern ganz einfach ‹2 m 13 3/5 sec.› / 583, »‹Und dann drückte er sie an seine Lippen, Trim›, sagte mein Onkel Toby.«; das sich noch anschließende ‹and madest a speech› ist einfach ausgelassen. Dafür erscheinen an anderen Stellen unverlangte Zugaben; wie S. 106, wo, frei nach ARISTOTELES, zitiert wird, wie ein Mensch, der an Vergangenes denkt, ‹lookeeth down upon the ground›; was, wie uns einzureden versucht wird, heißen soll »wenn er an etwas denkt, was vorbei ist, wieder auf die Erde blickt« – abgesehen von der holprigen Wiedergabe steht von ‹wieder› kein Wort im Original. / 277, »während der Hausknecht sein Maultier anschirrte« – tcha, das tut's leider ‹*wieder*› nicht ganz; denn jener ‹ostler› ist ‹getting ready his mule›, (wie er denn notorisch ‹quick in saddling mules› war; wozu man im PARTRIDGE als Notabene das ‹saddle-cunt› nachsehen möge); also wäre wohl ein ambi-witziges ‹fertigmachen› wesentlich indizierter, als das salzlose »anschirren«. / Muß ich noch erwähnen, wie STERNE's gedankenreiche Interpunktion dezimiert worden ist: die ‹Gedankenstriche› eines Autors von solchem Rang *sind* nämlich welche! Sind stenografierende Mitteilungen des Verfassers, die parenthetisch Gedanken locken, Namen verschlüsseln, heilsamergiebige Stutzungen im Leser hervorrufen, und ihn darauf stoßen sollen, wo ihm etwas zu gefallen hat. In dem hier besprochenen Band freilich wird das so viel besser gewußt, daß sogar Anführungsstriche zugegeben werden, wo das Original nichts davon weiß. Dabei sind die Fehler des Meisters wichtiger-wertvoller-gedankenschwerer, als die Korrekturen des Lehrlings; (selbst wo Dieser einmal ‹Recht› haben sollte!).

Vor allem aber ist, pausenlos, eines total verfumfeit : der Ton des Ganzen. Dieser herrliche, moussierend-anstößige Nicht-Jedermannston, der gar nicht daran denkt, volkstümlichen Pseudodoxien, und klängen sie noch so respektabel, zu schmeicheln, und die Wahrheit bis zur Unkenntlichkeit zu zerschminken; (ein bißchen ja; dadurch wird all das Getue ja nur grotesker, die habituelle Verlogenheit des Bürgers noch arabesker). Wie nett & spöttlich ist nicht das 'neck-Döntjen von der Äbtissin von Andouillets geraten, der das, darob zur Begleiterin erkorene Novizen-Nönnchen, den Jungfrauenfinger werweißwohin steckte : wie fantastisch-sinnlos der Dialog dieser Beiden – wenn man nicht eben die geheime S-Süchtigkeit der Armen beständig heraushört – und auch das ist hier betrüblich verfehlt. ‹O my virginity virginity! cried the abbess. – inity inity! said the novice, sobbing› : dieses ‹virginity› mit »Keuschheit« wiederzugeben, bringt sprachlich *nichts* ein. Es muß heißen, entweder

a) ‹Jungfernschaft› – und Jung-Margareta, ebenso lüstern wie rein, kann das dann nachschluchzen : ‹-schaft! Schaft!›. / Oder aber
b) man beläßt das latinisierende ‹Virginität› – na dann stöhnt se halt ‹-ini tät! Ini tät!› –

Aber »-euschheit euschheit!« ??–

4

Genug (und schon zu viel) von einem wahrhaft peinlich herunter-genormten DIN A 4-Produkt randvoller Lacünen & Verkennungen. Die strammen & witzigen Gestalten des Originals treten in einer solchen Ausmergelung vor uns hin; so unsinnig zahlreich sind die reinen Fehler & Mißverständnisse; so schreiend die Disharmonie zwischen Ausstattung und Inhalt, (meinethalben zwischen Absicht und Erreichtem), daß sogar die, auch nicht überwältigende, alte RECLAM'sche Übersetzung noch vorzuziehen ist. Kurzum: *das Ganze taugt nichts!*

Wer, als Deutscher, wissen will, was der ‹Tristram Shandy› des großen LAWRENCE STERNE ist, muß immer noch die englische Ausgabe zur Hand nehmen : soweit sind wir vorgebliches ‹Volk der Mitte› nach nun 200 Jahren immerhin schon geraten, daß man es aussprechen kann, wie schön es wäre, wenn der ‹Tristram Shandy› endlich einmal ins Deutsche übersetzt würde! –

– : sorry. –

DIE 10 KAMMERN DES BLAUBART

1

Und als sie erst aus dem Wasser heraufgestiegen waren, auf Ranken, auf Füßen, da begannen sich auch am Grunde des Luftozeans lange Wälder zu bilden und meilengroße Wiesen – die Fische nannten sich hier ‹Vögel› – manche zeigten frech das Sägegebiß, und verbargen dafür die Organe der Fortpflanzung; die Blumen trieben's umgekehrt, steckten die Freßwerkzeuge in die steife schlüpfrige Erde, und hielten, ja reckten ihre Genitalien, bunt & duftend, nicht zu übersehen noch zu überriechen, unter alle äugenden Nasen. Überall rupfte und knusperte es, und leise sägte ein Meer von Grillen.

Da sie – sie konnten wohl nicht dafür – so angelegt waren, daß Eines nur existieren konnte, wenn es das Andere auffraß, mußten Überfall & Totschlag ihre Hauptbeschäftigung sein, und Lust- & Mordgedanken ein wichtiger Bestandteil ihrer Mentalität.

Als man dann anfing, mit Kunststoffen zu arbeiten – Wespen etwa, die heute noch scharmante hängende Kuppeln aus Zellulose montieren; (Termiten auch, ja); aber sie Alle hoffnungslos gehandicapt durch eine zu geringe Lebensdauer von 4 Wochen – da kam Schick in die Sache. Besonders kluge Tiere, und die im Durchschnitt 10 bis 20 Tausend Tage alt werden, bildeten sich, in Selbst-Konkurrenz, kurios immer weiter; nunmehr, im Jahre Neunzehnhundert Strichundsechzig, sind ihre Wohnsiedelungen groß wie Inseln geworden;

kein Krake ist mehr vor ihnen sicher, und kein Stern. Einzelne davon erfinden bereits, rührend tapfer, Wissenschaftchen & Künstlein, winzige nacaratfarbene Pünktchen in einem üblen grau-grünen Neutrum; die Meisten freilich müssen, (und man kann es ihnen, wie gesagt, nicht krumm nehmen), hauptsächlich auf frische, möglichst belegte, Semmeln erpicht sein – die knirschen noch genau so angenehm zwischen den Zähnen, (und wenn's falsche sind), wie weiland im Groß-Perm! Sie zucken die weißen (oder gelb-braunen) Achseln; sie arbeiten; sie haben Lust- & Mordgedanken; und lassen sich von der Erde um die Sonne kutschieren.
Daß diese Wesen verhältnismäßig bald dahin gelangen mußten, nun auch sich selbst zu beschreiben, war jedem Denkenden von vornherein klar; und ich möchte ausdrücklich betonen, daß es dem homo sapiens – meinethalben auch ‹ faber-ludens-lucifer › zur Ehre gereicht, wie er sich dieser jenun ‹ Aufgabe › (man lügt, sobald man zu tippen anfängt!) entledigt hat : unsere Museen und Bibliotheken, Konzertsäle und Observatorien, Universitäten und Krankenhäuser, all diese immer-erstaunlichen Konzentrationen & Vermehrungen eines sonst nur in Spurenelementen vorhandenen (wieder ‹ jenun ›!) ‹ Wahrengutenschönen ›, können wir durchaus ‹ vorzeigen ›, in Konkurrenz mit einer ‹ Schöpfung ›, die sich derart abgeschmackte Witze geleistet hat, wie etwa die Organe der Liebeskraft gleichzeitig als ‹ Harnröhren › anzulegen, und sie zusätzlich noch ausgerechnet am Popo zu befestigen! (Ein, zugegeben, seit Sir Thomas Browne nicht mehr ganz neues Aperçu; das jedoch zwanglos zu den beiden, uns anscheinend einzig möglichen, Betrachtungs- und folglich Schilderungsweisen überleitet.)
Selbstverständlich leiden wir noch schwer an ‹ Instinkten ›; schleppen Urväterhausrat von Zirbeldrüsen und ‹ Wurm-

fortsätzen› mit uns herum; periodisch überwältigen uns Hormone; uns, mühsam Wassertretende in einer See von nicht-euklidischen Gespenstrigkeiten – enfin : die Schweinerei um uns ist so groß, daß sie wohl Jedem peinlich ist. ‹Feinsinnige› Autoren nun entschließen sich, (d. h. sie können nicht anders, Gotthelfeihnenamen!), unangenehme Fakten auf gut palmströmsch zu ignorieren oder aber mit Ausdrücken wie ‹Brauchtum› oder ‹kultisch› zu schminken; heißen die Großstadt einen Platz, wo der Teufel Hof hält, deklamieren von der progressiven Reptilisation der ‹Verstandesmenschen›, und propagieren ihrerseits ein fantastisch-blaublümlerisches ‹einfach leben›. Die Anderen hingegen, gern (und es muß wohl eine gewisse Verachtung darin liegen) als ‹Techniker› bezeichnet, (und auch sie können nichts dafür : ihr Großhirn helfe ihnen, Amen!), schreiben nach der Devise ‹Beobachtet, wie auch Ihr beobachtet werdet›; halten jeglichen Romantiker für einen Trottel vom reinsten Wasser, und ein Profetenzürnen für echt Gold-Doublé, und den Vegetarier für einen Pflanzenfleischer. Und dementsprechend zwillingshaft-verschieden fällt eben auch die Darstellung aus, wenn einmal ein-und-dasselbe Thema von Vertretern beider Schulen abgehandelt wird.

2

Es ist große Mode – vielleicht sogar wieder schon ein wenig ‹passé› – Standard-Themen des Menschengeschlechtes neu zu variieren : ‹Ifigenie 1945›; Odysseus; ‹Romeo & Julia auf dem Dorfe›. Daß es solche rekurrierenden Situationen gibt, darf bei Zahlen der Größenordnung von einigen hundert Milliarden, die im Laufe der Zeit kribbelten & wibbelten, nicht befremden; au contraire : es ist weit wundersamer, daß überhaupt noch Neues passiert, bzw. Manchem einfällt. Und da hat uns nun eben in diesen Tagen ein Amerikaner einen neuen BLAUBART bescheert – jenen Mann, der 6 Frauen nacheinander verbrauchte, an der 7. jedoch scheiterte. Ursprünglich ein französischer Stoff, (»Kunststück« wird mancher Teutone ebenso mißbilligend wie neidisch murmeln), ob einem nun Perrault einfällt, oder – aber dazu muß man schon arg gelehrt sein – ‹Gilles de Retz›; und der rechte Kenner sagt still sein TIECK vor sich hin, und meint nicht nur das schöne Theaterstück, sondern gleichermaßen die ergänzende, leider schier unbekannte, Prosa der SIEBEN WEIBER : das nun ist die ‹romantische Lösung›; und das Urteil des Lesers, nachdem er die beiden Stücke zu sich genommen hat, kann, bezüglich Fakten & Inhalt, nur lauten ‹Willkürlich, grausam, skurril und mystisch›. Ich kann doch nicht, bloß um weibliche Neugierde zu bestrafen, 7 Frauen umbringen! (Von ‹Ehefrauen› noch ganz zu schweigen).

Wie gleich und doch anders in dem, eben jetzt im Goverts-Verlag erschienenen Bande

Stanley Ellin: ‹SANFTER SCHRECKEN›

10 ruchlose Geschichten.

Und ob ich schon wünschen muß, dem Verlag wäre Besseres eingefallen, als ausgerechnet dieser Titel – ‹ruchlos›, wie neckisch; wer möchte das nicht sein: »Hasch mich; mir ist so ruchlos!« – das Buch ist, was bei uns im Jahre höchstens 2 Dutzend Bücher von sich sagen können, trotzdem gut. –

Aber zurück zum Thema : Wieso braucht 1 Mann 7 Frauen?

Da fallen dem Nüchternen – und emotionell Orientierte sind ja, zumindest auf die Dauer, nicht ernst zu nehmen – eigentlich nur 2 Möglichkeiten ein : entweder muß das arme Luder sexuell besonders überdimensioniert gewesen sein (aber dann hätte er die Sieben wohl eher neben- nicht hintereinander benützt); oder aber er braucht Geld!
Und das ist es natürlich. Es gibt letzten Endes nur diese eine, die ‹Ellinsche Lösung› : erotisch wohlaffektioniert kann ‹Mann› ja höchstens 5 % seiner Zeit agieren; der Rest ..... ja, was ist, wenn man sich schon erkühnen und 95 % so nennen will, der ‹Rest›? Ist es die ewige Wippe von Arbeit plus Bequemlichkeit, von Hunger plus Langerweile? Bei MISTER APPLEBY ist es ‹Der Laden›; eine, genau der einleitenden Definition gemäß errichtete ‹künstliche› und zwar ‹Geordnete Welt›; eine sauberere, korrektere, ja, in gewissem Sinne auch gerechtere Welt als die, die uns umgibt. Der Verkauf selbst der kleinsten ‹Antiquität› schmerzt ihn über die Maßen – nicht des ‹Wertes› wegen; es ist ja alles Kitsch; aber um der ‹leeren Stelle›, der ‹UN-Ordnung› willen! Wir erleben die Tragödie des, bereits sattsam häufigen, moralisch basislosen bzw. polyvalenten, mit Ordnungszwang gestraften, ‹wissenschaftlich angelegten› Gehirntiers. Dafür haben Ehefrauen wie billig kein Verständnis; wohl aber besitzen sie (leider meist kleinere) Privatvermögen, die sie in solch skurrilen Abgrund nicht zu werfen gedenken – tcha, und da müssen sie eben sterben. Nur an einem kann (und muß!) MISTER APPLEBY scheitern : an seiner Antipodin, der natürlich-liederlichen Miß Sturgis, und dem Rechtsanwalts-Bruder, der sie überwacht. (Daß Ellin hier, wo er nur 1 Rächer benötigt hätte, 3 ins Treffen führt, ist ein schnurriger Beleg dafür, wie sich die alten Fabeln, wenn man nicht ganz sehr aufpaßt, zuweilen revanchieren.) – Die, selbstverständ-

lich unausgesprochene ‹Moral der Geschichte› wäre vermutlich nicht einmal die, daß ‹Eppel› endlich doch für seine Morde bestraft wird, (beziehungsweise, à la Dürrenmatt, für einen Mord, den er gar nicht beging); sondern, weit bedeutend-sachlicher, daß bei kontinuierlich vorgenommenen Morden eine größere Periode von 7 Fällen super-poniert scheint, vor der jeder Mörder sich in Acht nehmen sollte. –

Ist es nötig, ausdrücklich auf den Tiefsinn der Spezialität des Hauses aufmerksam zu machen?

‹Kannibalismus› scheint ein abgeschmacktes (obwohl noch ziemlich unverbrauchtes) literarisches Motiv; selbst wir, doch an Hungersnöten von 1945–48 geschult, akzeptieren es nur unter größten Vorbehalten – Edgar Poe's Gordon Pym, dieses herrlichste Stück, wird anscheinend nie recht populär deswegen. Hier, wo der Vitzliputzli ‹Sbirro› heißt, erscheint es endlich einmal, mit dem ihm gebührenden Tiefsinn tracktiert: es handelt sich ja mit nichten um einen Autor mit besonders schwarzfleckigem Gedächtnis, oder um eine, sei es noch so solide, ‹filosofische Obstruktion›; sondern in diesem schön-speziellen Falle tut es lediglich not, sich Theodor Storm's ‹Grabsteininschrift› vor Augen zu halten:

‹Dat is de Doot, de allens fritt!›.

Denn diese Spezialität ist schlicht nur der ‹Abgesang› des Lebens. Man wird älter & fetter; man wird allein; ‹Frauen› interessieren nicht mehr (im ‹übertragenen Sinne›: sie werden bei Sbirro nicht geduldet, nicht ‹bedient›.) Das ‹Geschäft› muß freilich noch betrieben werden; denn Gut-Essen kostet Geld; also heißt es, asthmatisch, cash-as-cash-can, und, abends dann dafür, an den Gabelzinken, das hinreißend-triefende Bratenstück.

Eine-einzige pervers-wunde Stelle – der Romantiker würde

‹Höhere Sehnsucht› sagen – findet sich noch : die Neugier (zur Hälfte Erkenntnisdrang nach dem Rezeptbuch, nach dem diese Welt gemacht ist), einmal die Küche besichtigen zu dürfen! (Im, immer-übertragenen, herrlich-grotesken Sinne ‹Die Werkstatt des Schöpfers›). Aber Gott Sbirro, ganz katziges Grinsen und Weisheitszahn, lehnt dergleichen Ansinnen grundsätzlich ab; erst wenn man die (‹letzte›?) Reise antritt, darf man es ganz kurz sehen : das Geheimnis einer Welt, deren lebende Wesen dadurch existieren, daß Eins das Andere auffrißt!

3

Es gibt kaum einen amerikanischen Schriftsteller, der nicht irgendwie an Poe scheitern müßte; ergo ist dies auch Ellin zweimal passiert – einmal im TOD AM WEIHNACHTSABEND, wo er das ‹House of Usher› verwässert hat; zum andernmal im AUGENBLICK DER ENTSCHEIDUNG, (wo das ‹Cask of Amontillado› herhalten mußte) – sei's drum; Undankbarkeit gegen Vorgänger ist beinahe die Bedingung jedes Fortschreitens in Literatur oder Wissenschaft. (Auch, falls dies Einen trösten können sollte – mich eigentlich nicht – : die Atombomben sind Uns-Allen bereits gebacken.) –
Denn ob auch die GESELLSCHAFT IN DER VILLA eine nur bedingt gültige Gleichung zwischen Repetition und Höllengefühl herzustellen versucht, das HUNEKER GAMBIT ist wieder ausgesprochen gut : ein präsumtiv-bedeutender Mann, von einer nörgeligen Nichtganz-Zanktippe frustriert, ‹befreit› sich durch die Flucht ins Schachspiel – und einmal mehr frappiert der Kontrast zwischen der schmierig-normalen und einer gefährlich künstlich-künstlerischen Welt; die jedoch ein-

wandfrei die geistvollere, ‹gerechtere›, also vielleicht bessere ist.

VERRÄTER / BÖRSENPFEIL / VON ALLEM DAS BESTE – nun ja; auch hier nicht üble, aktuelle Themen : vom Jungen Mann, der den Versuchungen von Maßanzug & Rennyacht erliegt (durch Mord beschaffbar); vom Alten Mann, der den Geliebten seiner jungen Frau beseitigt (durch einen, sorgfältigst-sorgenfaltigen Mord; der Witz ist nur der, daß er unbewußt seinen eigenen Tod geplant hat!); oder die Schöne, die zwangsläufig ein Katalysator für ‹Schuld› aller Art wird – sie alle füllen ihre Stelle aus.

Aber die schönste von allen bleibt immer sie, die HOCHLEISTUNGSWERKZEUGE GMBH; zumal uns, den Deutschen, den ‹Japanern des Westens›, ewig-nachdenklich zu studieren!

: wie da der ältlich-arbeitslose Mister Crabtree sich um die 1 offene Stelle bewirbt; er, der Archetyp des ‹Beamten & Angestellten›, ein Ehrenmann, der Skrupel hat, die Telefonnummer seiner Pension niederzuschreiben, weil der Apparat nicht ihm gehört – steht er doch nur, zum Gebrauch für alle Mieter, im Hausflur. Und das Wunder geschieht, er wird ‹eingestellt›; zu einer ödesten, statistischen Arbeit, die sich jedoch ihm, dem normal-sinnigen Gemüt, umgehend zu beleben anfängt : da bekommen die Firmen-Namen allmählich ‹Gesichter›; er mitfühlt und -leidet bei Personal- und Aktienveränderungen. Tcha; und dann erscheint eben eines Tages der ‹Chef›, Herr Spelvin, er, über alle Abteilungsleiter-Vorstellungen hinaus mächtig & reich. Mit dürren Worten gibt er Mister Crabtree die Anweisung zu einem solennen Mord : 1 Erpresser ist aus dem Fenster des einsamen Hochhaus-Kontors zu kippen.

Und – ganz abgesehen davon, daß vom kadavernen Gehorsam ‹Die Stellung› dependiert (aber kann man von der-

gleichen absehen? Feiern wir nicht einen ‹20. Juli›?) – tritt eine unheimlich-zweite Erwägung hinzu : Ist ein Mord, den ein (ja bekanntlich mit höherer Einsicht ausgerüsteter) Chef befiehlt – : ja, ist das noch 1 Mord? (Und wem fielen hier nicht die ‹Hitler› der Weltgeschichte ein, ‹Menschen à la Eichmann›, auch all die Herren Generäle & Obristen, die Myriaden Gleich- und Andersdenkender ‹verheizten›, ‹wie das Gesetz es befahl›?). Welche Finesse auch, daß Herrn Crabtree ganz offen gesagt wird, wie seine ‹Arbeit› völlig wertlos & irrelevant sei : sobald er seine mühsamen Tabellen abgeliefert hat, wandern sie auch schon synchron, nicht 1 Blickes gewürdigt, in den Papierkorb: »Nu wenn schonn! Sie kriegen doch jeden Ersten Ihr Gehalt.«
Und Mister Crabtree akzeptiert auch das; ja, schlimmer noch, es leuchtet ihm ein : er stößt jenen, ihm gänzlich Unbekannten, aus dem Fenster; und taucht wiederum ein, verantwortungsfrei & pensionsberechtigt, baar jeglichen Geständniszwangs oder Strafbedürfnisses, in seine ‹Geordnete Welt›. –

4

Ich schätze den ‹Kriminalroman› als solchen nicht. Nicht seine alberne Voraussetzung, daß Morde geschähen, um aufgeklärt zu werden; nicht seine bescheiden-allwissenden ‹Regulatoren›, (und noch minder die liebenswürdig-halballwissenden, die ‹auch mal Fehler begehen› – wenn man für geniale Kombinationen auf Fußspur-Basis anfällig ist, sollte man gleich Karl May lesen, der macht das viel netter.) Und auch den neuerdings beliebt gewordenen Aufputz goutiere ich nicht, wo die Mörder vorher schwermütig über Rembrandt-Bilder dozieren, oder sich gegenseitig vergammelte Psychologica auftischen; (aber vielleicht bedeutet das ja ein Einlenken in die rechtere Bahn?). In seiner bisher gängigen Gestalt jedenfalls ist mir der ‹Kriminalroman› eine lächerlich einseitige, und ergo zur Drittrangigkeit verurteilte Literaturform.

Was hier not tut, wäre die Einsicht, daß wir Alle Ungeheuerlein sind; beziehungsweise, weniger schockierend ausgedrückt: daß zumindest Gedankenspiele von Lust & Mord zum unveräußerlichen Bewußtseinsbestand auch des normalen Bürgers gehören. Das ‹Alltägliche› ist noch nicht halb so klar, wie man sich einzubilden pflegt; und das Außerordentliche eigentlich nur eine Erfindung der Journalisten, die der Dichter verschmähen sollte. Dergleichen Erkenntnis führte dann freilich in allerletzter Instanz ‹nur› zu einer Bereicherung des Großen Romans, zu seiner Weiterführung in Richtung Dostojewski (und darüber hinaus!).

In dieser, teils Rückwärts- teils spiralig Höher-Entwicklung könnte Stanley Ellin ein Markstein werden. Noch wissen wir zu wenig von ihm; noch sind seine Bücher – 2 Romane gibt es außerdem, wenn ich nicht irre – in Deutschland unbekannt. Falls es ihm gelingen sollte, (und in diesen 10 Geschichten zeigen sich unverächtliche Ansätze), zum Tiefsinn seiner Fabeln und der schlechthin vorbildlich knappen Konstruktion sich auch noch eine dichterische Sprache zu erarbeiten – ja, dann könnte es sein, daß wir binnen kurzem einen neuen, wiederum amerikanischen, Poe begrüßen dürfen. Zeit wäre es.

SYLVIE & BRUNO

Dem Vater der modernen Literatur ein Gruss!

1

Ich, ein armer Pracher in wohlaufgerüsteten Zeitläuften, bin nicht für Ausblicke in die Ewigkeit & was damit zusammenhängt : die Oberflächen der Dinge sind noch so unzureichend beobachtet, (und dies Unzureichende ist meist so stümperhaft beschrieben), daß ich es ganz schlicht ablehne, mich mit ‹Göttern› zu befassen. Wie schon der große Leopold Schefer sehr richtig angemerkt hat, dürfte das Allah-sein da droben so unverschämt viel leichter sein, als das Mensch-Tier-Pflanze-sein hier unten, daß die Sorge um das Fortkommen jener Höchsten Herrschaften uns wahrlich die wenigsten grauen Haare machen sollte. Wer sie sich als Hobby wählt : ich habe a priori nichts gegen ihn; nicke sogar gutmütig (obwohl stumm), wenn er mir mit jerusamem Stolz die ein- & andere seiner Reliquien vorweist, Sprossen von der Leiter, die Jakob im Traum sah – Hauptsache, er verhält sich ebenso höflich, wenn ich ihm meinerseits mitteile, daß ich ein gutes umfangreiches Nachschlagewerk vorziehe; (im Stillen für meschugge halten darf er mich immer). Ich bin mir übrigens auch in diesem Augenblick sicher, daß ich Unrecht habe – eine Schwächung meiner Position, die allerdings keine Stärkung derjenigen des selbstbewußten Herrn mit der Leitersprosse bedeutet; vielmehr die, meinem geringen Gefühl nach, angemessenste Einstellung-allerorten in Bezug auf solche, mir wahrlich ‹letzten Fragen›. – So; das metafysische Bedürfnis wär wieder mal befriedigt; und ich wende mich nunmehr erleichtert ernsthafteren Dingen zu : Lasset uns-uns mit Shetlandwolle schmücken; be- (oder ent-) kräuselkreppt Euch, Schöne; each man a glass in hand & Jeder so glücklich wie 1 König – sagnwa wie Charles der Erste am 29. 1. 1649. –

Die o. a. Diatribe wurde, es wird Manchem merkwürdig klingen, dadurch veranlaßt, daß ich beim Blättern in meinem neuen Abreißkalender – ich tat's nur, um mich an seine Gestalt zu gewöhnen, an die der gemästeten Ziffern, die ich nun wieder ein Jahr lang zu erdulden haben würde – unter den Ende Januar geborenen Großen Männern wieder allen möglichen Powel beisammen fand; nur IHN, den Besten, nicht. Dafür aber selbstredend sämtliche Maximen der Mikrokefalen: ‹Preußen hat sich groß gehungert!› – ach, da weiß ich schon. (Ich bin ja selbst Deutscher; und will wohl auch für meinen Kanzler sterben; aber ‹deutsch› ist halt nicht immer ein Begriff für Qualität, wo's davorsteht – von Corned Beef weiß ich es *ganz* genau; von Literatur glaube ich's zu wissen.) / Einmal sogar: ‹Im Athemholen sind zweyerley Gnaden› Punkt. Nämlich a) ‹die Luft einziehn›, (*das* geht uns natürlich gleichsam noch ab, daß die Finanzämter uns die Luft einziehen!); b) ‹sich ihrer entladen›, (was'n Ausdruck, bloß um des Reimes willen! Da möchte man sich doch gleich die Wäscheklammer auf die Nase setzen!). Jenes (das Einziehen) bedrängt; dieses (das ‹Entladen›) erfrischt angeblich – durchaus möglich; obwohl es, mit mindestens derselben Berechtigung, auch umgekehrt lauten könnte: daß nämlich das Einatmen erfrische, (so hab' ich's meist erfunden). Aber eben: ‹So wunderbar ist das Leben gemischt›; tja, 's iß erschtoanlich; (und am allererstaunlichsten noch der ganze, pompös gereimte, ministerielle Schwachsinn!).

Dabei: wie schön-solide, wie wertvoll-erbaulich, könnte

man gerade Kalender ‹gestalten›! In hübschem Buchformat. Auf gutem Papier. Und, falls 1 Blatt pro Tag zu teuer dünken sollte, (was aber 1 verlegerischer Irrtum wäre : es brauchte ja nur von Jahr zu Jahr der ‹Kopf› geändert zu werden), genügte schließlich auch 1 für jede Woche. / Und im JULI gehörte eines GEORGE BORROW : vorne drauf 'ne gutebunte Landkarte, ‹Llangollen & Umgebung›, Maßstab 1 : 126 723 (allein das ‹Warum?› dieses So würde dem Ein- & Anderen Sinnigen auch gleich wieder etwas zu denken geben). Hinten ein Porträtlein des ‹Romany Rye›; Biogramm; Werksverzeichnis, (alles möglichst knappe, ungeflügelte Worte). / Die um den 2. Februar herum selbstverständlich JAMES JOYCE – ach, das könnte man alles wunderbar verteilen!

Und eine der Januarwochen gebührte dann eben IHM; 1 Derjenigen, die ein ‹must› sind für jeden der Literatur Beflissenen; (präziser : der *modernen* Literatur Beflissenen; denn die hebt mit IHM an).

Wir haben, damals in der Schule, noch gelernt, die ‹Neuzeit› begänne mit der ‹Entdeckung Amerikas› – heute würde ich schnarchen: ‹Die Erfinder des Kitsches? : Oh, wären sie nie entdeckt worden!›. / Ein anderer Lehrer, gescheiterter Theologe, behauptete, immer noch reuig, ‹mit Luther› – na also, wenn mit durchgebrannten Eremiten, die, ein Triangel im Kopf, lebenslänglich über die eigenen Hühneraugen stolpern, neuerdings wieder die Neuzeit beginnt : *dann* sollte man doch bloß rasch ‹die Bombe› komm'm! / Und es gab noch 1 Andern, Der hielt sich für *ganz* fortschrittlich, Der setzte den Beginn der Neuzeit ins Jahr 1789. Und eine Epoche, da ein MARAT die Bürger zur *Unruhe* aufrief; da man die Tage des Jahres nach Pflanzen-Tieren-Geräten benannte; die Gesichter der Uhren, die Knochen der

Maß-Stäbe dezimal teilte, schien mir immerhin schon sehr beachtlich : *das* wäre mir, an einem schönen Maibaum-Morgen, weite blühende Griesgefilde ringsome, HAMILTON'sche Quaternionen & den ADELUNG im Kopf, *heute noch* discutabel !
Nach 50 fleißig-durchlebten Jahren; und nach einigem verantwortungsvollen Zurückrechnen – hm; tja; doch : mhm – würde ich, was mein Fachgebiet, DIE LITERATUR, anbelangt, heute dekretieren : Die Neuzeit beginnt mit

DODGEFATHER, DODGESON & COO.

2

Mit anderen Worten also – Sie wollten es ja sicher soeben selbst aussprechen – :

CHARLES LUTWIDGE DODGSON. –

Geboren am 27. Januar 1832 in Daresbury, nahe der großen Trichtermündung des Mersey, wo sein Vater (ebenfalls Charles) Pastor loci war – ein Dunstkreis, der dem armen Kleinen natürlich dann zeitlebens anhing. Man umzog nach Richmond; der Junge ging in Rugby zur Schule. Studierte in Oxford; und verblieb dort, (typisch für den an ein Saugröhrchen geratenen Furchtsamen!), für den Rest seines Lebens, d. h. bis 1898. Dreierlei wurde wichtig :

a) er studierte ‹auch› Theologie. Jedoch verhinderte ein, bei öffentlichem Auftreten ihn gern befallendes, Stottern diese spezielle Laufbahn. (Denn ‹Stottern› ist 1 Anzeichen von ‹Schuldgefühl› : das Kind verheddert sich, wenn es sein Spielzeug zermanscht (& anschließend versteckt) hat). / Militär? : wie da sämtliche Motoren, athletisch, ‹trockern› (das ist Schlesisch). / GOtt-selbst stottert im Donner. / ‹Onzel Grootvadder Lodewijk› begann zu stammeln, sobald er gewerbsmäßig Moral zu verkünden hatte. / : ? – : !.)

b) Seine Veranlagung für Mathematik überlagerte in the long run scheinbar jede andere; ergo war er von 1855–81 Ordinarius zu Oxford. / Selbstverständlich mußte er da *die* beiden Sprachen beherrschen, in denen zu seiner Zeit in Mathematik das Meiste geschah : Deutsch (wegen GAUSS, DIRICHLET, ABEL, RIEMANN, JACOBI), und Russisch (des großen NIKOLAJ IWANOWITSCH LOBATSCHEWSKI wegen. Latein verstand sich von selbst; auch BOLYAI und EUGENIO BELTRAMI.) Das sind denn auch seine bedeutendsten Abhandlungen geworden : eine über Determinanten; und das, zwar glänzend, aber eben doch meist nur referierende, Buch vom ‹Euklid & seinen modernen Nebenbuhlern› (1879). Immer aber kam ihm, wie der leicht zugängliche ‹Tangled Tale› mit seinen skurril verkleideten Diophantischen Gleichungen belegt, ‹Die Literatur› dazwischen. Denn

c) er war eben – was schon JOYCE zähnefletschend-indirekt gewürdigt hat – *der Kirchenvater aller modernen Literatur!* –

Daß er allmählich – infolge von Verwechselungen, von denen noch zu sprechen sein wird – ein berühmter Mann wurde; auch schließlich, am 14. Januar 1898, zu Guilford starb; ist noch nicht so bemerkenswert, als vielmehr gewisse Einzelheiten seines Junggesellenlebens. / Er heiratete nämlich nie. War gleichzeitig sehr witzig & schüchtern, (was ausgezeichnet zusammen passen kann!). *Ganz kleine* Mädchen immer ausgenommen, mit denen er zahllose Freundschaften schloß

– »glückliche Jagdgründe« nannte er die Badestrände von Sandown und Eastbourne, wo er sie einherwaten sah – und immer hatte er einen ganzen Vorrat von Sicherheiznadeln bei sich, um ihnen behilflich sein zu können, die Röckchen & Höschen ganzganz hoch hinauf zu stecken. (»2 oder 3 Handvoll Haar hab'ich so gern«, schrieb er an Eine davon, Sarah Sinclair, »aber natürlich muß immer der Kopf eines kleinen Mädchens darunter sein, auf dem sie wachsen«.) Daß seine Muse für ‹Alice in Wonderland› das Töchterchen seines Kollegen LIDDELL sei, war offenes Geheimnis. Aber auch das Widmungsgedicht zu ‹Sylvie & Bruno›, II. Teil, ergibt, wenn man die dritten Buchstaben jeder Zeile zusammennimmt, ‹E NID STEVENS›, (und ‹Enite› iss natür'ch 'n doller Vor-Name!).
Aber woll'n wa großzügich sein. / ‹Der Geschmack ist verschieden›, und besonders ‹auf diesem Gebiet›. Und da uns das Kismet – siehe den einleitenden § – nun einmal mit faustdicken Keimdrüsen gepodicapt hat, muß sich auch die feinsinnige Leserin damit abfinden : daß GOETHE wie LUTHER jegliches Weib mit den ernsthaftesten polygamischen Absichten betrachteten. Das SHAKESPEARE's ‹Sonette› zum größeren Teil an den jungen Mann ‹W. H.› gerichtet sind; auch MARCEL PROUST schwul war wie WINNETOU. Und CARROLL eben nicht nur ‹abwechselnd an verschiedenen Orten lebte› (eine Wendung deutschen Gelehrtenfleißes, die ich hiermit bewußt plagiiere); sondern vor allem immerfort, diesigen Gesichts, Super-Lolitas kostümierte & pfotografierte – snapshots, schrecklich ähnlich!

: »Er griff sein vorpals Schwertchen zu,
er suchte lang das manchsam Ding;
dann, stehend unterm Tumtum-Baum,
er an-zu-denken fing.«

: nicht umsonst hat ALEXANDER WOOLCOTT wie beiläufig angemerkt : Der – der CARROLL – solle froh sein, daß noch kein Psychiater sich mit ihm befaßt habe, dem »burbelnd Ungeheur«! (Man spreche das bitte, nach: »Ein burbelnd Ungeheur!«. – *Noch*mal: ‹ein burrblnd ...›).
Und mit *dem* ‹*honeyfuggler*› sollte alle moderne Literatur beginnen?!
Tcha. Ich fürchte, es ist nicht anders. / Und, rasch, noch dem Deutschen den Zutritt zu den ‹Gesammelten Werken› angeben : 2 völlig gleichwertig-gute Gesamtausgaben sind im Handel; Riesenbände von 12 und 1300 Seiten; die der ‹Modern Library, New York›, und die der ‹Nonesuch Library, London›; Preise zwischen 13 und 18 Mark.

3

Und da sehe ich sie wieder mal vor mir, all die ach so contemporären Gesichtel, ob feinsinnige Lesermiene ob gewerbsmäßige Kunstschwätzervisage, wie sie sich, über ihren Dünndruckband STIFTER hinweg, nachsichtig-amüsiert erkundigen: »Was verstehen Sie denn unter Ihrer : ‹modernen Literatur›?–«.
Da könnte ich nun – Nichts ist mir zu seicht! – mit der Fabel kontern : wie da neulich dieser 1 Europäer über einem der überflüssig vielen ‹Schwarzen Erdteile› herumhubschraubte. Aus Spaß auch mal landete. Und während des anschließenden Spaziergangs auf eine Völkerschaft traf, die seit Jahrtausenden mit Ochsenkarren fuhr. Zuerst tauschte man die neuesten Witze von übermorgen Nachmittag; (wobei der Heidelbeerfarbene selbstredend unterlag, denn im Vergleich mit Dingern wie der ‹Großen Koalition› verblaßte ja jedweder Sambesi-Kalauer). Dann betrachtete der

Franke mißbilligend die Karrete – Baumquerschnitte die Räder; Federung keine; 1 der milchfarbenen Stiere (mit schwarzem Bäffchen) begann sich just zu lösen – schüttelte den Kopf, und merkte an, daß das doch ‹keine Zukunft› hätte, (wie er sich ausdrückte). Der Treiber lächelte, wenn auch nicht grade ‹feinsinnig› so doch über den eigenen Widerrist hinweg; und erkundigte sich dann, nachsichtig-amüsiert: »Was versteh'n Sie'nn unter Ihren ‹modernen Fahrzeugen›?«. Worauf der Giaur – er war noch jung & eifrig, und glaubte an die ‹Veränderbarkeit der Welt durch das Wort›, (womit es aber eine wunderliche Bewandtnis hat) – ihm einen gedrängten Abriß gab von Viertaktmotoren, Düsenantrieb, und racketeers-im-All-Gemeinen. Der einwandfrei Erdentsprossene lauschte verschlafen; grinste; flocht ein, er sei der Great-Coat-Carrier des lokalen Kanzlers, (was wohl einer Mahnung gleichkam, seine Glaubensfähigkeit bitte-nicht zu überfordern). Nickte auch 2 oder gar 3 Mal bei gewissen Einzelheiten : das würde ein unvergleichlich Gelächter heut Abend am Lagerfeuer setzen, allein Worte wie ‹Auspuff›! Dann entließ er, ein zwar noch nicht an täglichen Tele-Visionen, dafür aber schwer an Totem & Tabu Leidender, den Elfenbeinfarbenen mit 1 derb-lustigen Peitschenschmitz um den Tropenhelm; und kehrte mit dem Schluß-Kommuniqué: »Na, da woll'n wa ma wieder, wa? – : Hüh-Hott!« in seinen Ursprung der Specereien zurück. –

Leider hinkt natürlich auch diese-meine Fabel, wie sich's für Fabeln schickt, auf beiden Beinen. Denn der Vertreter der modernen Literatur kommt ja erstens nicht im Hubschrauber an, (manchmal besitzt er 1 Fahrrad); und weiterhin hat er leider nicht die Möglichkeit, in eine fortschrittliche, ihm sehr-beipflichtende Welt zurückzuloupen, (ja-

wohl, es ist Beides darin : ein ‹looping› & ein ‹loupgarou›; und mit der ‹Lupe› arbeitet sowieso jeder gute Beobachter); sondern die Lage ist mehr als umgekehrt.
Ich gedenke ja auch gar nicht, in Fabeln zu antworten. Den Anhängern verlegter Gedanken & Gefühle, den Vorziehern abgestandener Wortgemüse – sie Alle müßten auf der Stelle verurteilt werden, bis an ihr Lebensende nichts als den ‹Theuerdanck›, den ‹Messias› und den ‹Nachsommer› zu lesen! – empfehle ich, dabei zu bleiben : es ist nichts an ihnen verloren. Nein; wenn ich auf die Frage nach Kennzeichen moderner Literatur hier noch einmal antworte, dann geschieht das in der reinlichen (zugegeben, etwas unrealistischen) Hoffnung, daß der ein- oder andere junge Mensch, asketisch-gewohnt, ‹to have at his beddes head 20 bookes, clad in black or reed›, vielleicht ein bißchen darüber nachzudenken anheben könnte. Ich habe das Unglück, in einem Staate zu leben, in dessen Grundgesetz es steht, daß die Minderheit immer Unrecht habe – da bleibt mir, in so ziemlich allen Beziehungen, nur das schrille Gelächter ausmitten eines Kessels voll Eis & Schnaps; ein Geräusch wie Kiesel, gerüttelt in einem abgetragenen Menschenfell; eine Schrift mit Heidelbeertinte auf Zetteln, geschnitten aus alten Zeitungsrändern. Und eben die arm-selige Beteuerung, daß die Moderne Literatur sich von der älteren doch recht erheblich unterscheide; so sehr, daß es gar keines bewaffneten Auges bedarf, um etwa Folgendes wahrzunehmen :

a) Man schreibt *Prosa. Nur sie* wird rhythmisch der Vielfalt der Weltabläufe annähernd gerecht; zumal wenn mit einer erfreulichen Tendenz zu größerer Genauigkeit & Offenheit gekoppelt.

b) Man schreibt *langsam Prosa* : ein Romänche, binnen 1 Jahr (oder noch flinker) hingeschneuzt, *muß* unzulänglich sein. (JOYCE benötigte zum ‹Odysseus› 7; CARROLL zu ‹Sylvie & Bruno› 20 Jahre.)

c) Die Moderne Literatur hat ein fundamental anderes Verhältnis zu Worten & deren Folgen im Leser, als die Jahre vor 1900. – Und schließlich

d) Was das Gerüst anbelangt, (die Struktur eines Buches sowie die Anordnung seiner Prosaelemente), so sind die Möglichkeiten konformer Abbildungen mit nichten durch die bis 1900 praktizierten Formen erschöpft. –

Und da *CHARLES LUTWIDGE DODGSON* alias *LEWIS CARROLL* sich bei wichtigen Themen selbstverständlich nur für die Prosa entschied; da er an ‹Sylvie & Bruno›, um die es hier hauptsächlich gehen soll, 20 Jahre des Überlegens & Bastelns wandte; da er als Erster, noch *vor* FREUD!, Erwägungen anstellte, über die Lagerung der Worte im Gehirn, und dem, was daraus folgt, (es ist nicht wenig!); und da er schließlich, und sei es noch so dummpf, erkannte, wie zumindest 1 sehr normaler & Jedem geläufiger innerer Vorgang noch nie die entsprechende Abbildung durch eine ganz spezielle & eben-ihm entsprechende Anordnung gefunden habe, und er sich folglich sofort an eine verantwortungsvollste Handübung von gut 600 Seiten wagte – – tja, dadurch ist er eben der ‹Anfänger› aller modernen Literatur geworden.

4

Im einzelnen
: das Primat der Prosa zu bezetern, sei den professionellen Reimern überlassen, die sich weiterhin einbilden dürfen, ‹das Höchste sey eben doch 1 lürisches Gedicht›; oder auch

den vielen, so herzschneidend überflüssigen Literatur-Professoren, von Ad & CY über Ma & Mu bis Zett : *ein Mal muß* es den Herren ja gesagt werden : Wenn WIR nicht ab & zu Bücher schrieben, wären Die-da – (und den Daumen *sooo* über die Schulter tikkn lassen) – arbeitslos! / Und daß ein Prosa-Stick, an das ein begabtester Autor 20 Jahre seines einzig-artigen Lebens wendet (oder auch 17, wie JOYCE an FW) nun *doch* noch 'n büschen bedeutender geraten könnte, als das duftigste nich-ma-Sonett der warzigstn Wortmetze, leuchtet finanziell Uninteressierten sicher auch ein; (man will ja schließlich für sein Geld was haben, GELLT?). – Blieben also eingehender zu erläutern nur die Pünktchen c und d. –

Seit ungefähr der Jahrhundertwende, und den Arbeiten von MAURY, ELLIS, hauptsächlich FREUD, über ‹Träume›, hat sich, wenn auch sehr zögernd & meist garnichtgern akzeptiert, doch die Erkenntnis kahmheutig ausgebreitet : daß ‹Namen› mit nichten ‹Schall & Rauch› seien, (wie nett so ein GOETHE-Zitätchen sich auch immer anhören möge); sondern daß ‹Worte›, Buchstabenfolgen überhaupt, uns weit nachhaltiger necessitiren, als Mann (& Frau sowieso) im Allgemeinen wahrhaben möchte. / Ich erwähne nur das instruktive Beispiel aus MAURY's ‹Le Sommeil›; wo er im Traum auf der Landstraße fürbaß ging, und die Gesichterscheiben der Kilometersteine ablas. Dann in einen Kaufladen trat, wo der Inhaber zwar rüstig Kilogrammgewichte handhabte, Ihm (MAURY) allerdings mitteilte : er sei jetzt aber gar nicht in ‹gay Paree›, sondern eig'ntlich auf der Insel Gilolo; worauf der Träumer sich umwelste, und sogleich Lobelien-Blumen erschaute; zwischen denen General Lopez, (dessen Tod er abends zuvor in der Zeitung gelesen hatte) auf ihn zu kam, und ihm eine Partie Lotto proponierte – eine scheinbar sinnlose Bilderfolge. *Es sei denn,* man entschlösse sich, die Zünd-Worte so untereinanderzuschreiben:

Ki	lo	meterstein
Ki	lo	grammgewicht
Gi	lo	lo
	Lo	belien
	Lo	pez
	Lo	tto

Mit anderen, gefädelteren Worten : aus ‹ irgendeinem Grunde › war bei MAURY der mit ‹ Lo › etikettierte Wort-Ballen aufgegangen. Und der Traum bemühte sich nun, mit unglaublicher Schnelle & Possenhaftigkeit, etwas wie Sinn & Verstand & ‹ 1 Geschichte › hinein zu bringen : wie gelenkt, ja ‹ kanalisiert › erschien der Traum durch diesen ‹ Lo-Zwang › ! (Jeder Leser wird übrigens genügend eigene Exempel für dergleichen vorrätig haben, bzw. auftreiben können.) Es ist eine, imgrunde überaus geläufige Erscheinung; und sie besagt : daß die bloße ‹ Lagerung der Worte beieinander › uns vielviel stärker beeinflußt, als unerleuchtetere Säcula sich das – ja, eben *nicht* einmal ‹ träumen ließn ›. Auch im Wachen werden sich dergleichen bandwurmige ‹ Zusammenhänge › oft genug anbieten & durchsetzen; es handelt sich eben um einen, recht ‹ natürlichen ›, psychischen Mechanismus; (bitte, nicht zu verwechseln mit dem Gallimathias jüngster Frechlinge, der FW ähnlich sehn soll, aber nichts-garnichts bedeutet). (Achso, den Traum-Grund noch : ‹ lolo › der Busen; ‹ Lolotte › ein loses Mädchen.)

Es dauerte auch gar nicht lange, bis die Literatur sich die neue Erkenntnis praktisch zunutze machte. Im größten Stile

JAMES JOYCE; der sein zweites bedeutendes Buch, ‹Finnegans Wake›, genau nach FREUD'scher Traumtheorie konstruierte, gemäß welcher die Träume 1 Nacht sich das dringendste-unerledigte Problem des Vor-Tages aufgreifen; und dieses in einer Serie von Bilderfluchten, gleichsam von vielen Seiten her, ventilieren & ‹lösen› : demnach wählte JOYCE sich seinen permanenten Hahnrey-Komplex, wodurch sogleich die Personen all der ‹Einakter› gegeben waren : seine Frau als ewig-Weibliches; Bruder Stanislaus als Summe sämtlicher Widersacher; ER-selbst als Tanz-Legendre; und ‹Köre› von kleinen Mädchen & Saufbrüdern als, in Popuhlation verwandelte Zeit. Zur Anreicherung mit Doppel- & Mehrfach-Bedeutungen, zur o. a. Beförderung & lingualogischen Weiterschiebung der Nicht-Handlung, bediente JOYCE sich eben der beschriebenen Wort-Zusammenhänge, einer fonetischen Schreibung (die dergleichen im höchsten Maße begünstigt) – und das Ergebnis ist denn oft gar nicht un-herrlich geraten. ‹Kaleidoskopische Kollidiereskapaden›, ‹in ßünnägoug ä ßingäßong› : wie nett, auch selbstironisch, ist es nicht, wenn er, (wahrlich ingenious), dies geflissentlich als ‹inn-genius›, als ‹Schenken-Genie›, schreibt! (Er war nun mal Alkoholiker wie so viele Künstler; und ä ‹Säufer› iss gans was anderes.) (Daß er dabei die Grenze überschritten hat – nämlich an der hier nächstliegenden Klippe zu großer subjektiver Verschlüsselung gescheitert ist – sei ohne weiteres zugegeben : der ‹Odysseus› ist das bessere Stück; für den Fachmann (eine globale Umfrage ergab, glaub'ich, neulich 29) ist FW dennoch ein ‹must›.)

Und der mächtige ortografische Wagehals – glücklich inmitten seines Mega-Fond an Worten; überzeugt davon, seit 6 Jahren das Hoot-Kutürste zu schaffen – mag, trown, das Mowl arg haben hängen lassen, als er (Mai 1927 wird es

gewesen sein) von 1 seiner Bekannten mit dürren Worten darauf hingewiesen wurde : wie all-seine fonetische Schreibung, die dadurch erreichte Polyvalenz der Worte; das Variieren ein- & derselben Handlung; enfin *ALLES!* – : sich längst bei einem schmächtigen, stotternden, prüden, englischen ‹Reverend› fände. Genau einer von den Typen, die JOYCE, wäre er ihnen im Fleische begegnet, gar nicht genug hätte verachten & verpflaumen können. / JOYCE sah, entrüstet & sofort, nach. : ?. – Tcha. Und mußte, was die Originalität des Finnegakkerns anbelangt, seine schlimmsten Befürchtungen noch übertroffen sehen.
Denn lange vor ihnen Allen – ob MAURY oder FREUD ob ELLIS ob JOYCE – hatte LEWIS CARROLL, einer der noch heute, nach 2–3 Menschenaltern in Deutschland unzureichend gewürdigten Grands Écrivains d'outre Manche, es alles-alles theoretisch untersucht; & anschließend praktisch benützt. / Bei dem o. a. Beispiel des MAURY'schen ‹Lo-lo-lo-lo-lo›-Traumes nämlich, hätte Männiglich – vorausgesetzt, wir *lebten* in einer leidlich-leidlichen Welt! – sofort nickend murmeln müssen: ‹Mhm; CARROLL'sche Syzygien›. Das nämlich ist die, historisch & sachlich exakteste, Bezeichnung jenes äußerst interessanten & folgenreichen Tatbestandes, den CARROLL z. B. an Wort-Stiegen & -Steiglein demonstrierte wie etwa

s		wal	low	
		wal	rus	
		pe	rus	e
	har	pe	r	
c	ar	pe	nter	

usw. – Da sprach er von ‹Doublets›, ‹Lanricks›, und vor allem eben von jenen ‹Porte-Manteau-Worten›, Mehrzweck-Ausdrücken, wo, infolge einer Schreibart von der ver-Schmidt-stesten Unbehülflichkeit, mehrere Bedeutungen in 1 Wort komprimiert werden; eine Steno-Prosa, und umso herrlicher, als sie (im Gegensatz zu leider-JOYCE-oft) den Leser *nicht* mutwillig überfordert, sondern ihm das Nachvollziehen erlaubt – immer einigen guten-lockeren Willen vorausgesetzt; und die Erkenntnis, daß Herr DUDEN (‹Konrad›; auch das noch!) zwar im Büro schätzbar sein mag; ansonsten aber höchstens soviel bedeutet, wie die vorhin schon erwähnten ‹other professors› (vgl. ‹Sylvie & Bruno›) : nämlich keinen Blaffert!

»Achjaa–« seufzt da etwa die ‹Mock-Turtle› in dem, (nun auch schon zum Kinderbuch erniedrigten) ‹Alice in Wonderland›; und berichtet dann von den Schulfächern, denen sie, am Grunde der Meer-Suppe-einst, ausgesetzt war: »Reeling and Writhing, natürlich, als Grund-Fächer;« (und schon fächert's ja flossig, als ‹reading & writing›, also ‹Lesen & Schreiben›; aber ‹it doeth suffer a sea-change, into something rich & strange› : ‹an der Reeling Rum-Wriggln›, der Sprach-Reeling; CARROLL war eben der ‹erste Mann über Bord›!). Dann die ‹Grund›-Rechnungsarten?; mais oui: »Ambition Distraction Uglification & Derision«; (ergo ehrgeizige Addition; zerstreute Sub-Traktion; weltweite Verhäßlichung; & spöttische Dii-Vision : ich kenne keine der zur Zeit kursierenden Übersetzungen; zweifle jedoch a priori daran, ob all-das leidlich befriedigend wiedergegeben worden ist.) / Ich sträube mich zuweilen noch, Deteriorationist zu sein; aber wenn ich mir uns Re-Regierung so übereck ansehe; sampt ihrem Volk, das bereits genugsam verdummt ist, um manchmal ‹LESS BREAD, MORE TAXES!› zu schreien – : *genau die Worte, mit denen ES beginnt, ‹Sylvie & Bruno›!* – (und wenn ihm sein Wahl-Wille dann

wird, ist es auch wieder nich recht) – oder die konzilianten Platitüden der diversen GOttsucher – oder die deutschen Verleger-Nebbochanten – oder gar ‹schweizer Übertragungen aus dem Englischen›! ...... –
Ein bißchen schwieriger wird es natürlich noch, (zumal für den, vom ‹Deutschen› her ungeübtn Deutschn), wenn CARROLL aus ‹miserable› & ‹flimsy›, ‹fliserable› (das fasertfusselt viel besser!) & ‹mimsy› (das ist ‹mikroskopischer›!) gestaltet. Womit wir bei der fundamentalen Ballade vom ‹JABBERWOCK› wären; ‹hora aderat briligi›; und ihrem (& ‹Finnegans Wake›) vielverkannten Erklärer ‹Humpty Dumpty›.
Man unterlasse, bevor man sich wochenlang ausgiebiger informiert hat, alle Einwürfe gegen das System als solches! Es ist eine einwandfreie Bereicherung der Sprachmöglichkeiten, wenn z. B. ich, als Deutscher, (mit ‹Englisch als erster Fremdsprache›), 2 vertraulich-dikke Stammtischbrüder als ‹inn-team› bezeichne : das tippt gleichzeitig *Beides* an : das gewohnte ‹intim› & die ‹Kneipen-Allianz›! Oder wenn ich mir, früher einmal, schalkisch, erlaubte, die gehörnte Siegfriedin Kriemhilt als ‹cream-hilled› zu schreiben : *die* zieren jede ‹Miß Germany›. / Und Wer nicht glauben will, daß die Methode längst schon in größtem Maßstab gegen ihn eingesetzt werde, der möge sich mal so ganz kurz unsre Reklamen, unser Fernsehen & die damit behafteten ‹Illustrierten› ankuckn : wie er da, und seit vielenvielen Jahren, munter ‹unterschwellig› bearbeitet wird! Ich erspare mir, ob Waschmittel ob Wahlplakat, die Beispiele. (Den einfallslosen Kaufmann erkennt man daran, daß Einem sein Fabrikat, und sei's der neueste Kugelschreiber, von der Litfaßsäule herunter, von einem Weib mit nakktn Tittn hingehalten wird (wie wenn Die gleich mit-

geliefert würde!) Der besser Beratene macht's mit ‹Ramie›-butterwert – wodurch ja, man mag wollen oder nicht, sofort der Begriff des guten ‹Rahm› sich einstellt – bei einem Groß-Brittn vielleicht noch das rammelnde ‹ram› : da wird ER überhaupt nich weich!).

CARROLL's nun wirklich wichtigstes (& ergo scheinbar, d. h. ‹im Anfang›, kompliziertestes) Stück, eben unser ‹Sylvie & Bruno› hier, ist überhaupt noch niemals ins Deutsche übertragen worden! – Zeit wäre es wahrlich dazu ...

5

Denn ich bin bei Punkt d angelangt. Und wenn JOYCE, der ur-neue Wort-Bold, seinerzeit unangenehm überrascht davon war, wie LEWIS CARROLL praktisch alle seine Trix längst probiert habe – obschon mit nicht entfernt der gleichen Vir-Tuosität, zugegeben – so blieb es mir vorbehalten, mich ähnlich derb am Hinterkopf zu kratzen, als ich mir neulich ‹Sylvie & Bruno› zum intensiven Studium vornahm; und, abgesehen von allen Fi- & Rafinessen der Oberflächenbearbeitung, erkennen mußte, wie er eben auch schon 1 meiner (in meinen ‹BERECHNUNGEN I & II› entwickelten) Prosaformen vorweggenommen hatte. (Daß & wie ich mein Selbstbewußtsein leidlich reparieren konnte, wird noch angedeutet werden.)

Es ist wiederum erforderlich, eine allgemeine Betrachtung vorauszuschicken. – Viel Wirrnis & Feind-Seligkeit könnte vermieden werden, wenn die Erkenntnis Allgemeingut würde, daß man, bis auf weiteres, 2 große Gruppen literarischer Formen unterscheiden sollte:

1. die ‹ältere›, von HOMER (oder GILGAMESCH) an; und

2. die ‹neuere›, die mit Lewis Carroll, ungefähr um 1870 beginnt. –

Die ‹ältere› – ! und ich möchte sofort nachdrücklichst betont haben, daß das nicht identisch mit *ver*-altet bedeuten soll ! – hat zum strukturellen Kennzeichen, daß die von ihr entwickelten & benützten literarischen Formen zum größten Teil *gesellschaftlichen Gepflogenheiten* entsprechen, wie sie sich eben, organisch und historisch, im Lauf der Jahrtausende herausgebildet haben. Anekdote, Novelle, Roman, sind genetisch nur durch ihren Umfang unterschieden, und ahmen den ‹Erzähler im lauschenden Hörerkreis› nach. Das Gespräch, in Rede & Wider-Rede, ergab die Form des ‹Dialogs›; ideal, um 1 Frage oder einen Fragenkomplex von 2 Seiten her zu beleuchten; (wobei die ‹technische Voraussetzung› jedoch die ist: daß beide Partner den gleichen Ort, dieselbe Stunde, das gleiche Thema, miteinander teilen). Als die Zivilisation vorschritt, und man ‹die Post› erfand, wurde die hier nächstraffiniertere Technik möglich, der ‹Briefroman›; dessen Kennzeichen es ist, daß zwar auch noch 2 (oder meinethalben mehrere) Individualitäten mit- & gegeneinander spielen; daß sie aber den Ort gar nicht, die Zeit & die Erlebnisse nur noch bedingt, (meist als gemeinsame Vergangenheit) gemeinsam haben – immerhin ‹korrespondieren› noch Geistes- oder Körper-Verwandte (evtl. auch -Feinde); und das zeitliche Gefälle ist so unüberwindlich noch nicht, (obwohl der ‹lag› hier besondere Kunst erfordert). Als man mehrere Charaktere, womöglich synchron, auftreten lassen wollte, bot sich die ‹Bühne› als noch getreuere Kopie der Gesellschaft an – freilich wurde hier der ‹Sprung› beträchtlich; (und *ich* springe da ganz ungern mit : ‹Literatur› muß man in der Tasche mit sich führen können ! ‹Bühne› ?, das ist, abgesehen von dem unsinnig kostspieligen Apparat, ein Entgegenkommen den geistig Armen gegenüber; und, zumal in ‹gebundener Rede›, viel zu demagogisch für meinen Geschmag : eine Lüge, in wallendem Gewande rüttmisch gesprochen, wirkt genau (nein besser!) wie Wahrheit. Ich bin sowieso ein Gegner Schiller's; und meine Devise wäre: ‹Ich lasse mich nicht überfahren!›.) Freilich ist dieser Punkt des Theaters so ausgemacht noch nicht, daß er nicht noch 3 oder 4 Untersuchungen ertrüge.) / 1 einziges Mal, dies sei gern bescheinigt, wurde auch innerhalb der ‹älteren Gruppe› ein Schrittchen getan, diesen Circulus der gesellschaftlichen Gepflogenheiten zu verlassen : einzelne denkende Geister probierten das ‹Tagebuch›, und machten so den ersten Versuch zur Bewältigung innerer, subjektiver, Vorgänge.

Alle diese im vorstehenden aufgeführten Techniken sind auch heute noch dort am Platze, wo es sich um die optimale Erledigung bestimmter Stoff- & Themenkreise handelt : wenn ich 2 verschiedene Personen, 2 Landschaften, 2 Erlebnisreihen am zwanglosesten und überzeugendsten miteinander in Verbindung setzen will, tja dann muß ich eben, als einwandfrei beste Form, noch-heut & für alle Zeit, den ‹Briefroman› wählen; da gibt's überhaupt kein Debattieren. Das allerdings ist eine ganz-andere Frage, steht auf einem ganz-anderen Blatt, und scheint mir genau *der* Scheideweg, vor dem sie Alle heute brabblnd & keifnd stehen bleiben – eine ‹Mehrheit der Leser›, so lachhaft groß, daß ich mir die ‹9› meiner Schreibmaschine lieber schone – und einfach nicht das bißchen Energie aufbringen, auch nur probeweise einmal zu vergessen, was sie bisher zu wissen geglaubt haben; um vielleicht eine Einsicht, die mit ihren eigenen Irrtümern in Widerstreit ist, ganz langsam, genehmigen zu können – nämlich die Frage : sind mit diesen ‹älte-

ren Formen› nun auch schon sämtliche literarischen Möglichkeiten erschöpft worden?; oder aber nicht?
Und tröstlich-flottwell erschallt's zur Antwort: ‹Nu selbstverschtändlich *nich*!› –

6

Das ‹Tagebuch› nannte ich 1 Anfang. Die organische Fortsetzung hier lautet, um ein Firmenschild zu gebrauchen (das ich allerdings gar nicht schätze): ‹Innerer Monolog›. Also, wohl weit richtiger ausgedrückt : die möglichst exakte Wiedergabe des Gemisches aus subjektivem Gedanken-Stromgeschnelle plus Dauerberieselung durch eine Realität – das bis jetzt hochwertigste Modell heißt JOYCE, ‹Odysseus›, (‹Oh dies Zeux›; ‹odd is Zeus›). Da ich im voraufgegangenen § die ‹ältere Gruppe› als die Nachbildung gesellschaftlicher Gepflogenheiten definiert hatte, mag das am einfachsten zu merkende Hauptkennzeichen der ‹jüngeren› sein : die möglichst getreue Abbildung innerer Vorgänge unter der Einwirkung einer Außenwelt, durch die jeweils gemäßeste Anordnung der Prosaelemente; wobei das Kriterium des Gelingens die Nachvollziehbarkeit durch den geübten Leser ist. Ich betone das ‹*geübt*›! Es wäre pueril, sich einzubilden, daß man – bisher ein Leben lang gewohnt, an den Altären STIFTERS, GOETHES, auch KAFKAS, zu frönen – sich nun rasch mal vor's englische Original des ‹Ulysses› hinsetzen, und sogleich mit hohem Genuß vom Blatt zu lesen beginnen könne : dem ist nicht so. (Obwohl das unweigerliche Ergebnis solchen Verfahrens, nämlich Verwirrtheit & Entrüstung gepaart, nicht die Mangelhaftigkeit des Buches bewiese, sondern lediglich einen Defekt im Leser – aber wer sagte sich das schon.)

Ich führe hier nur ganz rasch ein paar grobe Gruppen von – imgrunde Jedermann geläufigen – Bewußtseinsvorgängen auf. Da gibt es also das Gedankengequirle in dem, durch die Realität hingetragenen Kopf. Da ist der Vorgang des Sich-Erinnerns. Da sind die Träume; (und, CAVE!, bei *dem* Versuch zeroriginalte sich selbst ein JOYCE; sein ‹Finnegans Wake› ist an der zu subjektiven Verschlüsselung gescheitert; es wird nie einen Leserkreis haben, höchstens fachste Selbst-Schreibende werden das ein- oder andere brauchen können.) Und da ist endlich das ‹Längere Gedankenspiel› (künftig abgekürzt ‹LG›), das man wohl auch unscharf als ‹Tagtraum› o. ä. bezeichnet. Ich gehe heut & hier nur auf dies Letztere näher ein, weil LEWIS CARROLL zur Behandlung ansteht.

Das LG befindet sich auf der Mitte zwischen Traum und Kunstwerk : was der Nacht der Traum, das ist dem Tag das LG. Und es handelt sich bei ihm um einen allgeläufigen, von Jedermann hundertfach praktizierten Vorgang : ob sich die Kaufhaus-Verkäuferin als ‹berühmte Tänzerin› denkt, und daraus abends, vorm Allein-Schlafengehen, Trost & Stärkung zieht; ob der Beamte sich als seinen eigenen Vorgesetzten imaginiert, (und nun aber mal gehässigen ‹Zug› in seine ganze Behörde bringt!); ob der Bergmann über Tage sich den schönfarbigen Prospekt einer Bau-Gemeinschaft vornimmt, und monatelang im Geist um's schmucke ‹Eigenheim› herum lustwandelt, den Keller randvoller Eichhorn-Vorräte, um die breiten Schultern den Mantel mit atomsicherer Kapuze – immer ist das LG ein überhaupt nicht zu überschätzender, dabei völlig legitimer, Bewußtseinsvorgang. Und eben, infolge sowohl der Art seiner langsamen Formung & seines zäh-probierenden Ausbaues, wie auch der besonders interessanten Spannung zwischen Indi-

viduum und der es frustrierend-umgebenden Außenwelt nach, par excellence ‹literaturfähig›; (ja, zuweilen selbst schon ‹halbe Literatur›. Interessenten, die es noch genauer wissen möchten, muß ich jetzt auf meine ‹Berechnungen II› verweisen.)
Für den Schriftsteller bedeutet das also praktisch : daß eine zusätzlich-vollere, deutlichere Beschreibung seines Helden, eine bessere Beleuchtung seiner Gedanken-Gänge, dadurch möglich würde, indem man dem nicht zu trennenden Gemisch seiner Umwelten & seiner ‹Inneren Monologe›, nun auch noch seine, ja nicht minder découvrierenden LG's hinzufügte. (Zu einem *ganz* kompletten Menschenbilde fehlten dann freilich immer noch die eigentlichen Träume; aber für dergleichen, sowie für *noch* einiges mehr – es wird zu viel für heut – sind weder die notwendigen Techniken entwikkelt & erprobt, und die sprachliche & orthografische Erstarrung der Leser ist auch noch zu umfassend.)
Eine solche Koppelung ist nun weder ‹künstlerisch› – oder vielmehr, schlichter formuliert : schreibtechnisch – leicht; denn die ‹Fädelung› der beiden Bereiche muß tatsächlich einerseits ganz unauffällig, und andererseits so genau wie durch ein Nadelöhr erfolgen; noch genügt es, 2 zusammengezwungene, weil just zufällig in der Schublade liegende Themen, gleichzeitig durch denselben Wolf zu drehen. Und abgesehen von dem Fleiß & der Kunst, die hier erforderlich werden, setzt eine leidlich überzeugende Arbeit der beschriebenen Art, große Opfer an Stücken der eigenen Persönlichkeit voraus – nur so gerät das Ergebnis ‹wahr› genug; ein Akt der Selbstlosigkeit, der eine nicht geringe Anstrengung des Mutes erfordert; (mit dem einzigen Zweck, die Möglichkeiten seiner Kunst zu erweitern, und sich irgendeiner, sei es noch so relativen, ‹Wahrheit› um 1 End-

chen mehr anzunähern). Der Poncho unbeteiligter Anonymität, wie ihn ängstliche Verfasser, die prinzipiell jedwede Ähnlichkeit ihrer Helden & der umliegenden Ortschaften mit sich-selbst oder gar der Wirklichkeit abstreiten, zu tragen pflegen, *muß* – immer vorausgesetzt, das geschilderte Zusammenspiel von Realität und LG solle dem Leser einigermaßen logisch & glaubwürdig wirken – besagter Poncho also dürfte ziemlich löcherig werden müssen. Aber sich aus *solchen* Beweggründen ‹eine Blöße zu geben› – um dem Menschen den Menschen begreiflicher zu machen; wie es z. B. auch FREUD bedeutend auf sich nahm – ist in meinen Augen respektabler, (ehrwürdiger sowieso), als der befördertste Gerok.
Ganz äußerlich dürfte es, um dem Leser das Erkennen der beiden Komponenten, ergo das Nachvollziehen, zu erleichtern, angezeigt sein, eine räumliche Auseinanderrückung auf der Buchseite selbst vorzunehmen; etwa so:

((Realität)) ((‹LG›))
mmmmmmmmmmmmmmmmmmmm
mmmmmmmmmmmmmmmmmmmm
mmmmmmmmmmmmmmm
mmmmmmmmmmmmmmmmmmmm
mmmmmmmmmmmmmmmmmmmm
mmmmmmmmmmmmmmmmmmmm
mmm
mmmmmmmmmmmmmmmmmmmm
mmmmmmmmmmmmmmmmmmmm
usw. usw.

(wobei ich, um dem interessierten Fachmann wenigstens 1 kleine Andeutung der hier erforderlich werdenden Überlegungen zu liefern, darauf hinweisen möchte, daß z. B. die

Breite des ‹gemeinsamen Mittelstreifens› gar nicht von der Willkür des Verfassers abhängt; sondern davon : wieweit die ‹Atmosfäre› in beiden Erlebnisbereichen noch als ungefähr übereinstimmend angesehen werden kann. Beispiel : ein ‹Gefangener› wird sich zur Austarierung, um nur Überleben zu können, gerne LG's der absoluten ‹Freiheit› suggerieren; wie es etwa KARL MAY im Zuchthaus zu Waldheim tat, (und so mancher Kriegsgefangene auch tun mußte); in solchem Fall ist nun der Gegensatz – obschon voll als solcher begründet – dennoch so gewaltig, daß der oberschichtige bildmäßige Zusammenhang nur noch ganz dünn sein, ja meist ausdrücklich abgelehnt werden wird. (Daß unterschwellig die grausamste Determinierung stattfindet – dies dem Leser darzutun, wird Sache des ‹gekonterten› LG sein : den ‹Gefangenenwärter› der Realität, wird man im LG schon ganz schön über die Prärie scheuchen!). Dieses nebenbei. Ich habe, wie gesagt, auf die Verhältnisse bereits vor vielen Jahren hingewiesen; und sie auch einmal an einer umfangreichen Modellarbeit (‹KAFF›) zu exemplifizieren versucht – die Nicht-Teilnahme der Leserschaft übertraf die kühnsten Erwartungen.

Nachdem ich also, erst theoretisch dann praktisch, das ‹Meinige› getan hatte, wird man vielleicht die kinnstreichende Verblüffung nachfühlen können, mit der ich, 1000 Tage danach, einsehen mußte, daß ‹unser› LEWIS CARROLL hier, 70 Jahre früher, bereits etwas Ähnliches probiert hatte; denn sein ‹Sylvie & Bruno› hätte imgrunde genau so gedruckt werden müssen! (Ich empfehle das hiermit ausdrücklich für eine, nunmehr ja doch wohl irgendwann-einmal notwendig werdende, deutsche Übersetzung; aber der – meinetwegen auch die – Arme! Denn das wäre eine Arbeit, nicht mehr für einen simpel-biedren Sprachfergen, der große

Letternfuder von einem Ufer zum andern stakt; wohl aber für einen veritablen Lord-Oberadmiral der Über-Setzer.) Und meine Beschämung wurde durch die Erkenntnis, wie selbst-ich, der ich mich für einen erträglichen Prosa-Fachmann ästimiere, gegebenenfalls 70 Jahre hinter Wichtigstem herhinkte, nicht nennenswert gemildert. Beeile ich mich also wenigstens jetzt, meiner Einsicht die Ehre zu geben : was diese 1 spezielle ‹Neue Form› anbelangt, hat LEWIS CARROLL wiederum eine Art Bahn gebrochen!

Aber, ich wiederhol'es : *nur ‹eine Art›* !

(Ganz abgesehen einmal davon, daß man ‹mit Gewalt› schon so manches Stück des großen ETA HOFFMANN als potentielles Zwei-Spalten-Buch lesen kann; am deutlichsten die ‹Prinzessin Brambilla›. TIECK's ‹Gestiefelten Kater›. Ja, bereits SCHNABEL's alte ‹Insel Felsenburg›.) Aber der Haupteinwände wären zweierlei.

Einmal : *CARROLL ist so falsch!*

Denn während 1 der nebensächlicheren Merkmale der ‹neueren Gruppe› die größere Redlichkeit & Ehrlichkeit zu sein hat, ist er von einer seelischen Verlogenheit, nach der man sich schon weit in der Weltliteratur umsehen muß, um auch nur annähernd ihresgleichen zu finden – ‹mawkish› nennt's das, aus Gründen des Umsatzes sehr vorsichtige (und auch sonst ziemlich dümmliche; dem Deutschen leider so leicht zugängliche) EVERYMAN's ‹Dictionary of Literary Biography›; (das z. B. auch das geschilderte, doch schon ganz unverkennbar ‹berechnete›, Durcheinander von Realität & LG, nicht erkannt hat, und deshalb frischweg von ‹confused› spricht : also das nun nicht!). Wie es ‹Der Große Mund› unseres Jahrhunderts, ‹onangenamed› klar, hingeschrieben hat : falsch sind seine ‹Kinder-Helden› – wie erwähnt, fast ausschließlich clitse-kleine Mädchen; Alle die

Nase längs & den Mund quer im Gesicht, und hinreißend-unbehaart. (Wozu ich ganz allgemein bemerken möchte, daß wohl kein vernünftiger Schriftsteller – für die unvernünftigen bin ich nich zuständig – sich Kinder oder Halbwüchsige zu ‹Helden› erkiest : das ist doch alles so unfertig, unverbindlich, letzten Endes uninteressant. Und ‹verstehen› tut man's als Erwachsener, infolge der bekannten eingetretenen Amnesie, ohnehin nicht mehr. Finde *ich* wenigstens; überlasse also die ‹Lichtlein der kleinen Veronika› Denen-die-es-angeht.)

Aber die Art, wie Herr CARROLL – zur Hälfte, als ‹Automatensicherung›, der vorhin gerügte ‹Mann im Gehrock›; zu Hälfte randvoll des lustigsten Zunders zu allerhand unartigen Gedanken – uns seine Heroinchen so serviert, ist eben nicht bloß ‹whimsical›, wie die BRITANNICA wissen will; sondern es handelt sich dabei um einen, von Horizont zu Horizont reichenden, Gänse 'm Arsch bestens geratener Ungeheuerchen! Seine, ebenfalls vorhandenen, trefflichen Leistungen als Fotograf – wie nett-parodistisch ist nicht sein Gedicht ‹Hiawatha als Lichtbildner› – werden in allerletzter Instanz auch von hier ihren Ausgang genommen haben : all die kleinen halbgaren Odalisken zurechtsetzen, (und die Gliederchen *noch* dekorativer ordnen) zu können; ja, sie ganz ‹legal› entkleiden & wieder-neukostümieren, (und dann *nochmal* beim Wiederaus- und Wiederanziehen assistieren) zu dürfen; nichts als Berührungszwang plus Kleiderfantastik! – wird ihm deliciöse Ersatz-Wonne gewesen sein; (‹doch das Bild mißlang von Grund auf›!). Wer will, mag von ‹barbarisch› murmeln – er hätte, beim bloßen Insaugefassen des wahnwitzigen Unterschiedes zwischen einem körperlich schon verfallenen 60-jährigen Höchstintellekt einer-, und einem total embryonischen Mädchen-

kind andererseits, natürlich Recht. Und wer will, mag sich den Mund lecken – er hätte, wenn er sich darauf beriefe, daß diese sogenannten ‹Kinder› in Wirklichkeit ‹ganz anders› und überhaupt ‹viel weiter› seien, als wir wahrhaben möchten, sicherlich auch nicht Unrecht. Trotzdem sei die, doch wohl nicht gänzlich un-tiefsinnige, Frage zur Debatte gestellt: ob die Kinderporträts eines genialen Infantilen nun besonders falsch ausfallen müssen; oder aber vielleicht gerade eine anrüchige, erschnupperte Richtigkeit mit sich führen könnten? (Ich sag's gleich von ‹vorn herein› : ich weiß es nicht. Fragen Sie NABOKOV.) Als unbedingt mitheranzuziehendes Kriterium sei erwähnt, daß CARROLL selbst unverkennbar das Gefühl der ‹Sündhaftigkeit› besessen hat : sobald ihm 1 Püppchen besonders schlecker gedünkt hatte, setzte zugleich eine Art ‹frommes fading› bei ihm ein. Mit dem Ergebnis, daß der Leser nie ein Palimpsest-Gefühl los wird : deutlich ausgedruckt erblickt er ‹Christian Philosophy› & ein verwirrend-rührendes ‹sinite parvulos›; während es ihm ‹von unten her›, rittmisch an- & wieder abschwellend, ‹kommt›, wie ein leis-naher Lobgesang auf Affrodite. (Und schon, sobald CARROLL ihn auch vernahm, kniff er wieder die Ohren an.)
Außerdem, und das ist wichtiger, sind seine prosatechnischen Überlegungen noch weitgehend unzulänglich geblieben – man merkt, daß er eben nicht die Zeit gehabt hat, sich hauptberuflich mit Literatur zu befassen. Die beiden Partien sind, dem ‹Gewicht› nach, nicht gut ausbalanciert; die ‹Realität› ist hastig, etwas verlegen, und überdem sentimental abgetan; das LG deutlich-ungebührlich bevorzugt, und weit besser geraten. Die erforderlichen ‹Übergänge› aus dem einen Bereich in den anderen sind meist gröblich äußerlichster Art; ja, oft gerade noch so an der Grenze des

Vertretbaren, etwa auf 1 bloßes, peinlich gezwungenes, zufälliges Stichwort hin. Mit anderen Worten : die ‹gegenseitige Befruchtung› der beiden Erlebnisebenen, und die sich hieraus für den Gedankenspieler ergebenden nicht nur Möglichkeiten sondern (für ihn) reellen ‹Beweggründe zu Verwechselungen› sind nicht befriedigend ausgewertet. / Meisterhaft dagegen scheint schon die all-emsige, superfleißige Vermörtelung beider Hemisfären, durch bewußt hergestellte Wort-Verästelungen, -Anklänge, -Einschleichlinge – ich bin überzeugt, daß ich bisher bestenfalls erst 1 Drittel davon erkannt habe : hier fehlt, als unerläßliche Vorarbeit, noch ein Jahrdreißicht sorgfältiger Kommentierung durch angelsexische Fachleute, (die aber bisher so gut wie ganz versagt haben. Schade. : der ‹Weiße Springer› wär' es werther gewesen, als die Meisten nach ihm.)

7

‹Was hätte zu geschehen?›, dürfte die Frage sein, die sich (hoffentlich) bei einigen Lesern gebildet hat; und der ich mich auch gern stelle.

Eine Briefmarkenserie, wo man anstatt der Porträts von HEUSS, ULBRICHT, QUEEN BESS usw. endlich einmal die der beträchtlich bedeutenderen JOYCE, DÄUBLER, JAHNN, CARROLL erblickte, wird nich ganz genügen : von *dem* Wesen, das einen Dezenniums-Menschen mit 1 Lexikons-Notiz abspeisen möchte, weiß ich gar nichts. (Und die Literatur in den Händen von Literaturhistorikern zu lassen, ist schier noch mißlicher : ‹Sturheit, dein Name ist ‹Deutscher Mensch›!›).

1 kleiner Lohn wäre mir schon, wenn sich in Leserkreisen die

Einsicht herumspräche, daß es, ähnlich wie in der Mathematik, so auch in der Literatur, ‹Reine› und ‹Angewandte› gäbe. Die ‹Reinen›? : das sind die ganz-Schweren, die ‹Unverständlichen›; die, weit auf selbstge-macheteten 1-Mann-Pfaden ins Dschungel der Sprache & der ‹konformen Abbildungen› vorgedrungen, mühsam, und mit noch-schwerfälliger Hand, wie es dem Pionier geziemt, (aber ich meine nicht die gleichnamige Waffengattung), neue Kleinst-Beobachtungen fixieren; Neues neu benennen à la ‹Narfen merren›, (ohne die Vocale & Consonanten zu schonen); die über neue, nach Errichtung dann leicht nach-kletterbare, Gerüste sinnen; und sich überhaupt, falls sie ‹Glück haben›, feiertagslos zu Tode schuften dürfen; (es kann auch schlimmer für sie ausgehen). / Und außerdem gibt es eben noch die ‹An-Gewandten› – die, nebenbei bemerkt, 99,9 % der Schriftsteller ausmachen – : das sind Die, die ‹das Geld› verdienen, und die NOBEL- & sonstigen Preise für Mittelmäßigkeit bekommen. (Aber auch das ist schon wieder unrealistisch, daß ‹das Volk› eines beliebigen Landes jemals einsehen könnte, wie die edleren Kräfte grundsätzlich das wenigere Geld haben.)

‹Verleger›? – ich kenne zwar nur 10 des Näheren; möchte sie aber doch dahingehend definieren, daß es sich bei ihnen um eine (leider einflußreiche) Unterabteilung der ‹Schlechten Leser› handele; die sich, im allertiefsten Herzen, nach jener Zeit der Großen Kolportage zurücksehnen, wie dem Herr CERAM jüngst so ergreifenden Ausdruck verliehen hat. (Daß an SUE's ‹Ewigem Juden›, MAY's ‹Waldröschen› und DUMAS' ‹Monte Christo› ja im Grunde viel mehr ‹dran sei›, denn an, ich wage den Namen, ‹Sylvie & Bruno›, scheint nunmehr ein klarer Fall.) / Man sieht zumindest das eine : daß ich vom Primat des deutschen Geistes nicht übermäßig durchdrungen bin; und kein Demosthenes könnte mich vom Gegenteil überzeugen, (ja, selbst Willy Brandt vermöchte es nicht, wenn er sich auch ausdrücklich deshalb mit mir in Verbindung setzte : ich gehöre keiner zu bearbeitenden ‹Gruppe› an).

: ‹Warum ich dann aber überhaupt noch schreibe?›

Tja; warum –. / Vielleicht, um mir etwas Geld zu weiteren Prosa-Experimenten zu verdienen? Oder auf LEWIS CARROLL, einen Sehr-Großen, hinzuweisen; und sein bedeutendstes Stück, ‹Sylvie & Bruno›. / – – / Sie sind nicht im mindesten überzeugt worden? – Durchaus möglich. (Vielleicht sogar meine Schuld.) –

Also dann : »Hüh-Hott!«. –

ENTER CONTE FOSCO

1

»Nein, Wilkie; lassen Wir's so! Ich hege nicht den geringsten Zweifel : Die Frau in Weiss *ist der Name aller Namen, ist der Titel aller Titel!«*

Charles Dickens an William Wilkie Collins.

Das wird schon ein Schauspiel gewesen sein, wenn er, seine Kinder haben's berichtet, sich abends dann vom Schreibtisch erhob, und auf schwerfälligen Gichtbeinen zur Treppe stapfte. Plötzlich stehen blieb, und die dicke gedrehte Holzsäule bösartig fixierte –: »Drop it!«, versetzte er scharf; »ich *denke* nicht daran.« Lauschte dem, was der untersetzte Mahogany-Kerl zu proponieren anscheinend nicht unterlassen konnte – : ? – dann lachte's leis' & verächtlich aus dem Riesen-Vollbart: »– of corpse.«; (er sprach das englische ‹natürlich›, wie's dem Großmeister des Krimi ja wohl auch ansteht, grundsätzlich so). Kamen aber schon neue Phantome die Stufen heruntergerempelt; Manche ließen sich ja zur Seite schultern; Andere aber grüßten, oder flaxten ihn gar an – tja, und da dauerte es eben allabendlich eine ganze Zeit, eh' Wilkie Collins so ins Bette kam. –

Am 8. Januar 1824 war er in London, als Sohn eines mittelmäßig bekannten Landschafts- & Genre-Malers geboren. Ein schwächlicher Junge, den seine Eltern deshalb 37 mit nach Italien nahmen; zumal Rom hat den tiefsten Eindruck auf ihn gemacht, (und in jedem seiner Bücher kommt ‹folglich› irgendwas ‹italienisches› vor). Nach England zurückgekehrt, gab man ihn als Volontär in eine Tee-Firma; aber der

‹kaufmännische Angestellte› behagte ihm ebensowenig, wie die anschließend 5 Jahre lang betriebene Ausbildung als ‹barrister› in Lincoln's Inn. Nominell hat er die Approbation als Rechtsanwalt erhalten; praktiziert jedoch so gut wie nie – einzig für seinen eigentlichen ‹späteren Beruf› hat er allerlei davon brauchen können.
Dieser Beruf ergab sich relativ rasch & organisch : als sein Vater 1847 starb, schrieb er, wie vereinbart, dessen Biografie – er verstand selbst etwas von Malerei; 49 ist sogar ein Bild von ihm in der Royal Academy ausgestellt worden – und die wohlwollende Aufnahme der soliden, materialreichen Arbeit ermutigte ihn, gleich noch einen Roman zu versuchen, ‹ANTONINA, oder der Fall Roms›; (‹Rom› : was hab'ich gesagt?). Ein mittelmäßiger Erstling; (mit dem er sich wohl auch nur einige Vergangenheiten vom Halse schrieb); er hat, typischerweise, nie wieder einen ‹historischen Roman› vorgelegt : immerhin konnte er beschließen, bei der Schriftstellerei zu bleiben. 1848 hatte er das, für ihn als Mensch & Künstler entscheidende Glück, einer der besten Freunde des großen CHARLES DICKENS zu werden. Nicht nur, daß man sich häufig sah; Liebhaber-Aufführungen veranstaltete; fleißig korrespondierte; man unternahm auch gemeinsame Ausflüge & Reisen, so im Herbst 53 nach Italien & der Schweiz, (56 wiederum); ja, im Sommer 1860 heiratete COLLINS' Bruder, Charles, sogar Kate, die Tochter DICKENS'.
Noch wichtiger aber, weil uns, die Nachwelt, betreffend, war, daß DICKENS ihn sogleich als Mitarbeiter für seine beiden großen Zeitschriften mit Beschlag belegte, die ‹Household Words› und ‹All the Year Round›. Auch insofern folgte COLLINS dem Exempel des älteren Freundes, als er 73-74 auf endlose Vorlesungs-Tourneen nach Amerika ging; (und ahmte ihm getreulich selbst darin nach, daß er seine zeitlebens

delikate Gesundheit endgültig ruinierte). Heimgekehrt hat er dann, in immer zunehmender Zurückgezogenheit, in seinem Haus in der londoner Wimpole Street gewohnt. Seit seinem 35. Jahr schon von rheumatischen Schmerzen gepiesackt, die allmählich unerträgliche Ausmaße annahmen; sodaß er, ohnehin vom Vaterhaus her an mildere Formen der Bohème gewöhnt, zum Opium griff – 67 war die Tagesdosis bereits so stark, daß er damit eine Dinner-Party von 12 unter den Tisch getrunken hätte; (hier ist der 1. Absatz noch einmal nachzulesen).

Die Quellen über-ihn fließen spärlich – können die, notorisch prüden, Engländer es ihm doch scheinbar heut noch nicht verzeihen, daß er ein triolistig-geregeltes Nicht-Hagestolzendasein, mit two molls gleichzeitig, geführt hat : Caroline Graves, (Die kommt gleich); und Martha Rudd Dawson, von der er 3 Kinder hatte; sich auch mit Beiden begraben ließ. – Solchergestalt ist, wie sich's ja auch ziemt, das Leben des bedeutendsten ‹mystery›-writers immer noch eine Art mystery. Gestorben ist er jedenfalls am 23. September 1889; angeblich unter beträchtlichem Wakkeln der mächtigen Stirn;: »... the atoms & the void...« soll er dazu angemerkt haben. –

2

»*What brought good* Wilkie's *genius nigh perdition?* –
Some demon whispered: ‹Wilkie, *have a mission!*›«

Swinburne

Bevor ich zum eigentlichen Thema komme – es geht das nicht rasch, wenn das Thema weit über normale Gebühr hinaus

vernachlässigt worden ist – einige, doch notwendige, Exkürslein : denn WILKIE COLLINS ist ja mit nichten ‹todt›!
Von modernen Bewunderern nenne ich nur TS ELIOT, RICHARDSON, DOROTHY SAYERS, die dafür eintreten, daß außer dem ‹Mondstein› (67) & der ‹Frau in Weiß› (60), auch ‹Armadale› (68) und ‹No Name› (62) als gleichwertig aufbewahrt werden müßten. Wozu ich evtl. noch die ‹Schwarze Robe› (81) hinzusetzen möchte; vor allem aber ‹Poor Miss Finch› (72); ein nur scheinbar-zerfahrenes Stück, das in Wirklichkeit diverse FREUD'sche Theoreme über ‹Das Unbewußte› & ‹Traumatische Schocks› – ja, ‹vorwegnimmt› wäre unkorrekt; es schildert dergleichen eben.
Rund 30 Bücher hat COLLINS vorgelegt. Mit zum Teil aparten Titeln: ‹Rambles beyond Railways›, (‹To a fat Lady, seen from a train›); ‹Herz-Dame›; ‹The frozen Deep›; ‹Jezebels Daughter›; ‹Kains Nachlaß›; : ‹I say No!›. Und wenn man auch, im Sinn des oa SWINBURNE-Mottos, leicht über ihn & seinen, in späteren Jahren radikalen Feminismus spotten kann – soll er doch nach Herzenslust ‹metatropisch› gewesen sein! – es ist doch immer in seinen Büchern 1 Schuß Sozialkritik; treffliche Psychologica; und über all-dem eben der finster-windpfeifende ‹COLLINS-sky›, ob der unvergeßliche Friedhof von Limmeridge, oder das Schwarzwasser des Blackwater Park.

Zwar ist *meine* Meinung über ‹Krimis› die, daß es sich dabei um keine sonderlich ernstzunehmende Form der Literatur handelt : ich bin altmodisch; ich bekenne gern, daß mir sowohl ‹beatles›, als auch jene Herrn, die habituell von durchgehenden Rennwagen abspringen müssen, um nur ein bißchen Aufsehen zu erregen, schlicht als ‹Krampfhennen› vorkommen. Ergo muß ein Krimi, um von mir gelobt zu werden, *mehr* sein als dieses : muß ein ‹Weltentwurf› sein; fein säuberlich durch mehrere Jahre hindurch gearbeitet; muß Gedanken enthalten, Erfindungen plus Beobachtungen, portrait-gute Gestalten & Landschaften, kurzum vielviel reiche Alltäglichkeit.

Sogar in Filologenkreisen herrscht die Mode, den Krimi auf EDGAR POE zurückzuführen – das ist ein fetter Irrtum. Vermutlich wäre hier – (ich bin kein Fachmann dieses Gebiets; würde mich auch schämen einer zu sein) eher bei SCHILLER's ‹Geisterseher› anzufangen, oder dem ‹Genius› von GROSSE. Wer mich nach unserm besten *deutschen* Krimi fragt, dem entgegne ich immer: »HOLTEI, ‹Schwarzwaldau›.« – und dann sitzen wir einander halt gegenüber, ich & die Herren vom Colt; (Prag 1855, 2 Bände übrigens : 1 Gratis-tip für Taschenbuchverleger). Der beste *englische* dünkt mich eben diese ‹Frau in Weiß› hier; und ich tat mir recht etwas darauf zugut, ein uns derart verlorengegangenes Stück mit wiederentdecken geholfen zu haben – da wird man sich den Schock ausmalen können, *die* Beschämung, diese Reduktion in mein Nichts, als ich neulich in Celle, am Kiosk, sehen mußte :
– : daß ja bereits eine deutsche Ausgabe im Handel sei!

‹ILLUSTRIERTE KLASSIKER : DIE FRAU IN WEISS›. –

Da ‹Ironie pur› für den wunderlichen Casus allzu wohlfeil wäre, will ich lieber gleich bekennen, wie ich nach Kenntnisnahme besagter Nr. 100 doch beträchtlich betroffen dagesessen habe; (ich hatte die starkfarbigen Fänomene bis dahin nur par distance, in den Händen von Halbwüchsigen, erblickt). Ganz nüchtern, auch gänzlich unpessimistisch formuliert, hat sich mir ein schon seit den zwanziger Jahren gehegter Verdacht bestätigt : Es ist erreicht!

Nämlich das früher oder später doch wieder einmal unvermeidlich werdende (also denn lieber gleich früher!) Auseinanderklappen der Kultur. Via Fernsehen, Illustrierte, Bild-Romane undsoweiter, ist der Sinn für Sprache bereits unverkennbar zurückgebildet worden : rundumunsher schrumpfen die Wortschätze! (Das Gefühl für grelle Optica dagegen scheint im rapiden Zunehmen begriffen : sehr erfreulich für Auto-Mitfahrer meines Schlages!). Und da wäre es nur eine rechte Konsequenz, wenn man – meinethalben als ‹Übergang›; (wohin?; weiß ich nich) – von jeglichem Buch 2 Fassungen auf den Markt brächte : einmal das Original, wie der Verfasser es gewollt hat, dh in altertümlicher Langschrift. Ist es doch statistisch belegbar, daß

auf 10 Millionen Menschen 1 guter Autor kommt;

(auf 1 Million 1 noch-leidlicher);

auf 10 Tausend Menschen 1 Guter Leser :

demnach möchte es, in der Bundesrepublik, noch rund 5000 Abnehmer geben, für – vielleicht könnten wir den Ausdruck gleich-hier münzen, auf daß man weiß, was man im Laden künftig sagen müsse: »Nein; ich möchte 1 Alt-Buch bitte.« (hört sich gar nich so übel an!). Freilich gälte es, diese (allmählich wegsterbenden) Kunden, im Lauf der nächsten 10–20 Jahre zu erreichen. Immerhin könnte ein Verleger es finanziell fast noch verantworten, ein neues Alt-Buch herzustellen; zumal falls sich die Möglichkeit – ja, nu ma buchstäblich! – ‹ab-zeichnen› sollte, es (selbstredend nach einer gewissen ‹Bewährung in der Öffentlichkeit›!) annähernd-parallel als ‹Bildheft› herauszubringen. Denn ob ich schon

längst weiß, daß es sich beim ‹Volk der Dichter & Denker› nur um eine eitle-freche Frase handelt, so bin ich doch weit entfernt von der eiskalten Menschenverachtung jenes FREUD'ianers, bei dem ich neulich ‹Über Unterricht› wörtlich las: »Lesen Schreiben Rechnen? : *Weg damit!«;* (und dann empfahl der Bube noch was wie ‹Analerotik›. Nun, er wird's dereinst zu verantworten haben).
Das ganze, leider noch etwas komplexe Verhältnis – man ist in den Kreisen, die über Die Meinung verfügen, anschein'd immer noch zu sentimental – findet unübertrefflichen Ausdruck im Preise: hie 1 Mark; dort, bei GOVERTS, *achtundzwanzig: ‹Euch soll eure Kull-Tour noch teuer zu stehen kommen!›*.

3

»Vergeben Sie mir, mein Bester, wenn ich heut Abend nicht, wie vereinbart, in Ihrer Loge erscheine – ich kann *nicht fort; ich* muß *erst wissen, was aus Conte Fosco wird!«*

Premier GLADSTONE an Lord RUSSELL

Denn die Wirkung der ‹Frau in Weiß›, als sie ab November 1859 erschien, ist eben doch, auch auf gute & beste Leute, ganz erstaunlich gewesen! / THACKERAY saß die ganze Nacht auf & las. / EDWARD FITZGERALD – ‹Omar, der Zeltmacher›; ganz recht – taufte sofort seine Segeljacht ‹Marian Halcombe›. / Von der auch SWINBURNE, der immer für herrische Athletinnen geschwärmt hat, erklärte: sie sei ein grandioses Weib! / JOYCE, ‹Odysseus›, S. 216: »Miß Dunne barg das Capel-Street Leihbibliotheksexemplar tiefer in ihrer Schublade: ‹Liebte er nun Die-da-diese Marian?›«. / Trollope und Hardy haben die Technik gerühmt; vermittelst der, aus den direkten Aussage-Protokollen von ein Dutzend Leuten, 1-&-derselbe Tatbestand, von mehreren interessierten Seiten her angeleuchtet wird. –

Gleich der Anfang – wie da, auf der einsam mondhellen Landstraße, ein Endchen hinter Mitternacht, sich plötzlich die federleichte Hand auf den Arm des Zeichenlehrers legt – ist persönlichst erlebt worden. J. G. Millais hat es, in der Bio seines Vaters, geschildert, wie man zusammen mit den Brüdern Charles & Wilkie Collins, das Haus von Deren Mutter, in Hannover Terrace verließ : die Sommernacht war warm; & der Mond das große klare Zeichen. Unversehns vernahm man, aus dem Garten einer Villa am Wege, 1 Schrei : ! – auf flog die Pforte : und » herausgestürzt kam die Gestalt einer jungen & anscheinend sehr hübschen Frau, ganz in fliegendes Weiß gekleidet, das im Mondschein opalte – sie flog dahin, wie wenn der Wind sie triebe. ‹Wie lieblich & wie fraulich –› war alles, was Millais sagen konnte; denn schon rief Wilkie –: ‹Ich muß wissen Wer Sie ist, & was hier vor sich geht!›; und war bereits hinter ihr her. – Vergeblich harrten die Begleiter seiner Wiederkunft; und als sie sich am nächsten Tage sahen, schien Collins abgeneigt, sich über sein Abenteuer auszulassen.« (Aller Wahrscheinlichkeit nach war das die oben erwähnte Caroline Graves.) –

Das Manko des großen Buches ist das *aller* Victorianischen Romane : daß nämlich die offiziellen Helden fade sind & die Plastik von etwa Spielkarten haben – sogar ‹sprechende Namen›, dieser Tod aller Poesie!, sind nicht vermieden; heißt doch der Held ‹Hartright› = Biederherz; und SIE Laura Fairlie, das ist ‹Schönchen›; na schön. Aber das ist, wie gesagt, ein verzeihlicher schriftstellerischer Trick, in einer,

nach außen hin über-prüden Epoche : da muß man halt, hell angestrahlt, in Bühnenmitte ‹ 2 Lämmlein, weiß wie Schnee › stellen, die süß-unbeholfen Händ' & Füß' umeinander legen. / Das Wichtige aber geht grundsätzlich in der Culisse vor sich ! Sind dort doch nur ‹ Nebenfiguren ›; zT ausdücklich als Bösewichter & -wichtinnen deklariert; denen man ergo einiges – recht viel sogar – (vielleicht Alles ? !) – verzeihen kann. Ergibt sich der Satz: ‹ *Im Victorianischen Roman sind die Nebenfiguren grundsätzlich die Hauptfiguren !* ›. –
Und da tritt eben, als absolut-Erster, ER aus der Culisse, korsisch & wie gemeißelt, ER :

: Isidor Baldassare Ottavio CONTE FOSCO; Ritter des Ordens der Eisernen Krone von Pavia; correspondierendes Mitglied mehrerer gelehrter Gesellschaften des In- & Auslandes :

: eine uns allzulang vorenthaltene Gestalt der Weltliteratur ! ER, der napoleonische Verbrecher; mit dem verglichen sie alle – ob Commissaire Maigret, Sherlock Holmes undsoweiterundsoweiter – als doch recht magere Lichtlein erscheinen; bestenfalls als Nachfolger eines Vorgängers.

: » COLLINS besaß im höchsten Grade die Gabe, das Int'resse des Lesers zu fixieren. Die labyrinthisch-geknickte Einfachheit seiner Fabel ist schlechthin ingeniös; und viele seiner Gestalten sind nicht nur ‹ wirklich ›, sondern *ungewöhnlich-wirklich.* Sein Meisterstück in dieser Beziehung ist CONTE FOSCO, aus der ‹ Frau in Weiß › : immer & immer-wieder nachgeahmt, hat doch keine Imitation jemals die Subtilität plus Massivität des Originales erreicht. « : also spricht das Buch der Bücher, die ENCYCLOPÄDIA BRITANNICA; (& man vergebe mir, einem unbelehrbaren alten Heiden, auch diese Äußerung).

Die nächst-prächtige Gestalt ist, meines geringen Erachtens, der ältliche ‹Onkel Fairlie›. Ein ‹egoistischer Kränkling›? – Ja; schon; aber sobald er den Mund auftut, hat er nicht-Unrecht! / Unter den ‹Frauengestalten› stehen dem Leser-Kenner mehrere zur Wahl : ‹Laura› schaltet natürlich aus; (‹keusch› darf man durchaus ma sein; aber nich so ausdauernd-insipid!). Da ist die häßlich-feurige ‹Marian› erheblich interessanter; (dh für Den, der ‹Amazonen› mag). Und selbst die ältliche Frau Catherick hat ähnlichen Tiefgang : die ist fast *noch* kälter-heißer; noch matronenhaftlauernder : tolle lege! –
Ich hab'es über mich gewonnen, das Bild-Heft zu würdigen – vergebe man mir, wenn ich nunmehr auch das Alt-Buch empfehle! Wäre es so über die Maßen unrealistisch zu erwarten, daß man noch einmal, Hundert Jahre nach Ihr, der ‹Frau in Weiß›, Parfüme benennen würde? Modische Hüte, Zahnbürstchen, Quadrillen & Walzer, oder gar Zigarren-Marken?
: aber Büstenhalter? Aber Kugelschreiber??!! –

UND ES BLITZTEN DIE STERNE ...

(Über eines der Hülfsmittel des Schriftstellers)

1

»... *married to writing* ...«

THOMAS AMORY

Die starke schwarze Morgenluft, in der unten ein Endchen Mond flakkert (mit zwei ‹k›; da gebärdet's Schriftbild sich wimpelchenmäßiger, und deckt ergo den flirrenden Tatbestand etwas besser). Sehr fernes Glockenläuten (also Südwind; ‹nahes› ist unangenehm, dazu gehört schon ein ziemlich rindsledernes Trommelfell). Ein roter Querstrich auf weißem Grund – ? – (das ist dann, im Fernröhrchen, ein Reh in blühenden Kartoffeln).

Bauern & Bäuerinnen, gebäucht über landwirtschaftliche Geräte verschiedener Art, rüsten sich, zum Melken zu fahren; denn es ist kurz nach 5 – da bin ich das erstemal schon müde. Ich gehöre leider nicht zu jenen beneidenswert ‹Faustischen Naturen›, deren Hauptwesenszug nach St. Joyce in einer »general disinclination to work of any kind« besteht; halte vielmehr einiges von der hübschen-alten puritanischen Maxime des

: ‹1 TAGEWERK NOCH VORM FRÜHSTÜCK!› :

(und daß man ‹im Osten› Orden für Fleiß & Arbeit verleiht, dafür wäre Carlyle auch gewesen).

Hier sitz' ich also, ein alternder Autor, mein Bündelchen Bleistifte in der Hand, morphe ländliche Poly-Camellen nach meinem Geiste; an den Wänden, in hölzernen Regalen, der

Aufmerksamkeit meiner Zeitgenossen entschwundene Bücher; und kann, bevor ich das nächste größere Pensum angehe, zwischendurch ein wenig auf der Zunge fantasieren, ‹Über die Hülfsmittel des Schreibenden›.

Und ich meine jetzt nicht Schillers faulende Äpfel, und nicht Grabbe's sorgsam auf dem Tisch zurechtgestellte 4 Wassergläser blanken Rum's, (vom ‹Gehirntier› orakle ich nachher noch ein bißchen). Meine nicht die den Wortvorrat auffüllenden oder auslüftenden Vokabel-Schatzhäuser des Adelung, oder Klett's sehr brauchbares Synonymenlexikon. Und will auch gar nicht sehr Fehlendes beseufzen, als da wäre ein gutesgroßes Reimlexikon (aber nun wirklich 1000 doppelspaltige Seiten!) unschätzbar dem Übersetzer, oder dem Entzifferer von nur am hinteren Ende noch lesbaren Worten; oder ein deutsches Äquivalent des ‹Oxford Companion to English Literature› – nein; von all dem (vielleicht) ein andermal. Heut will ich lediglich 1 Bändchen erst liebevoll in der Hand wiegen-wägen, dann präsentieren:

den ‹AHNERT›. –

2

»Last night of all, / when yon same star, that's westward from the pole, / had made his course to illume that part of heaven, / the bell than beating one ...«

HAMLET

‹Beispiele aus dem täglichen Leben› heißt es, hätten immer so was Überzeugendes? – nu wunderbar!; da brauch' ich bloß links neben mich zu greifen.

‹Das Dubliner Tagebuch des Stanislaus Joyce›, (das ich gerade für Suhrkamp übersetze), hat als Herausgeber einen Prof. Healy, von der Cornell-Universität in, ausgerechnet, ‹Ithaca› – ein Europäer muß ja bei sowas immer zuerst mal kichern. Der stellt einleitend, bezüglich der kurios durcheinandergehenden Daten der einzelnen Eintragungen, nach verantwortungsvoller Erwägung mehrerer Möglichkeiten, die Hypothese auf: daß es sich dabei nicht um den Tag der Niederschrift, sondern um den des Ereignisses selbst handeln müsse.
Da bin ich nun eben auf den Ss. 58 ff., wo der erstaunliche Neunzehnjährige anläßlich eines Abendganges durch Dublin beschreibt, wie er dicht über Parkbäumen den »bright horned moon« erblickte; und wenige Zeilen weiter suggeriert es ihm einen »garden to the crescent moon«. Das Datum – nach dem Herausgeber ergo ‹Der Tag des Ereignisses›! – soll der »26. Juli 1904« sein; nur schade, daß ausgerechnet in der Nacht vom 26. zum 27. Juli 1904 *der Vollmond die Stunde regierte!* Prof. Healy's Theorie ist also, zumindest in diesem 1 Fall, schwerlich haltbar. Aus den näheren Umständen – »Stephen's Green« von »the top of Grafton Street« aus gesehen – ergibt sich, daß es, wenn schon überhaupt ein Julitag, dann der 17. gewesen sein muß. Woher ich das weiß?: aus dem Ahnert! (Da ich, wenn finanziell irgend zu verantworten, kein Scharlatan bin, gebe ich, hinter der Hohlhand, zu: *ich* hab' den Oppolzer benützt. Aber der ist seit 70 Jahren nicht mehr im Handel, und Ahnert leistet genau dasselbe.)
1 einziger Einzelfall? Ach, Du lieber Setebos! – Seien aus der Fülle dessen, was nur-mir schon zustieß, flink noch ein paar Exempel herausgegriffen. Ich habe u. a. auch eine Biografie des Romantikers Fouqué verfaßt; und konnte dessen

‹Böhmenreise›, im Juli-August 1822, nur deswegen von Tag zu Tag genau datieren, weil Der einmal angab, wie er zu 1 bestimmten Stunde, an 1 bestimmten Stelle in Teplitz einfuhr, während eben der Mond, in 1 ganz bestimmten Gestalt, dort über den östlichen Höhen emporschwebte – es hat sich das bißchen Rechnung gelohnt : rund 50 Tage seines Lebens lagen, zeitlich & räumlich geordnet wie auf einem Meßtischblatt, plötzlich vor mir!
Karl May (über den ich eben eine umfangreiche Studie bei Stahlberg erscheinen ließ) hatte die verständliche aber äußerst unangenehme Angewohnheit, seine frühesten Beiträge in selbstredigierten, allerobskursten, seit 90 Jahren ausgestorbenen Zeitschriftchen unterzubringen, die zu benützen ich leider verdammt war, weil es bei ihm, aus ganz bestimmten Gründen, auf die Genesis und die mikroskopische Anatomie der unfrisierten Erst-Texte ankommt. Und da war nun die eine, nur in fragmentarischen Nummern auf mich gekommene Wochenschrift zeitlich platterdings nicht zu fixieren. Mir war in dieser Beziehung schon mancherlei zugestoßen; einen Jahrgang des ‹Vaterhaus› habe ich nur datieren können, weil in einer Nummer für die ‹192. Sächsische Landeslotterie› geworben wurde; und selbst Einzelnummern der diversen ‹Gartenlauben› geben gern Rätsel auf; aber hätte hier, in dem erwähnten schwierigsten Fall, sich nicht eine der beliebten volkstümlichen Betrachtungen à la ‹Der Sternenhimmel im Januar› gefunden, ich wäre heute noch unsicher – ein Zustand, den ich ganz besonders schätze. So allerdings war's Kinderspiel; denn Wer half mir aus der Not? – ‹?› –: Ganz recht.

3

» I don't mind lying, but I hate inaccuracy!«

S. BUTLER

» Sehen Sie doch bitte einmal nach « schreibt am 12. 10. 1843 der sehr große Gauß an seinen Freund Schumacher in Altona, «ob Sir Walter Scott in der Ihnen gewiß leicht zugänglichen Originalausgabe auch immer den Mond in Nordwesten aufgehen läßt?, ‹the full moon, rising in the north-west›. Ich habe nur den Chemnitzer Nachdruck, in dem er dies Phänomen zweimal vorführt; im ‹Herz von Midlothian›, Kap. 15, und in der ‹Änne von Geierstein›, Kap. 8«. Da der Mond nur im Ost-Sektor aufgehen kann, handelt es sich hierbei nämlich um eine schlichte Unmöglichkeit; (‹engagierte› östliche Kollegen dürfen sofort, ex-oriente-lux-mäßig erfreut, den Kopf heben; westliche Literasten in ihre Reportagen Wendungen verweben wie ‹traurig schlich die unvollkomm'ne Scheibe des späten Monds mit feuchter Glut über der DDR herauf›).

Eines der bekanntesten englischen Deklamatorenstücke, Wolfe's ‹Burial of Sir John Moore at Coruña›, schildert es ergreifend, wie Jener am 17. 1. 1809 vor Tagesanbruch auf dem Glacis der Festung begraben wurde; und der umflorten dumpf-tumben Trommeln & vorschriftsmäßig gedrückten Untergebenenstimmung ist kein Ende: » We buried him at the dead of night « – von mir aus genehmigt; aber auch » by the struggling moon-beams misty light «? Also *das* nun eben nicht! Denn bereits 48 Stunden zuvor war Neumond gewesen; der ging am 17. erst *nach* der Sonne auf; und war überhaupt, vor lauter Magerkeit, noch gänzlich unsichtbar.

Nichts gegen Nachtübungen am Busento; aber das hier ist heroischer Kientopp.
Natürlich sind Frau Luna's Foppereien nicht etwa auf den angelsächsischen Sprachraum beschränkt.
In Gottfried Kellers prachtvoll-realistischem »Landvogt von Greifensee« reitet der Held am Abend des 13. Juli 1783, langsam über Dietlikon nach Hause. »Zur Rechten begann die Abendröte über den Waldrücken zu verglühen, und zur Linken stieg der abnehmende Mond hinter den Gebirgszügen des zürcherischen Oberlandes herauf«, und nun lauscht der Herr Salomon Landolt wie üblich dem »stillen Walten der Natur«. Der Haken ist dabei lediglich, daß der Mond erst zwei Tage später voll wurde; am 13. also noch frisch zunahm; und, – sagen Sie selbst – : hätte der Landvogt auch so nicht »ganz Auge werden« können? Hätte der Stimmungsgehalt der Szene darunter gelitten?
Leopold Schefer, bekanntlich einer meiner Lieblinge, kriegt das leider auch fertig, in seinem Gedicht ‹Nordlicht› zu schwelgen:

»Denn feurig geht der Vollmond gar nun auf,
bang ächzend schwirrt die Eule wieder um,
die alte Weide leuchtet wie ein Geist,
und nach der Sterne Stand ist's Mitternacht.«

Sorry! : das, was um Mitternacht aufgeht, kann nur ein abnehmender Halbmond sein. (Und man komme mir, bitte, nicht mit ‹Stimmung› und ähnlich feinsinnigen Ausreden; da frage ich nur zurück : hätte er nicht auch sagen können, »denn feurig geht der *Halb*mond gar nun auf«?).

4

» Phantom cities phaked by philim pholk «
FINNEGANS WAKE

‹ Alles bisher negativ, und bestenfalls literaturhistorisch brauchbar › ? – Moment; ich bin noch nicht ganz zu Ende.

Wäre nicht auch ein Schriftsteller denkbar, der, ehe er zu einem umfangreich-gewichtigen Buche ansetzt, sich gern mit ‹ Ordnung › schon aus dem Grunde umgibt, weil er der (vielleicht ja sogar richtigen) Meinung ist, daß auch Landschaften und Beleuchtungen genau so echt sein sollten, wie Gestalten & Vorgänge ? Brockes, der bedeutende, oder Cooper (in dessen Nachfolge dann Stifter) pflegten sich, ehe sie die Beschreibung einer Lokalität wagten, den betreffenden Ort nicht nur mehrmals und eingehend anzusehen; nein, sie bestimmten auch die dort gedeihenden Pflanzenarten, und sahen möglichst Kalender & Wetterberichte jener Tage ein, in die sie ihre Handlung zu verlegen vorhatten – alles zeitraubende Vorstudien; die sich Der, der mit ‹ erdachten Landschaften › arbeitet, freilich spart. Ich bekenne mich allerdings zur ‹ Methode Brockes ›; ich gestehe gern, daß es mir peinlich wäre, wenn ich eine hübsche-dicke hitzige Puppe beschrieben hätte, im Heu, die mondige Seite nach oben gekehrt – tja und dann käme irgendein neidischer Kritiker, und wiese mir nach, daß zu der betreffenden Viertelstunde damals der Mond überhaupt nicht geschienen habe.

Wie aber, wenn man unseligerweise auf den Einfall gerät, sein Gedankenspiel in eine Zeit zu verlegen, wo es noch keine Abreißkalender gab ? Wo der Pfahlbauer am 21. 8. 3937 v. Chr. popelnd auf dem Bootssteg sitzt, und auf seine künftige Pfahlbäuerin lauert ? So stach mich einmal der Teufel, eine meiner Lieblingsepochen, den Spätherbst des Jahres 541 n. Chr., bukolisch abzuschildern : wieso wußte ich, wie damals die Planeten standen; wie & wo der Mond sich erhob; und wann also Agraule, in den labyrinthigen Lagunen des Schwarzmeers, im grau-leuchtenden Kahn, angefahren kommen konnte, die schönste Sünde, die Selene je sah? Die Antwort lautet, jeder Leser wird es nunmehr selbst wissen : im AHNERT.

Oder wenn man einen ‹Zukunftsroman› zu verbrechen gedenkt – auch so ein beliebtes Ausweichen in (angeblich) Unkontrollierbares; mit andern Worten, meist ein Alibi zitternd schwatzender Feiglinge – dann sei es den Herren hiermit endlich einmal gesagt : wenn von der Zukunft meinethalben noch Alles offen sein sollte, *die Mondaufgänge sind es nicht, Messieurs!* Mir blieb, bei meiner ‹Gelehrtenrepublik›, auch nur übrig, den Perihelgängen meiner Helden, ob Zentauren ob Never-Never's, u.a. als rechnender Liebhaber-Astronom zu folgen; (die Unterlagen davon liegen in meinen Mappen; ich zögere jedoch immer noch, dem Publikum die kostbare Freizeit damit zu stehlen – freilich, wenn die sich doch bloß vorm Fernsehapparat ‹verliegen› . . .). Ich habe nichts dagegen, wenn man mich einen ‹präsenilen Postselenen› schilt – elegante Tadel weiß ich durchaus zu würdigen; ich erlaube mir dafür, den betreffenden ‹piping poet› als ‹geboren 70–71 in Retrograd› zu bezeichnen : sind wa kwitt, bong – aber wäre nicht noch ein anderer Standpunkt zu beziehen?

Ich hüte mich zwar prinzipiell davor, meine Träumungen, ja meine Ansichten mit dem Wort ‹Wahrheit› zu beschweren; aber mir däucht doch zuweilen, als wären Wir-Häutigen Zeugen davon, wie sich auf Basis des homo erectus eine neue biologische Spezies bilden zu wollen scheint : der ‹Genius›; bzw., was ich vorziehen würde, ‹Das Gehirntier›, at whose name all knees shall knock together. Man hat zuweilen den Eindruck, wie wenn es in einer (erfreulichen?) Vervielfältigung begriffen wäre, seit etwa 1789; infolgewessen es eigentlich allwichtig würde, die Verhaltensweisen früherer Gehirntiere bis ins millimetrig-einzelnste zu studieren; möchten sich doch möglicherweise daraus brauchbare Maximen für uns ergeben können, zur Regelung und Nutzbarmachung der mächtig zunehmen wollenden Gehirntätigkeiten. Das bisher meist übliche, äußerst gefährliche Leben des Genius, auf einer Wippe zwischen Betäubung und Erleuchtung, dürfte sich, millionenfach praktiziert, verhängnisvoll auswirken : Schädel wie Speicher brennender Wortvorräte allein, tun es nicht; Diät vielmehr, Ordnung, ja ich wage das (leider militärisch vorbelastete) Wort, eine möglichst weitgehende Disziplinierung, scheint zum Überleben unerläßlich. Eine Disziplinierung, wie sie z.B. sorgenfaltigstes Übersetzen aus fremden Sprachen ergibt; oder Urkundenstudium im Großen; oder eben auch eine ‹mathematische Genauigkeit› bei der Beobachtung & Materialeinsammlung. –

Neugebauer und Schoch sind vergriffen – so viele Namen, so viele ‹unbekannte Größen› fürcht' ich – und Oppolzer hat Prachtwerke in 4° darüber herausgegeben, die kein normaler Privatmann mehr bezahlen kann, geschweige denn zu gebrauchen versteht. Ich aber empfehle uns arm-Exakten zur Anschaffung den bescheid'nen und leicht zu benützenden 8°-Band des

PAUL AHNERT, ‹Astronomisch-chronologische Tafeln› Leipzig, 1961;

zu beziehen durch das ‹Zentral-Antiquariat der DDR›, Leipzig C 1, Talstraße 29; Preis 10,20 Westmark.

VON DEUTSCHER ART UND KUNST

(James Jones und der Text der ‹Entwurzelten›).

» Es liegt in der deutschen Natur, alles Ausländische in seiner Art zu würdigen und sich fremder Eigentümlichkeit zu bequemen. Dieses und die große Fügsamkeit unserer Sprache macht denn die deutschen Übersetzungen durchaus treu und vollkommen. « – (Goethe *zu* Eckermann; *am 10. 1. 1825*).

1

Die alleräußerlichste, jedem Leser bei der Beurteilung von Übersetzungen aus dem Angelsächsischen anzuempfehlende Klugheitsregel, ist die Vergleichung des *Umfangs* des Originals mit dem betreffenden deutschen Buch.

Nun hat Some Came Running 1266 Seiten à 44 Zeilen à 68 Buchstaben – wird also insgesamt rund 3,8 Millionen Buchstaben umfassen. Weiterhin ist jedem, nicht nur ‹ Fachmann › sondern sogar Schüler, sattsam bekannt, daß die ‹ Einsilbigkeit › des Englischen, und noch mehr des Amerikanischen, bei der Verwandlung ins Deutsche den Ansatz eines ‹Vergrößerungsfaktors › notwendig macht. Bei sehr sorgfältig gearbeiteten Übersetzungen dürfte er immer noch 1,1 betragen; (es gibt aber Bücher – ich besitze eine deutsche Jane Eyre – wo er 1,4 ist; da kann man auf Anhieb sagen, daß der Übersetzer ‹ umschrieben › hat, also geschwatzt). (Dieser Faktor ist, versteht sich, bei jeder anderen Sprache natürlich verschieden : wenn ich im Burmesischen lese von der »Zeit, wo der jüngere Bruder dem älteren Bruder begegnet, ihn nicht erkennt, und ihn dennoch erkennt«, und dann erfahre, daß das unserer schlichten deutschen ‹Dämmerung› entspricht – ei, dann bin ich froh, daß ich, wie so Vieles andere, auch Burmesisch nicht verstehe).

Bringen wir aber nun diesen ‹Schmidt'schen Vergrößerungsfaktor› – ich nenne ihn so, weil ich bei der Kalkulation meines nächsten Übersetzerhonorars bereits damit zu arbeiten gedenke – beim vorliegenden Jones an; und es ergibt sich, daß eine getreue deutsche Übertragung wohl oder übel ihre 4,2 Millionen Buchstaben aufweisen müßte.

Das ist enorm! Das sind, rein quantitativ, 15 Goethe'sche WERTHER; oder 2½ Stifter'sche NACHSOMMER; und der Verdacht einer reinen Prosa-Elefantiasis liegt ebenso nahe, wie der eines dicken holden Buches.

Aber stellen wir den entscheidenden Kalkül an, mit dem vorgeblichen Äquivalent dieser ENTWURZELTEN : 1044 mal 46 mal 70? – Keine Angst; es ist keine Hexerei; es ist die reine Geschwindigkeit : ergibt 3,3 Millionen. Und Sie könnten ergo, mit völliger Sicherheit, einen nicht unbedeutenden Betrag darauf wetten, daß man uns rund 900 000 Buchstaben gestrichen hat – was übrigens einen nicht unstattlichen Band von etwa 400 Normalseiten ausmacht : *rund 20% des Urtextes fehlen also!*

Einen ersten Beleg liefern die reinen Kapitel-Zahlen : das Original hat 76, die Übersetzung nur 74; die Nummern 36 und 73 sind ganz ausgefallen; der Streicher war nicht schüchtern.

Man könnte mir freilich zunächst, ganz allgemein, entgegenhalten, daß ein derart unsinnig umfangreiches Produkt durch energische Dehydrierung durchaus gewonnen haben könnte.

Zugegeben; (obwohl es sich auch dann immer noch um eine *Veränderung* handelte!); man kann durch Zusammenstreichen bessern. Man kann aber auch *bösern;* ja, verfälschen! (Ich erfinde 1 Beispiel : wenn es von einem Werk hieße ‹Ein echter Dichter hätte solchen Tinnef nie hingeschrieben› – und ein geschäftstüchtiger Buchhändler zitierte nur: ‹*Ein echter Dichter*›!).
Um also nachzuweisen, daß mir nicht nur an einem bloßen, ebenso end- wie belanglosen, Silbenkrieg gelegen ist, sondern an einer ‹Grundsatzerklärung›, muß ich schon ein wenig ins Einzelne gehen : bei einem Buch, das voraussichtlich Millionenauflagen erleben dürfte – ob verdientermaßen, steht auf einem anderen Blatt – bei dem es sich also um eine meinungsbildende Großmacht handeln wird, ist es von überragender Wichtigkeit, zu wissen, ob die Ansichten des Verfassers, die Denkweisen seiner Helden, kurz, alle seine Intentionen, korrekt wiedergegeben sind.
Und also ist es vielleicht nicht ohne Interesse, zu erfahren : *welche 20%* uns in diesem Fall vorenthalten wurden!

2

»Er hatte seine ersten 3 Deutschen getötet, und fühlte sich so ergötzt, und machtvoll, und gottgleich!« : Potz NATO & Atomrüstung : das Uns?!
In der deutschen Fassung fehlt die betreffende Druckseite 145 freilich (die Seitenzahlen sind im Folgenden die der amerikanischen Originalausgabe); fehlt, wie die nicht seltenen Anspielungen auf die Kriegsverbrechen der Nazis, auf die »Konzentrationslager; und in dem einen war ein grausiges Bild gewesen, wie nackte Frauen gezwungen werden, über

ein Feld zu laufen, vor der Front deutscher Soldaten entlang« (814, 1113, und öfter). Es wird uns systematisch unterschlagen, wie – drücken wir es ganz vorsichtig aus – wie einige von Jones' Helden, trotz der sonderbar großen Freundschaft zwischen Adenauer & Eisenhower, über uns Deutsche denken : Oh peuple babillard, si tu savais agir! (Oder wenigstens richtig zu wählen).

Gut und menschlich Jones' Einstellung zu Krieg und Kriegskrüppeln (11, 15) – unnötig zu sagen, daß sie ihm gestrichen wurden; sie hätten vielleicht auch manchen ‹Wehrwillen› beeinträchtigt.

»Dave haßte die Kommunisten, haßte sie bitterlich ..... ‹Wenn wir ihnen nur immer um 1 Atombombe vorausbleiben könnten!› ..... Wenn es nur eine Methode gäbe, um zu ermitteln, ob es sich bei ihnen tatsächlich um menschliche Wesen handelt. ..... ‹Kommunisten sind keine Menschen›, sagte Dave von der Theke her, ‹Ich hab' sie in Deutschland kennen gelernt.›« (295, 419, usw. – dies ‹usw.› spare ich mir in Zukunft). Eine Hoffnung bleibt den Amerikanern vielleicht noch (1264), daß sich Rußland und China mal anständig-gegenseitig in die Haare kriegten : »Das wär' schön!« (Jones hat sogar das noch perfidere und plattere »nice«). – Ich habe lange darüber nachgegrübelt, warum wohl dergleichen – bei uns doch ebenfalls weit verbreitete – Gedankengänge weggefallen sind : sind sie vielleicht doch um 1 Spur zu primitiv ausgefallen?

Aber das ist noch nichts gegen das, was man in ‹Gottes eigenem Land› so über die Chinesen denkt; und Jones hat die ebenso hahnebüchenen wie instruktiven Waidsprüchlein nicht etwa nur *einer* Gestalt in den Quermund gelegt : ob Dave, ob Wally, sie denken Alle so!: »Es war zum erschrecken. Für Hunde mochte es allenfalls angebracht sein ..... oder chinesische Bauern; die waren ja noch im Tierzustand, und wußtens nicht besser.« (687). Oder wie uns das Eingreifen der Amerikaner in Korea unschwer faßlich erklärt wird: »Sie wollen uns das nehmen, was wir in der Heimat gelassen haben : diesen unseren Lebensstandard, von dem sie nicht mal in Träumen wissen!« (1263) – so räsonnieren Intellektuelle, Schriftsteller, bei Jones : wenn es nicht ein so lächerliches Schauspiel wäre, diese hirnlose Überheblichkeit der Yankees, heulen könnte man! Die deutsche Ausgabe erspart uns allerdings humanerweise diese und ähnliche Tränen. –

Aus unserer speziellen bundesdeutschen ‹Seelenlage› heraus begreiflicher (wenn deswegen auch nicht entschuldbarer) ist die Kürzung aller Passagen, die sich gegen ‹Pietät› und Staatsreligion richten: »Haben Sie schon mal 'ne Hure gesehen, die geglaubt hätte, sie wäre eine? ..... Haben Sie schon mal 'ne Mutter gesehen, die sich nicht eingebildet hätte, sie wär' die Jungfrau Maria?« (185).

»Tcha, das Bibellesen kam ja auch immer mehr außer Mode« (519); oder: »Merkwürdig, diese Church of Christ, Saved : sie wußte grundsätzlich mehr von dem, was in den Kneipen vor sich ging, als sonst ein Bürger der Stadt; es seien denn die beteiligten Bummler selbst« (387). Man hätte Jones wahrlich nicht dergleichen unerhebliche Einwände gegen das Christentum zu nehmen brauchen – er ist nichts weniger als Atheist; vielmehr ein ganz knieweicher Myste; und macht die transatlantische theosophische Mode groß mit; wer an Yoghi-Yogha Interesse hat, und Annie Bee's Aunt, kommt bei ihm voll auf seine Kosten.

Begräbnisse?: »verlegen-verlogen kam sie sich vor und nackt und obszön – barbarisch war das Ganze!« (1063, 1067). Eltern?: »Zwei Leute, die mit monumentaler Kalt-

blütigkeit, ohne das geringste Verantwortungsgefühl und gedankenlos« Brüder machen; und anderseits denkt Dave: »Gottseidank, wenigstens hatten sie nicht noch die Sorge für ein paar verdammte Kinderbälger. Ginnie hatte als Kind mal Tripper gehabt, und war infolgedessen unfruchtbar – also waren sie wenigstens *die* Sorge los, gottseidank!« (1205); so beschreibt Jones die Gefühle von Menschen, die sich einmal nicht verstellen – im Original.
‹Pietätlos›? – wie Sie wollen; aber es steht nun mal so im Buch!

3

Und, ha!, jetzt kommt's dick; (und gleich beide Hände vor den Mund; und filistern geflispert): *SEXUALITÄÄÄT!!* Denn hier kann man einmal, tausende von Zeilen hindurch, die moralisch-lüsterne Verwirrung ‹auf bundesrepublikanischer Ebene› bewundern, und einen Kleinmeister ‹am Werk›:
5 Seiten lang (379–384) malt Jones – und es ist eines der, nicht zu häufigen, ‹niederländischen› Meisterstücke des Mammut-Bandes – die Umarmung des 70-jährigen halbbesoffenen Vic und der 65-jährigen Weibsreckin Jane im fremden parkenden Auto: ein ‹danse macabre›, schön vor lauter Häßlichkeit!: *Das* gestrichen zu haben, möchte *ich* dereinst vor Apoll nicht verantworten müssen!
Oder Gwen French, die ‹Miss› des Buches, eine treffliche Charakterstudie (der man ohne weiteres großenteils persönliche Erfahrungen des Verfassers und viel Einfühlung und Arbeit vindizieren würde, auch wenn Jones es nicht ausdrücklich im – selbstverständlich gestrichenen – Kurz-Vorwort erwähnt hätte): die 35-jährige Jungfrau; steif, wie

aus rosa Röhren erbaut, die schnappt sich verzweifelt die pornografische Bildersammlung ihres Lyriker-Vaters Bob, und geilt sich, 5 meisterliche Seiten lang (311–316), hilflos-wunderbar daran auf; vexiert sogar, zusammengebissenen Geschenkels, die Passanten damit, und epidiaskopiert ihr Leid in die Nachtstadt hinaus : *im Original! : Die Verödung der Hintergründe, die Verarmung der Charaktere der deutschen Fassung ist himmelschreiend!*

Unglaublich, mit welch nichtswürdiger Sorgfalt der Streicher gestrichen hat! Wie bezeichnend ist nicht das doowe talkige Gewäsche Ginnie Moorehead's (423 f.): »Immer Sex; schon als ganz kleines Kind. Ganz winzig noch wäre sie gewesen, und hatte immer längere Gedankenspiele gepflegt : wie ein Wettbewerb veranstaltet wurde, und sie die dicksten Titten im ganzen Kreis hatte; und die Preisrichter schrien ‹Hoch!›, und alle Leute klatschten wie wild.« Denn Ginnie ist ein »pig« und soll als solches genau porträtiert werden. / Ein Mädchen faßt den Handgriff des Spielautomaten »wie ein phallisches Symbol« (447); die Betrachtungen über den »Brust-Fetischdienst« (448); die alte Muttel auf dem Klo (675) – alles heraus; alles entschärft; weil ‹nicht passiert sein kann, was nicht passiert sein darf›, was?!

Mit diesen ENTWURZELTEN in der Hand kann man freilich nur hauchen : ‹Oh, diese tauig-keuschen Amerikaner!› – und dagegen unsere deutschen Autoren, die Schweine, gelt ja? –

Denn wir sind ja bei einem fundamental-traurigen Abschnitt angelangt : der bedrückenden Verflachung aller Gestalten. Gedankenschwund; Kastrierung; systematische Zerstörung sämtlicher Feinheiten : zwischen der amerikanischen Fassung und der deutschen ist ein Unterschied, wie zwischen Braut und Brautbett!

Ob in den Kapiteln 29 respektive 45 das leitmotivisch bedeutende »his-her mind froze« immer wiederkehrt, sobald das getrennt lebende vergreiste Ehepaar aneinander denkt. / Ob der Polizist grundsätzlich-zwanzigmal »langsam & methodisch« sich regt, spricht, handelt. / Ob Edith Barclay erwägt, vor der endgültigen Abreise noch einmal mit dem Bruder des Geliebten ins Bett zu gehen : weil er ihm doch so ähnlich sieht! / Ob Jones die Metafern für Verworrenheit und Komplexität grundsätzlich-bedeutend von Technoidem hernimmt: »wie wenn ein Mann steht, inmitten eines verwirrenden Irrgartens aus Eisenbahnschienen – die Züge schießen an ihm entlang-vorbei, erst aus dieser Richtung, dann aus jener, dann aus einer dritten; es pfeift vorbei, und perlend-blendende Lichter, und der Qualm nach verbrannter Kohle« (42) – den vergleichenden Leser überkommt, je länger desto mehr, das Gefühl, als seien hier Sortiermaschinen im schüdderumpenden Gange gewesen, die sämtliche Feinheiten ausgesiebt haben!

4

Und die bedeutendste Gestalt ist mit nichten, wie der (diesmal besonders irrelevant geratene) Waschzettel dekretiert, Dave Herschmidt – dieser ‹Schriftsteller› ist Jones arg unvollkommen, unüberzeugend geraten; von fleißigen Intellektuellen hat er wenig Ahnung – nein : die, mit Abstand, einprägsamste Figur ist Alabama-Dillert! Und ist in der deutschen Ausgabe in einer Art & Weise kastriert worden, dekapitiert, platt geschlagen, auf gut irokesisch verstümmelt, daß selbst die spitzeste Zunge einen Augenblick lang um Ausdrücke der Entrüstung in Verlegenheit gerät! Wie fährt er nicht im Original Auto (490 fff.); wie bezeichnend-beabsichtigt ist nicht die Einrichtung des gemeinsamen ‹Junggesellenheims› (759); oder das wichtigste : der Besuch von ‹Bamas' Farm› : 18 (in Worten : achtzehn) Seiten hintereinander wurden hier mit beneidenswert unbeteiligter Hand entrupft.

Wie abgesägt agiert nicht in der deutschen Fassung, der zweitbeste Mann, Frank : wo ist dessen meisterhaft ausgeführte ‹Entwicklung› vom ‹normalen› Geschäftsmann an, dem schlecht verheirateten; über den Mätressen-Hälter, den traurig Experimentierenden; bis ‹hinauf› zum Voyeur, zum »Peeping-Tom«, der durch Nighttown irrt, und an Schlafzimmerfenstern durchs Klaff gafft, um nur 1 nackte Frau zu sehen und auswendig zu lernen, Szenen wie im Tollkirsch-Traum : wo ist er? Wie unzureichend die jetzigen klapperdürren deutschen Andeutungen! (1142, 46, 50, 53 – undsoweiter)

Wie sorgfältig hat Jones nicht die Stadt Parkman aufgebaut : die Namen der Straßen; die, uns ungeläufige, Benennung der Wohnblocks nach verdienten Bürgern : ein bürgerliches Ziel, meine Herren, und einer der Angelpunkte in Franks Dasein!; das College und seine Geschichte; das große Fest anläßlich der Hundertjahrfeier des Verfassers des OREGON TRAIL. Und wie wird dem deutschen Leser nicht durch die Zusammenstreichung des ‹Lokals› die geistige Ansiedlung in dem Buche erschwert.

Sorgsam bevölkert ist sie, mit 100 Gestalten – von denen jetzt freilich nur, und meist aus Versehen, noch die Namen stehen geblieben sind: »Doc Cost« und »Doris Frederic« und »Judge Deacon«; selbst »Dawn« und »Wally« (mit seiner Messersammlung; das gibt es nur in Texas) : wie flach sind sie nunmehr Alle, die ursprünglich schön-sorgsam gebosselten Hochreliefs. Wo in der reduzierten Platitüde erkennt man noch den sehr bemerkenswerten still-klug-reservierten ‹Sohn› und Waisenknaben »Walter« (1042–45, 54–55).

Selbst die dienenden Gestalten, zweiten und dritten Ranges besitzen im Original, nach guter uralter Angelsachsen-Tradition, seit Richardson her, beträchtliche Selbstständigkeit, jede hat ihren ‹Hintergrund› – *gehabt!*

Nicht uninteressant vielleicht noch, wie man Jones jeglicher Bildung beraubt hat : er erwähnt Stendhal und Tolstoj (304) : gestrichen. / El Greco & sein Toledo: »Wie mußte der Grieche diese Stadt gehaßt haben. Oder gefürchtet.« (3) : gestrichen. / Kritik an Remarque's IM WESTEN (651) : gestrichen. / Der immer wiederkehrende, wahrlich höchst nachdenkliche Vergleich mit den letzten Zeiten des Römischen Reiches, Gibbon, Attila : gestrichen. / Thomas Wolfe – ein Name, bei dem man viel denken kann; (übrigens nicht nur Gutes!) : gestrichen. / Villon und seine Katherine? : gestrichen. / Anspielungen auf Christopher Marlowe, Nash, Green? : gestrichen! »Dabei sind die amerikanischen Schriftsteller gar nicht so hinreißend doof – oder, höflicher ausgedrückt, ‹Naturburschen› – die lernen sehr wohl etwas; und bringen es in ihren Büchern, an passender Stelle, auch genau so an, wie unsere. Das heißt, in der amerikanischen Fassung; bei uns scheint immer noch unerläßlich die Vorstellung grassieren zu müssen, vom Gemisch aus, bestenfalls, Cowboy & Rockefeller.

5

Die Übersetzung selbst scheint redliche Handwerksarbeit; vielleicht etwas unter Durchschnitt – ein Lächeln » like gall «

ist etwas mehr, also bloß »bitter«; – »twice removed« nicht ‹verlobt›, wohl aber ‹2 Mal abgetrieben›; usw. – aber ihr hat meine Aufmerksamkeit nicht gegolten. Auch ist der Jones'sche Text selbst kein Meisterwerk; also spielt's weiter keine Rolle.

Wie denn Jones, meiner Ansicht nach, maßlos überschätzt wird : im Vergleich zu wirklich erstklassigen Leuten und ihren Werken, wie etwa dem ODYSSEUS des James Joyce, ist Jones nur ein kleines Licht; der Wert seiner Stücke liegt allenfalls in Teilen des Materials; die Verarbeitung ist ziemlich dürftig.

Aber abgesehen von solch absoluter Wertung : das amerikanische Original ist unvergleichlich viel vollständiger und besser, zumindest himmelbreit verschieden, von dem, was man uns hier im Deutschen aufgetischt hat: ‹*20% der besten und charakteristischsten Stellen wurden sorgfältig gestrichen*›, würde *ich* dem Impressum zusetzen, wenn's ‹meine› wäre. (Beziehungsweise umgekehrt : welch einen Band würde nicht dieses ‹Herausgestrichene› ergeben!)

Ich hatte schon zuvor von der menschlichen Unvernunft sehr hohe Begriffe; aber auf die Kaltblütigkeit uns dergleichen zu servieren, war ich dennoch nicht gefaßt : ist der amerikanische Roman ein trotz allem schmackhaftes und sättigendes Gericht; so ist die vorliegende deutsche schwarz-rote Schüssel lediglich randvoll einer teichgroßen, bettelsuppenbreiten insipiden Tunke! –

Es beginnt bei uns, in lieben Deutschlands Mitten, im Gegensatz zu Goethes pompöser Behauptung überall eine Textverwilderung einzureißen, zu der man, will man sein literarisches Gewissen auch nur einigermaßen intakt erhalten, nicht schweigen darf. Und da keinem beruflich anderweitig tätigen Leser zuzumuten ist, tausende von Seiten zwei-sprachig-mikrologisch miteinander zu konfrontieren, so ist es Aufgabe der Schriftsteller, ihr BIS HIERHER UND NICHT WEITER ! zu rufen.

Und da kenne ich eben jetzt 2 verschiedene Bücher : 1 nicht schlechtes amerikanisches, namens SOME CAME RUNNING. Und ein reduziertes deutsches Gemächt; es heißt DIE ENTWURZELTEN.

‹URKUNDLICH BELEGT›

1

Fern sei es von mir, Materialien zu den ohnehin überflüssig vorhandenen Kriminalromanen liefern zu wollen – zu deren eisernem Bestand freilich gehört die, alle Teufeleien beweisende, ‹Urkunde›, die sich dann, im letzten Buch-Zehntel, (und jedem Leser war ja gleich nicht wohl dabei zumute!), als unecht herausstellt. Das klassische Beispiel liefert immer noch der alte WILKIE COLLINS; in dessen ‹Woman in White› der Hauptschurke, Sir Percival Glyde, dieses nur aufgrund der gefälschten Heiratseintragung seines Herrn Papas ist. Derlei müßige Erfindungen also überlasse ich herzlich gern jenen armen Würstchen von Brotschreibern, die verzweifelt an ihren thriller-Zitronen herumpressen, und uns einreden möchten, daß Verbrechen eigentlich nur deswegen geschehen, um aufgeklärt zu werden. Die Praxis des Literaturhistorikers liefert da weitweit echtere, bestürzendere, auch groteskere Fälle; was allerdings voraussetzt, daß man eben ‹Urkundenstudium› nicht scheue, und gar nicht nach Art jener Kompilatoren verfahre, denen, wenn sie links 50 Oktavbände durchblätterten, währenddessen rechts 1 Duodezbändchen abgegangen ist : wieder'n Ding fertig! (Und davor noch den, solche Produkte unweigerlich kennzeichnenden, schwer assonierenden Titel à la ‹Radio, Radegast und Radieschen›.)

2

Ohne mich auf Haarspaltereien über den Begriff der ‹Urkunde› einzulassen, sei mir, knospenden Biografen zur Warnung, vergönnt, von einigen, immer wieder vorkommenden, Possen & Streichen zu berichten, die Einem bei Archivarbeiten von den scheinbar verläßlichsten Dokumenten gespielt werden können.

Hat man sich erst einmal 1 Bestimmten zum Verbiografieren erkoren, dann ergibt ja selbst die kleinste Briefnotiz, (und sei ihr Inhalt ansonsten noch so nichtig), als mindestes noch 1 Ort und 1 Datum im Briefkopf. Wobei sogleich zu beachten : um Sylvester herum erfolgen gern Verschreibungen *im Jahre!* Ein Tatbestand aufgrund von ‹Komplexbildung›, den ja Jeder von sich selber her sattsam kennt; dergleichen Flüchtigkeiten sind jedoch meist leicht zu entdecken und zu berichtigen. Schwieriger wird es schon, wenn schwere, womöglich geistige, Gesundheitsstörungen – sei es infolge von Schlaganfällen, oder sonst mehr oder minder ehrbaren Leiden – systemlose Faselfehler hervorrufen. So datiert der große Romantiker FOUQUÉ, dessen ‹Undine› ja heute noch in aller Welt 1 Begriff ist, einmal einen Brief an Perthes vom ‹2. Pfingsttage 1811› – dabei ist er, es läßt sich erfreulicherweise anderweitig rektifizieren, notorisch am 11. 5. 1818 geschrieben. (‹Tintenvergleichungen› sind hier oft hülfreich; auch geben die ‹Wasserzeichen› der Briefpapiere wertvolle Hinweise : wenn ein Büttenbogen 1816 ‹geschöpft› wurde, kann der darauf geschriebene Brief schwerlich von 1811 sein!).

3

Auch das ist noch relativ harmlos – weil so rührend leicht durchschaubar – wenn Ernst Moritz ARNDT sich einmal, in einem Bewerbungsschreiben an das zuständige schwedische Kriegsministerium um 1 Jahr jünger macht : jenun; er wollte eben durchaus als Fähndrich eingestellt werden! (Und die Schoritz'er Geburtseintragung auf Rügen bringt alles wieder ins rechte Lot.)
Wesentlich unangenehmer wird es schon, wenn die ‹gestempelten Urkunden› einander nicht nur einmal, sondern gleich serienweise widersprechen. Der schon erwähnte FOUQUÉ heiratete 1833 in dritter Ehe eine gewisse Albertine Tode; und die Heiratsurkunde sagt aus, daß sie damals 23 Jahre alt gewesen, folglich 1810 geboren, sei. Ihre spätere Todesurkunde, aus Hannover, gibt an: ‹gestorben am 28. 2. 1876, morgens 3 Uhr; im Alter von 65 Jahren, 11 Monaten, 22 Tagen›; woraus also nun auch der genaue Tag, der 6. März 1810, abzuleiten ist, (dieser überdem noch zusätzlich durch ein ‹Geburtstagssonett› gesichert). Zum Überfluß berichtet FOUQUÉ selbst noch an 2 weiteren Stellen von ihrem Geburtsjahre; einmal in einem der ‹Brautbriefe› an sie selbst, wo er am 20. 3. 1833 schreibt: »Du Süße, von der an meiner Wiege gewiß schon Engel sangen, *mehr denn 30 Jahre*, ehe Du geboren wurdest!« – und da er 1777 das Licht dieser Welt erblickte, macht sich die Anwendung auf 1810 von selbst. Das zweite Mal berichtet er, noch präziser, am 10. 5. 1834 an Perthes: »Meine liebe Frau Bertha ..... erst 24 Jahre alt,«; ergo : 1810 geboren. (Man müßte, als Biograf, oftmals froh sein, wenn man nur einen Teil so vieler und so netter ‹Zeugnisse› für ein Faktum beibringen könnte!).

Dabei ist das Alles gar nicht wahr!
Laut Eintragung des Kirchenbuches zu Barth in Pommern, ist Frau Albertine zwar sehr wohl am 6. März, nicht jedoch 1810, sondern bereits 1806, *also 4 Jahre früher,* geboren! (Und die Notiz wird sogleich noch zusätzlich durch das Datum der Konfirmation von 1820 bestätigt, die ja in evangelischen Landen prinzipiell mit 14 Jahren erfolgt.)
Es ergibt sich die erstaunliche Tatsache, daß FOUQUÉ nicht gewußt und nie erfahren hat, wie alt seine Frau war! Oder, andersherum ausgedrückt: Frau Albertine muß irgendeinen Grund gesehen haben, 4 volle Jahre ihres ‹Vorlebens› zu ‹löschen›. (Mit dem, zugegeben naheliegenden, ‹*WARUM?*› bin ich überfragt; ich habe keine Ahnung. Die Verhältnisse der Familie Tode sind überflüssig dunkel, und harren noch jeglicher Erhellung; allerdings ist die Forschungslage verzweifelt, und nur 1 Zufall könnte noch neues Material auftauchen machen.) – Immerhin sei festgehalten, daß sich hier unverkennbar irgendwelche ‹menschlichen Tragödien› zu verbergen gesucht haben – erfolgreich; bis heute.

4

Und damit das Satyrspiel nach der Tragödie nicht fehle, ein urkundliches Kuriosum von 1907 – wahrlich, man muß als Biograf auf die blödsinnigsten Einfälle geraten! Auf ‹Lösungen›, mit denen verglichen die post festum hinzu konstruierten ‹Motive› der Verfasser von ‹Krimis› dürr wirken, und unüberzeugend und weltfremd. (Mein Kollege, dem es passierte, heißt im folgenden Y.; der Schriftsteller über den er arbeitete, X. – er ist noch nicht ‹frei›, noch nicht 50 Jahre tot; auch Kinder leben noch.)

Herrn Y. also schreibt ein begeisterter Leser aus N. (die Stadt existiert ebenfalls noch – ich bin mir bewußt, daß ab nun meine Wahre Geschichte nach Märchen schmecken muß; schade), daß bei seinem Vater, weiland Besitzer des Gasthofs ‹Zum Schwarzen Walfisch›, (Neenee : nix Askalon; es handelt sich schon um einen Ort in der Bundesrepublik), damals, vor nun 50 Jahren, auch Herr X. eingekehrt sei. Das Gästebuch, mit der eigenhändigen Namenseintragung des berühmten Mannes, sei noch in seinem Besitz : nahezu 3 Wochen habe Der mit seiner Gattin dort geweilt; und sein Vater noch so manches Jahr später, im geselligen Zirkel, bei der Flasche, folgende Anekdoten von den Beiden zu berichten geliebt; (folgten mehrere Schnurren; die 1 ziemlich starker Toback). Kollege Y. ließ sich, gewissenhaft wie er manchmal ist, von einem N.'er Fachmann die betreffende Seite jenes alten Gästebuches fotokopieren – naja; die Schrift konnte es durchaus sein; bei Zubilligung einer gewissen reisebedingten, emotionellen Flüchtigkeit.

Wer schildert Y.'s Erstaunen, als er kurze Zeit danach, den sorgfältig geführten Tagebüchern von X. entnehmen muß, daß Der in den angegebenen 3 Wochen treu & brav daheim gewesen ist?! Das Kontinuum der täglichen Eintragungen erlaubt keinen Zweifel, jede Stunde ist ‹belegt›; Briefe aus jenen Tagen, an diverse Bekannte, auch Verleger, liegen vor – und Y. kommt die Erleuchtung, (er schilderte mir's, mit vollendeter Handgaukelei, und überhaupt mimisch erstklassig; das kann er!) : ein Schwindler also! Der den hohen Namen gewissenlos mißbrauchte.

Daß diese Lösung um eine entscheidende Spur zu einfach sei, mußte er buchstäblich am nächsten Tage erfahren, als er unter den Papieren von X. *die auf dessen Namen lautende Hotelrechnung samt Fahrkarten nach N.* fand. Es stimmte

also das Unglaubliche, ans Wunder grenzende : *Herr X. war gleichzeitig in N., und daheim, 600 Kilometer weiter südlich, gewesen!* (Und die Funde der nächsten Monate und Jahre verdichteten, geradezu possenhaft, wie bei Raimund & Nestroy zusammengenommen, den wunderlichen Befund.)
Die Aufklärung kam durch einen ausgesprochenen Glücksfall 4 Jahre später : es handelte sich weder um einen Betrüger und Hochstapler; noch um Doppelgängerei; und auch ein bemerkenswerter Fall von ‹Levitation› oder ‹Zweitem Gesicht› (oder wie man das in Fachkreisen nennt) lag mit nichten vor » die Duplizität des Herrn X. hatte ganz abenteuerlich-simple Gründe, (und ich schlage Allen, die über nach 1860 geborene Notabilitäten arbeiten, vor, zumindest die *Möglichkeit* in ihre Liste der stets gegenwärtig zu haltenden Skrupel mit aufzunehmen) :
1891 nämlich war eine Art ‹Abschluß› in der Einkommensteuer-Gesetzgebung erreicht; und wenn auch uns die ‹Sätze› schier sagenhaft, wie Zahlen aus dem Goldenen Zeitalter, anmuten – von 9500 bis 30500 Mark betrug er z. B. 3 (in Worten *drei!)* Prozent – so waren sie doch für den schon stark alternden, und wirklich ehrwürdig zuschanden gearbeiteten, nur noch fami non famae scribens, Herrn X. zu hoch. Seine Augen begannen katastrofal nachzulassen; und er beschloß deshalb den Ankauf einer Schreibmaschine, (was damals anscheinend kein Kleines gewesen sein muß; man erinnere sich des, heute ganz merkwürdig anmutenden, Briefwechsels Nietzsche's.) Er erwarb also eine teure ‹Fisher Record›; ein putziges Instrument, mit der man Hefte, d. h. leere Seiten in Buchform, auch mit steifem Deckel, be-schreiben konnte. (Die Tastatur ist fast schon die uns geläufige; aber anstatt daß nach jeder Zeile die Walze mit dem Papier bewegt wird, ist es hier, umgekehrt, der Maschinenkörper

selbst, der über das festliegende Blatt hin und her und nach unten wandert; auch die Tasten schlagen durchs Farbband *nach unten* – alles gewissermaßen ‹gekontert›; aber ansonsten eine völlig legitime Lösung des Problems).

Nun muß es jedoch damals noch so gewesen sein, daß der Autor wohl eine ‹Berufsreise› ‹absetzen› durfte (über die er freilich hinterher ‹einen Aufsatz zu schreiben› hatte); nicht aber ein noch so relativ kostbares Präzisionsgerät wie eine Schreib-Maschine. Und so stieß Kollege Y., der allmählich so weit war, sich nun auch die Freunde & Bekannten des Großen Mannes vorzunehmen, jenes erwähnten schönen Tages auf eine Briefabschrift, die ungefähr (ich zitiere aus dem Gedächtnis) so lautete: »Lieber Karl! / Gerne habe ich Deinen Wunsch erfüllt, und mich in N. 3 Wochen lang für Dich ausgegeben – ich hoffe, daß die Belege für Deine Zwecke hinreichen; die Summe jedenfalls wird gedeckt sein. / Nur gut, daß ich Deine Bücher so genau kenne; ich habe diverse Male, zuletzt bei einer unheimlich belesenen Dame, tiefgründige Auskünfte geben müssen: warum ich dies so, und jenes so gemacht hätte … / usw. usw.«

Ein skurriler Vorgang, wenn man ihn sich illustriert vorstellt; wer leugnet's? (Auch ‹Steuerhinterziehung, jaja; aber es sind schließlich fast 55 Jahre seitdem vergangen.) Dennoch ist der bloße Tatbestand so wehmütig, und charakteristisch für ‹Glanz & Elend› der ausgedienten Literaten, daß den Schlußworten, mit denen jener brave Freund die Übersendung der Gasthausrechnung begleitete, eine gewisse Gültigkeit nicht völlig abzusprechen ist: »Der Staat hat immer Unrecht –«.

Dichter & ihre Gesellen:

JULES VERNE

1

(Erst etwas ‹Vorlauf›, zum Zunge lösen; (nicht zum ‹Mut machen› : Mut vorm Schreibtisch hab' ich immer gehabt)). –
Undankbarkeit gegen Vorgänger ist zwar etwas schönes, und wohl 1 der Bedingungen alles Fortschreitens in Wissenschaften & Künsten – die Freimachung der eigenen schöpferischen Individualität scheint selten anders erfolgen zu können, als durch eine Twen-Periode energischer Ablehnung jedweden Urväterhausrats. Ich finde das auch ganz in der Ordnung : kein netteres Schauspiel, als so ein knospender Künftiger, der just seine Persönlichkeit zusammenstellt; einerseits, briareusig argusselnd, Alles an sich zieht, was ihm an Kenntnissen & Benutzbarkeiten nur irgend anregend & gemäß ist; andrerseits Jedem, der das Unglück hatte *vor* ihm da zu sein, Lakünen & Unzulänglichkeiten nicht nur nachsagt, nein, nach*weist* – geht es imgrunde doch lediglich darum, sich selbst in jenen Zustand schöpferischer Arroganz zu versetzen, ohne den nichts Namhaftes gelingen *kann.* Und da man noch nichts Positives vorzuzeigen hat, wird die Überzeugung, daß schlechterdings *kein* Thema bisher unverbesserlich erledigt, die Welt, ob Kleindetail ob Sigma-Summe, vielmehr noch ganz neu & frisch & eigentlich unbeschrieben seien – worauf man dann ja sofort anfangen kann, die Angelegenheit mal in die Hand zu nehmen, wie? – sub-

jektiv am schnellsten dadurch herbeiführt, daß man es ‹feststellt› :
Schiller, ‹Nadowessiers Totenlied›? : eine Episode aus Carver's ‹Reisen›, in vierfüßelnde Trochäen gebracht, pff! Edgar Poe, ‹Das Haus Usher›? : ist eigentlich von unserm kleinen-deutschen Clauren, ausgerechnet Dem! Und was gar ein Lessing ‹benützt› hat, so ist das ein schier unangenehm weit- & breites Feld. Erst in späteren Jahren lernt man die feinen Diebsunterschiede einsehen, (beziehungsweise selbst machen); wie es hier überaus delikate Nüancen gibt, ‹mausen stibitzen naschen expropriieren›, bis zum nackten ‹klauen›; und so wird man auch in der Literatur distinguieren müssen zwischen ‹bloß zufälliger Ähnlichkeit, Entlehnung, Umbildung, Benützung›. Und wenn an dem einen Ende der Skala das blanke wortwörtliche ‹Plagiat› steht; so an dem andern das – für mein Gefühl kaum minder peinliche – ‹unbewußt Abgeschriebene›. Das gibt es, zumal bei unklaren Köpfen, durchaus; (und welcher ‹echte Dichter› wäre das, nach populärer Vorstellung, nicht?); Die sind dann immer furchtbar erstaunt, wenn man ihnen beiläufig mitteilt, dies & jenes fände sich, und zwar verdammt wörtlich, bereits bei, sagen wir, Lenau – und ein Stündchen später teilen sie Einem, versonnen lächelnd, mit : wie in ihrem Elternhaus, ja, doch, Lenau gestanden habe : ein dicker roter holder Band. – Immerhin wird das Entscheidende sein, ob man's *besser* machte; und ein Herder, der seinerzeit die ‹Kraftquellen› Lessing's, (und wenn's Goldoni war) noch deutlicher plätschern hörte als wir, wird schließlich nicht umsonst geurteilt haben: »Solange deutsch geschrieben ist, hat, dünkt mich, Niemand wie Lessing deutsch geschrieben.« –
Als zweites Hierhergehöriges, wird bei jedem Künstler der

Zeitpunkt eintreten, wo sein Privatleben – oder, wie ich es neulich einen Eisenbahnschaffner bezeichnen hörte, die ‹ Intimsphäre ›; und sein Kollege nickte nur kalt – hoffnungslos zu schrumpfen anhebt; geschieht uns recht; behelligen doch auch wir unerbittlich die Leute mit unsern Schnurrpfeifereien : wer würde schon mit der Lupe über einem Stadtplan von Dublin grübeln, wäre nicht JAMES JOYCE; und ‹ Oberplan › gäb' es ja gar nicht ohne STIFTER. Speziell ich laboriere notorisch an einem – Manche sagen ‹ störenden ›; mir verhilft's zu amüsanten Genauigkeiten – ‹ historischen Sinn › : wie gern hätte *ich* mich seinerzeit nicht auch mal mit FOUQUÉ unterhalten ! Ihn unerbittlich ‹ umgefragt › : wo überall im Oeuvre die änigmatische Gestalt MASSENBACH's erscheine, abgesehen vom ‹ Alethes von Lindenstein ›, einem der repräsentativen Stücke unserer Romantik, (und so unbekannt, daß man sich als Deutscher eigentlich immer furchtbar schämen muß, wenn man ihn nennt) : aber wie war dessen letztes Viertel ursprünglich ?; (er hat's nämlich vernichtet, und wir kennen nur noch eine ins Milde verzerrte Zweitformung). Oder ob er gewußt habe, wie POE die ‹ Undine › rühmte, und sie instinktiv als FOUQUÉ's Jugendliebe bezeichnet hat, jene junge Dame aus Minden : ? Mit ehrlichen Worten : *auch ich* hätte ihm ganze Serien derartiger ‹ Hosen runter ›-Fragen mit nichten erspart; ihm im Gegenteil mit beträchtlicher Kaltblütigkeit dargetan, was man unter ‹ Majestät der Geschichte ›, zumal der der Literatur zu verstehen habe; und daß, Wer schon habituell ‹ A › sage – also seine Persönlichkeit öffentlich & freiwillig in Bücher auflöse – sich bei ‹ B ›, das heißt den *irgendwann doch* einmal logisch einsetzenden Erkundigungen nach realen & sonstigen Grundlagen, nun eigentlich auch nicht mehr sonderlich zu zieren brauche. (Daß Er, der typische Priester-Dichter, versucht haben würde, mir mit einem koketten: »Von oben, lieber Herr; alles von oben!«, zu entwischen, sei en passant angemerkt.)

Tja; aber jetzt soll also *ich* mit dem Namen der ‹Jugendliebe› rausrücken.....

2

Ein erstes erfreulich Schützendes könnte, falls ich's darauf anlegte, die relative Einfältigkeit der Fragestellung abgeben – müßte das ja schon ein ziemlicher Simpel sein, der über 1 & *nur* 1 Leib- & Magen-Schriftsteller verfügte – tatsächlich; je näher man sich's bedenkt, desto mehr kommt's einer Versuchung zum Flunkern gleich – aber nein; wie ich früher schon einmal mich verpflichtet habe: die Wahrheit über fast-Alles! (Ganz abgesehen davon, daß ich mich mitten in einem kompliziertesten Buche befinde; und kaum noch die Kraft aufbringen würde, nun auch noch in meiner Freizeit zu lügen.)

In Wirklichkeit wird es so sein, daß es bei jedem Autor $^1/_2$ bis höchstens 1 Dutzend älterer Kollegen gibt, die ihn während seines Lebens – die meisten erscheinen übrigens schon während der Jugendjahre; im Alter kommt nur noch in großen Abständen der Ein- oder Andere dazu – Die ihn so beeinflussen, daß er ihnen dann, zur Zeit seiner eigenen Produktivität, Situationen Motive Wort-Wendungen, ja nun nicht brutal ‹stiehlt› – das würde der Feinheit & Verschränktheit des Vorgangs meist nicht entfernt gerecht – wohl aber, daß er ‹seinen Gesellen› erkennt; ein Wesen von parziell-ähnlicher Geistes- oder Seelenlage, dessen Themen & ‹Erfindungen› ihn deshalb faszinieren, weil sie beinah ‹von ihm sein› könnten. ‹Vater-Sohn› wäre ein viel zu plumper Vergleich für die subtile Relation; selbst wenn es etwas wie ‹Telegonie›, ‹Fernzeugung› über die Saecula hinweg, gäbe; (»das fehlte noch –« wird die Hörerin murmeln; aber, keine Furcht, ich bin auch im literarischen Sektor für Geburtenbeschränkung). ‹Lehrer-Schüler› trifft's auch nicht. WIELAND, wie immer der Feinere, hat anläßlich seiner bewundernswerten LUKIAN-Übersetzung von einem ganz neuen Aspekt der Seelenwanderungs-Hypothese gesprochen. / Aber zur Sache, der Herr Inculpant ...

Mein erstes selbständiges Leseerlebnis – das zweifellos ‹Folgen› gehabt hat; von 1 Stelle, in 1 meiner Bücher, weiß ich's bestimmt – ist, mit 3 Jahren, ein starker Großoktavband gewesen, abgenütztes Dunkelrot, mit mattgelbem Linienzierrat & dito Schrift; ich weiß heute, daß es sich um das ‹Märchenbuch› der AMÉLIE GODIN gehandelt hat, das ab 1874 in mehreren Auflagen erschienen ist; leider habe ich seiner noch nicht wieder habhaft werden können. Bevor man ob der ‹3 Jahre› protestiert, sei erläutert, daß ich mit meiner um 3 Jahre älteren Schwester zusammen lesen gelernt, und es rascher begriffen haben soll als sie – sie war stets (& ist es vermutlich heute noch) ein temperamentfolles Augen-Mensch. Die vor allem ‹LEBEN!› wollte; (man hat da scheinbar ‹die Wahl›, ob man als ‹Lebens-Künstler› existieren möchte, oder aber als Kunst-Künstler; vor der Illusion, es lasse sich doch gewiß beides vereinbaren, wird gewarnt werden müssen). Jedenfalls bin ich nahezu ab ovo zum Bibliophagen (& zur Isolierung) prädestiniert worden; und habe, inmitten einer unliterarischen Familie, alles bedruckte Papier verschlungen, was in Reichweite gelangte.

(Der Nächste, für mich sehr Anregende, wird gleich noch ausführlich dargestellt werden; und, unbesorgt, ebenso

effektvoll wie ehrlich – aber ich möchte doch noch, und sei's nur um michselbst zu ‹stimmen›, mir das absurde Bild wieder einmal vergegenwärtigen; ich tu's nicht übermäßig gern : diese immerhalbdunkle hamburger ZILLE-Küche; das 1 Fenster führt in eine Hinterhof-Schlucht, 4 mal 5 mal 50 Meter; neben diesem Fenster ein Bretterstuhl; auf ihm ein ‹Kinderstühlchen› (dies die Familienbezeichnung); auf diesem Bicêtre-Thron – ach nix ‹Größenwahn› : es war auf der Buchfläche einfach *heller* so in dem verwünschten Loch! – etwas Vierjähriges, das sich auch mal ‹ICH› genannt hat; altklug & unterernährt & wohl überhaupt unangenehm anzuschauen. Aber ein Teller Pellkartoffeln mit Leinöl war 1918 ein fürstlich Mahl.)
Mit 12 Jahren ist dann KARL MAY gekommen; allerdings konzentrierte sich mein Interesse rasch auf die Spätwerke, die ja wirklich bedeutend sind; die mag ich heut noch. Mit 16 ARTHUR SCHOPENHAUER, ein ausgesprochener *Mann*, dessen gewaltige Ehrlichkeit & bullige Wucht mich auf ewig für NIETZSCHE verdorben haben : *Der* changierte mir gleich beim ersten Anblättern etwas *zu* elegant. Dann hab' ich, mit 17–18, etwa gleichzeitig, WIELAND und ETA HOFFMANN kennen gelernt; darauf ..... aber Halt!, bis hierher & nicht-weiter. Ich bin zwar ein gutherzig Närrchen; muß jedoch auch an Weib & Katz' denken; (das ‹laß sie betteln gehn, wenn sie hungrig sind!› hat mir eigentlich nie imponiert; ist halt ‹Grenadier›-Mentalität. Ich bin auch in dieser Hinsicht von der Alten Schule, und meine : wenn man sich schon eine Pussy hält, muß man sie auch standesgemäß ernähren können.)

3

Da soll jetzt also der erwähnte gelehrte Gnom hocken, ganz ‹in Sachen seines Vaters›; und auf den Knien ein Buch (aus der ‹Leihbibliothek Prenzlin›, Rumpffsweg) halten : broschiert; auf dem Umschlag ein Floß im Sturm, mit gesplittertem Maststumpf; daran sich 3 Männer klammern, die, mit Recht starren Augs, in den Hintergrund gaffen; allwo, wahrlich unangenehm zu erblicken, ein kohlschwarz-baggergroßes Maul an endlosem Hals-Stamm auftaucht. Der Titel

JULES VERNE

Die Reise zum Mittelpunkt der Erde. –

Ich habe anschließend natürlich alles Erreichbare von dem Manne gelesen – sicherlich auch wieder ein scurriles Spectaculum : wie ich mich da in die betreffende Kleinbiliothek verfügt; und, die Nase auf dem Ladentisch, in klingendem Schriftdeutsch meine erste Fachliteratur verlangt haben werde – dann ist zähelange jeder einzelne Nickelgroschen gespart, und anschließend mein erstes Buch gekauft worden : Titel wie eben gehört. Und nun kommt das Bizarrste : besagtes Buch liegt jetzt, wo ich dies schreibe, zwar nicht ‹neben mir›; das wär' mir doch zu feinsinnig; aber ich *könnt'es* jeden Augenblick hin legen; befindet es sich doch keine 2½ Meter von mir! (Daß mir das ‹bizarr› wirkt, mag man einem ‹Flüchtling› verzeihen; jedenfalls ist seine Existenz wider alle Wahrscheinlichkeitsrechnung; ich schüttle aber auch jedesmal liebevoll den Kopf, wenn ich daran denke.) / Apropos ‹Kopf› : Wer meinen ‹Kosmas› kennt, wird jetzt vielleicht ahnen, *woher* in dem einleitenden Traum eines

Jünglings von 540, im Hintergrund jenes Ur-Vieh, halb Plesio- halb Ichthyo- & zur dritten Hälfte Dino-Saurus her-vor-bopt : RIOU ! Im gleichen Buch ein 2. Traum des gleichen Jungen Mannes, von einem in-sich-hohlen Felsen-Weltall; einer oneiromantischen Somnambulanz wohin ? – also sagen wa : zum ‹Mittelpunkt der Erde›. *Diese* beiden Verlötungen sind *bewußt* hergestellt; handelt es sich bei meinem dortigen Thema doch um ‹Weltbilder›-allgemein; speziell das des ‹Indienfahrers›, also eigentlich das ‹Buch Henoch›, (ohne dessen Kenntnis DANTE ebensowenig verständlich wird, wie das alte ‹Da führte ihn der Teufel auf einen hohen Berg› – ergänze ‹des Nordens›). Was nun die Namen in meinem ‹Kosmas› anbelangt, ist ein Teil historisch bedingt, lag ergo fest; ich habe aber die Gewohnheit mich zu fragen, wieso ich das Liebespärchen – bei dem ich theoretisch ja die beliebte ‹Freiheit des Willens› hatte – hier ausgerechnet so & nicht anders taufte ? Und da habe ich, nachträglich, eben feststellen müssen :

Lykophron	&	Agraule
Lidenbrock		Agsel (= Axel) + Graüben

Und da ist eben ‹Lidenbrok› der Held in VERNE's ‹Reise›; und ‹Axel plus Grauben› heißt das Liebespärchen – also wird' schon stimmen; (aber *das* ist mir, bei der Niederschrift, *unbewußt* passiert). –

Ich möchte erst einmal noch weiter ausholen, und bekennen, daß ich das Kaiserreich jenes Dritten Napoleon irgendwie ‹mag›. Aus mehr als 1 Grund; (und nicht *nur*, weil ich die ‹Deutschen Siege über Frankreich› immer bedauert habe : wieviel weiter könnten Wir heute sein, wenn damals, unterm Ersten Napoleon, die Einigung Europas erfolgt, und dieser Begriff, Europa-selbst, bis zum Ural hätte vorgeschoben werden können. Aber das sollen immer akademische, zu deutsch ‹unrealistische› Betrachtungen sein; bleiben wir lieber beim klein-Positiven.) Ich will es nur frisch gestehen – ich bin einmal, trotz AUGUSTINUS oder ROUSSEAU, (die ich Beide nicht mag), beim ‹bekennen›, sprich ‹Mich-kompromittieren› – daß ich, als Vollblut-Schrift-steller, es ist dies mein gutes Recht, ‹Musik› danach beurteile, ob sie

a) mich nicht stört; oder aber

b) mich sogar fördert.

(Jeder Komponist wird aufschreien, klar; das ist wiederum *sein* gutes Recht : versteht *er* doch unter ‹Literatur› das, was ihm ein leidlich-brauchbares Libretto liefert.) Und da stört mich eben *nicht* PUCCINI; (von mir aus insofern ‹korrekt›, weil er überwiegend eben ‹untermalte›, ‹lasierte›. Es kann sein, daß ich mich irre.) Und *fördern* tut mich ein Israeli – was übrigens auch bei andern Leuten & auf mehreren Gebieten der Fall ist : MARX, FREUD, CHRISTUS – meiner-hier heißt Juda Ben Eberscht, genannt JACQUES OFFENBACH; geboren zu Köln, gestorben zu Paris. Der erscheint mir hell & geistreich; und spöttisch & elegant : *dafür bin ich sehr!* (Und daran – ob ‹Stiefelmarsch› ob ‹Ballett der Mondgeister› – hängt auch eine Familien-Anekdote. Die Lieblingsmelodie meines Vaters war die ‹Barcarole› aus ‹LES CONTES DE HOFFMANN›; wenn die ‹NORAG›, der hamburger Sender jener Jahre ab 1924, sie brachte, wurde der Kopfhörer unweigerlich in 2 Teile geschraubt : an der einen Muschel saß, aufrecht-verzückt, er; an der andern Eins von uns Dreien; (der betreffende ‹Detektor-Apparat, 5 mal 9 mal 13 Zentimeter, ist zur Zeit als Briefmarkenkästchen bei uns bedienstet). Als nun mein Vater 1928 starb; und der Geistliche in Ohlsdorf sich nach seiner, ihm jetzt gleich, in der Kapelle, getragen aufzuspielenden Lieblingsmelodie erkundigte, verwies meine verwirrte Mutter ihn schluchzend auf eben diese Barcarole aus HOFFMANNS ERZÄHLUNGEN – wenn uns späterhin ob des Todes des rauhen Ehrenmanns zuweilen Trauerähnliches überkommen wollte, hat uns die Erinnerung an das Gesicht jenes, sicher auch nicht übermäßig zu beneidenden Halb-Beamten, eigentlich stets zu beträchtlichem Troste gereicht. – Damit man auch diese lütte Epizykloide zum Thema gehörig erkennt, sei betont, daß OFFENBACH diverse Fabeln JULES VERNE's vertont hat; den ‹Docteur Ox›, oder die erwähnte ‹Reise zum Mond› – Wir gehören schon irgendwie zueinander.) –

VERNE also ein fleißiger Mann von rund 60 Romanen, plus ein paar Bänden anderer Kleinigkeiten. Und sein eigentliches, noch nie so recht gewürdigtes literarisches Verdienst besteht darin, daß er als Erster (& bisher immer noch Umfassendster) den Groß-Nachweis geführt hat : wie die Errungenschaften des Technikers – man darf auch ‹Ingenieur› sagen, ‹Wissenschaftler›, ‹Forscher-allgemein› – nicht nur *nicht poesie-zerstörend* wirkten; sondern vielmehr unerhört neue-reiche Gebiete dem *Dichter eröffneten*! (Hier wäre der Ansatzpunkt für eine abendfüllende Zungenschlägerei, so ein ‹Streitgespräch› (aber ‹Ohne Mich!›, bitte) : ob *jene* Gruppe von Dichtern, 95% aller Schreibenden sind's etwa, recht habe, Die, verdrehten Geäugs, vom ‹einfach leben› schwärmen, (zumeist am Steuer des eigenen ‹Taunus›; und wenn sie abends an der leuchtenden Riesenwaffel einer Fabrikfront vorbei‹gleiten›, murmeln sie unvermeidlich: »Also wie ein Feenpalast!«). Oder aber, ob jene paar Anderen vorzuziehen wären, die den nun einmal von der Menschheit eingeschlagenen Weg mit gehen, das heißt redlich mit ersaufen wollen.) JULES VERNE also hat eine erstaunliche Anzahl technischer Möglichkeiten, die sich schon da-

mals deutlich genug abzeichneten, auf ihre poetische Verwendbarkeit abgetastet; wozu 1 der Voraussetzungen war, daß er die von den Blaublümlern krampfhaft festgehaltene, angeblich so ‹fundamentale› Differenz zwischen Kultur & Zivilisation, glatt abstritt. Seine These war & blieb's, daß im Zeitalter der Technik die Dichtung so wenig zur Schrumpfung verurteilt sei, daß im Gegenteil ihre Anlässe dadurch vervielfacht würden; und er versuchte den Beweis hierfür in seinen Büchern zu leisten – freilich auf die bekannte ‹gallische› Weise, die mich speziell bei ihm immer an helles, trockenes, eben ‹elektrisches› Licht erinnert hat.
So schritt er die ganze Enkyklopaideia, die ‹Inumfangslehre› der Naturwissenschaften ab – und es war dies damals bereits kein kurzer Weg mehr, Mesdames. Hat seine Helden zum Mond geschossen; ganz aktuell raketisch; (und noch klingt mir die Antwort im Ohr, die Michel Ardan dem hohnnasenden Streitgesprächler auf dessen argumentum ad hominem, »Wie wollen Sie denn wohl zurückkommen?!«, erteilt – : »Ich werde nicht zurückkommen.«). / Die US-Amerikaner nannten ihr erstes Atom-U-Boot ‹Nautilus›? Ja; das ist auch eine seiner schönsten Geschichten, die vom Kapitän ‹Nemo›; und gar nicht nur mit der Traumversunkenheit des Aquarienliebhabers zu lesen. / ‹Die Reise um die Welt in 80 Tagen› – da habe ich erst voriges Jahr die Aufführungen des Westens und des Ostens vergleichen können : die der DDR war besser; einfach & geistvoll die Kulisse; (und der ‹Seesturm› schlechthin unvergleichlich!). Der Trick am Ende, daß man ja 1 Tag eingespart habe, ist POE's ‹Die Woche mit den 3 Sonntagen› entnommen; denn POE wiederum ist für VERNE einer der großen Anreger gewesen – (was Wunders, daß auch ich eben 1000 Seiten POE übersetzt habe?) – ja, er ist so weit gegangen, daß er zu

POE's Roman vom ‹Gordon Pym› eine Fortsetzung geschrieben hat, die ‹Sphinxe de Glace›, die ‹Eis-Sphinx›. Auch seine Vorliebe für Ballonfahrten, oder die immer wieder erscheinenden ‹Geheimschriften› ist der Zurückführung auf POE fähig – hier wäre ein schönes Arbeitsfeld für mehrere cand.phil.

Ein halbes Dutzend seiner Bücher ist auch heute noch im Handel; allerdings weiß ich nicht anzugeben, ob vollständig, oder in den, bei uns leider übermäßig eingerissenen ‹Bearbeitungen›. / So kann man jederzeit die Geschichte vom ‹Michael Strogoff›, dem sprichwörtlich gewordenen ‹Kurier des Zaren› bekommen. VERNE's Wirkung auf Schriftsteller ist mindestens so groß gewesen, wie bei uns die von KARL MAY; und nicht etwa nur auf Frankreich beschränkt! Bei GERHART HAUPTMANN leuchtet am Sonnenuntergangshimmel der ‹Grüne Strahl› auf. MAX BROD hat die ‹Reise zum Mond› das Lieblingsbuch seiner Kinderjahre genannt. (Selbst in ‹Finnegans Wake›, Seite 237, blitzt es auf : »round the world in forty mails«.) BERMANN in seinem ‹Urwaldschiff› läßt den Helden, den rührend Don-Quijotischen Doktor Schwarz aus Leitmeritz, an der Reeling also träumen: »Er sah sich *nicht* auf dem braven komfortablen Dampfer der ‹Booth Line›, Liverpool; sondern jung & keck auf der romantischen ‹Jangada› des JULES VERNE, mit Joan Dacosta, Yaquita & der Mulattin Lina – welche Erlebnisse seiner Kindheit mochten dies Buch für ihn so wichtig gemacht haben, so zentral, schicksalsgebend?« *Was* trällert in CHARLES DICKENS' ‹Little Dorrit› gleich zu Anfang der boshafte Gefangene?: »Wer geht vorbei den Weg so spät? : Compagnon de la Marjolaine!« Wer weiß schon, daß es sich dabei um einen Vaudeville-Text von JULES VERNE handelt? (vermutlich hat auch DICKENS keine Ahnung gehabt; aber just deswegen ist es ein doppelt netter Beleg : wie Wir-Alle doch zusammenhängen!).

Tiefsinnig ist das ‹Karpathenschloß›; wo ein Millionär, dem die geliebte Sängerin starb, sich allabendlich ihr Bild, vermittelst einer Art Prä-Tonfilm, zurückruft; halb Voyeurismus halb neuer Todtenkult. / Ein vom Stoff her besonders gewichtiges (und für uns peinliches) Buch sind die, unter dem Eindruck von 70–71 geschriebenen ‹500 Millionen der Begum› – an sich auch wieder auf Poe zurückgehend : in Dessen ‹Park von Arnheim› erbt der Held ein ähnliches Riesenvermögen, 450 Millionen. Während bei Poe aber vom Helden nur ein subjektiv-verbindliches ‹paradis artificiel› skizziert wird, hat Verne hier 2 Vertreter der Menschheit bemüht : 1 humanen Franzosen, der von seinem Anteil ‹Ville France› anlegt; halb lockere Siedlung gesünderer Zukunft, halb Künstlerkolonie. Auf der andern Seite 1 Deutscher, Schultze geheißen, der ‹Stahlstadt› errichtet – und da nun ist *niemals so früh* das finstere Panorama einer Hitler-Landschaft, bis in präzise Einzelheiten hinein, gezeichnet worden; buchstäblich intuitiv; mit der Hellsichtigkeit des Hasses! Alles ‹Gehabte› ist erschütternd vorhanden : der tauromorphe Diktator in seinem ‹Stierturm›; die wahnwitzige Aufrüstung, mit dem Rumfummeln an & Prahlen mit ‹Geheimen Waffen›; die uniformierten, ekel von sich begeisterten Arbeiterheere, unter halbem KZ-Verschluß; und die ‹SS›-Typen, ‹Arminius & Sigimer› – man kommt sich, als Deutscher, zum Speien blöd vor, wenn man erwägt, daß dergleichen ‹zur Warnung› seit 1875 vorhanden gewesen ist; sogar hunderttausendfach ins Deutsche übersetzt!

Aber rasch noch ein friedlicheres Bild : in den ‹Historien von Jean Marie Cabidoulin› hat Verne etwas, dem Selbst-Schreibenden sehr merkwürdiges, gemacht : ein ganzes Schiff mit den Klassenkameraden seiner Schulzeit, namentlich aufgeführt, bemannt, und sich in ihrer Gesellschaft auf die Reise begeben – vielleicht nicht der schlechteste Kunstgriff eines Alternden, sich ein klein wenig zu ‹verjüngen›? – Aber inzwischen wäre ja wohl allmählich die Zeit für einen mittleren Knalleffekt gekommen :

4

Da habe ich also, vor nun rund 10 Jahren, ein Buch geschrieben – das eben, vor ein paar Monaten, als Fischer-Taschenbuch erschienen ist – ‹Die Gelehrtenrepublik›. Es besteht aus 2, jedoch sehr zusammengehörenden & immer wieder miteinander konfrontierten Hälften;

a) der Schilderung einer ‹reservation›, allwo sich die ‹Folgen›, der, doch wohl nicht aufzuhaltenden Atomversuche herumtummeln : scharmante Zentauren; die schon etwas unangenehmeren ‹Fliegenden Masken›; und endlich lugubre ‹Never-Nevers›, die Riesenspinnen. Unter sie Alle gerät, ziemlich unversehens, ein armer Reporter; der an sich nur einen Permit für die ‹IRAS› hat, eben jene schwimmende Stahlinsel der (parodiert-klopstock'schen) ‹Gelehrtenrepublik›.

b) Die ihrerseits dampfert genüßlich in den Roßbreiten herum, als ‹*I*nternationale *R*epublik für *A*rtisten & *S*cientisten›; also eine Art rosig-erhöhtem Pseudo-Worpswede; und auf Seite 116 des Originals heißt es .... : ».... . wenigstens ungeniert die Bilder an den Wänden betrachten. / ..... / Hier ein Medaillon, aus dem mir ein Vollbärtiger erheitert zusah, ‹JULES VERNE›, ähä. – Ei'ntlich nie gehört. – (Aber was Namhaftes mußte er schon erfunden haben; denn

es stand was drunter, von ‹whose creative spirit›; ein MDCCC, (und dann noch der Schwanz der Zahlenreihe, genau so lang) ... / ..... : (Vielleicht der Erfinder der Schreibmaschine?! 1800-so-&-so-viel könnte zeitlich stimmen!).« / Hierzu, unten auf der Seite, die gravitätischnarrende – und trotz ihrer Steifhosigkeit doch auch wieder idiotisch-weiterfördernde ‹Fußnote› des fingierten Übersetzers : »Natürlich der seinerzeit recht bekannte welsche Populärschriftsteller; nach dessen ‹Reise zum Mittelpunkt der Erde› unser großer deutscher STORM möglicherweise seine unvergleichliche ‹Regentrude› entwarf. Vergleiche mein Gymnasialprogramm, Bonn, 1966.«
Jaja; schon recht; ‹Bon›. Aber dies ist 1 der mehreren Hinweise, wo ich meine große Anregung für eben-diesen zweiten Teil meines Buches andeute; nämlich JULES VERNE's ‹L'île à hélice›, (Lilli & Alice) : ‹Die Propellerinsel›. – 1894 war es, als er, mit schon erlahmender Kraft, dieses *mir* immer-merkwürdige Stück zu Papier brachte – absolut genommen, ist es eines seiner schlechteren, hastigeren. (Ich möchte hier einmal die schöne Hartlebensche Parallel-Übersetzung empfohlen haben, die alle die, unter VERNE's Aufsicht entstandenen, Illustrationen hat. Am deutschen Text ließen sich fraglos so manche Verbesserungen anbringen.) Nun war allerdings VERNE, wie sich's zu seiner Zeit für einen besten Aufklärer gehörte, technischer *Optimist*; das heißt, es kam ihm so gut wie nie in den Sinn, daß ein Mensch den Andern schließlich auch mit einem Portable erschlagen könne. (Im tiefsten Grunde ist das 1 Punkt *für* JULES VERNE, *für* einen Licht-Freund von Geist; *nicht gegen* ihn.) Überdem ist seine Schreibe, wie's den ‹Volksschriftsteller› leider gruselig ziert, plan & dünnflüssig, so daß ‹Tausend Worte Französisch› für seine Lektüre hinreichen – »Les

mots ne me viennent plus« stottert ein Briefbekenntnis jener überarbeiteten Tage – jegliche Übersetzung, so einfältig sie uns auch scheinen mag, ist fast stets besser als das Original; (was besonders für die Übertragungen ins Englische gilt).

Und so ist denn bei ihm auch dieser herrliche Einfall hoffnungslos ins Platte reduziert worden : es sind eben nur 2 schwerreiche Kaufmanns-Familien, die die Propellerinsel in halbierter Konkurrenz auf Aktien erbaut haben. Ein luxuriöser Tummelplatz für Technoides, durchtänzelt von Süßen Nichtigkeiten ist hergerichtet; mit Schlauchanschlüssen für Havanna-Raucher, Fernsehtelefonen & Fahrgestühlen; die Mentalität ist die einer permanenten Welt- plus Bade-Reise; und am happigen Ende ‹kriegen sich› Söhnchen & Töchterchen der beiden, hochfinanziell beteiligten Zechenbarone, unerbittlich. Nu solln se.

Dennoch habe ich, außer dem Bilde der Großen Insel, diverse seiner Possen mir angeeignet; schon aus dankbar gerührter Knabenerinnerung : Seite 106 heißt mir mein Inselpräsident genau so ‹Calistus Munbar› wie bei VERNE, (das reziproke ‹BARNUM› kam mir noch rechter als ihm). Die technischen Daten (Seite 114) hab' ich ihm zu Ehren einfach, ohne nachzurechnen, abgeschrieben : das war ich meinem Vorbild, dem Meister der Genauigkeiten, schuldig!

Sonst allerdings kaum noch etwas. Wer sich die beiden Stücke nebeneinanderlegt, wird erkennen, daß ich – ob Szenerie; ob Ereignisse; ob Denkweisen der Personen & Persönchen; schweigen wir ganz vom ‹Styl›! – ihm *Entscheidendes* nicht zu verdanken habe.

5

Aber das wäre, möchte man einwenden können, immerhin schon wieder 10 Jahre her – ach was, ich will mir auch ma das Gütchen tun, und ‹2 Lustra› schreiben – und wo denn das, zu einer wahren Liebe erforderliche, ‹on revient toujours› bliebe? – Ich glaube, mir selbst hierauf die Antwort leisten zu können. –
Ganz abgesehen davon, daß ich noch 1 weiteres Buch VERNE's in petto habe; wo er, ähnlich wie in der ‹Propellerinsel›, einen glänzenden Grundeinfall dadurch verplemperte, daß er ein banales, ja läppisches Fabuliergeranke korbmachern drum-herum flocht : also das könnte *ich so viel* besser-bedeutender machen! – man vergebe mir die kleine Prahlerei : mehrere Andere könnten's ebenfalls, ich weiß, es ist grade in diesen Fällen ganz peinlich leicht, und eigentlich ein rechter Einwand gegen VERNE – den Titel benenne ich diesmal selbstredend nicht; ich war wirklich bereits entsagungsvoll genug. –
Aber voriges Jahr zum Beispiel, hat mich ein guter Bekannter im Auto mit nach Tönning genommen – ich reise nicht mehr gern; nur wenn es unbedingt sein *muß*, also dienstlich – und so machte ich denn auch hier die morose Bedingenug, daß wir am 15. Juni, gegen Abend, dort einzutreffen hätten. Das geschah. Am Morgen darauf sind wir dann langsam die Eider entlang, nach Osten zu, gebummelt ..... *(leiser)*: »die sich in unzähligen Krümmungen dahinwindet : oft kommt man ganz nahe an den Punkt wieder zurück, wo man vorher war. Das Land ist flach aber üppig grün, und hat viele Weiden, auf denen sich Pferde, Kühe & Schafe zu Hunderten frei umhertummeln. Von Zeit zu Zeit erscheinen einzelne bewaldete Hügelchen – Fabriken, Land-

güter, die Häuser mit ungeheurem Strohdache bedeckt; die niedrigen gelbgrauen Backsteinmauern durchbrochen durch Fenster mit grünem Rahmen. Kleine Flecken, die alle unter Bäumen wie versteckt liegen. / Von der Pracht der Vegetation dieser nordischen Lande, macht sich Derjenige, der sie nicht selbst gesehen hat, kaum eine richtige Vorstellung! Der Kanal führt durch einen veritablen Park, eine Art ‹Saint Cloud›; aber mit 200 Fuß hohen Bäumen, vorzüglich Buchen. Oft erweitert sich die Eider zu ausgedehnten & ruhigen Wasserbecken, welche das Bild ihrer anmutigen Ufer unverändert widerspiegeln. Weiterhin zieht sich der Fluß zusammen, und windet sich in zahllosen Biegungen unter gigantischen Bäumen hin, deren Kronen sich über seinem Bette berühren & ein für die Sonnenstrahlen undurchdringliches Gewölbe bilden : die Yacht gleitet ruhig durch die geheimnisvollen Laubengänge, zwischen hölzernen Baken & geflochtenen Uferwänden hin, und die Fahrt scheint nach unbekannten Welten zu gehen! Rings um das Schiff zittert & säuselt ein Blättermeer, und das Ufer verschwindet gänzlich unter dem dunkelglänzenden Grün .....«
Vielleicht haben meine Begleiter – das heißt, korrekt gesprochen war *ich* ja der Bey-Fahrer; eine Art ‹denkenden Ballastes› – gemeint, ich schwelgte in Reminiszenzen à la ‹Eidora Romani terminus Imperii› – (aber nein; das wäre ungerecht; sie wußten natürlich, daß ich ein ‹fruchtbringender Gesellschafter› bin & immer ‹meine Gründe› habe). Immerhin muß es erst einmal rätselhaft – also auch wiederum furchtbar spannend – gewirkt haben : wieso ich öfters, gerade an dieser 1 bestimmten, für unbeschnittene Augen gänzlich un-markanten Stelle zu halten gebeten; mich, den alten Leinpfad entlang, ans Ufer verfügt; und dann – während männiglich die Einsatzmöglichkeiten eines Bötchens mit

Außenmotor überschlug, oder in den prachtvoll blau- & windigen Fluten plätscherte – mir's vorzustellen versucht habe:
wie der ‹Saint Michel III› damals, am 16. und 17. Juni 1881, hier laviert haben werde (war es doch tatsächlich nötig geworden, zu überlegen, ob man nicht Bugspriet samt Gallion abmontieren müsse). Denn JULES VERNE's Dampfyacht war immerhin 33 Meter lang; und hatte, außer dem Kapitän Ollive & dessen Sohn, 1 Maschinisten, 2 Heizer, 1 Obersteuermann, 3 Matrosen, 1 Schiffsjungen & 1 Koch – alles Bretonen – an Bord; die 4 Passagiere ungerechnet.
Und mag man es für noch so pueril halten, dies ‹errötend seinen Spuren folgen› – (es ist selbstverständlich *mehr*; ist ein Sich-Identifizieren, ein ‹Sich-Durchlässig-Machen› für die Mentalität eines Anderen; (daß Jahreszeit, also Temperatur, Sonnenlauf, Stand der Herrn & Frauen Sternbilder, ebenfalls möglichst gleich sein sollten, mag immerhin Pedanterie heißen)) – ich habe jedenfalls mehrfach-ungescheut das betreffende Kleinoktavbändchen aus der Tasche gezogen, und's, im Stehen, nachgelesen:
: »Was aber beginnt man, während die Yacht durch das Wasser der Schleusenkammer gehoben oder gesenkt wird; je nachdem auf welcher Seite der Wasserscheide man sich befindet? Nun, man lustwandelt auf den, sauber wie Parkwege unterhaltenen, Uferpfaden; man legt sich träumend in den dichten Schatten, der mit erquickender Kühlung labt. Freundliche Schenken, meist da errichtet wo der Weg einen Winkel bildet, laden mit ihren angestrichenen Holztischen zu einem Glase vortrefflichen, schäumenden Bieres ein : Alles ringsum ist voll fröhlichen Lebens, reinlichst & wirklich bezaubernd.«
Das würde – falls ich die Zeit dazu finden sollte; ich kann's

jetzt noch nicht sagen – auch eine hübsche Geschichte werden. Schon ist einiges Archiv-, Akten-, Urkunden-Studium davorgeschaltet; obwohl die französische VERNE-Forschung praktisch noch nicht vorhanden ist : die einzige sich so nennende ‹Biografie› ist reine Windbeutelei, deren Hauptforce in unzähligen »Hélas!« & sonstigen Deklamationen besteht. (Die paar Bemerkungen ROLAND BARTHES' sind von professoraler doktrinärer Unzulänglichkeit; man merkt ihnen sofort an, daß sie von einem Mann zweiten Ranges stammen, der niemals imstande gewesen ist, auch nur 1 einzigen brauchbaren Roman zu bauen.)

Also dies Buch steht ernstlich mit auf dem Programm; ebenfalls lose angeregt durch JULES VERNE. –

Aber nun direkt ‹*schreiben wie er*›? :

: *Jamais!*

DER PLATZ, AN DEM ICH SCHREIBE

MEFISTA, *(in männlicher Tracht; Faust präsentierend)*: . . . : der Herr ist Autor.

SORBIN, *(jung, 15-jährig, in anmutig gebrochenem Deutsch)*: Was iest ain ‹Au-torr›?

MEFISTA, *(rasch gefaßt)*: Ein Autor? : ist Derjenige dem ‹ein Stock im Petticoat› beim Anblick dessen einfällt, wozu ein Leser zeitlebens ‹Schirm› sagt.

ARNO SCHMIDT, FAUST, IV. Teil, Szene 16

Als ich hier einzog, besaß ich, u.a., auch 2 alte Schreibtisch-Seitenschränkchen – die Platte, die darüber gelegen hatte, war alt, und hatte sowieso nie genau gepaßt; (obwohl sie beste Dienste geleistet hat, wohlgemerkt; und sogar noch leistet; ich habe viel historischen Sinn – »*zu* viel« wird Mancher murmeln; Der kennt dann nur FOUQUÉ) – und infrage kam nur die 1 Dachstubenecke, die schräge Wand nach Nord, das Giebelfenster nach Ost. Da kam mir – ich will es nur gestehen; es war, als die Maurer auch ‹improvisierten› und die eingefrorene Pumpe mit Tapetenresten auftauten – der Einfall, ebenso billig wie genial : beim Tischler eine dicke Sperrholzplatte zu bestellen, 2 × 2 Meter; aus der einen Ecke wurde ein Viertelkreis, Radius 1 Meter 20, herausgesägt; und fertig war die allerschönste Schreibfläche,

‹Limba›-bezogen, ein Hölzernes Meer von 3 Quadratmetern!
Denn ich brauche Platz. Nicht für meinen Bauch, (einen Artikel, in dem ich wenig vermag); sondern für Zettelkästen, Mappen, und vor allem die Tisch-Bibliothek, im Viertelkreis um mich aufgestellt, haarscharf-dergestalt, daß ich sie, ungestüm-vorgebeugt, noch erreichen kann – ich hab' lange Arme! Es sind mit nichten immer dieselben 70 Bände. Ich unterscheide da streng 2 Abteilungen : den ‹festen› Bestand, und den – je nun, ich sage in der Schnelle, ‹fließenden›.
Der ‹feste Bestand›, das sind natürlich die kleineren Nachschlagewerke. Einmal Wörterbücher – ich übersetze (und fleißig, obwohl ich das selbst sage) aus dem Englischen und Amerikanischen, und es sind immerhin schon 20 Bände – ein untersetzter WEBSTER von 1854 (und das ist wieder einmal mehr *keine* Posse : ich besitze speziell diesen Jahrgang, weil ich COOPER-Fachmann bin; und immer noch die Hoffnung hege, daß meine Übersetzung des ‹Conanchet› doch einmal erscheinen werde; worauf man mich ja, unvermeidlich begeistert, sogleich mit der ‹Littlepage-Trilogie› beauftragen würde, wenn nicht gar mit den ‹Monikins›. Und da COOPER 1851 starb, enthält der genannte WEBSTER genau seinen Wortschatz! der MURET-SANDERS, PARTRIDGE, undsoweiter undsoweiter. Das, in diesem Zusammenhang zu erwähnende, Buchderbücher freilich – ich meine die ENCYCLOPAEDIA BRITANNICA – steht, mit ihren 16 Dünndruck-Doppelbänden, hinter mir; dazu muß ich leider aufstehen; wer wohnt schon vollkommen? Geschichts- und Hand-Atlanten. Der THESAURUS LOGARITHMORUM mit seinen 10 Dezimalen (‹semel in anno licet insanire›). Der komplette BRÜMMER (einen GOEDEKE oder den neuen KOSCH kann ich mir nicht leisten; und wie

ich den FRELS vermisse, mag ich gar nicht sagen!). Neben den beiden Jahrgängen des KÜRSCHNER, 1908 und 24, ein ‹Handbuch der Pilzkunde› – man lebt nicht ungestraft ‹auf dem Lande›. Literaturgeschichten : für die ältere Zeit bediene ich mich, nach langer Prüfung, kurioserweise des Wolfgang MENZEL; für die neuere des unvermeidlichen SOERGEL; für die neueste – ach, wissen Sie, wenn man selbst das Frou-Frou miterzeugen muß ..... An Konversationslexika sehe ich auf dem Tisch nur den kleinen KNAUR; tcha, und dann – ich weiß, es gilt vielerorts als ‹unpatriotisch› – das 8-bändige DDR-Lexikon. Nicht, daß ich die oft bestialische Vernageltheit seiner Urteile über Kunst teilte; aber die Daten sind vorbildlich genau, und das Material über den ‹Ostblock› durchaus unverächtlich – ich kann mir nicht helfen; ich laß' es jedenfalls erstmal stehen.
Und nun 1 ausgesprochener Akt der Selbstverleugnung – es ist ein bisher noch viel zu wenig gewürdigtes Kapitel – meine ‹Namensquellen›. Es ist nämlich ‹bei Schriftstellers›, zumal bei deutschen, wo es nach heiliger Tradition pausenlos heißt ‹dicht-Er & denk-Er›!, so, daß man laufend viele Namen benötigt; bald wohlklingende, bald banale. Meist weiß man (bei häufig auftretenden Hauptpersonen, um sie mit *einem* akustisch-fonetischen Zug sich selbst und dem Leser unverwechselbar zu malen; bei Nebenfiguren, um sie rasch und ohne Arbeit, aber dennoch solide, zumindest verantwortbarausreichend, zu ‹erledigen›) wieviel Silben der betreffende Name haben muß, um in den Takt des Satzes zu passen; also auch, welche dieser Silben betont sein muß, wer es nicht lassen kann, mag an ‹Penultima› denken; selbst die Vokalharmonie liegt innerhalb ziemlich enger Grenzen fest. Es wäre schon je 1 Monografie wert, bei jedem Dichter seine Hilfsmittel in dieser Beziehung zu untersuchen; bei FOUQUÉ war es Jo-

hannes von MÜLLER. (Bei mir – ich will kommenden Kommenden die Mühe erleichtern – ist es so, daß ich – soll ich die Bosheit besitzen, und hinzufügen ‹unter anderem›? – für *deutsche* Namen das Register des ‹Hannoverschen Staatshandbuches für 1839› verwende, (es enthält immerhin 80000 zur Auswahl); für ausländische den ‹Regenhardt; Geschäftskalender für den Weltverkehr, 1927›. Da es nun immer Leute gibt, die es lieben, unnötige Fragen zu stellen, erwidere ich auf deren ‹Warum?› : der REGENHARDT lief mir zu; er kostete nur 50 Pfennig, und erwies sich dann als sehr praktisch; für HANNOVER verweise ich, mit abwehrend gewölbten Brauen, auf mein ‹STEINERNES HERZ›.) –
Der ‹fließende› Bestand ändert sich, je nach dem Groß-Thema, das zur Zeit gerade ‹dran› ist. Also wechselt Leopold SCHEFER ab mit HIPPEL; der mit LUKIAN oder KARL MAY; dann steht wieder einmal der ODYSSEUS da (des James JOYCE natürlich; über ‹Finnegans Wake› weiß ich zu gut Bescheid, seit ich ‹Bruder Stanislaus› übersetzt habe!). Neulich erschrak Einer, als er Jules VERNE so neben Gustav FRENSSEN sah.....
Allerdings ist es, trotz all der aparten Titel, so, daß ich *ganz* sorgenfrei, ‹aus Wolluscht›, überhaupt nichts mehr lesen kann : immer muß ich ‹einen Aufsatz drüber schreiben›. – (Darauf freue ich mich schon sehr : wenn einmal, irgendwann-einmal, ein Mäzen-oder-so auftauchen wird, der mir ‹um-meiner-selbst-willen› – es ist schwer; ich weiß wohl; ich selbst würd's auch nicht tun – eine monatliche Rente von, nu, sagen wir, 500 Mark ‹auswirft›; und ich dann – ach, es fallen einem gleich Ausdrücke wie ‹Lebensabend› ein, und ‹buntgeblümter Schlafrock›, ‹The echoing Green›, ‹Der Schnee tröpfelte emsig vom Dach›, ‹Die Nacht wird kalt, sagte der alte Rudolph, vom Wetterfähnlein kreischte es her-

unter, die Eichen fangen zu rauschen an, lege mehr Holz an den Heerd, Alwin.› – tcha, und jetzt hab'ich natürlich den Faden verloren.)

Aber eines ist endlich – etwas spät freilich; und überhaupt ‹wie lange noch?› – erreicht: *ich sehe von meinem Schreibtisch aus den Mond aufgehen!*

Was das für mich bedeutet, davon machen sich wenige Menschen einen Begriff. (*Aller*letzten Endes hat es wohl lediglich mit der Sehschärfe zu tun; ich habe, von Kindesbeinen an, so starke ‹Minus-Zylinder›, daß noch jeder Optiker vor rarer Freude aufgejauchzt hat, wenn er meine Brille unter's Meßgerät legte. Ich bin wegen meiner Selenomanie weder ‹hyänenhaft feige›, noch eine ‹potentielle Verbrechernatur›, wie viele meiner Gegner arg gern möchten – als wenn die Erde nicht groß genug wäre, daß wir Alle darauf Unrecht haben können! Neinein; ich gehöre wirklich nicht ins Irrenhaus; obwohl ich seit meiner Geburt natürlich darin lebe.)

Zugegeben, ich sehe auch die Sonne aufgehen; aber zu dem blutigen Küchenmädchen habe ich nie ‹ein Verhältnis› gehabt. ‹Sonn'naufgang›? Was heißt'nn das schon?! Einer steht aufrecht, wie ein Wacholder; drei Wolkendamen liegen, in grauen schicken Mänteln, flach, (der Einen läufts hinten rot raus, brrr!). Gewiß, sie gibt Licht, und vermindert die Zahlungen an den Stromversorgungsverband Osthannover und die Kohlenhändler; aber damit ist es auch gut. – Wogegen der Mond .....

Wenn ich also, im strapaziödesten Keinerlei des Vokabeljätens, dem Broterwerb, dem cash-as-cash-can, befangen, nach 14 Arbeitsstunden, aufblicke – : dann ist aus dem Wälderkranz eine dunkelgraue Rundum-Borte geworden. Unten läuft eine Katze vorbei, mit einer Zitronenscheibe im Mund; (sie hat Junge, daher diese, völlig verworrenen, Mutterinstinkte; wenn sie einen Hahnenkopf vom Nachbar anbringt, ist dessen abgesägter Suppen-Seitenblick schon erheblich fataler.) Durch die Spreizhand – manchmal ist mir vom vielen Tippen, als wäre sie im Gelenk abgeschnürt – die mir die Brillenlemniskate zurechtrückt (r gleich a mal Wurzel aus cosinus 2 phi; tatsächlich, ich kann's noch auswendig!) blinzt Jupiter als ‹Zugabe›. Wirklich ver-schmidt-ste Stücke sind nicht mehr möglich: aus ehrlicher Erschöpfung. Wer derart lange, unter Nes-Kaffee-Druck, an JOYCE übersetzt hat, oder FAULKNER, oder, noch schwieriger, ‹ANGRIA und der Weg dorthin› – ja, diesen ‹schäbigen Rest› von 1 Menschen besieht man sich besser nicht mehr.

Und trotzdem tastet die Hand schon wieder nach dem Zettelkasten – 2 Sorten stecken, notizbereit, darin: DIN A 9 (37,16 mal 52,56) und DIN A 8 (74,33 mal 52,56 Millimeter); und auch das ist wiederum nichts weniger als eine Pedanterie; sondern schlicht eine Frage der Erfahrung: es liegt am Temperament, wie lang die Stichwortreihe ist, deren man zur Notierung eines Eindrucks bedarf; und ein Zettelchen DIN A 8, hinten & vorn mit winziger Spitzschrift in Sigeln bekritzelt (hi! die vielen ‹i›-Zinken!) entspricht immerhin einer Buch-Viertelseite. – Also die Hand tastet. Auch nach einem der 20 sehr lang-scharf geschliffenen Bleistifte (‹alte Rasierklingen›: das ist's!); (und ‹Nummer 2› wohl; jedenfalls ‹weiche›). Und schreibt:

»... 1 bleiches molkichtes Gesicht durch'n Kronsberg-Wald ...

... flatterndes Volk zog auf marmornem Kreuzweg, stundenlang ...

... Gegen Mitternacht erschien 1 Stück Mond im Himmel. ...«

Aus der Beschaffenheit solcher Neuigkeiten auf den hohen Grad der Unschuld & Einfalt meines pastoralen Wortmetz-Daseins-hier zu schließen, wäre jedoch voreilig. Unser Schicksal heißt Turbulenz; heißt ‹kompliziert leben›; (und das, im Bewußtsein jedes gebildeten Lesers prompt erscheinende ‹Einfach-leben› ist nur eine wehmütig-unrealistische Formel, über die man schon im späten Rom resigniert gelächelt haben dürfte.) Nach meinem Arbeitsplatz fragen Sie mich? Was ich will? Was ich bin?

: Warten Sie, bis ich *nicht* mehr bin.

BEGEGNUNG MIT FOUQUÉ

»Griechen und Römer hatten die Wahl / unter der Götter großer Zahl, / daß Jeder sich einen erküre, / zu dessen Fahnen er schwüre. // Aber nun denselben Gebrauch / haben die Katholiken auch, / unter den Heiligen allen / zu wählen nach Wohlgefallen. // Und wir anderen Ketzer auch / üben denselbigen Gebrauch; / von Dichtern groß und kleinen / erwählt sich Jeder seinen. // – Die Götter waren oft sunderlich, / und die Heiligen wunderlich; / : und so ist das Gelichter / auch unserer Lieblingsdichter.«
Und das Tollste an diesen Verselein ist : Rückert hat genau *den* Mann dabei im Sinne gehabt, von dem auch ich im Folgenden erzählen werde : FOUQUÉ!

Ich bin immer ein Gegner der Lehre von der Willensfreiheit gewesen; nicht nur, weil ich 6 Jahre beim Militär gedient habe; sondern auch aus theoretischen Erwägungen – als Eideshelfer zitiere ich außer dem großen Schopenhauer noch Voltaire; Freud; Spinoza; für Fromme Luther. Und da lernte ich z. B. mit 3 Jahren lesen, *weil* meine um eben so viel ältere einzige Schwester es in der Hamburger Volksschule erduldete – 1 Vierteljahr später beherrschte ich es à la maître, und war ergo zum Wortschlemmer prädestiniert.
Nun hat man im Lauf seines Lebens schätzungsweise 1 Dutzend literarische Groß-Lieblinge – es mag freilich vermessen

sein, daß ich solch Diktum aufstellte; ich bin erst 47, und weiß nicht, wie ich mit 65 denken würde (falls ich so alt werden sollte; ich lege aber keinen Wert darauf.)

Mein erstes ganz großes Bucherlebnis war, mit 6 Jahren, die ‹Reise zum Mittelpunkt der Erde› des Jules Verne – obwohl ich damals noch nicht wußte, daß Storm's ‹Regentrude› davon herkommt, und anderes mehr. Anschließend, wie billig, Karl May; der – 4 oder 5 merkwürdige Bände ausgenommen – viel Mist geschrieben hat; dessen literarische Wirksamkeit aber endlich einmal untersucht werden sollte : von Zuckmayer, über Fallada und Frank's ‹Räuberbande›, bis zu mir.

Dann kam aber auch sofort schon, mit 15, Schopenhauer; Nietzsche – gegen den ich inzwischen recht mißtrauisch geworden bin; Wieland; Poe; Jean Paul; Hoffmann; Tieck : das war ein sehr großer Mann! Aber auch Dickens; Scott; Swift.

Im Augenblick dominieren der ‹Anton Reiser›; die ‹Insel Felsenburg›; ‹Dya-Na-Sore› und ‹Tristram Shandy›; Voltaires ‹Candide› und Lessing – aber das sei jetzt einmal alles vergessen.

Ich will hier vielmehr von einem Augenblick sprechen, der ‹in meinem Leben Epoche gemacht› hat – ich weiß nicht, wer der Erfinder der Redensart war; nehme jedoch an : er wird auch nicht an die Freiheit des Willens geglaubt haben. –

Es muß also ein schöner Morgen zu Ende Juni des Jahres 1932 gewesen sein – ich weiß das deshalb so genau, weil ich Oberprimaner war, in Görlitz der Stadt, und eben die großen Ferien begannen. Wir 3 oder 4 literarisch Interessierten der Klasse standen also, die Luft war gelb & blau, in der

‹Schulbibliothek› – die bestand aus einem Schrank voll bankerotter Bücher, irgendwie zusammengelaufen; und vor uns lehnte, klein-breit und wohlwollend lächelnd, Studienrat Dr. Hasenfelder, der Mathematiklehrer, der aus unerfindlichen Gründen dies Amt zu versehen hatte – es sei denn, daß er ‹der Jüngste›, in Anführungsstrichen, des ‹Lehrkörpers› war : gehen Sie mir doch mit der ‹Freiheit des Willens› ! Er war ein persönlicher Lieblingsschüler Einsteins gewesen – das war damals noch nicht verboten – und mir arg zugetan; weil ich das brennendste Interesse für nichteuklidische Geometrien und Lorenztransformationen zeigte (damit bin ich nachher, im Abitur, ‹drangekommen›, und habe männiglich damit verblüfft; damit, und in ‹deutsch›, wo ich den Expressionismus pries – was mich folglich im Frühjahr 33 das ‹Sehr Gut› im Abschlußzeugnis kostete).

Ich sehe mich also stehen – blutjung; endlos lang; dafür Beine und Hüften, mit denen ich ‹durch eines Aldermanns Daumenring schlüpfen› konnte; vergeistert und eifrig – neben mir mein Freund, Heinz Jerofsky : jetzt ist er Oberstudiendirektor und Leiter derselben Schule! Wir tragen Jeder in der Hand 1 Mikroskop, das wir uns für die Ferien ausgeliehen haben; und wollen nun eben auch noch ein paar Bücher mitnehmen. –

‹Felix Dahn›? : da kann ich nur frech und abfällig rotzen! Ich habe vorher, in Hamburg, Spanisch gelernt; und lese immerhin den ‹Don Quijote› in der Ursprache! (Und immer, wie schon erwähnt, vor den hohen Fenstern die Sommerluft, tiefblau & hellgelb : solche Beleuchtungen gibt es heute nicht mehr!).

Ich bückte mich – vielleicht ‹wurde gebückt›; von wem weiß ich nicht – und zog den unteren Schub des altmodischen Schrankes auf : da lagen etwa 10 ausrangierte Bücher, die

Kreuz die Quer. Ich griff – und was heißt ‹ ich › ? Ich betrachte meine adrige rechte Hand » Da sitzt 1 Herr; und ich in ihm : wer aber ist dieser ? ! « hat Jean Paul erfunden – ich griff also nach dem obersten alten Band. Der war dick, wie Bücher sein sollen; rot-leinen eingebunden; ich schlug ihn auf und las :

» ‹ Die Nacht wird kalt ›, sagte der alte Rudolf, ‹ Von dem Wetterfähnlein kreischt es herunter; die Eichen fangen zu rauschen an – : lege mehr Holz an den Heerd, Alwin. «

Da war ich hin! : Von dem herrlich ausgewogenen Prosatakt! (Denn es gibt ja nichts schöneres auf der Welt, als 1 gute Seite Prosa ! !).

Nun habe ich es von jeher geliebt, unnütze Fragen zu tun; ich wandte mich deshalb zu meinem verehrten Lehrer – (ein Schüler Einsteins, man bedenke doch ! Er brachte uns zukunftweisende Ansichten bei : wie es läppisch sei, 1 Schlips zu tragen, als ob man sich beständig des Stranges bewußt sein müßte; wie lächerlich, sich die Nase abzuduellieren; auch, daß über Parlamentsgebäuden grundsätzlich die Inschrift ‹ Nanu ! ? › stehen sollte) zu dem also wandte ich mich eifrig, und fragte : » Kann ich das hier mitnehmen ? «

Er sah auf den Titel. Runzelte die Stirn (ich wußte damals noch nicht, warum). Beblickte mich Langen. Zog ein Gesicht wie Adenauer, wenn man von Anerkennung der DDR spricht. Und sagte säuerlich » Bong. «

Ich nahm also den uralten Band mit heim, und las in ihm – von der ‹ Undine › (vor wenigen Jahren hat Henze sie erst neu komponiert); ‹ Sintram und seine Gefährten ›; das Meisterstück des ‹ Alethes von Lindenstein › – Meisterstück nicht nur relativ; sondern wirklich eines der ganz großen romantischen Paradigmata überhaupt. Die erste dichterische Formung der ‹ Nibelungen ›, seit Hanssachs : und der ist in solchem Zusammenhang wahrlich nicht erwähnenswert! –

(murrend): »Wolfsfleisch & Otternbalg – seltsame
Speise! –
Zumal zum Abendbrot; wenn gleich darnach
der Mond aufgeht, rot über'n Bergwald her,
und Nachtgespenster auf Gewitterwolken
durchreiten das schweflichte Himmelszelt. --
Tja. –
Seltsamliches Essen war's gewiß. –
Doch tischt' es mir die Schwägrin trefflich auf,
und hat mir recht den Sinn damit erfrischt. – –
Mir ist was wild zumut. – – He, nun, was schadet's? :
wird's doch gewittern diese Nacht! –
(weiter vorgehend):
Bin wohl schon in des Schlangentöters Zimmern? –
Da schläft 1 Mann. Hat in des Weibes Schoß
sein Haupt gelegt. :
das Weib ist meine Schwester. –
Ganz recht : soll Sigurd doch mein Schwager sein;
ich hab's in fernen Landen schon gehört. – – –« – –

Als diese ‹Großen Ferien 1932› aufhörten, war ich gefangen.

Und versuchte mit meinen, damals sehr geringen, und eben deshalb listigst-auszunützenden, Mitteln : mir mehr von diesem merkwürdigen Mann zu beschaffen. Als nächstes fand ich bei Bäsoldt in Görlitz – einem jener geheimnisvoll-unschätzbaren Winkelantiquariate – einen Band des sogar vom berühmten Goedeke ungekannten schwedischen Nachdrucks der ‹Sängerliebe›.

Denn wie hätte ich auch, gläsern-glühend, und noch empfänglich-offen für alle Schlüsselworte, nicht *dem* unterliegen sollen, von dem ein Edgar Allan Poe bekannte: » For one Fouqué there are 50 Molières ! « . Hätte ich Stellen widerstehen sollen, wie diesen ? :

(Before) :

» Der Pforte Ring klang.

Alwin trat in den blühenden monderhellten Garten.

Von allen Seiten nickten ihm die Gebüsche einladend zu; alle schienen ihn neckend festhalten zu wollen, und lockten ihn von einer Laube zur anderen. Bis er Lichter aus Flaminias Schlafzimmer blinken sah, und vor einer offenen Seitentür des Schlosses stand : drinnen bezeichneten Lampen mit lindem vertraulichem Schein die Wege zum süßen Ziele hinauf.

Wohlgerüche erdufteten.

Der glühende Jüngling schlich leiseleise mit hochschlagendem Herzen über die schön-gewundene Treppe – an der nächsten Türe rauschte'es wie von seidenem Gewande. Sie ging auf ! – : und Flaminia stand vor ihm; leicht gekleidet; fast unverhüllt jeglicher jugendliche Reiz; jegliche zarte weibliche Form.

Er führte sie, er trug sie, wollusttrunken, ins blumenumkränzte Gemach. Und sein ward alle Wonne und Herrlichkeit der Liebe. «

Und nun das ‹ *After* › *! :*

» Alwin schwankte.

Wie im Traum. Die Steigen hinab, drauf die Lichter schon größtenteils erloschen waren. Ungewiß tappte er öfters an den Wänden umher.

Als er die Tür nach dem Garten zu aufstieß, war's draußen neblicht und finster. Der Mond stand ganz bleich über den nördlichen Gebürgen. Die Gänge und Gebüsche sahen unbe-

kannt und seltsam aus. Feuchte Morgenkühle hauchte über sein glühendes Gesicht. –
An der Pforte wartete Klothilde; vom Frost halb erstarrt; und nahm mit schläfriger Gebärde und eiskalter Hand das Gold, welches er ihr darbot.
Darauf schlug sie hinter ihm die Türe zu; und er hörte sie mit schnellen Tritten nach dem Schlosse zurückfliehen, durch ein inneres Grausen gejagt.
Fernher tönte das dumpfe Schießen von der Gegend des Berges heran. « –

500 Jahre waren seit dem Tode des ‹ Mittelhochdeutschen › verflossen; als, geheimnisvoll & unerfindlich, ein anachronistischer Fluch für ihn selbst, ein Rätsel voll heiliger Absurdität für uns und die Zeitgenossen, 1777 der Mann geboren wurde, der – ein ‹ reiner Tor › à la Parzival, wenn je einer war – die ‹ janze Richtung › des Mittelhochdeutschen zum Abschluß zu bringen ‹ bestimmt › war :
Friedrich Heinrich Karl, Baron de la Motte Fouqué, Baron de Thonnayboutonne, Baron de Saint-Surin, Seigneur de la Grève. –
Zwei mal zehntausend Arbeitsstunden habe ich seitdem ‹ freiwillig ›, unterstützt von meiner Frau, an die Aufhellung des Lebenslaufes dieses Ein-und-Einzigsten gewendet. Jahre lang, immer anschwellend, hat das Manuskript seiner Biografie mir dagelegen : nunmehr liegt es vor als

FOUQUÉ UND EINIGE SEINER ZEITGENOSSEN

(2. verbesserte & beträchtlich vermehrte Auflage, 735 Ss./ Leinen 24.80 DM, Verlag Bläschke, Darmstadt, am Marienplatz).
Nicht, daß ich der blinde Verehrer eines Mannes wäre, den

ich, im Laufe meiner Studien, als politisch und sozial ‹völlig unvernünftig› habe erkennen müssen – das ist peinlich oft vereinbar mit dem Begriff des ‹Großen Dichters›, obwohl unangenehm genug; man denke an Stifters ‹Nachsommer› oder Goethes ‹Wahlverwandtschaften› – aber ich kann mich, auch heute noch, (wo ich doch des Themas, infolge der Überbeschäftigung damit, redlich müde sein dürfte!), *dem* nicht entziehen, was Jean Paul bei ihm ‹Schlag- und Zündworte› nannte, die »wie Zauberspiegel plötzlich eine Ferne der Vergangenheit und eine der Zukunft aufthun; wo Würgengel die blutrothen Flügel entfalten.« –

Natürlich ist seine Welt, ganz im Sinne mittelalterlicher ‹Radkarten› vereinfacht: den Außenrand bildet 1 Wendelmeer, grauwellend, nicht allzutief; aber am schleimigen Boden bewohnt von beuligen Ungeheuern. / Nach Norden ist die Begrenzung ein heidnisch-wirres ‹Finnland›, mit Föhrenwäldern; so dicht, »daß kein Vogel durchfliegen kann«. / Im Süden dehnt sich eine, gleichermaßen apokryphe, Sandwüste; sparsam durchsetzt mit Oasen, selbstgeschaffen-willkommenen Zentren für höchstpoetisches, ‹arabeskes›, Geschehen. / Nach Westen schließt das Irland elfengrüner Pflanzenmärchen; und eine Ossianische Nebelwelt. / Im Osten wehrt ein tiefgestaffelter Hag gigantischer wandernder Staubsäulen; ausgespannt zwischen ihnen Vorhänge von Stürmen; hinter denen nur zuweilen Laut hervordringt, wie von Waffengeklirr und Rosseshufen. / Eine Weltkarte, auf der überzeugend dicht nebeneinander eine guitarrenschwirrende ‹Provence› steht, neben den Klippen ‹Norwegs›; ein prachtvoll langgewandiges ‹Mohrenland›, neben etwa solchem ‹Harzgebürge›......:

»Durch üppig verzweigtes Gebüsch, über unwegsames Gestein hinauf, klommen die Ritter, während der Sturm heu-

lend den waldigen Abhang hinunterzog, und in grausiger Tiefe mit den Wellen eines ungestümen Bergwassers brüllend rang. Endlich zeigte sich durch die bereiften Äste der Buchen, durch der Tannen schneebelastetes Dunkelgrün, ein freier Platz; hoch in dessen Mitte, fast wie ein Felsengeklipp, ragte der heidnische Opferheerd gegen den Himmel an. / Noch standen die Ritter zweifelnd; ungewiß, ob sie hier die Erscheinungen der frevlen Abgötterei erwarten, oder lieber angreifend die Eingänge aufsuchen sollten – da merkten sie mit einigem Schaudern unversehens, daß sie zu Vieren waren: ein riesengroßer, aber ganz schattenartiger Mann stand neben ihnen. Der sagte mit hohler verblasener Stimme: ‹Ihr meint es gut; und ich möchte Euch doch lieber raten, abzustehen, die drunten sind verzweifelt stark! Wollt Ihr aber durchaus nicht ablassen, da müßt Ihr an die Nordseite des Heerdes, wo die beste Einfahrt ist, dreimal mit den Klingen anklopfen, und dazu sagen:
Gib uns guten Gang, Du, / Gries, Gestein und Hartwuchs. / Haußen harren Starke; / haben Lust zum Abgrund!›
Damit schwand der wunderliche Waidmannsschatten in den Wald hinein; und die Herren beschlossen, seinem Rate zu folgen, weil er ja doch etwas recht ritterliches und tapfres enthalte. Sie schlugen mit den Klingen gegen die Nordseite des Opferheerdes; und Heerdegen, welcher die Beschwörungsworte am besten behalten hatte, sagte sie dazu her. / Da fing es an sich zu regen und rollen in dem Gestein; und auseinander tat sich die moosige Wand, daß man tief hinein sehen konnte, in einen langen, steil abschüssigen, sehr engen Gang. Der edle Wunsch, keiner Gefahr später als die Waffenbrüder zu begegnen, trieb Otto und Heerdegen an des Seekönigs Seite vor; und nebeneinandergereiht schritten die 3 Genossen mitsammen fürder, ihre langen glimmenden

Schwerter wie Fühlhörner in die Dunkelheit vorausstreckend. / Sie trafen auf nichts feindliches. Vielmehr je tiefer sie stiegen, je mehr erweiterte sich das Gewölbe, je milder senkten sich die Stufen – plötzlich standen sie auf ganz ebenem Boden; eine Zugluft hauchte sie an, wie aus freier Gegend, und sie meinten umso mehr in eine solche geraten zu sein, da es hoch über ihnen, als von der Himmelswölbung, herabfunkelte mit einigem Sternenlicht. Wie sie in dieser ungeheuren Tiefe zum Anschauen des Firmaments gelangt sein möchten, darüber sannen sie noch zweifelnd nach, da schon der Falke von Ottos Brust in die Höhe stieg, freudigen Schwunges den ungehemmten Raum begrüßend. Bald aber kam das mutige Tier verstört und taumelnd zurückgeflattert; sie sahen wohl, es hatte seine Jagd beginnen wollen, und war auf entsetzliche Gestaltungen gestoßen, die nun dicht über den Häuptern der Ritter hinwallten – man wußte nicht, war es riesiges Geflügel von unerhörter Art, waren es Höhlendämpfe, die in dieser unterirdischen Gegend in so zahlreichen Scharen und bedräuenden Bildern umherzogen; denn daß man in einer unterirdischen Wölbung war, nur von gewaltiger Art und Höhe, und von der schwarzschwindligen Kuppel herab Lampen wie Gestirne leuchteten, davon hatten sich nun schon die in der Dunkelheit nach und nach gestärkten Augen der Wanderer überzeugt. / Ein großer See lag zu ihren Füßen, das schwarze Gewölb und die Lampensterne recht freudlos rückspiegelnd. Die Ritter fühlten mit ihren Schwertern hinein; Arinbjörn endlich mit seiner langen Hellebarde : es war auch ganz dicht am Ufer an keinen Boden zu denken. / Mehr als eine Meile lang waren sie schon am Borde hingewandert, da tat es sich vor ihnen auf, wie ein steiler Hügel, auf dem eine getürmte Feste stand. Während sie sich ihr nähern wollten, bemerkten sie, daß der See hier einen wildrauschenden Fluß aufnehme, der sich gerade zwischen sie und das nächste Ziel ihrer Reise hinzog. An Durchwaten oder Schwimmen war bei diesen schäumenden Wirbeln nicht zu denken; man hielt sich also stromaufwärts. Bald auch erreichten sie eine hohe, von lauterem Erz gewölbte Brücke, die unter den geharnischten Fußtritten der Wandelnden wie in Melodien eines grausen Marsches zu tönen anhub. Jenseits angelangt, sahen sie ein weites, ebenes Feld vor sich; man hätte es eine blühende Aue nennen mögen, denn es leuchtete wie von vielen Blumen darauf hervor, aber diese gaben sich allzumal im Näherkommen als bleiche, wunderlich geformte und Schwefelduft aushauchende Flämmlein kund. Doch war es, als ob viele seltsame, über die Ebene bald einzeln, bald in Scharen hintrabende Tiere, halb wie Rosse halb wie Stiere gebildet, ihre Nahrung daraus zögen; denn sie rupften oft solche Flämmlein ab und sprangen dann lustiger fürder. / ‹Sollten wir uns doch solch ein Roß fangen, und darauf einreiten in die Burg?› fragte Heerdegen mit einem dreisten Lachen, verhoffend, dadurch das Grauen in sein und seiner Gefährten Brust zu ersticken; aber der vom Entsetzen geborene Scherz weckte auch wieder zum Entsetzen auf; sie schauderten alle 3 zusammen, daß die Harnische rasselten. Zudem kam schon ein häßlicher Zwerg auf einem Beine gesprungen; der sagte: ‹Neinein! Lasset Euch nach diesen Tieren nicht gelüsten. Das sind der Göttin Freia Zauberrosse : damit reitet sie durch den Wald, und jagt Menschen, die ihr nicht opfern wollen. Ich aber bin der edlen Rosse Hirt.› Nach diesen Worten stieß er in ein ungeheures Horn, so gellenden und zugleich donnernden Tons, daß die Ritter sich des Zurückwankens kaum erwehren konnten. ‹Erschreckt's Euch?› lachte der Zwerg, ‹ich spiele ja nur ein bißchen auf der Schalmei, wie es der Hirten Art und Weise ist. Hier unten klingt ein eigner Schall, und blüht ein eigner Mai : da macht es denn die Schalmei den beiden nach. – Wenn Ihr wollt, kann ich Euch auch unsere Hirtentänze sehen lassen? : ich habe noch viel Genossen hier nahe bei. › – Die Ritter winkten ihn mit den beerzten Händen fort, und gingen schweigend auf die Burg zu; gellend lachte der zwergische Hirte ihnen nach, und die Zauberrosse sprangen wiehernder über die Wiesenflämmchen. / Über Zugbrücken gingen die 3 Herren; auch durch Tore hin; wie in eine ordentliche Ritterburg; einige Männer, schien es, hielten an den Eingängen Wacht. Neigten sich auch vor den Eintretenden mit strengem Waffengruß, ohne daß man doch eigentlich recht wissen konnte, ob es nicht bloß künstliche Bildsäulen wären, die so wunderlich zusammenrasselten; und sich bückten; und dann wieder grade ständen, in regungsloser Härte fest. / Durch leere Gemächer und Säle hin führte der Gang; die Tritte hallten sehr wieder in dem, es schien, ganz erstorbenen Gebäu. Flackernde Lampen hingen hin und her an den Wänden. Endlich kamen sie in ein reichgeschmücktes, aber mit Verzierungen sehr wunderlich aussehendes Zimmer; da saß ein Ritter darin, hinter einem langen Tisch, und las in einem aufgeschlagenen Buche. Dem Otto ward es zumute, als habe er Ähnliches irgend einmal schon wo im Traume gesehen? – Indem er sich noch darüber besann, schloß der Ritter sein Buch; richtete sich in die Höhe; und sagte, hinausgehend: ‹ Ihr hättet klüger getan, weg zu bleiben. Da Ihr nun aber einmal hier seid, will ich Euch melden. › . . . . . . «

» Ihr hättet klüger getan, weg zu bleiben « – jaja.

AUF ARNO SCHMIDT'S ‹ROSEN & PORREE›

1. SEELANDSCHAFT MIT POCAHONTAS:
   Venus in eigner Person hat mehrfach Modell Dir gesessen – : sahst Du denn prinzipiell nur die Pudenda von ihr?

2. DIE UMSIEDLER:
   Warum hast Du Katrin amputiert? Um das Sprüchwort zu strafen ‹Ehe sei mehr noch als nur *vier* nackte Beine im Bett›?

3. ALEXANDER:
   Strabon und Mannert erkannt'ich, und Ehrenstein und Karl May auch, (schweigen wir ganz von Fouqué!) – : sage, was ist denn von Dir?

4. KOSMAS:
   Nett ist Agraule, das Biest, (auch kokett). – Und ich erfuhr endlich, wie auf Griechisch der Lady ‹Selbstbefriediger› heißt.

5. BERECHNUNGEN:
   Daß Iskander – siehe oben – den Gordischen Knoten uns raubte, scheint mir geringer Verlust, seitdem ich das hier gesehn!

D. MARTIN OCHS

BLENHEIM

Ein Sommerabend, warm und still, / rauchrot und ackergrau; / der Kaspar vor der Katentür / hockt müd' im starken Tau. / Dicht bei ihm spielt auf Rasengrün / sein Enkelmägdlein Wilhelmin'.
Das Brüderchen, der Peterle, / der kollerte im Sand / was Großes-Rundes, das vorhin / am Bachesrand er fand. / Nun kam er an, und fragte los: / »Was ist das hier? So rund und groß?«
Der alte Kaspar nahm's zur Hand; / der Junge stand dabei; / der Alte schüttelte den Kopf, / und seufzte mancherlei: / »Der arme Kerl, und sein Gebein –: / das muß vom Großen Siege sein!«
»Man find't sie viel im Garten hier, / 1, 2, ein ganzer Hauf. / Oft, wenn ich draußen pflügen bin, / wirft sie die Pflugschar auf. –: / Zehntausend, sagt man allgemein, / müßten's bei Großen Siegen sein!«
»Erzähl doch, Opa, wie das war!« / ruft Peter angeregt; / auch Wilhelminchen hoch in's Blau / die Wunderäuglein schlägt: / »Warum kam da das große Heer? / Und warum zankten sie so sehr?«
»Alt-England zwang« rief Kaspar laut / »den Franzmann in die Knie! – / Jedoch worum es letztlich ging, / erfuhr ich richtig nie. – / Doch hieß es damals allgemein, / so müßt's bei Großen Siegen sein!«
»Mein Vater lebte damals noch / in Blenheim, dicht am Bach.

/ Das Haus verbrannte, und wir floh'n – / das war ein Weh und Ach! / Mit Weib und Kind und nackt und bloß; / als Bette nur der Erde Schoß! «

» Das ganze Land, recht-linker Hand, / verheert mit Feu'r und Schwert; / es starb manch Kind in Mutterleib; / zerborsten Mau'r und Herd. – / Doch hieß es damals allgemein : / so müßt's bei Großen Siegen sein! «

» Als dann der Gräuel war vorbei, / und als das Feld gewonnen, / da lagen Leichen tausendfach / und faulten in der Sonnen – / doch hieß es damals allgemein : / so müßt's bei Großen Siegen sein! «

» Wie pries man Herzog Marlb'rough da / und unsern Prinz Eugen! « / » Ach, ist das bös! « so hörte man / hier Wilhelminchen flehn. / » Pscht, Schätzchen, still, soso – – Nein nein : / das muß bei Großen Siegen sein! «

» Und Jeder pries den Herzog, der / so mächt'ge Schlacht gewann. « / » Ja, und was kam dann Gut's davon? « / fing Peterle jetzt an. – / » Das weiß ich nicht – 's hieß allgemein, : / so müßt's bei Großen Siegen sein! «

ROBERT SOUTHEY
Übertragung Arno Schmidt

INHALT

Aus der Inselstrasse

Stürenburg-Geschichten

Berichte aus der Nicht-Unendlichkeit

Und es blitzten die Sterne

*

Abbildungen